GOLDMANN

*Buch*

Er reitet im Schutz der Dämmerung – ein maskierter Straßenräuber mit dem unwiderstehlichen Charme eines Gentlemans und der Skrupellosigkeit eines Gauners. Man nennt ihn hinter vorgehaltener Hand Lord Blackwood und erzählt schaudernd von seinen ruchlosen Taten. Doch auch er ist nicht unverwundbar: Eines Tages tritt Silver St. Clair, eine leidenschaftliche Schönheit, in sein Leben, die ihre Ehre und ihr nacktes Leben in einem verzweifelten Handel als Preis anbietet. Silver ist wild entschlossen, ihr kostbares Familienerbe, die geheime Rezeptur eines in London heißbegehrten Duftes, zurückzuerobern. Bedroht von Verbrechern und Spionen, wendet sich Silver an Lord Blackwood, der in Wirklichkeit ein reicher Marquis namens Lucien Delamere ist, und binnen kurzem finden sich die beiden auf dem Kriegsschauplatz der Intrigen, der Begierden und der Liebe wieder...

*Autorin*

Christina Skye wurde in Dayton, Ohio, geboren und studierte an der Universität von Pennsylvania Französisch, Chinesisch und Japanisch. Auf langen Reisen lernte sie zahlreiche Länder Asiens und des Vorderen Orients kennen und lieben. Sie lebt mit ihrem Mann und ihrem Sohn in New York. Mit mittlerweile fünf Romanen hat sie sich in die Spitzenränge der amerikanischen Unterhaltungsautorinnen emporgeschrieben.

*Im Goldmann Taschenbuch liegen von Christina Skye bereits vor:*

Süßes Verlangen. Roman (42700)
Glühender Rubin. Roman (42830)

CHRISTINA SKYE

# Dämmerung der Herzen

ROMAN

Aus dem Amerikanischen
von Sabine Ivanovas

GOLDMANN VERLAG

Originaltitel: Come the Night
Originalverlag:
Dell Publishing, a division of Bantam Doubleday
Dell Publishing Group, Inc., New York

*Für Elaine Davie,
eine hervorragende Agentin und wunderbare
Freundin – in tiefer Dankbarkeit.*

Umwelthinweis:
Alle bedruckten Materialien dieses Taschenbuches
sind chlorfrei und umweltschonend.
Das Papier enthält Recyclinganteile.

Der Goldmann Verlag
ist ein Unternehmen der Verlagsgruppe Bertelsmann

Deutsche Erstveröffentlichung September 1995

Umschlaggestaltung: Design Team München
Umschlagillustration: Daeni / Schlück, Garbsen
Satz: Uhl + Massopust, Aalen
Druck: Elsnerdruck, Berlin
Verlagsnummer: 42975
Lektorat: Silvia Kuttny
Redaktion: Sabine Unger
Herstellung: Heidrun Nawrot
Made in Germany
ISBN 3-442-42975-7

1 3 5 7 9 10 8 6 4 2

# Prolog

*Norfolk, England*
*August 1809*

William St. Clair betrachtete die letzte Flasche auf seinem Schreibtisch. Mit gerunzelter Stirn hielt er die blaßgoldene Flüssigkeit vor die flackernde Kerze, während sein geübter Blick Qualität und Reinheit prüfte.

Ja, die Lavendelernte war dieses Jahr wirklich hervorragend. Der Gewinn aus seinen ätherischen Ölen würde diesmal doppelt so hoch ausfallen wie erwartet, genug, um zwei weitere Hügel einzusäen und versuchsweise eine wunderbare Sorte weißblühenden Lavendels mit silbrigen Blättern anbauen zu können.

Natürlich nur, wenn er so lange lebte.

St. Clair seufzte, stellte die Flasche ab, lehnte sich zurück und rieb sich den schmerzenden Nacken.

Kleine Wassertröpfchen rannen an den Glaswänden des Gewächshauses herunter, so daß der Ausblick auf den Garten verzerrt war. Doch William roch den frischen Wind von der Küste her, der mit einer süßen Mischung aus Lavendel und Rosen versetzt hereindrang.

Es war kaum ein Monat vergangen, seit er die erste Warnung bekommen hatte. Er hatte das Gefühl, als wäre er seitdem um ein Jahrzehnt gealtert. Und wenn sich sein gesichtsloser Feind weiter näherte, würde es noch schlimmer werden. Sein Blick fiel auf die gerahmte Miniatur auf seinem Schreibtisch. Seine herben Züge verdunkelten sich vor Sorge, als er das strahlende Gesicht seiner Tochter betrachtete, die ihn mit großen, eindringlichen Augen ansah.

Ihre Lippen waren voll und zeigten Entschlossenheit, ihre wilden, rotblonden Locken betonten ihre Lebhaftigkeit genauso wie ihr stures, kleines Kinn. Auch wenn sie gerade erst sechzehn geworden war, hatte sie schon die Ausstrahlung ihrer Mutter.

Zärtlich berührte William das Ölgemälde und dachte an die Frau, die er schon so früh verloren hatte, und die Tochter, die schon viel zu erwachsen wirkte.

Irgendwo hinter sich hörte er einen Zweig knacken. Der hochgewachsene Mann drehte sich heftig dem Fenster zu, sein Herz pochte.

Eines stand fest: Er würde, verdammt noch mal, nicht abtreten, ohne sich zu wehren! Wer auch immer sich dort draußen in den Schatten versteckte, würde das bald erfahren. Gott sei Dank hatte er Susanna und den jungen Brandon zu seinem älteren Bruder in die Grafschaft Kent geschickt. Der alte Archibald war halb taub und völlig überspannt, aber er schoß wie der Teufel und haßte Fremde. Ja, er würde schon für die Sicherheit der beiden Kinder sorgen, dachte William. Seine erste Tochter Jessica war jetzt schon seit zwölf Monaten tot, und vielleicht war das sogar besser so. Ihr Ehemann, Sir Charles Millbank, schien sich immer mehr zu einem faulen Tunichtgut zu entwickeln. St. Clair hatte von Anfang an Zweifel in bezug auf Millbank gehabt, aber Jessica war nicht aufzuhalten gewesen.

Er hätte fester sein sollen, dachte der grauhaarige Mann finster. Für Jessica war es jetzt zu spät, aber er gelobte sich, daß das bei Susanna und Brandon anders sein würde, während er die Miniatur wieder auf den Tisch stellte.

Dann zog er eine Pistole aus der Tasche wie zur stillen Herausforderung seines Feindes.

Aber aus der Dunkelheit drang kein weiteres Geräusch, nur eine Maus huschte über die warmen, roten Fliesen.

Langsam schob William die Pistole wieder in die Tasche. Er mußte sich der Kinder wegen zusammennehmen.

Dann ließ er sich wieder in seinen Korbstuhl sinken, ordnete einen Stapel von Saatberichten und schob ihn in eine Schublade. Genug von Destilliertemperaturen und Aussaaterfolgen. Er mußte sich jetzt auf Susanna und Brandon konzentrieren und ihnen etwas hinterlassen, das den Lügen widersprach, die sie vermutlich zu hören bekommen würden. Wenn sie nicht sorgfältig planten, würden sie alles verlieren. Dafür würden seine Feinde sicher sorgen.

Aber vielleicht, wenn sie es sehr klug angingen, würden seine Kinder auch herausfinden können, warum –

Er biß die Zähne zusammen. Nein, er mußte praktisch und besonnen bleiben und keine Zeit mit sinnlosen Hoffnungen verschwenden.

Aus einer versteckten Schublade hinten im Schreibtisch nahm der grauhaarige Botaniker eine Ebenholzschachtel, in die Korallen und Perlmutt eingelassen waren. Eine ganze Weile starrte er das polierte Holz an, ein Geschenk von seiner geliebten Frau, die vor vier Jahren gestorben war. Dann nahm St. Clair seine Feder zur Hand und begann zu schreiben.

Die Laterne flackerte hinter ihm. Schatten tanzten über die Seite, als seine gespitzte Feder leise über das feine Papier kratzte.

*15. August 1809*

*Meine liebe Susanna,*

*vielleicht werden Wochen vergehen, bevor Du dieses Notizbuch findest, vielleicht sogar Jahre. Aber es gibt Dinge, die Du wissen mußt, Geheimnisse, die ich Dir mitteilen will, ohne daß meine Feinde davon erfahren. Darum habe ich mir solche Mühe gegeben, diesen Bericht zu verstecken. Sei mir nicht böse.*

*Es war absolut notwendig.*

*Wenn Du dies liest, meine Susanna, wirst Du viele häßliche Geschichten über mich zu hören bekommen haben. Man wird sicher behaupten, ich hätte mir vor Verzweiflung selbst das Leben genommen. Das ist natürlich eine Lüge, aber manchmal schmer-*

*zen Lügen am meisten. Versuche, den kleinen Brandon so gut wie möglich davor zu bewahren, ja?*

*In diesem Buch, meine Tochter, steht die Wahrheit. Hüte sie gut, denn es wird Menschen geben, die töten, um sie zu besitzen. Studiere genau, was ich Dir gesagt habe, und überlege Dir gut, wie Du es einsetzen willst. Wenn du klug bist, werden diese Dinge Dich und Bram beschützen.*

*Ansonsten sei beruhigt. Ich habe ein erfülltes Leben gehabt, ein Leben voller Abenteuer und Risiken. Ich bin stolz darauf, daß ich mir im Laufe meiner Reisen Feinde gemacht habe. Das würde ich auch nicht ändern wollen. Meine Arbeit war meine Freude, und Du und Bram, Ihr wart mein Leben.*

*Glaube mir, wenn ich Dir sage, meine Tochter, daß es immer besser ist, Deinem Herzen zu folgen. Gehe Risiken ein. Wage alles. Und wenn Du Dich an sonst nichts erinnerst, vergiß das nicht.*

*Aber ich schweife ab, und das darf ich nicht. Ich habe nicht mehr viel Zeit.*

*Erst seit kurzem bin ich mir der drohenden Gefahr bewußt geworden. Um Deinet- und Brandons willen habe ich mich so zu handeln entschlossen.*

*Du sollst wissen, daß ich diese Worte nicht leichten Herzens, aber voller Liebe für Euch beide schreibe. Doch wenn Du dies liest, wird es zu spät sein, Dir noch persönlich etwas zu erklären. Denn wenn Du dieses Notizbuch findest, meine liebe Susanna, werde ich sicher bereits tot sein…*

# 1. Kapitel

*Auf der Heide*
*Norfolk, England*
*Mai 1814*

Es war Vollmond. Ein kräftiger Wind blies. Es war eine ideale Nacht, um sich zu rächen.

Er saß lässig auf seinem Pferd und hielt die Zügel entspannt in den behandschuhten Händen, während er das ferne Silberband der Straße drüben im Westen beobachtete, wo es zur Küste hin abbog.

Mitternacht. Licht zwischen Schatten.

Und Angst. Die spürte er auch.

Aber der schwarzgekleidete Reiter kannte hier auf der mondhellen Heide jeden Felsen und jeden Strauch, jede Straßenbiegung, hinter der man sich verstecken konnte. Er war zu Fuß über sie gewandert, hatte sie genau studiert, davon geträumt. Und jetzt war er bereit, hier seinem dunklen Handwerk nachzugehen.

Mit finsterer Miene zog der Mann eine Halbmaske aus schwarzer Seide über sein scharfgeschnittenes Gesicht bis herunter auf die einzige Narbe, die kalt an seiner vollen Oberlippe glänzte.

Keine Zeit für Träume und Bedauern. Nicht heute nacht.

Die Dunkelheit rief. Die Kirchenglocken hatten zwölfmal geläutet, und die ganze Heide war in Schatten gefangen.

Es war wieder Zeit für den finsteren Straßenräuber von Norfolk.

Die kleine Schankstube war voller Menschen und Rauchschwaden und roch nach billigem Fusel.

»Wer bietet für das Mädchen?«

Halbtrunkenes Gemurmel antwortete ihm.

»Na los, Freunde! Seid ihr Männer oder bartlose Jungen, daß ihr euch eine solche Gelegenheit entgehen laßt, weibliche Schönheit zu genießen? Schaut her! Das Mädchen hat makellose Haut, glatt wie Satin.«

Die fünf um den wackligen Tisch gescharten Männer beugten sich vor. Ihre blutunterlaufenen Augen verengten sich, während sie versuchten, die Frau klar zu erkennen, die durch das Loch in der gegenüberliegenden Wand zu sehen war. Der davorgehängte Vorhang war durchsichtig, aber sie sahen kaum mehr als die füllige Silhouette.

»Woher sollten wir wissen, daß sie so ist, wie Ihr behauptet, Millbank? Letztes Mal habt Ihr uns ganz schön reingelegt. Ich habe dreihundert Pfund für eine unberührte Jungfrau bezahlt und bekam eine pockennarbige Nutte!«

»Meine Herren, meine Herren!« Der Mann am Kopf des Tisches winkte überlegen ab. Seine rosigen Züge überflog ein einstudiertes Lächeln. »Ein kleines Mißverständnis, das versichere ich euch! Mein Lieferant hatte nicht genau verstanden, wie hoch die Ansprüche unseres Clubs sind. Wir wollen nur Mädchen mit vollendeter Gestalt und unberührte Jungfrauen.« Mit einer dramatischen Bewegung zog Sir Charles Millbank den verhüllenden Seidenvorhang von dem Guckloch weg. »Und genau *das* ist es, was ihr hier vor euch seht.«

Die Frau fuhr fort, sich das lange, dunkle Haar zu kämmen, ihre Schultern waren nur von einem dünnen Frisierumhang bedeckt.

»Wird sie auch willig sein?« Ein Edelmann mit beginnender Glatze und Whiskyflecken auf der Weste sah Sir Charles Millbank unbehaglich an. »Nicht, daß sie das ganze Haus zusammenschreit, wenn sie merkt, was auf sie zukommt.«

»Keine Sorge, sie wird gut vorbereitet sein.«

»Ich hoffe, nicht zu gut«, sagte ein betrunkener Mann mit harten Zügen und kalten Augen. »Ein Mädchen, das sich nicht wehrt, macht keinen Spaß.«

Der Edelmann schnaubte. »Als wenn Ihr eine Chance hättet, sie für Euch zu gewinnen, Renwick. Soweit ich weiß, habt Ihr schon seit mehr als einem Monat an allen Tischen verloren.«

»*Eure* Gebote kann ich aber trotzdem noch übertreffen!«

Millbank schritt ein, als die beiden aufeinander losgehen wollten. »Meine Herren, bitte etwas mehr Anstand! Die Regeln unseres Clubs verlangen strikte Ordnung bei unseren Versammlungen. Also, was bietet ihr für dieses prachtvolle weibliche Exemplar nebenan? Dreihundert Pfund? Vierhundert?«

»Was ist mit Silver St. Clair?« Der Edelmann beugte sich vor, Lüsternheit glitzerte in seinen trüben Augen. »*Die* will ich.«

Die anderen begannen zu murmeln. Das Wort *Silver* ging von Mund zu Mund.

»Also, was ist mit Silver?« Der Edelmann ließ seinen Krug auf den Tisch krachen. »Um *die* zu kosten, würde ich zweimal vierhundert Pfund und mehr bezahlen!«

Millbank runzelte die Stirn, als seine schöne Schwägerin erwähnt wurde. Er hatte immer wieder versucht, sie kleinzukriegen, aber sie trotzte ihm jedesmal. Verflucht sei ihre Freiheit – und ihre Schönheit, die ihn ununterbrochen quälte.

Aber hier ging es um zuviel Geld, als daß er einen Gefühlsausbruch riskieren durfte. Abgesehen davon würde seine sture Schwägerin schon bald erfahren, wer hier das Sagen hatte. Und sobald sie verzweifelt genug war, würde sie sich seinen Forderungen schon fügen.

»Wenn es an der Zeit ist, wird Silver St. Clair auch zur Versteigerung kommen, so wie ich es versprochen habe.« Er ließ den Vorhang wieder vor das Guckloch fallen und wandte sich mit finsterer Miene den versammelten Männern zu. »Bis dahin geht die Versteigerung weiter wie bisher. Solltet ihr jetzt nicht mitbieten wollen, werdet ihr auch nicht unterrichtet, wenn meine süße kleine Schwägerin an der Reihe ist. Das würde euch sicher leid tun, meine Herren.«

Plötzlich war das Zimmer von Schweigen erfüllt. Die Männer hielten den Atem an, während sie sich die seidige Schönheit von Silver St. Clairs Haut vorstellten, den tiefen, leicht rauhen Klang ihrer Stimme und die reiche Pracht ihres weinbrandfarbenen Haars, das durch eine einzelne Silbersträhne an ihrer Schläfe aufgehellt wurde.

»Also gut, ich bin mit zweihundert dabei.« Der Edelmann sprang auf und warf eine Handvoll Geldscheine auf den Tisch.

»Dreihundert«, bot Lord Renwick, um sich nicht ausstechen zu lassen.

Während die Gebote wild weitergingen, lehnte sich Sir Charles in seinen Stuhl zurück. Er lächelte dünn und legte seine dicken Fingerspitzen aneinander.

Ja, heute abend würde ihm seine schöne, aufsässige Schwägerin eine Menge Geld einbringen. Und bald würde er sehen, wie ihre Hoffnungen schwanden, weil man ihr ihre geliebte Lavendelpflanzung wegnehmen würde. Dann würde sie ihm sogar mehr als nur Geld bringen...

Über die Eibendickichte der Heide galoppierte eine einsame Reiterin. Nebelschwaden stiegen in seltsamen, wirbelnden Spiralen auf und leckten blaß und kalt an Pferd und Reiterin, die verzweifelt weiterritt.

Silver St. Clair war an diesem Abend noch spät unterwegs, viel zu spät, um sich sicher und ruhig zu fühlen. Sie wußte, daß sie die verlorene Zeit aufholen mußte, indem sie die Abkürzung durch den Wald von Worrington nahm.

Oder den Teufelswald, wie man ihn in dieser Gegend von Norfolk nannte.

Mit unsicheren Fingern tastete sie nach der elfenbeinernen

Kamee, die sie am spitzenbesetzten Halsausschnitt ihres Kleides trug.

Es war ihr egal, daß es hieß, in diesem Wald spuke es.

Es war ihr egal, daß erst vor einer Woche eine Kutsche in den düsteren Tiefen verschwunden sein sollte.

Es war ihr auch egal, daß ihr Herz wild klopfte. Der Schatz, den sie bei sich trug, erforderte, daß sie ein Wagnis einging.

*Aber was geschieht, wenn ich Lord von Blackwood begegne? Schließlich ist das hier sein Reich.*

Die spöttische Frage hallte in ihren Gedanken wider. Als Antwort darauf zog Silver ihre verzierte kleine Pistole im Ärmel näher zum Aufschlag herab. »Blackwood? Wenn er kommt, werde ich ihn einfach mit einer Kugel empfangen, was schon längst jemand hätte tun sollen!«

Aber der Wind riß ihr die Worte vom Mund und warf sie ihr schrill und kalt ins Gesicht zurück.

Silver schauderte und zog sich den Umhang enger um die Schultern. Es war ungewöhnlich kalt für eine Mainacht in Norfolk. Sie fragte sich, ob sie womöglich die frisch gekeimten Lavendelbeete mit feinem Tuch abdecken sollte. Sie hatte zu viele Tage mit harter Arbeit zugebracht, als daß sie die Lavendelernte an den eisigen Wind, der vom Ärmelkanal herüberwehte, verlieren wollte...

Sie überlegte sich gerade, wie sie den Stoff am besten ausbreiten sollte, als aus der Dunkelheit hinter ihr Hufgetrappel ertönte. Es blieb ihr keine Zeit, sich zu wappnen oder auszuweichen.

Und es bestand keine Aussicht zur Flucht.

Denn nur ein Mann wagte es, nachts allein durch diese düstere Gegend zu reiten, der einzige Mann, dessen Augen wie Höllenschwefel leuchteten. Der schwarze Lord. Ein fein gekleideter Straßenräuber, der wie ein Gentleman redete, aber mit der kalten Präzision eines Mörders töten konnte.

Er war es, der jetzt schnell auf Silver zukam.

Wild entschlossen gab sie ihrer Stute die Sporen und versuchte, den dichten Wald links von ihr zu erreichen. Gleichzeitig zerrte sie ihre Pistole aus der schützenden Tasche in ihrem Ärmelaufschlag.

Hinter ihr hallten Hufschläge wie Metall auf Metall. Das schwarze Pferd und der schwarze Reiter kamen durch die Schwärze der Nacht immer näher.

Silver unterdrückte einen Schrei, beugte sich weit nach vorn und trieb ihre Stute weiter an.

Aber dem schwarzen Roß, das ihr in rasendem Lauf folgte, war kein anderes Pferd gewachsen, man sagte, es stamme direkt aus der Hölle.

Noch zehn Meter bis zu den Bäumen. Wenn sie nur –

Doch schon im nächsten Augenblick wurde ihre Hoffnung vernichtet. Das große Pferd erreichte sie, während Funken wie Höllenfeuer von seinen donnernden Hufen stoben.

Und dann wurde Silver hochgerissen, von eisernen Fingern ergriffen, während ihr erschrecktes Pferd in den Wald davonstürmte. Eine Sekunde später wurde sie an eine samtbekleidete Brust gezogen. Sie schlug wild um sich und wehrte sich gegen die Hände, mit denen der Mann sie auf den Sattel drücken wollte. »Laß mich los, du Hundesohn!«

»Brrr, Diablo.« Die Stimme des Mannes übertönte ihre Proteste. Rauh und tief und eine Spur fremdartig klang sie. »Wir haben jetzt Gesellschaft, also achte bitte auf dein Benehmen.«

Silvers Beine wurden unter einem männlichen Schenkel festgehalten und ihre Handgelenke sicher von einer großen, starken Hand umschlossen. Die Warnungen ihrer Erzieherin, die sie so oft gehört hatte, erfüllten ihre Gedanken.

*Schau nicht in seine Augen! Ein Blick in seine dämonischen Augen von glühender Bernsteinfarbe, und du bist verloren, mein Kind. Denn er ist ebenso schön wie böse, dieser Sproß des Teufels.*

Doch das war alles abergläubisches Gerede. Die Gestalt, die sie jetzt festhielt, war von Fleisch und Blut.

Und Fleisch und Blut konnte man beherrschen – oder doch wenigstens zum Bluten bringen.

Sie schob ihre Finger in ihren Ärmelaufschlag, zog die Pistole heraus und zielte auf die schwarze Halbmaske. »Laßt mich herunter, sonst werdet Ihr mein Pulver zwischen den Zähnen zu spüren bekommen!«

Die Lippen des Straßenräubers hoben sich zu einem langsamen Lächeln. »So, da habe ich mir also einen kleinen Wildfang eingehandelt, wie?« Die tiefe Stimme berührte Silver weich wie die rauchenden Torffeuer, die man in dieser Gegend in kühlen Herbstnächten anzündete.

Rauh-weich war sie.

Und dunkel wie ganz feiner Whisky.

Sie schauderte unwillkürlich.

»Wer wagt es, mein Gebiet um Mitternacht zu betreten?«

Silver sah ihn finster an. »Ich werde nicht sprechen. Nicht mit *Euch*!«

»Nein? Nicht einmal, um mir zu verraten, welcher Name eine solche Schönheit ziert?«

»Kein Name, der Euch interessieren dürfte, Schuft!«

Der Reiter warf den Kopf zurück und lachte. »Aha, der Ruf des schwarzen Lords überflügelt ihn noch selbst, wie?« Sein dunkles Lachen schien den Stoff von Silvers Umhang zu durchdringen und ihre bebende Haut zu berühren.

»Genug! Euer Ruf ist nur zu bekannt, Unhold! Jetzt laßt mich los, oder ich jage Euch eine Kugel in Euer grinsendes Gesicht!«

Der Straßenräuber zügelte sein Pferd zu langsamem Trab. Immer noch lächelnd lehnte er sich im Sattel zurück, bis Silver ganz flach auf seinem Schoß lag. »Laßt mich los! Ich schwöre, daß ich Euch sonst erschieße!«

»Und wohin willst du zuerst schießen, meine Schönste? Auf meine Nasenwurzel? Zwischen die Augenbrauen? Oder direkt ins Auge? Ich habe gehört, das soll am wirksamsten sein, auch wenn es dir wahrscheinlich schwerfällt, bei all der eleganten Spitze richtig zu zielen. Schließlich sind Blutflecken schwer auszuwaschen.«

*Der Grobian machte sich über sie lustig!*

Alle hatten sich über sie lustig gemacht, als sie damals darauf bestanden hatte, die Lavendelpflanzung ihres Vaters nach seinem Tod vor zwei Jahren allein weiterzuführen. Zuerst hatte ihr gieriger Schwager, Sir Charles Millbank, versucht, ihr das Land zu nehmen, doch die Forderungen in William St. Clairs Testament waren eindeutig gewesen: Silver sollte Lavender Close verwalten, bis ihr Bruder, Brandon, volljährig war.

Und Silver hatte ihnen allen bewiesen, daß sie dazu imstande war und seit dem Tod ihres Vaters jedes Jahr eine gute Ernte eingebracht.

Sie hatte es ihnen gezeigt! Und *diesem* Mann hier würde sie es auch zeigen!

Das Blut in ihren Adern brannte, als sein Blick über ihre schwer atmende Brust streifte. Sie griff fester zu und hob die Pistole an seinen Hals. »*Hier* ist es genau richtig, denke ich.«

»Dann drücke ruhig ab, meine Süße. Da ich schon alle Freuden eines verschwendeten Lebens gekostet habe, will ich gern in Erfahrung bringen, was mir der Tod Neues zu bieten hat.«

Die Kälte und völlige Ungerührtheit seiner Stimme ließen Silver erschauern. »Aber – Ihr könnt doch nicht wirklich sterben wollen!«

Blackwood zuckte die Schultern. »Es ist mir nur noch wenig Würze im Leben geblieben. Mit der Zeit wird es eben ermüdend, jedes Laster gekostet und jede Sünde erprobt zu haben. Aber das kannst du dir sicher nicht vorstellen.«

»Da habt Ihr allerdings recht«, stimmte Silver zu.

Doch da ihre Brust an seinen Arm gedrückt wurde, während sie sprach, verlor ihr mißbilligender Ton hörbar an Schärfe. Sie errötete und versuchte, sich ihm zu entwinden, spürte aber nur noch deutlicher seine Schenkel an ihrer Hüfte.

Was dem berüchtigten Straßenräuber natürlich nicht entging.

Er rückte im Sattel etwas zur Seite, so daß sie noch näher zu ihm rutschte und seine erregte Männlichkeit zu spüren bekam.

Silver schnappte nach Luft. Mit tiefgeröteten Wangen versuchte sie, sich aufzurichten, was aber genauso unmöglich war wie ihr früherer Kampf gegen den kalten Wind vom Ärmelkanal. Sie spürte plötzlich den heftigen Drang, um Hilfe zu rufen, doch ihr Stolz ließ das nicht zu. Und wer würde sie auch schon hier draußen auf der Heide schreien hören?

»Laßt mich los, Ihr – Ihr Rohling!«

»Ich glaube nicht, meine Schöne.« Bernsteinfarbene Augen blitzten durch die Schlitze in der schwarzen Seide seiner Maske. »Erst wenn ich deinen Namen erfahren habe. Und vielleicht werde ich selbst dann…«

»Ihr werdet heute nacht nichts von mir haben!« Silver richtete ihre Pistole auf seine Schulter. »Ich warne Euch, ich weiß, wie man mit dieser Waffe umgeht. Und ich werde sie gebrauchen!«

»Aber natürlich«, ertönte seine gelangweilte Antwort. »Nur zu.«

Silvers Augen funkelten in grüngoldenem Zorn. »Ihr verdammter Kerl! Ich schieße *wirklich*, ich warne Euch!«

»Ja, sicher«, bemerkte der Straßenräuber gelassen. »Sobald deine Finger nicht mehr zittern. Aber bitte ziele gleich beim ersten Mal richtig, ja? Es zeugte von schlechtem Stil, mich blutend und nur halb tot hier draußen auf der Heide liegenzulassen.«

»Aus dieser Nähe kann ich Euch ja wohl kaum verfehlen!«

»So? Mir scheint deine Zielsicherheit sehr fraglich. Du hast so etwas wohl noch nie gemacht, oder?« Seine Stimme klang ausdrücklich mitfühlend.

Silver senkte den Blick und sah voller Zorn, daß ihre Hand zitterte. Er hatte natürlich recht. »Oh, verdammter Mist!«

Doch der wilde Straßenräuber, der dem Tod so gleichmütig ins Auge zu sehen schien, erstarrte plötzlich. Seine Finger schlossen sich fester um Silvers Handgelenke. »Sei still.«

»Warum sollte ich –«

»Ruhe, habe ich gesagt!« Diesmal brachte sie seine nachdrückliche Stimme zum Schweigen.

Der schwarze Lord ließ sein Pferd in den Schatten der Bäume zurücktreten und betrachtete eingehend die Straße, die Richtung Norden im Mondlicht schimmerte.

Und dann hörte Silver ebenfalls die herangaloppierenden Hufe.

In einem Sekundenbruchteil hatte er ihr die Pistole abgenommen. Sie schnappte wütend nach Luft und wollte sie ihm entreißen, doch im gleichen Augenblick schloß sich eine harte Hand fest über ihren Mund.

»Still jetzt, meine Liebe. Mir scheint, mein Reich bekommt in dieser Nacht ein zweites Mal ungebetene Besucher. Ich rate dir, dich nicht zu rühren.«

Silver atmete tief ein, als sie spürte, wie sein Schenkel hart gegen ihre Hüfte drückte.

*Hör nicht hin*, sagte sich Silver wütend. *Und schau ihm nicht in die Augen!*

Aber es war zu spät. Sie drehte sich um und war verloren.

Dieser seltsame, scharfe Blick...

Silver spürte ein Hämmern in der Brust, als sie in seine schattigen Tiefen hinabgezogen wurde. Seine Augen hatten die Farbe von feinstem Bernstein, von heißen, goldenen Adern durchzogen.

Leuchten im Dunkel. Überhaupt nicht das, was sie erwartet hatte.

Hitze überströmte ihre Wangen. Die Nacht wurde zum Geheimnis, erfüllt von Stürmen und Wildheit.

Die vollen Lippen des Straßenräubers hoben sich zu einem wissenden Lächeln. »Ein schwerer Fehler, Kleine. Du hast mir in die Augen gesehen, und jetzt gehörst du mir. Denn es ist alles wahr, meine Schönste, was die Legenden über meine finsteren und skrupellosen Taten sagen. Der Lord von Blackwood hat sie alle begangen, das versichere ich dir, also versuche nicht, mit mir zu spielen.« Als wollte er seine Warnung noch unterstreichen, legten sich seine Finger fest um ihre Taille.

Einen Augenblick später stürmten drei Reiter aus dem bewaldeten Tal hervor. Ihre Gesichter waren hinter dunkler Wolle verborgen, und jeder hielt eine Pistole in der Hand.

»Verdammt, wo ist die Göre hin? Ich hätte schwören können –«

»Ihr Pferd! Da drüben ist es!«

»Ich will nicht das Pferd, ich will das verdammte Weib! Sie muß doch irgendwo hier sein. Er hat mir geschworen, daß sie heute nacht hier vorbeikommen würde!«

Die Furcht verschloß Silvers Kehle. Sie sah voller Schrecken zu, wie die Reiter ihre Stute einfingen, absaßen und ihre Satteltaschen durchsuchten. Was suchten sie nur? Sie hatte nichts Wertvolles bei sich. Nichts außer –

Ihr Gesicht wurde blaß, als einer der Männer ihre Ledertasche mit einem Messer aufschlitzte. Sie wollte sich bewegen, aber die Finger des Straßenräubers schlossen sich warnend fester um ihre Taille.

»Dieses dreiste Weibsstück! Selbst *sie* würde es nicht wagen, nachts über die Teufelsheide zu reiten. Sie muß irgendwo weiter hügelabwärts sein. Vielleicht hat sie das Pferd abgeworfen.«

Sein Spießgeselle lachte rauh. »Und jetzt liegt sie da, mit hochgeschobenen Röcken? Das wäre doch ein lustvoller Anblick, Leute. Kommt, den wollen wir uns nicht entgehen lassen!«

Und die drei Männer galoppierten davon, während Silvers Schrecken zunahm. Sie kannten ihren Namen, sie waren ihr hierher gefolgt! Aber *warum*?

»Freunde von dir?«

Sie schüttelte den Kopf und versuchte, dem scharfen Blick des Straßenräubers auszuweichen. »Ich habe keine Ahnung, wer sie sind.«

»Wie bedauerlich. Sie schienen jedenfalls genau zu wissen, wen sie suchten. Hast du irgendwelche Schätze bei dir, die mir entgangen sind?«

Mit einer schnellen Bewegung hob er ein Bein über den Sattel und glitt zu Boden, wobei er Silver immer noch an seine Brust drückte.

Sie landeten mit einem dumpfen Geräusch. Noch bevor Silver Luft holen konnte, begann sie schon, sich gegen ihn zu wehren und riß sich los. Sie schüttelte ihre rotgoldenen Locken aus dem Gesicht und wollte auf die Straße zulaufen. Doch da spürte sie etwas Spitzes, leicht wie einen Hauch, an der Schulter.

Sie drehte sich langsam um – und sah die stählerne Spitze einer polierten Klinge.

Der Degen hob sich langsam und schob eine Locke von ihrer Schulter. Silver schauderte und spürte die völlige Selbstbeherrschung des Mannes, der ihr gegenüberstand, als er sachte die Spitze an ihrem Hals und die daran befestigte Brosche berührte.

»Hübsches Stück, aber bestimmt nicht der Grund für das Interesse dieser Schurken. Ich kenne alle Männer, die hier herumstreunen. Die drei tun für Geld alles, aber sie sind auch besonders teuer. Das bedeutet, daß jemand mit beachtlichen Mitteln sie angeheuert hat, denn sie machen ihre Sache gut.«

Während er sprach, ließ er den Degen abwärts in die Spitze an Silvers Mieder gleiten.

Im nächsten Augenblick trennte er mit der Klinge zwei Knöpfe ab, so daß ihre Kostümjacke und die Bluse darunter ihre cremefarbene Haut seinem Blick freigaben.

»Halt! Ihr könnt nicht –«

Er kümmerte sich nicht um ihre Einwände und schlitzte mit überlegener Geschicklichkeit ihr Hemd auf und dann das Samtband herunter.

Mit einer schnellen Drehung fand er das Leinensäckchen, das sie darunter trug, und holte es mit der Spitze der Klinge hervor.

»*Nein!* Gebt das zurück. Das dürft Ihr mir nicht wegnehmen!«

Die Augen des Straßenräubers wurden schmal. »Sprich doch bitte weiter, meine Liebe. Ich bin außerordentlich neugierig. Was befindet sich in diesem Beutel, das so unerhört wertvoll ist?«

»N-nichts.« Silver kniff die Lippen zusammen. »Gar nichts, verdammter Kerl.«

Blackwood runzelte die Stirn und befühlte das unauffällige Leinensäckchen. Dann hielt er es sich an die Nase und schnupperte. »Lavendel? Ein eleganter Duft, der es aber kaum wert sein dürfte –«

»Gebt es mir zurück!« Silver stürzte sich auf ihn, und ihre Finger griffen wild nach seinem maskierten Gesicht. »Das gehört mir! Dieses Saatgut ist das Ergebnis *monatelanger* Arbeit!«

In ihrer Wut schlug Silver ihm den Beutel aus der Hand. Erschrocken sah sie, wie die wertvollen Samen, das Ergebnis jahrelanger Arbeit und sorgfältiger Auswahl, auf dem Boden verstreut wurden. »O nein! Ich *darf* sie einfach nicht verlieren!«

Der Pflanzer aus Virginia, mit dem sie sich am Abend in King's Lynn getroffen hatte, war von dem Saatgut so beeindruckt gewesen, daß er nach Lavender Close kommen und ihr ein Angebot machen wollte. Sein Geld hätte mehrere Monate lang ihre Gläubiger fernhalten können, die sie schon seit dem Tod ihres Vaters bedrängten. Silver hatte es zwar geschafft, den einen oder anderen zu bezahlen, aber mit jedem Monat wurde das schwieriger.

Jetzt war das Saatgut verloren.

Eine Träne rann über ihre Wangen.

»So wertvoll waren sie also?« Der Mann runzelte die Stirn. »Vielleicht eine Erinnerung an einen Geliebten?«

Silver entgegnete mit wütender Miene: »Natürlich waren sie wertvoll! Aber was versteht ein Kerl wie Ihr schon von harter

Arbeit? Von tagelangem Schuften in sengender Sonne oder dem kalten Nieselregen von Norfolk?«

Die Augen des Straßenräubers blitzten. »Du würdest dich wundern, meine Liebe.«

»Wie auch immer – jetzt sind sie dahin, habt Ihr das verstanden? Alles fort. Ohne diese Samen kann ich niemals hoffen, die –« Silver verstummte mit einem Schluchzen und wandte den Kopf ab, um seinem durchdringenden Blick zu entgehen.

»Aber bitte, so schlimm kann es doch nicht sein.«

*O doch, das war es. Sogar noch schlimmer*, dachte Silver verzweifelt. Jetzt würde sie die Gläubiger wieder vertrösten müssen, und ihre Arbeiter mußten auf ihren Lohn warten. Und ihr Bruder konnte die Geräte nicht bekommen, die er für seine Experimente brauchte.

Natürlich konnte sie jederzeit Sir Charles Millbank um Hilfe bitten. Das hatte er ihr bei seinen Besuchen in Lavender Close zu verstehen gegeben. Auch seine Gegenforderung hatte er deutlich gemacht – der Besitz ihres Körpers.

Nein, diesen Hund würde sie *nie* um Hilfe bitten! Und auch nicht einen Straßenräuber!

Silver wandte sich ab und wischte sich die Tränen von den Wangen. Plötzlich legten sich harte Finger unter ihr Kinn und zwangen sie, ihm ins Gesicht zu sehen. Sie schloß die Augen, doch dann schnappte sie erstaunt nach Luft, als Blackwood nach ihren Händen griff und ihre von der Arbeit rauh gewordenen Handflächen betrachtete. »Und wieder erstaunst du mich, meine kleine Schöne«, flüsterte er. »Du hast also wirklich all die Dinge getan, von denen du gesprochen hat.« Seine Lippen streiften flüchtig über ihre Handfläche, und wo er sie berührte, schien sie von Hitze überströmt zu werden.

»Du arbeitest also für die St. Clairs? Sie müssen dich ja ganz schön antreiben, wenn du davon solche Schwielen bekommst. Hast du dir heute abend das Reitkostüm deiner Herrin ausgeliehen? Hast du es deswegen so eilig, damit du es zurückbringen kannst, bevor sie den Diebstahl bemerkt – und daß du ihr Saatgut dabei hast?«

»Es *war* kein Diebstahl!«

»Natürlich nicht.« Die vollen Lippen des Mannes hoben sich ein wenig. »Nur ausgeliehen.« Seine Lippen berührten die empfindliche Haut ihrer Finger.

Silver schauderte. Was war nur mit ihr los? Warum zitterten ihr die Knie so seltsam?

Der Mann, der sie gefangenhielt, zog sie näher zu sich heran. Seine Hand griff tiefer in ihr volles Haar.

Sie mußte ihm entfliehen! Sie mußte nach Hause kommen, bevor –

»Sag mir deinen Namen«, forderte sie der Straßenräuber rauh auf. »Ich muß wissen, an wen ich mein Herz verloren habe.« Er sprach leise, aber in seiner Stimme lag eine Spur von dunklem Verlangen, was Silvers Herz heftig schlagen ließ.

»Silver.«

*»Pardon?«*

Ihre Augen weiteten sich bei der gemurmelten Frage. »Seid Ihr Franzose?«

Die Narbe an seinen vollen Lippen glänzte. »Ich bin – vieles, meine Kleine. Doch warum *Silver*?«

»Das ist mein Name.« Mehr sagte sie nicht. Es würde sicherer sein, wenn er sie nur für eine einfache Dienerin hielt.

»Silver.« Er wiederholte ihren Namen langsam und genußvoll. »Weniger hätte ich nicht erwarten dürfen. Ein außergewöhnlicher Name für ein außergewöhnliches Geschöpf. Deine Augen passen zu deinem Namen.«

Einen Augenblick lang vergaß Silver St. Clair ihren bösen Schwager und die Armut seit dem Tod ihres Vaters. Sie vergaß sogar die wertvollen Lavendelsamen, die auf dem Boden verstreut lagen.

Sein Charme war übermächtig. Jetzt verstand sie auch, wie der geheimnisvolle Lord Blackwood zu seinem legendären Ruf als Verführer gekommen war. Obwohl sie wußte, daß sie sich eigentlich von ihm hätte befreien müssen, konnte Silver sich seiner warmen Berührung nicht entziehen.

»Was bekäme ich, wenn ich diese Lavendelsamen wiederbeschaffen würde, die dir so wichtig sind?«

Eine Welle von Hoffnung überspülte sie. »Würdet Ihr das tun?«

»Für ein kleines Andenken würde ich mich dazu bereit finden.«

»Was für ein Andenken?« Ihre tiefe Stimme wurde noch tiefer. Ihr war klar, wie riskant es war, mit so einem harten Schurken zu handeln, aber sie war verzweifelt.

Als ihre Stimme sich veränderte, glitzerten die Augen des Mannes gefährlich. Sein Körper spannte sich, seine Hände in ihrem warmen, rotgoldenen Haar griffen fester zu. Er sehnte sich plötzlich danach, ihr diesen lächerlichen Reithut vom Kopf zu nehmen und sie unter sich auf die dunkle Heide zu drücken, während er ihren seidigen Körper entblößte.

Aber er tat es nicht. So feurig wie sie auch sein mochte, sie war ganz offensichtlich unschuldig. Und Norfolks berüchtigster Straßenräuber wollte so tief nicht sinken.

»Nun, bestimmt nicht deine Brosche, die kannst du wohl kaum hergeben, da sie ja deiner Herrin gehört.« Er verzog die Lippen. »Abgesehen davon ist sie sowieso nur eine billige Kopie.«

»Woher wollt Ihr das wissen?«

»Ach, du Dummchen, bei meinem Geschäft muß ich so was eben wissen.«

Er hatte natürlich recht. Alle wertvollen Schmuckstücke waren schon längst verkauft. Doch Silver ließ sich durch diesen spottenden Fremden ungern daran erinnern. Außerdem bedeutete das, daß ihr nichts blieb, um mit ihm zu handeln.

»Was wollt Ihr von mir?«

Angesichts ihrer tonlosen Stimme runzelte er die Stirn.

»Nicht deinen Schmuck. Und auch nicht deine Unschuld, du kleine Närrin. Beleidige mich nicht damit, daß du mir zutraust, eine Jungfrau mißbrauchen zu wollen.«

Ihre Augen weiteten sich. »Aber alle sagen –«

»Meine Verbrechen sind Legion, Süße, aber so weit gehen sie nicht. Abgesehen davon verspüre ich nicht das geringste Verlangen. Mir werfen sich viel zu viele kichernde Frauen zu Füßen, die eifrig darum bemüht sind, mir ihren Körper anzubieten, während ich nur ihren Schmuck will.«

»Oh.« Silver legte den Kopf zur Seite. »Aber woher wißt Ihr denn, daß ich eine bin? Ich meine, eine...«

»Eine Jungfrau?« Blackwoods Degen hob eine Locke von ihrer Wange. »Aus dem Puls, der so heftig an deinem Hals schlägt, und weil deine seidigen Wangen so hübsch erröten. Das ist ein einschlägiger Beweis, Kleines, für jemand mit so einem erfahrenen Blick wie mich.«

In seiner Stimme lag Bitterkeit und etwas wie Bedauern.

Silver runzelte die Stirn. »Dieses harte Leben auf der wilden Heide am Rande des Todes muß doch eine anstrengende Herausforderung für Euch sein, besonders wenn Ihr ständig von Frauen bestürmt werdet. Kann das denn – wie soll ich sagen – *bequem* sein?«

»Bequem?« Der Straßenräuber lachte belustigt. »Da hast du wirklich recht. Mittlerweile ist hier so viel Gesindel am Werk, das mir auch noch all seine Untaten unterschiebt.« Blackwood steckte seinen Degen wieder in die Scheide und sah Silver ins Gesicht. »Aber was kann ein so unerfahrenes Ding wie du schon von Verführung und schmachtenden Weibern wissen?«

Silver zuckte die Schultern. »Ach, nicht besonders viel. Als Bedienstete der St. Clairs verbringe ich ein sehr ruhiges Leben.« Einen Augenblick lang klang ihre Stimme traurig. Es hatte schon mal andere Zeiten gegeben mit Bällen voller Fröhlichkeit. Damals hatte ihre Mutter noch gelebt und sie geführt, und ihr Vater hatte sie noch beschützen können.

Jetzt war das alles anders...

Plötzlich richtete Silver sich kerzengerade auf. »Jedenfalls war es ein ruhigeres Leben, ehe Ihr gekommen seid und uns bedrohtet. Und ich kann Euch versichern, daß ich trotz allem nicht ohne Verbindung zur restlichen Welt lebe.«

Die bernsteinfarbenen Augen sahen sie ruhig an. »Das höre ich natürlich gern, Sonnenstrahl. Es wäre doch ein seltsamer Ort, wo eine Frau mit deinem feurigen Temperament und deiner Schönheit völlig im Verborgenen bleiben könnte.«

Silver blinzelte bei dem weichen Klang seiner Stimme. Plötzlich war ihr schwindlig. Ihr Blut schien zu rauschen, erst heiß, dann kalt. Das war nicht gerade ein behagliches Gefühl – aber auch nicht wirklich unangenehm.

Ganz sicher aber war es ungewöhnlich. Silver hatte sich noch nie in der Gegenwart eines Mannes so merkwürdig gefühlt. Vielleicht war es auch diese Neuheit, die sie so verblüffte. »Warum nennt Ihr mich Sonnenstrahl?«

Blackwood betrachtete sie eingehend. »Weil du irgendwie leuchtest und eine Offenheit hast, die mir noch nicht oft begegnet ist.«

Sein Unterkiefer spannte sich. Silver ahnte, was er vorhatte, noch bevor er den Kopf senkte. Doch selbst da rührte sie sich nicht oder schrie auf.

»Ihr – könnt doch nicht...«, flüsterte sie. »Ich dürfte nicht einmal daran denken –«

Seine Augen glitzerten. »Das stimmt allerdings, Kleines. Du *dürftest* nicht. Aber zum Weglaufen ist es bereits zu spät. Viel zu spät. Und wenn auch viele Wege in mein dunkles Reich führen, so gibt es doch keinen, auf dem man wieder hinausgelangt.«

Sein angedeutetes Lächeln ließ die Narbe, die unter dem Rand der Maske hervorschaute, im Mondlicht glänzen. Silver konnte ihren Blick nicht von diesem bleichen, glänzenden Bogen abwenden.

»Abgesehen davon, meine Schöne, hast du mir in die Augen gesehen. Und jetzt gehörst du für immer mir...«

Dann senkte sich sein Mund heiß und hart auf den ihren. Sie schloß schaudernd die Augen, denn sie wußte, daß er die Wahrheit gesagt hatte.

Sie war verloren, endgültig verloren, genau wie ihre alte Kinderfrau es vorausgesagt hatte.

Und als seine Lippen sich über den ihren öffneten, beschloß Silver, daß sie sich nicht wehren würde.

Es war eine leichte Berührung, doch sehr verführerisch. Was für eine Gefahr konnte schon in einem einzigen Kuß liegen?

Das stellte sie fest, als seine Lippen fest und heiß und sicher über die ihren glitten.

Große Gefahr, dachte Silver undeutlich. Oh, er tat gut, dieser Herr der Mitternacht.

Doch sie war zu unschuldig, um zu verstehen, wie ungeheuer geschickt seine Berührung war – auch wenn sie seufzte und sich instinktiv fester an ihn drückte.

Urplötzlich hielt der Straßenräuber inne. Er löste sich von ihr, und seine Lippen wirkten wie ein dunkler Streifen vor dem noch tieferen Dunkel der Nacht. »Ich denke, daß das jetzt genug war, *mignonne*.«

Warum klang er so atemlos, als wenn er schnell gelaufen wäre? fragte sich Silver. »Ihr müßt in diesen Dingen ja sehr erfahren sein.« Zu ihrer Beschämung klang Silvers Stimme ganz genauso.

Eine seiner dunklen Augenbrauen hob sich. »Was meinst du mit ›diesen Dingen‹?«

»Nun, die Verführung unschuldiger Frauen, natürlich. In Kingsdon Cross sprechen alle von Euren Eroberungen.«

»Ach wirklich?« Seine vollen Lippen hoben sich. »Ich hatte keine Ahnung, daß ich so sehr zur Volksbelustigung beitrage.«

Silver sah eindringlich zu ihm auf und biß sich dabei auf die Unterlippe.

»Ist das Mißbilligung, meine Süße? Ich kann dir versichern, daß ich darauf schon lange nicht mehr reagiere.«

»Das glaube ich nicht. Egal, wie hart Ihr zu sein vorgebt.«

Einen Augenblick schimmerte Schmerz in den Augen, die sie betrachteten – Schmerz und noch etwas viel Düstereres. Doch noch bevor es Silver verstanden hatte, war es verschwunden.

Kühl schob der Straßenräuber die Spitze an einem seiner Ärmel hoch und trat einen Schritt von ihr zurück, wobei er sich über seinen Degen beugte. »Das solltest du aber. Es wäre gefährlich, mir zu trauen. O nein, denke nicht daran, mich ändern zu wollen. Das haben schon zu viele andere Frauen vergeblich versucht. Also laß mich dich warnen. Niemand wird je unter diese Maske schauen. Und wenn du mich ins Herz schließen willst, so ist das gefährlicher, als du dir vorstellen kannst.«

Ein kühler Wind berührte Silvers Hals. »Ich? Soll *Euch* zu ändern versuchen?« Sie lachte unsicher. »Ich bringe es nicht einmal fertig, meine eigenen Gedanken zu beherrschen. Warum sollte ich die eines anderen zu beherrschen versuchen?«

»Das haben schon Menschen mit stärkerem Willen versucht«, sagte er leise. »Und alle ohne Erfolg.«

»Ich nicht. Ich werde Euch nie wiedersehen, Mylord.«

Blackwood nickte ernst. »Das wäre auch sehr vernünftig. Aber warum redest du mich so an?«

»Mylord?« Silver zuckte mit den Schultern und fror plötzlich, da er nicht mehr so nah bei ihr stand. »Weil das zu Euch paßt. Egal, was die Klatschmäuler behaupten.« Sie neigte den Kopf zur Seite, während sie ihn betrachtete. »Ihr habt etwas an Euch – einen Ausdruck von Macht und sicherem Umgang mit Menschen, der eine geringere Anrede nicht zuläßt.«

Der Straßenräuber verbeugte sich elegant. »Zuviel der Ehre für jemanden wie mich, Sonnenstrahl. Das einzige Reich des Blackwood ist die Nacht, und seine einzige Macht liegt in der Beherrschung des Degens. Aber ich danke dir für das Kompliment. Das ist sehr schmeichelhaft für mich.«

»Nichts zu danken«, sagte Silver leise. Sie hielt die aufgeschnittenen Seiten ihres Reitkostüms zusammen und fühlte sich auf der öden Heide, zehn Meilen von der nächsten menschlichen Behausung entfernt, merkwürdig förmlich.

»Du solltest jetzt besser gehen. Diese Gauner werden inzwischen bemerkt haben, daß du nicht vom Pferd gefallen bist, wie sie es gehofft haben.« Blackwood pfiff leise, und sein leichtfüßiger Wallach trottete zu ihm, während Silvers Pferd ihm friedlich folgte.

»Halt, Diablo! Du hast wohl eine Eroberung gemacht heute abend, wie?« Das große, schwarze Pferd schnaubte und stampfte auf den Boden.

»Laß mich dir helfen, *mignonne*.« Kühle Finger legten sich um ihre Taille und hoben sie in den Sattel. Silver wußte, daß sie sich eigentlich vor ihm fürchten müßte und daß sie ihn hassen und seine Berührung schauerlich finden müßte.

Aber es war nicht so.

Seine Hände waren stark. Wahrscheinlich würde sie in dieser Nacht noch lange die Stelle spüren, wo er sie berührt hatte, dachte sie. »Also dann... auf Wiedersehen.«

Er stand da, als dunkler Schatten vor der noch dunkleren Nacht, eine Hand auf den Hals ihres Pferdes gelegt. »Vielleicht, Sonnenstrahl. Vielleicht wäre es auch besser, wir würden nur adieu sagen.«

Silver blinzelte. Da war er wieder, der leicht fremdartige Klang seiner Stimme. Wo hatte er diese dunklen Vokale gelernt? Wie viele dunkle Wege war er entlanggegangen, so daß seine Stirn und sein Unterkiefer so hart wirkten?

»Also adieu. Und – danke«, fügte sie noch eilig hinzu.

Er hob eine Augenbraue. »Danke? Für einen Kuß?«

Silvers Wangen röteten sich. »Ich habe das andere gemeint, daß Ihr mich vor diesen Männern gerettet habt.«

»Sei in Zukunft vorsichtiger. Mit solchen Männern ist nicht zu spaßen.«

Ihre Kehle wurde eng angesichts der eindeutigen Besorgnis, die aus Blackwoods Stimme klang. Sie versuchte, nicht darüber nachzudenken, wie lange es schon her war, seit jemand außerhalb ihrer engsten Familie sich Sorgen um ihre Sicherheit gemacht hatte. Ein gutes Gefühl.

*Gefährlich gut.*

Sie schüttelte sich, um ihre abschweifenden Gedanken wieder in den Griff zu bekommen. »Ich muß gehen«, brachte sie hastig hervor und wendete das Pferd.

Ja, wirklich, sie mußte gehen. Sonst würde sie noch eine Menge atemloser Fragen stellen. Und Silver wußte genau, daß sie ihn nicht wiedersehen durfte. Sie war schon jetzt viel zu sehr von ihm fasziniert.

Nein, sie konnte es sich nicht erlauben, seinen dunklen Zauber noch einmal zu kosten.

Der Straßenräuber schwang sich geschmeidig auf sein Pferd. »Ich werfe zuerst einen Blick auf die Straße. Warte hier, bis ich rufe.« Er ließ leise den schrillen Ruf eines Turmfalken ertönen. »Das bedeutet: alles in Ordnung.«

»Warum?« Sie hatte die Frage schon ausgesprochen, bevor sie darüber nachgedacht hatte. Sofort zog sie die Zügel fester an, und ihre kleine Stute stampfte nervös. »Es ist egal. Es ist nicht von Bedeutung, *warum* Ihr mir geholfen habt.«

Sein Blick brannte sich in ihr Gesicht. »Warum? Weil es mir Freude macht, *mignonne*. Hier, mitten auf der verlassenen Heide, bereitet es mir die größte Freude, einer Dame in Not beizustehen.« Sein Lachen klang hart. »Das muß nicht so bleiben. Morgen solltest du besser nicht mehr auf meinen Großmut rechnen, denn ich bin rücksichtslos und habe kein Gewissen. Das wird dir jeder Reisende in Norfolk bestätigen können«, fügte er finster hinzu.

»Das glaube ich nicht.« Silvers Stimme klang entschlossen. »Ich weiß nicht, warum, aber die Geschichten sind nicht wahr. Ihr seid gar nicht so.«

»Du schlägst meine Warnungen auf eigene Gefahr in den Wind, meine Unschuld.«

Silver warf den Kopf zurück. »Pah!«

Der Straßenräuber wandte sich ihr noch einmal zu und zügelte sein ruheloses Pferd. »Ach, Sonnenstrahl, du bist noch so jung. Neben dir fühle ich mich außerordentlich... alt.« Seine Stimme wurde hart. »Warte hier leise. Es dauert nicht lange.«

Er warf sich den langen Umhang über eine Schulter, und einen Augenblick später galoppierte er über den sandigen Boden davon.

Silver fühlte sich, als wäre sie Hals über Kopf in einen Traum gestürzt, als Pferd und Reiter geräuschlos in der Nacht verschwanden.

Doch die Nacht war lange nicht so düster wie die Fragen, die sich einen Augenblick später in ihrem Kopf überschlugen, als sie den hohen Ruf des Falken hörte, der ihr Sicherheit verkündete. Sie ritt aus ihrem Versteck und folgte ihm.

Doch als Silver die Landstraße erreichte, war ihr Straßenräuber verschwunden.

Hinter dem Hügel und ein halbes Tal weiter entfernt schweiften drei Paar Augen durch die Dunkelheit. Ärgerlich und in dumpfer Stimmung warteten sie auf Hufgetrappel und den Anblick des weißen, angstvollen Gesichts einer Frau. Vergeblich.

Sie wurden immer ärgerlicher, während der Wind den Sand um sie her aufwirbelte und der billige Gin, den sie getrunken hatten, ihre Köpfe zum Brummen brachte.

Also war ihnen die kleine Hure doch entkommen. Verdammt, das würde ihnen am kommenden Morgen noch verfluchte Schwierigkeiten einbringen!

»Egal«, sagte der Mann auf dem braunen Pferd mit dem schiefen Rücken. »Bald wird sie wieder unterwegs sein, und dann wird sie uns nicht entwischen. Wir werden dann alles von ihr bekommen, was wir wollen, das steht fest!«

Als die Reiter ihre Pferde Richtung Osten in Gang setzten, lag Silver St. Clair bereits in ihrem Bett. Eine Schüssel mit Lavendel aromatisierte die Luft, und das Mondlicht ergoß sich über den gebohnerten Fußboden unter ihrem Fenster.

Morgen mußte sie Pflanzen beschneiden und Setzlinge pflanzen, aber auch Duftöle prüfen und Bestellungen ausführen. Aber am wichtigsten war, daß sie irgendwo noch Samen finden mußte, um die zu ersetzen, die sie auf der Heide verloren hatte.

Doch an all diese Dinge dachte Silver jetzt nicht.

Sie dachte an einen Mann mit bernsteinfarbenen leuchtenden Augen, mit Lippen weich wie Satin und Händen, unter deren Berührung ihr heiß und schwindelig und angenehm leichtsinnig zumute wurde.

Ganz wie sie befürchtet hatte, waren auch ihre Träume wild und feurig, und ein schwarzgekleideter Fremder mit jung-alten Augen lachte sie immer wieder an.

## 2. Kapitel

»Miss Silver, ich störe nur ungern, aber –«

»Nicht jetzt, Tinker.«

Silver St. Clair wirkte klein und schlank in den fadenscheinigen Kniebundhosen und dem weiten weißen Hemd. Der Wind bauschte ihr rotblondes Haar unter dem mitgenommenen Strohhut. Seit sie von der Heide zurückgekommen war, waren zwölf Stunden vergangen. Nach der fast schlaflosen Nacht hatte ihr ein arbeitsamer Morgen dabei geholfen, ruhiger zu werden.

Doch die Erinnerung an die leuchtenden, bernsteinfarbenen Augen war geblieben.

»Ich muß diese neuen Sträucher unbedingt noch einsetzen, bevor sie völlig vertrocknen. Das wäre gestern schon nötig gewesen.« Silver verschwand mit gerunzelter Stirn hinter einem Busch von Lavendelblättern.

Der Bedienstete mit dem ledrigen Gesicht blickte ernst. »Aber Miss Silver –«

»Es tut mir wirklich leid, Tinker.« Ihre Stimme wurde strenger. Obwohl sie das nicht wollte. Schließlich gehörte Tinker zur Familie, da er schon seit vielen Jahren bei den St. Clairs war. »Wenn es wieder der Herzog von Claydon ist, sage ihm, daß ich Lavender Close nicht verkaufen will. Für *keinen* Preis. Und wenn dieser gierige Samuel Collins wieder sein Geld will, sage ihm, daß er es vor Ende des Monats bekommen wird, wie versprochen, aber nicht früher.«

Ein Klumpen Lavendel flog über ihren Kopf auf einen Haufen hinter ihr. »Zweihundert Pfund für französische Setzlinge, und die Hälfte ist tot. Das ist wirklich eine *Schande*!« Silver beugte sich noch tiefer in die Pflanzen. »Wer immer es auch ist, er wird warten müssen, Tinker.« Unter den lila Blüten war ein unterdrückter Seufzer zu hören. »Und als nächstes muß ich versuchen, die verlorenen Samen zu ersetzen.«

Mit gerunzelter Stirn wandte sich der alte Diener hügelaufwärts dem halb aus Holz gebauten, mit Glyzinien überwachsenen kleinen Haus zu, wo die Arbeiten der Lavender Close Farm verrichtet wurden und die Familie der St. Clairs jetzt wohnte. Es war wieder dieser üble Sir Charles Millbank, der Silver sprechen wollte. Tinker dachte, daß es ein Glück war, daß er nicht selbst in die Felder hinausgehen wollte, denn er hatte Miss Silver in letzter Zeit sowieso schon zu oft aufgesucht.

Und wenn morgen der Teufel sein Geld verlangte, was machte das schon? Wenn Miss Silver in dieser wilden Gemütsverfassung war, hatte alles Reden keinen Zweck, wie Tinker wußte.

Zwei Stunden später war Silver mit den ersten zwölf Büschen fertig. Der Rücken schmerzte, und ihre Wangen waren gerötet. Als sie unter den Pflanzen hervorkroch, war ihr Haar mit kleinen lila Blüten bestäubt.

Noch zwei Wochen, und sie würden in voller Blüte stehen, in sechs Wochen war es Zeit zur Ernte und zur Destillation des ätherischen Öls. Und erst danach würde William St. Clairs Tochter wissen, ob ihre ehrgeizigen Pläne für die Lavender Close Farm gelungen oder gescheitert waren.

Sie ging in die Knie und prüfte den gutgelockerten Boden, während sie abwesend eine rote Haarsträhne von der Stirn wischte. Morgen würde sie Sonnenbrand auf der Nase und Blasen an den Händen haben.

Aber ihr Lavendel würde tief gesetzt sein und Lavender Close damit dem Traum ihres Vaters einen Schritt näher kommen, von hundert Morgen blühendem Lavendel umgeben zu sein. Seit dem Tod ihres Vaters vor zwei Jahren schien das beinahe alles zu sein, was für Silver noch zählte.

Sie seufzte, schlang ihr Haar zu einem Knoten und verschwand in der nächsten Reihe. Als hinter ihr Erdklumpen den Hügel hinabrollten, sah Silver nicht einmal auf. »Tut mir leid, Tinker, zwei Reihen muß ich noch fertigmachen.«

»Syl?« Die Stimme ertönte leise und zögernd hinter ihr. »Ich will dich nicht stören.« Ein kurzes Husten. »Aber das hier könnte nützlich sein.«

»Bram?« Silver erhob sich sogleich, ihr Hemd saß schief und ihre Wangen waren verdreckt. Als sie ihren zwölfjährigen Bruder sah, wurde ihr Gesicht von einem Lächeln erhellt. »Es ist doch bestimmt noch nicht Essenszeit, oder?«

»War es schon vor einer Stunde, Syl.« Brandon Nathaniel St. Clair stand mit besorgter Miene zwischen zwei Reihen Lavendel. Seine Hosen waren staubig und seine Jacke an einem Ärmel zerrissen, aber sein Gesicht wirkte zufrieden. »Du warst so beschäftigt, daß ich nicht wollte, daß Tinker dich stört. Aber schau dir das hier an, Syl.« Er zog eine Handvoll zerdrückter Pflänzchen aus seiner Hosentasche. »Ich habe den ganzen Morgen damit verbracht, diese Pflanzen zu untersuchen, und ich glaube, ich weiß jetzt endlich, was ihnen fehlt.«

Silver sah ihren Bruder liebevoll an. »Und das wäre, mein junges Genie?«

Die staubigen Wangen ihres Bruders färbten sich dunkelrot. »Ich wünschte, du würdest nicht immer so etwas zu mir sagen, Syl. Ich bin kein Genie, ich habe nur eine glückliche Hand mit Pflanzen, wie es scheint.«

»So, also eine glückliche Hand ist es?« Silver schüttelte sanft den Kopf. »So nennt man das also, wenn jemand dazu in der Lage ist, über Nacht braune Zweige zum Leben zu erwecken oder die Zeit der Blüte um fast zwei Wochen früher zu verlegen? Ich würde das eher ein Wunder nennen.«

»Es ist nichts Derartiges«, widersprach ihr Bruder ernst. Seine Augen wurden schmaler, während er seine goldglänzende Nickelbrille auf dem Nasenrücken zurechtschob. »Schließlich gibt es dafür klare Regeln. Das hat alles etwas mit dem Vegetationszyklus und der Bodendichte zu tun. Das glaube ich wenigstens. Ich fange gerade erst an, den Gründen im einzelnen näherzukommen.« Er gestikulierte mit der Handvoll Lavendelzweige. »Wie bei diesen hier, zum Beispiel. Sie stammen aus der Sendung, die du letzte Woche aus Frankreich bekommen hast.«

»Erinnere mich nicht daran. Die Hälfte davon ist tot.«

Bram schob seine Brille höher. »Nein, das meine ich ja gerade, Syl«, sagte er eifrig. »Ich glaube, daß sie nur einfach einen lehmigeren Boden brauchen. Komm, sieh dir das an.«

Silver betrachtete das bleiche Gesicht ihres Bruders. Er war immer noch so dünn, schien aber glücklicherweise nicht krank oder müde zu werden. Wenn man bedachte, daß erst vor sechs Monaten seine Lunge so krank gewesen war, daß er um jeden Atemzug kämpfen mußte, wirkte seine Besserung erstaunlich.

Und doch wußte Silver, daß er bei weitem noch nicht völlig wiederhergestellt war. Der Arzt in Kingsdon Cross hatte ihr sogar erklärt, daß er vielleicht den Rest seines Lebens Atemprobleme haben würde. Feuchtigkeit und Kälte bereiteten ihm Schwierigkeiten – kurz gesagt, das englische Klima war nicht gut für ihn.

Aber da Bram es haßte, wenn man ihn an seine Schwäche erinnerte, ignorierte Silver das leise Pfeifen seines Atems, als sie zu seinem »Testfeld« hinübergingen.

Sie warf einen verstohlenen Blick auf sein blasses, entschlossenes Gesicht und seine scharfen, grauen Augen. Er hatte das botanische Geschick ihres Vaters geerbt, allerdings verbunden mit wesentlich mehr Disziplin, als ihr Vater je besessen hatte. Schon mit zwölf Jahren war es ihm gelungen, einige ernste Probleme auf der Pflanzung zu lösen, die er von Herzen liebte. Vielleicht war Silver auch deswegen so bemüht, Lavender Cross zu erhalten.

Es würde das einzige Erbe des Jungen sein. Ihr Vater hatte ihm nichts anderes hinterlassen.

»Hier drüben, Syl.« Bram zeigte auf eine frischgepflügte Furche. »Siehst du, wieviel besser es hier den Pflanzen geht?«

Er hatte recht. Die in der lehmigen Erde gesetzten Stecklinge waren voller Blütenknospen und glänzender Blätter. In der dichteren Erde daneben stand eine zweite Reihe von Pflänzchen, die matt wirkten und wenige Knospen hatten.

»Bram, du bist eben doch ein Wunder!« Silver drückte ihren Bruder fest an sich. »Das müssen wir sofort Tinker sagen. Vielleicht können wir die restlichen Setzlinge noch retten, wenn wir uns beeilen.«

»Habe ich meine Sache gut gemacht, Syl?«

»Gut? Wenn du noch besser wirst, muß ich mich zurückziehen und dir die Leitung dieser katastrophalen Pflanzung überlassen!«

Die Augen des Jungen weiteten sich, dann lächelte er, als er begriff, daß seine Schwester ihn nur necken wollte. »Und was würdest du dann im Alter anfangen, Syl? Durch die Landschaft wandern und Gedichte rezitieren oder zeichnen?«

»Warum denn nicht? Schon seit Wochen wollte ich mir Zeit für meine Zeichnungen nehmen. Und angesichts all meiner Verehrer, die sich hier herumtreiben...«

»Was für Verehrer?«

Sie hob dramatisch die Brauen. »Hast du nicht gesehen, wie sie sich gegenseitig auf die Füße treten?«

Bram konnte ein Kichern nicht unterdrücken. »Seltsam, ich muß sie irgendwo verpaßt haben. Viele, sagst du?«

»Oh, Dutzende. Hunderte sogar«, sagte Silver mit einer weitläufigen Handbewegung.

»Vielleicht hat sie dein Anblick in diesen, äh, unaussprechlichen Hosen verscheucht?«

Silver sah an ihren staubigen Kniehosen herunter. »Was soll denn damit nicht in Ordnung sein, du Wicht? Meine

Freunde haben mir versichert, daß das in London der letzte Schrei ist.«

»Welche Freunde?« Plötzlich wurde Bram ernst und spielte mit seiner Brille, wie er es immer tat, wenn er nachdachte. »Und welche Verehrer? Nicht hier in Kingsdon Cross. Wenn du in London wärst, hättest du wirklich Hunderte davon – und mehr Einladungen, als du je annehmen könntest.«

»Lieb, daß du das sagst, Bram, aber das bezweifle ich. Die Männer wollen, daß eine Frau jugendlich, fügsam und leichtsinnig ist.« Einen kurzen Augenblick lang dachte Silver an den Straßenräuber. Interessierte auch er sich für solche Frauen?

»Du bist jung«, versuchte ihr Bruder stur, sie zu verteidigen. »Und du bist schön – auf deine ganz eigene Art, natürlich.«

Silver zerzauste ihrem Bruder das dunkle Haar. »Mein treuer, tapferer Bram. Dein Lob ist süß, selbst wenn es Zweifel an deiner Urteilsfähigkeit aufkommen läßt.«

»Überhaupt nicht. Mutter hat immer gesagt, du würdest eines Tages die Schönste in der Familie werden, nicht Jessica.« Er seufzte. »Wenn Vater nur nicht so plötzlich gestorben wäre. Er hat alles in einem großen Durcheinander hinterlassen, stimmt's? Und daß er dann auch noch das Rezept für Millefleurs einfach versteckt hat...« Er verstummte und stampfte heftig auf.

*Millefleurs.*

Schon bei dem Namen wurde Silver von Erinnerungen überströmt. Sie dachte an warme Nächte, in denen sie mit ihren Eltern gelacht hatte, alle voller Aufregung, wenn sie jedes Jahr die ersten Essenzen prüften. Sie dachte an das angespannte Gesicht ihres Vaters beim Mischen und Abwiegen.

Und dann das erwartungsvolle Schweigen, gefolgt von einem erfreuten Seufzer ihrer Mutter. »Wunderbar, William. Du hast dich wie immer selbst übertroffen.«

Silver schauderte bei der Erinnerung an jene frohen Tage, die jetzt ebenso verloren waren wie das wertvolle Parfüm.

Die Hälfte aller adligen Frauen Europas hatte wenigstens einen Kristallflakon Millefleurs besessen. Sein sanfter Duft schuf eine Atmosphäre von Jugend, Lebenskraft und Schönheit um jede Frau, die ihn trug. Der Duft hatte ihren Vater zum reichen Mann gemacht.

Doch William St. Clair hatte seine Geheimnisse offenbar mit ins Grab genommen. Trotz aller Anstrengungen gelang es Silver und Bram nicht, die richtige Mischung wieder zusammenzustellen. Alle ihre Experimente waren mißlungen. Außer den wesentlichen Bestandteilen Rose und Lavendel mußten in der Mischung auch ausgefallene Zutaten wie Narzisse oder Zimt oder Ingweressenz enthalten gewesen sein – vielleicht sogar irgendeine der seltenen Harzessenzen aus Arabien. Ihr Vater hatte auf der Suche nach seinen Zutaten die ganze Welt bereist und mußte dabei auch auf Stoffe gestoßen sein, die Silver und Bram nicht kannten.

Jede dieser seltenen Zutaten konnte die Ursache dafür gewesen sein, daß Millefleurs so haltbar und außergewöhnlich war. Ohne das genaue Rezept brachten sie immer nur einen recht angenehmen Duft zustande, aber keinen besonderen.

Silver seufzte. »Ich fürchte, so war es. Aber wir werden das Rezept wiederfinden, Bram. Wir müssen es einfach finden.« Sie verdrängte den in ihr aufkommenden Pessimismus und drückte ihren Bruder kurz an sich. »Und jetzt haben wir genug Trübsal geblasen, du Kobold.«

Ihr Bruder schien nicht überzeugt zu sein. »Fühlst du dich hier nicht manchmal einsam, Syl? Wünschst du dir nicht, eines Tages ein eigenes Heim und eine Familie zu haben?«

Silver legte den Kopf schief. »Du und Tinker, ihr seid meine Familie, Bram. Was könnte ich mir mehr wünschen?«

Bram schob vertrauensvoll seine staubige Hand in die seiner Schwester. »Es ist nur… na ja, ich wünschte eben, du hättest mehr hübsche Dinge für dich. Und mehr Gelegenheiten, sie zu tragen«, sage er ernst.

»Nun, *ich* wünsche sie mir nicht. Ich weiß doch gar nicht, wie man ein schickes Kleid mit Korsett trägt.« Silver zerzauste sein Haar. »Ich bin viel zufriedener in Hemd und Hosen.«

»Ach wirklich? Ehrlich?«

»Natürlich. So, und jetzt geh und erzähl Tinker von deiner neuen Entdeckung. Ich muß noch meine Arbeit beenden.«

Silver sah zu, wie Bram auf das glyzinienbedeckte Haus am Ende des Weges zuging, glücklich lächelnd über seine Entdeckung. Für den Moment hatte er seine Sorgen vergessen. Und Silver wußte, daß Tinker einen Weg finden würde, den Jungen dazu zu bewegen, daß er sich ausruhte, bevor er sich an sein nächstes Projekt machte.

Sie seufzte und fühlte, wie der Wind ihr das Haar durcheinanderbrachte. Einen Augenblick lang tauchte sie in Erinnerungen ein und dachte wehmütig an die Zeit zurück, als Lavender Close noch Glück und Lachen bedeutet hatte.

Vor dem Tod ihrer Eltern.

Vor Jessicas Tod. Bevor Sir Charles Millbank hier erschienen war, um sie zu plagen.

Sie dachte an das Perlenkollier, das ihr Vater ihrer Mutter geschenkt hatte, und an den bemalten Fächer, der aus dem fernen China stammte.

All das gab es jetzt nicht mehr.

Und wenn sie auch noch soviel nachdenken mochte, nichts würde das mehr zurückbringen.

Silver verdrängte die schmerzlichen Erinnerungen ganz in die Tiefe ihres Inneren. Sie hatte keine Zeit für Perlenketten und Fächer. Bevor es dunkel wurde, mußte sie noch in mehreren Reihen Lavendel Unkraut jäten und ein Dutzend Rosenbüsche beschneiden.

# 3. Kapitel

Dunst füllte das Tal, als sie aus dem dichten Ulmenwald unterhalb des unteren Rosenfeldes hervorbrachen. Es waren vier Männer, alle in der staubigen Kleidung von Tagelöhnern.

Silver, neben einem halb beschnittenen Rosenbusch stehend, versuchte blinzelnd, sie zu erkennen.

Der vordere Mann war fast zwei Meter groß, sein Kopf mit braunem Wollstoff verhüllt. Sie drehte sich hastig um und wollte wegrennen.

Aber die anderen drei erwarteten sie schon wie dunkle Flecken in einer Wolke von lila Blüten.

»Was wollt ihr?« Sie wandte sich dem Mann zu, der ihr am nächsten stand, und bemühte sich, ihre Stimme fest klingen zu lassen.

»Wollen?« Hartes Lachen ertönte hinter der Wollmaske. »Ach, nicht viel, nur dich, kleines Fräulein.«

Silver wußte, daß sie ihnen nicht entkommen konnte, sie waren zu nahe und zu viele. Und wenn sie schrie, hörte sie auch keiner. Verdammt, warum hatte sie sie nicht früher bemerkt? Hatte Sir Charles etwas damit zu tun?

Doch im Augenblick war das unwichtig. Sie mußte sie sich irgendwie vom Leib halten. »Kümmert euch um eure eigenen Sachen und laßt mich meine Arbeit tun!«

»Giftiges kleines Weibsstück, was?« Der Mann mit der braunen Maske kam näher. »Aber hübsch.« Jetzt war er so nah, daß Silver seine abgewetzten Ärmel und die Flecken an seinen Knien sehen konnte. »Aber jetzt rede ich, und *du* hörst zu.« Seine schmutzigen Finger griffen in ihr Haar und zogen daran.

Silver schluckte. Sie faßte hinter sich, bis sie die kleine Gartenkelle in ihrer hinteren Hosentasche spürte. Damit würde sie sich gegen diesen Kerl wehren können. »Oh, ich höre zu«, sagte sie kühl. »Hoffentlich lohnt sich das auch.«

Der Griff der schmutzigen Finger wurde fester. »Ist auch besser, wenn du zuhörst. Ich werde nämlich nur einmal erklären, worum es geht.« Der Mann zog sie näher unter seinen ausdruckslosen, schmutzigbraunen Blick. »Ihr werdet alle aus Lavender Cross verschwinden, hast du verstanden, Miss St. Clair? Ihr alle, das heißt du, der Junge und alle, die für euch arbeiten. Wer bleibt, könnte vielleicht verletzt werden.« Seine Augen wurden hart. »Und zwar *heftig* verletzt.«

Silver unterdrückte ihre Angst. »Warum? Warum tut ihr das? Was habt ihr davon, wenn ihr –«

»Keine verdammten Fragen, habe ich gesagt!« Die schwieligen Finger packten zu. »Wenn ihr nicht gehorcht, wird es verschiedene Unfälle geben. Zum Beispiel solche.«

Fassungslos sah Silver zu, wie er einem seiner Spießgesellen ein Zeichen gab, der ein Fäßchen hob und den Inhalt über einen Lavendelbusch goß. Dann bückte er sich kurz, und einen Augenblick später gingen die empfindlichen Blätter in Flammen auf.

Silver wehrte sich heftig. »Halt! Ihr könnt doch nicht einfach –«

Die harten Finger packten kräftiger zu. »Halt den Mund und hör zu. In drei Tagen werden die größeren Unfälle anfangen, verstanden? Und nach vier weiteren Tagen werden die ersten Sachen verschwinden, Werkzeug und so was.« Die trüben Augen grinsten. »Also: Du hast eine Woche.«

Silver bäumte sich wild auf und trat gegen die Schienbeine des Mannes, ohne sich um die Hand in ihrem Haar zu kümmern. »Das wagt ihr nicht!«

»Ach nein?« Seine kalten Augen sahen Silver spöttisch an. »Willst du's drauf ankommen lassen?«

»Aber warum? Wer seid ihr?« Silver spürte, wie ihre Knie zu zittern begannen. Nur mit ihrer ganzen Willenskraft gelang es ihr, sich aufrecht zu halten. »Wenn ihr Samen wollt, kann ich sie euch geben. Jetzt gleich. Wenn ihr eins von den Duftölen wollt –«

Der Mann mit der braunen Wollmaske lachte nur. »Samen, Mr. Harper. Die knackige Kleine denkt, wir wollen ihren *Samen*!« Der massige Körper des Mannes schüttelte sich vor Lachen. »Herrgott noch mal, der ist gut. Ich zeig dir, was wir von deinem verfluchten Grünzeug halten, Mädchen!«

Als er nickte, ging der nächste Busch in Flammen auf.

Silver sah voller Entsetzen zu, wie der lila Strauch von orangenen Flammen verzehrt wurde. Wer waren sie nur? Warum taten sie etwas so Schreckliches?

In einem plötzlichen Wutanfall stürzte sie sich auf ihren Angreifer und fuhr mit den Nägeln über seinen Hals und seine Schultern. Seine Maske verrutschte kurz, und ihre Fingernägel trafen auf seine Haut.

Der Mann fluchte wild und stieß sie in die Rosen. Die Dornen bohrten sich in ihre Arme und Beine, aber sie rappelte sich sogleich wieder auf und stürzte sich auf den Mann, der bereits den nächsten Busch anzündete.

Der andere packte ihren Arm und stieß sie beiseite wie eine Feder. »Geh besser weg, du willst dir doch nicht dein hübsches Gesicht verbrennen, oder?«

Tränen ließen Silvers Blick verschwimmen. Durchdringender Lavendelduft mischte sich mit Brandgeruch. Ihre Brust schmerzte, und ihre Beine zitterten.

Der Mann mit der Maske lachte nur. »Sieben Tage, Miss St. Clair, nicht vergessen. Sonst verbrennen beim nächsten Mal *alle* Blumen so ab wie diese.« Er zündete noch einen Busch an, gab seinen Kumpanen ein Zeichen und verschwand mit ihnen im Wald.

Silver hörte sie kaum. Mit hämmerndem Schädel stürzte sie zum Bach, in der Hoffnung, ihren Lavendel noch retten zu können.

In seinem rechten Stiefel war ein Loch.

Das wußte Silver noch. Als sie mit vom Rauch brennenden Augen den letzten Eimer Wasser auskippte, schien ihr das schmutzige Loch nicht aus dem Sinn gehen zu wollen.

So betrachtet konnte er kein sehr gründlicher Mann sein. Vielleicht prahlte er nur. Vielleicht würde er sich nicht weiter um die Sache kümmern, genau wie bei seinen Stiefeln, und sie einfach vergessen.

Sie unterdrückte ein Schluchzen. Das war eine vergebliche Hoffnung. Sie waren mit einer bestimmten Absicht hierhergekommen, und mit weniger würden sie sich nicht zufriedengeben.

Aber *warum* nur?

Und dann waren Loch und Stiefel vergessen. Die lila Felder um sie herum begannen zu schwanken und plötzlich verschwanden Lavendel und Rosen in schmutzigem Schwarz.

»Syl, wach auf!«

Hände schüttelten sie kräftig.

Kühle Erde, ein Stein bohrte sich in ihre Rippen.

»Um Himmels willen, Syl, was ist los?«

Silvers Augen öffneten sich langsam. Sie schmeckte Blut auf den Lippen, und ihr Kopf fühlte sich an, als wäre ein steingefülltes Faß darübergerollt.

*Sieben Tage, Miss St. Clair. Nicht vergessen.*

Ihr Gesicht war blaß vor Angst. »Bram, du? Geht's dir gut?« Silver tastete verzweifelt das Gesicht des Jungen nach Verletzungen ab. Er hatte keine, war aber offensichtlich sehr verängstigt. »Natürlich geht's mir gut. Aber jemand hat hier die Hälfte des Lavendels verbrannt und zwei Rosenbüsche platt getreten!« Bram kniete sich neben Silver, als sie sich langsam aufsetzte. »Mein Gott, Syl, was hast du mit deinem Kopf gemacht?« Das Zittern in seiner Stimme ließ vermuten, daß sie schrecklich zerschunden aussah.

Und das stimmte sicher, denn sie fühlte sich schrecklich.

Ihr Körper schmerzte. Sie legte ihre Arme über die Brust und versuchte, eine Erklärung für diese Art von Grausamkeit zu finden.

Beim nächsten Mal sind alle Blumen weg.

Warum, um Himmels willen?

Bram berührte ihre schmerzende Wange. »Wer hat das denn nur gemacht, Syl?« Seine Stimme schwankte wie bei einem Jungen, der über Nacht gezwungen wurde, zum Mann zu werden.

Als sie nicht antwortete, sagte er: »Ich war oben bei Waldon Hall und habe Pflanzen gezeichnet, als ich den Rauch sah. Daraufhin habe ich dich gesucht.«

»Du solltest nicht dorthin gehen, Bram. Du weißt doch, daß das Land nicht mehr uns gehört. Ich habe dir doch schon erklärt, daß jetzt alles anders ist. Du… wir können nicht mehr einfach überall hingehen, wohin wir möchten.« Silvers Stimme klang mechanisch. »Selbst wenn der Besitzer nie dort zu sein scheint, bedeutet das noch nicht –«

Bram starrte sie an, als hätte sie gerade grüne Triebe bekommen und russisch gesprochen. »Was war hier los, Syl? Rede doch jetzt nicht über Waldon Hall und seinen geheimnisvollen Besitzer!«

Silver zögerte. Sie mußte vorsichtig sein mit dem, was sie ihm sagte. »Es war – nichts.« Sie stand auf. »Ein Irrtum, weiter nichts.«

»Ein Irrtum?« Der Junge ballte die Hände zu Fäusten. »Lüg mir doch nichts vor, Syl!«

Silver brachte ein schwaches Lächeln zustande. »Es stimmt aber, Bram. Ich wollte nur die zerschnittenen Teile verbrennen, die kranken Teile, weißt du? Ich habe ein paar Männer aus dem Dorf gebeten, mir zu helfen.« Ihre Augen wurden hart. »Sie haben wohl die falschen Pflanzen abgebrannt.«

»Und dich dabei zufällig niedergeschlagen, so daß du eine blutige Stirn hast, so ganz nebenbei? Klar, völlig logisch.«

Bram schloß die Hände so fest, daß seine Knöchel weiß wurden. »So logisch, daß ich mir gar nicht vorstellen kann, warum ich nicht selbst darauf gekommen bin.«

»Bram, bitte. Du kannst nicht –«

Er sprang heftig auf, ein einen Meter fünfzig großer, von glühendem Zorn erfüllter, beleidigter Junge, der sich gerade anschickte, erwachsen zu werden. »Da hast du recht, das kann ich nicht verstehen! Ich habe keine Ahnung, was hier eigentlich los war und worüber du redest. Und ich verstehe auch nicht, warum du mich anlügst!«

Silver sah ihn an, wie er mit dünnen Armen und zerzaustem Haar dastand. Er war bleich. Und dünn, ja. Aber in seinen Augen brannte das Feuer der St. Clairs, und Wut war aus seinem ärgerlich angespannten Kinn zu erkennen.

Sie begriff, daß sie es ihm sagen mußte. Schließlich hatte er das Recht, es zu wissen. Lavender Close gehörte mehr ihrem Bruder als ihr. Sie kümmerte sich nur darum, bis er volljährig war.

Sie seufzte und ließ die Hände sinken. »Es waren vier. Ich – ich weiß nicht, ob es die gleichen waren, die mir letzte Nacht über die Heide gefolgt sind, als ich aus Kingsdon Cross nach Hause kam.«

Bram runzelte die Stirn. »Ich wußte doch, daß etwas geschehen ist. Aber das hast du mir ja nicht erzählt.«

»Ich wollte dich nicht beunruhigen. Ich hätte nie gedacht, daß sie auch hierherkommen würden. Und diese Männer heute – sie haben gesagt, wir müßten von hier fortgehen. Wir alle, sonst würden sich Unfälle ereignen.« Silver trat mit ihrem staubigen Stiefel gegen einen Haufen verkohlter Zweige, die als einzige von einem blühenden Lavendelbusch übriggeblieben waren. »Diese Art von Unfällen.«

Brams Augen funkelten, als er erst Silver und dann den zerstörten Strauch ansah. »Was können sie hier wollen?«

Und dann sagte er ein sehr derbes Wort, von dem Silver nicht einmal geahnt hatte, daß er es kannte. Dabei grinste er entschuldigend und zugleich jungenhaft und zufrieden. »Egal. Wir werden es ihnen schon zeigen! Tinker und ich setzen Cromwell auf sie an.« Er beugte sich hinunter zu dem großen wolligen Hirtenhund, der neben ihm stand. »Und dann stellen wir noch Fallen. Es wird den Schweinen noch leid tun, daß sie je diesen Boden betreten haben.« Seine Augen begannen voller Vorfreude zu glänzen.

Und damit war er plötzlich wieder ganz ein Junge, voller wilder Pläne und Hoffnungen.

Silver seufzte, zupfte einen zerdrückten Lavendelzweig aus ihrem Haar und unterdrückte ein Stöhnen, weil ihre Glieder schmerzten. Wenn nur alles so einfach wäre, dachte sie müde.

Der große, gelbweiße Hirtenhund neben Bram bellte erwartungsvoll und wedelte mit dem Schwanz, der dumpf auf den Boden klopfte.

Ein Klopfen wie das von ihrem Herzen, dachte Silver.

Einen Augenblick später erschien Tinkers magere Gestalt oben auf dem Hügel zwischen den üppigen Blütensträuchern. Cromwell begann wild zu bellen.

»Was zum Teufel ist hier eigentlich los, ihr zwei? Ich habe vom Tal aus den Rauch gesehen, und ich –« Der alte Mann verstummte plötzlich, als er den Riß in Silvers Hemd und den Schmutz an ihren Ärmeln sah.

Und das trocknende Blut über der rechten Schläfe.

»Gott im Himmel, ich bring den Kerl um! Ich hetze ihn und spieße ihn auf, das schwöre ich euch! Ich binde ihm die Hände auf den Rücken, ziehe ihn an einem Seil hoch und –«

»Du irrst dich, Tinker«, unterbrach Silver ihn schnell. Es gab Dinge, für die ihr Bruder noch zu jung war, und dazu gehörte auch Sir Charles Millbanks Begierde. »Es waren vier Männer. *Fremde.*« Sie sah Tinker eindringlich an und wartete, daß er sie verstand. »Sie wollen uns von Lavender Close vertreiben.«

Tinker öffnete den Mund und schloß ihn wieder. Mit gerunzelter Stirn betrachtete er das Chaos um sie her. »Große, tapfere

Männer, die es mit einem Dutzend Lavendelpflanzen und einer unbewaffneten Frau aufnehmen konnten.« Er trat gegen einen noch rauchenden Strunk. »Warum, möchte ich wissen.«

Silver legte Bram den Arm um die Schultern. »Diesmal können wir vielleicht die bisher beste Ernte einbringen, Tinker. Vielleicht wollen sie nur den Lavendel und das Geld, das er uns einbringen wird.«

»Vielleicht«, sagte der ältere Mann. »Oder auch nicht.«

Silver betrachtete den Mann mit dem ledrigen Gesicht, der ihr seit dem Tod ihres Vaters gleichzeitig Bediensteter, Partner und Vertrauter war. Sie versuchte, sich vorzustellen, was in seinem Gehirn vorgehen mochte.

Aber Tinker schwieg, und Silver tat der Kopf weh. Sie fand es schon schwierig, gerade stehenzubleiben. Als sie schwankte, kam Tinker näher und hielt sie an der Schulter fest.

Silver atmete tief ein. »Was auch immer sie vorhaben, wir lassen uns nicht vertreiben«, sagte sie fest. »Dies ist alles, was uns unsere Eltern hinterlassen haben, und niemand wird uns das wegnehmen. Niemals.«

Bram nickte und versuchte, erwachsen auszusehen, das Blut auf der Wange seiner Schwester nicht wahrzunehmen und zuversichtlich zu wirken. Doch es gelang ihm nicht, und er sah nur ängstlich und unsicher aus.

Silver tätschelte seinen Arm. »Das ist ein Versprechen, Schatz. Und jetzt wollen wir nach Hause gehen und uns überlegen, wie wir das schaffen können.«

Der große Hirtenhund neben Bram bellte erfreut. Sie gingen Arm in Arm los, während die Sonne blutrot hinter dem Hang eines Hügels unterging.

Die Nacht kroch über die blühenden Felder – riesig, gnadenlos und undurchdringlich.

## 4. Kapitel

Der Mond verschwand hinter Wolkenfetzen. Oben auf der Heide lenkte ein einsamer Reiter sein Pferd durch dichtes Ginstergebüsch an der Straße nach Norwich. Er horchte angestrengt, aber keine Kutsche war zu hören.

Er glitt aus dem Sattel und drückte sein Ohr auf den sandigen Boden. Ein Lächeln erschien auf seinen Lippen, als er ein fernes Rollen hörte.

»Unser Täubchen fliegt heute schnell, Diablo. Kaum vier Meilen von hier, denke ich. Wir müssen uns beeilen.« Der Straßenräuber hängte die Zügel über einen kräftigen Eibenstrauch und suchte dann das niedrige Gebüsch ab.

Der dicke Ast war genau dort, wo er ihn gelassen hatte.

Er zog ihn auf die Straße und legte ihn gut sichtbar quer darüber. Dabei sorgte er dafür, daß er genau dort lag, wo er vorüberkommen würde, wenn er den Hügel hinuntergaloppierte.

Mit einem finsteren Lächeln auf den Lippen stieg der Schuft von Norfolk wieder aufs Pferd, prüfte seine Pistolen und zog die Gurte seiner Satteltasche fest. Dann überprüfte er noch das Gewehr, das in einer ledernen Hülle an seinem Sattelknauf hing.

Während er sich bereit machte, erschien sein grauhaariger Komplize von der anderen Seite des Hangs. Ein schwarzer Schal verhüllte seine Züge.

»Freut mich, daß du dabeisein kannst, mein Freund.«

»Pah. Wenn ich Euch nicht so gern hätte, würde ich Euch sicher eine Kugel durch das grinsende Gesicht jagen, Junge. Man müßte Euch mal eine Lektion erteilen.«

Der Straßenräuber lachte leise.

Seine bernsteinfarbenen Augen glitzerten, als er sich die Maske über das Gesicht zog und sich wartend in den Sattel setzte.

Etwa acht Minuten später bog eine Kutsche um die Kurve der sandigen Straße und rollte eilig weiter Richtung King's Lynn. Ein bewaffneter Wächter stand auf dem hinteren Trittbrett, und ein Gewehr war in Reichweite des Kutschers befestigt.

Es bestand also keinerlei Risiko, wie?

Blackwood strich mit einer behandschuhten Hand über Diablos Hals. Während er sich die beste Vorgehensweise überlegte, erschienen zwei kleine Köpfe aus seinen Umhangtaschen. »Noch nicht, meine Schönen«, flüsterte er und schob die beiden Frettchen wieder in die Tasche zurück.

Als der Kutscher den Ast auf der Straße liegen sah und nach der Bremse griff, war der Straßenräuber bereit. Die Bremsen knirschten über den Rand der Kutschräder, der Wächter sprang herunter, und Blackwood nickte Jonas knapp zu, während er Diablo über die Hügelkuppe lenkte.

Sein Gewehr glänzte im Mondlicht. »Ich fürchte, meine Herren, dies ist eine unangenehme Nacht zum Reisen. Vielleicht kann ich euch behilflich sein.«

»Ach du lieber Himmel, es ist Blackwood!« Der Kutscher erstarrte auf seinem Sitz, doch der Wächter drehte sich um und legte die Waffe an.

Durch einen einzigen Schuß von Blackwood flog das Gewehr des Wächters durch die Luft. »Das war keine gute Idee, mein Freund. Ich schlage vor, du hörst mir jetzt zu, sonst trifft die nächste Kugel die Stelle genau zwischen deinen Augen. Laßt die beiden Gewehre fallen, und dann soll der Kutscher die Stufen zur Kutsche herunterlassen. Dann legt euch beide flach auf den Boden. Wenn ihr dieser Anordnung nicht nachkommt, werdet ihr es bereuen.«

Jonas erschien auf der anderen Seite der Kutsche, die Pistole auf den Wächter gerichtet, der die Waffe fallen ließ und sich flach auf den Boden legte. Der Kutscher folgte ihm, steif vor Angst. Jonas griff nach den Zügeln der Pferde und hielt sie fest, dabei hielt er seine Waffe schußbereit.

»So ist's recht, meine Freunde. Jetzt werde ich wohl die Bekanntschaft der Reisenden machen.« Der Straßenräuber öffnete seine Taschen. Die beiden Frettchen rutschten über den Sattel und sprangen auf den Boden. Lächelnd sah er ihre geschickten schmalen Körper in den Schatten unter der Kutsche verschwinden.

Erst dann ließ er Diablo bis zur Kutsche gehen und hielt die Pistole ans Fenster. Der Vorhang im Innern bewegte sich.

»Tür aufmachen!«

Nichts. Der Vorhang hing still.

»Wollt Ihr Schwierigkeiten machen?« Blackwood drehte Diablo um und richtete die Waffe auf den Kutscher. »Wie viele Reisende sind in der Kutsche, Mann?«

»D-drei.«

»Männer oder Frauen?«

»Ein M-Mann. Die anderen Frauen, Sir.«

Plötzlich ertönten schrille Schreie aus der Kutsche. Die Tür wurde aufgerissen, und eine mollige, stark geschminkte Frau erschien, eine Hand fest an die Brust gedrückt. »Eine Ratte mit scharfen Zähnen! Nicht schießen, Sir. Ich gebe Euch, was immer Ihr wollt, nur rettet mich vor dieser Bestie!«

Blackwood lächelte kurz und bedeutete der Frau, sich neben den Kutscher auf den Boden zu legen.

In der offenen Tür erschien eine zweite Frau mit einem Federhut, die steifen Schultern in ein Tuch aus feiner Seide gehüllt. »Ich bin unbewaffnet, Sir. Bitte schießt nicht.«

»Ich schieße nicht auf unschuldige Frauen.«

Die Frau sah ihn mißtrauisch an und klammerte sich an ihrem Täschchen fest. »Woher soll ich wissen, daß ich Euch trauen kann?«

»Das könnt Ihr nicht wissen. Und jetzt auf den Boden neben deine Freundin.«

Die Frau mit den Federn rümpfte die Nase. »Die? Das ist nicht meine Freundin, das kann ich Euch versichern.«

Ihr Glück, dachte der Straßenräuber.

»Außerdem möchte ich mein Kleid nicht schmutzig machen. Ich möchte lieber stehen bleiben.«

»Bedauerlicherweise interessiert mich nicht, was Ihr lieber wollt.«

»Wie könnt Ihr es wagen! Von allen schrecklichen, un –«

Ohne Vorwarnung erschien ein schwarzer Schatten auf ihrer Schulter, und einen Augenblick später durchtrennten scharfe kleine Zähne den Riemen ihres Täschchens, das auf den Boden fiel. Das Frettchen sprang hinterher, um es zu holen.

»Gut gemacht, mein Kleines. Komm hierher.«

Mit einem lauten Quietschen schoß das guterzogene Tier über den Boden und Diablos Rücken hinauf, dann verschwand es in der Tasche seines Herrn.

»Ihr verfluchter Dieb! Ich werde Euch verfolgen lassen, das versichere ich Euch!« Die Stimme der Frau klang schrill vor Zorn. »Und wenn sie Euch hängen, werde ich dabeistehen und lachen, das dürft Ihr mir glauben.«

Blackwood schnalzte mit der Zunge. »Welche Sprache für eine guterzogene Dame.« Seine Stimme wurde hart. »Und jetzt auf den Boden mit Euch, wenn ich Euch nicht eine Kugel zwischen Eure stolzen weißen Schultern jagen soll.«

Die Frau schnappte nach Luft. Nach einem schnellen, unsicheren Blick in die Kutsche drehte sie sich um. Plötzlich änderte sich ihr ganzes Verhalten. Sie hob eine Hand zum Hals und schob die Falten ihres Umschlagtuches zurück, so daß ihr gewagtes Dekolleté sichtbar wurde. »Wenn ich es mir genau überlege, könnten wir vielleicht doch zu einer Einigung gelangen, Sir. Ich wäre nicht abgeneigt, mit Euch zu besprechen, wie wir unsere *Interessen* vielleicht verbinden können.« Sie legte eine weiße Hand auf ihren vollen Busen, der deutlich unter dem zarten Stoff ihres Musselinkleides zu erkennen war.

»Ach ja? Und was genau habt Ihr mir anzubieten, Madam?«

Die Augen der Frau funkelten. Unter halbgesenkten Lidern betrachtete sie langsam den Straßenräuber von Kopf bis Fuß. »Vielleicht sollte ich das Euch überlassen, mein Herr.«

Blackwood empfand einen Anflug von Widerwillen. »Bitte verzeiht, aber ich fürchte, daß ich dieses schätzenswerte Angebot ablehnen muß.« Er machte eine Bewegung mit der Pistole. »Und jetzt runter auf den Boden, bevor ich auch noch den letzten Rest an Geduld verliere.«

Das Gesicht der Frau wurde hart vor Wut. Sie raffte ihre Röcke, stieg die Stufen hinunter und legte sich neben die anderen, wobei sie ärgerlich vor sich hin murmelte.

»Und jetzt zu unserem letzten Reisenden.« Blackwood richtete die Pistole auf die im Dunkeln liegende Kutschentür. »Heraus mit dir. Mir macht das kleine Drama hier langsam keinen Spaß mehr.«

Das Gesicht eines Mannes erschien in der Tür. Er trug einen teuren Überrock, und der Glanz seiner Stiefel bewies, daß sie mit Sekt poliert worden waren. Sein Gesicht war lang und hochmütig und wirkte durch seine schmale Nase noch länger.

Er schnüffelte und wedelte lässig mit einem Tüchlein aus belgischer Spitze, als wolle er unangenehme Gerüche vertreiben. Doch an seinem dunklen Blick, mit dem er Blackwood und die vier auf dem Boden Liegenden musterte, war nichts Lässiges. »Jetzt begegne ich also endlich unserem berühmten Straßenräuber.«

Blackwood verbeugte sich ironisch. »Und mit wem habe ich das Vergnügen, mein Herr?«

»Ich denke kaum, daß mein Name Euch interessieren dürfte«, kam die kühle Antwort.

Metall glitzerte im Mondlicht. »Da bin ich anderer Meinung. Ich wiederhole: mit wem spreche ich?«

»Renwick, verdammter Kerl. *Lord* Renwick.«

Blackwoods Lippen hoben sich zu einem flüchtigen Lächeln. »Mir scheint, daß mich das beeindrucken sollte. Aber trotzdem werdet Ihr Euch zu Euren Reisegefährten auf den Boden legen, Lord Renwick.«

Der Mann machte ein finsteres Gesicht. Seine rechte Hand glitt zu seiner Tasche.

Rauchendes Blei bohrte sich durch die Kutschenwand neben Renwicks Kopf. »Eine ungünstige Entscheidung, mein Herr. Solltet Ihr das noch einmal versuchen, wird die nächste Kugel dazu führen, daß Ihr Euch niemals wieder bewegen könnt. Und jetzt herunter mit Euch!«

Mit eisiger Verachtung stieg der adlige Reisende aus der Kutsche. Unter dem wachsamen Blick seines Komplizen stieg Blackwood aus dem Sattel in die Kutsche. Er strich über die ledergepolsterten Sitze und Samtkissen, fand aber kein geheimes Versteck. Dann ertönte aus dem Dunkel ein schrilles, aufgeregtes Quieken.

»Was ist los, mein Kleines?«

Ein kleines, pelziges Gesicht stupste seine Hand und verschwand eilig wieder auf dem Kutschenboden. Langsam folgten Blackwoods Finger dem hölzernen Rahmen der Sitze und wurden fündig, als sie auf den Rand eines etwas versetzt eingelegten Bretts trafen. »Gut gemacht! Kannst du es öffnen?«

Als Antwort kratzte das Frettchen an einem Stück Metall im Fußboden. Mit leisem Knirschen glitt das Brett zurück, so daß ein unter dem Sitz liegendes Geheimfach sichtbar wurde. Darin fand Blackwood zwei geladene Pistolen, einen Lederbeutel und eine Börse mit Goldmünzen.

Der Beutel interessierte Blackwood am meisten. Renwick hatte Verbindungen zur Admiralität und Zugang zu militärischen Informationen. Sollte Blackwood je um sein Leben handeln müssen, würden sich solche Informationen als sehr nützlich erweisen.

Doch im Augenblick hatte er keine Zeit, den Inhalt des Beutels zu prüfen. Mit einem finsteren Lächeln steckte der Räuber alles in seine Taschen und streichelte dann das glatte Fell des Frettchens. »Hinein mit dir, kleiner Strolch, damit du unsere Gäste nicht noch weiter plagst.« Er schob das Tier in die rechte Tasche, während dessen Partner schon in der linken saß.

Dann stieg Blackwood wieder aus der Kutsche.

Renwick betrachtete ihn kalt. »Eure Mühe hat sich nicht gelohnt, Schurke. Ich bin nicht so dumm, mein Vermögen mit mir herumzutragen.«

»Das ist wahr.« Blackwood zuckte mit den Achseln. »Ich habe genau verstanden, wie klug Ihr seid, mein Herr. Ich denke, um Euch zu übertreffen, muß ich mir noch was Besonderes einfallen lassen.«

Er verbeugte sich tief und wollte gerade wieder in den Sattel steigen, als ein warnender Ruf seines Spießgesellen erscholl.

Er duckte sich, und ein Schuß pfiff über seine Schulter. Sofort folgte ihm ein zweiter aus dem anderen Lauf der kleinen Pistole, die Renwick aus dem Ärmel gezogen hatte.

Feuer brannte über Blackwoods Rippen. Er fluchte, hob seine eigene Pistole und schoß Renwick die seine aus der Hand, so daß sie ins Dunkel flog. »Das war ein Fehler, mein Herr.«

»Der einzige Fehler ist, daß ich schlecht *gezielt* habe, Verbrecher! Wenn ich noch eine Pistole hätte, würde ich Euch davon auch noch zu spüren geben!«

Blackwood verzog den Mund. Wortlos hielt er die Börse hoch, die er aus der Kutsche geholt hatte. Helles, metallisches Klingen ertönte.

»Verdammt, wie habt Ihr das gefunden?«

»Ich selbst habe es nicht gefunden.« Zwei spitze Gesichter erschienen am Rand von Blackwoods Taschen mit zitternden Schnurrbärten und glänzenden Augen. »Verbeugt euch, meine Schönen.«

»Was in Gottes Namen...«

»Ich möchte euch Lord Renwick vorstellen, meine Kleinen. Und Ihr, mein Herr, seht hier zwei der geschicktesten Kerle von Norfolk.» Die Narbe an Blackwoods Mund glänzte einen Augenblick kalt. »Nach mir natürlich. Und jetzt werden wir wohl eure Kutsche brauchen.« Blackwood sah zu seinem Gefährten hinüber. »Binde dein Pferd hinten an und nimm die Zügel.«

»A-aber das könnt Ihr nicht tun!« stotterte die Frau mit den Federn. »Wir – werden womöglich Stunden hier verbringen müssen, vielleicht sogar die ganze Nacht!«

»Das halte ich auch für sehr wahrscheinlich«, ertönte die kühle Antwort. »Auf Blackwoods Heide sind nach Einbruch der Dunkelheit nur noch wenige ehrliche Leute unterwegs.«

Blut sickerte über seine Rippen, und seine ganze Seite brannte. Eine Welle von Müdigkeit überkam ihn. Er mußte sich beeilen. »Es war mir ein Vergnügen. Ich wünsche Euch eine unterhaltsame Nacht.«

Renwicks Hände ballten sich zu Fäusten. Er fluchte, als der Straßenräuber wieder in den Sattel stieg. »Ich werde dich finden, du Schwein! Diesmal bist du zu weit gegangen, denn du hast dich in offizielle Angelegenheiten der Krone eingemischt. Doch das wirst du noch bereuen!«

»Da täuscht Ihr Euch, mein Herr«, sagte Blackwood schmeichelnd. »Aber ich wünsche Euch von Herzen, daß die kalte Nacht Eure Gicht nicht verschlimmert.«

»Meine Gicht verschlimmert?« Renwick holte tief Luft. »Was kannst du schon davon wissen, du Hund?«

»Was man eben davon wissen kann, denke ich. Und noch so manch andere Sache, die Ihr lieber geheimhalten möchtet. Doch der Mond steigt, es ist Zeit, mich von Euch zu verabschieden.« Das Täschchen der Dame flog durch die Luft und landete vor Diablos Hufen. »Ich bin noch nicht so weit gesunken, Kleinigkeiten von Damen zu stehlen. Besonders, wenn die Juwelen wertlose Klunker sind, Madam.«

Renwick warf seiner Begleiterin einen wütenden Blick zu.

Die Frau wurde rot. »Was weiß *er* schon davon? Sie sind alle da, Mylord, genauso, wie ich sie von Euch bekommen habe. Ihr könnt sie selbst prüfen.«

»Oh, das werde ich auch tun, meine Liebe, das versichere ich dir«, sagte Renwick kalt.

Blackwoods Gefährte hatte sich inzwischen auf den Kutschbock gesetzt.

»Meine Damen, mein Herr.« Der Fluch der Landstraße tippte sich mit übertriebener Höflichkeit an den schwarzen Dreispitz. »Genießt die Schönheit einer Nacht in Norfolk. Ich habe gehört, der Himmel soll hier bis in die Ewigkeit reichen. Hoffentlich findet Ihr es bis zum nächsten Dorf nicht ganz so weit.«

Blackwood lächelte, als er Diablo die Sporen gab.

## 5. Kapitel

Silver seufzte und strich sich eine rotblonde Strähne aus dem Gesicht. Vor ihr standen zwei Dutzend Gläser mit Lavendelöl, die im blassen Lampenlicht hellgolden leuchteten, was ihre hervorragende Qualität bewies. Sie würden in den verschiedenen Londoner Geschäften, die Lavender Close mit Lavendelöl belieferte, einen hohen Preis erzielen und dort zu Riechsalz, Tonika, Körperpudern und Parfüm verarbeitet werden.

Draußen vor den Glasscheiben des Gewächshauses stieg das lila Zwielicht der Dämmerung aus dem Tal herauf. Silver starrte in die Dunkelheit hinaus und sah Lichter über die Landstraße wandern, vielleicht eine Kutsche oder ein Reiter, der sich den Weg erhellte.

Sie seufzte noch einmal und wandte sich wieder dem unordentlichen Arbeitstisch zu.

Sie und Tinker hatten bereits Vorsichtsmaßregeln gegen die Rückkehr der vier Männer getroffen, die am Nachmittag in ihre Felder eingebrochen waren. Beim nächsten Mal würde ihnen Lavender Close nicht schutzlos gegenüberstehen!

Doch im Augenblick machte sich Silver wegen etwas anderem mehr Sorgen. Sie hatte das Gefühl, daß in Lavender Close etwas ungeheuer Wichtiges unabgeschlossen geblieben, übersehen worden war.

Sie runzelte die Stirn und sah sich in dem Arbeitsraum um, in dem ihr Vater alle seine Versuche gemacht und die ersten Lieferungen destilliert hatte. Und hier hatten William und Sarah St. Clair zum ersten Mal die berühmte Mischung zusammengestellt, die als Millefleurs bekannt geworden war.

Warum sollte ein derart sorgfältiger Mann seinen Kindern

keinerlei Aufzeichnungen über seine Arbeit hinterlassen haben?

Silver strich mit der Hand über den alten Eichenholzschreibtisch, wie sie es schon Hunderte von Malen getan hatte. Sie hatte ihn Schublade für Schublade durchsucht, aber nichts außer Staub gefunden. Wo waren seine sorgfältigen Notizen? Wo waren die Listen von ätherischen Ölen und Harzen, mit denen er bei der Zusammenstellung von Millefleurs experimentiert hatte?

Der Friedensrichter hatte eine einfache Antwort dafür gehabt und gemeint, St. Clair sei wohl ein verschlossener Mann gewesen, der seine Entdeckungen niemandem habe anvertrauen wollen. Aber Silver konnte das einfach nicht glauben. Es mußte eine andere Erklärung geben, doch sie kam beim besten Willen nicht darauf.

Zorn stieg für einen Augenblick in ihr auf. Selbst mit der guten Ernte dieses Jahr würden sie so gerade zurechtkommen. Die Kosten für das Brennmaterial waren gestiegen, und erfahrene Arbeiter waren schwer zu finden. Und diese Drohungen jetzt...

Silver starrte die cremeweißen Blütenblätter einer Kamelie an und unterdrückte ihre Wut. Nein, sie würde es Sir Charles Millbank nicht erlauben, sich einzumischen. Dieser Schuft würde Lavender Close *niemals* bekommen! Nur über ihre Leiche.

Sie stieß einen leisen Fluch aus und trat undamenhaft gegen den schönen alten Schreibtisch.

Und dann weiteten sich ihre Augen. Hatte der Schreibtisch wirklich gewackelt? Sie beugte sich vor.

Tatsächlich, das linke hintere Bein war locker.

Silver schob einen Jasminzweig beiseite und strich mit der Hand über die Rückseite des Schreibtisches, doch dort war nur poliertes Holz. Doch dann begriff sie, daß nicht der Schreibtisch nachgab, sondern der *Fußboden*.

Ihr ärgerlicher Tritt mußte einen der Ziegel gelockert haben.

Atemlos schob Silver den Schreibtisch ein Stück zur Wand

und hob den Stein. Einen Augenblick später starrte sie in ein zwanzig Zentimeter tiefes Loch.

Sie bekam eine Gänsehaut. Würde sie jetzt endlich ein paar Antworten auf all die Fragen bekommen, die sie seit dem Tod ihres Vaters verfolgt hatten?

Als erstes fand sie einen Beutel aus Wachstuch, dann ein mit Elfenbein eingelegtes Ebenholzkästchen. Es lag zuunterst in dem Loch und war mit einer Staubschicht bedeckt. Mit zitternden Fingern öffnete Silver den Wachstuchbeutel.

Saatberichte und Pflanzanzweisungen, für Silver wertvoller als jeder Edelstein, flatterten auf den Boden, alle in der sorgfältigen Handschrift ihres Vaters verfaßt. Das mußten die Ergebnisse zehnjähriger Arbeit sein! Aber das Rezept für Millefleurs war nicht dabei.

Und dann fiel Silvers Blick auf das Kästchen. Die Messingscharniere waren oxidiert, das Holz verstaubt.

Sie hielt den Atem an, als sie den Deckel hob.

Im Innern lag auf einem Samtkissen ein kleines Buch. Der lederne Einband war alt und rissig, und die Seiten hatten den Farbton von dünnem Tee.

Das Tagebuch ihres Vaters!

Silver erinnerte sich daran, wie ihr Vater, den hölzernen Stift zwischen die Zähne geklemmt, mit gerunzelter Stirn über einer dieser Seiten gesessen hatte.

Ihr Puls begann zu rasen. Sie öffnete den schweren, metallbeschlagenen Deckel, schlug die erste Seite auf und begann zu lesen…

*Mitternacht*

*Draußen am Himmel steht ein abnehmender Mond.*

*Ich sitze an meinem Schreibtisch und höre draußen den Wind seufzen und durch den Lavendel streichen. Die Gewächshaustüren stehen offen, und der warme, samtige Duft der Nacht dringt zu mir herein. Bevor sie starb, saß meine geliebte Sarah immer gern hier. Sie erkannte jede blühende Blume am Duft, meine Sarah.*

*Das will ich jetzt auch versuchen. Da ist der scharfe, süße Duft des Lavendels zusammen mit der klaren Schönheit der Veilchen. Dazu Jasmin und Geißblatt, und der würzige Duft des Eichenmooses weht vom Bach herüber.*

*Aber ich beherrsche dieses Spiel nicht gut. Ach, meine Sarah konnte genau sagen, welche Sorte Lavendel sich in welchem Stadium der Blüte befand. Sie konnte die verschiedenen Sorten voneinander unterscheiden und bestimmen, ob sie aus Mitcham oder der Provence oder gar von den fernen Hügeln Griechenlands stammten.*

*Mein Gott, wie sehr vermisse ich sie gerade jetzt, wo ich vom Duft des Sommers umgeben bin. Die Orangenblüten, Jasmin und Rosmarin erinnern mich daran, was ich verloren habe.*

*Sie haben sie getötet, verstehst Du? Jetzt, wo es zu spät ist, verstehe ich es erst. Sie haben meine geliebte Sarah getötet, weil ich nicht getan habe, was sie von mir verlangten. Ich war ein Narr und über beide Ohren verliebt, und ich hielt mich für unbesiegbar. Oh, ich war davon überzeugt, daß ich sie würde beschützen können.*

*Aber ich konnte es nicht. Und jetzt kommen sie wieder, mein Gott! Letzte Woche habe ich wieder einen Brief gefunden...*

Die Aufzeichnungen endeten mit einem dicken Tintenstrich. Es stand kein Datum dabei.

Silver starrte bewegungslos darauf, und die Buchstaben verschwammen vor ihren Augen. Also war ihr Vater doch in Gefahr gewesen. Er hatte in den letzten Monaten seines Lebens so verschlossen gewirkt, ständig gereizt, und doch hatte er immer versucht, seine Sorgen vor ihr und Bram zu verstecken.

Dann hatte er seine letzte Reise ins Ausland gemacht. Als er zurückgekommen war, hatte er viel ruhiger gewirkt, fast so wie damals, als ihre Mutter noch lebte.

Aber er war es nicht gewesen. Nicht wirklich.

Sie hatten seine Leiche zwei Wochen nach seiner Rückkehr im Kühlhaus gefunden. In seinen starren Fingern hatte er eine kurze Abschiedsnotiz für seine Kinder gehalten. Der Friedensrichter hatte seinen Tod für Selbstmord gehalten.

Silver hatte nicht eine Sekunde lang daran geglaubt.

Sie vermißte ihn, mit all seinen Verrücktheiten und exzentrischen Eigenschaften, schrecklich. Er hatte jede einzelne Pflanze gekannt, die auf diesen Hügeln wuchs, und sie alle geliebt.

Jetzt kannte sie die bittere Vergangenheit: Ihre Eltern waren *beide* getötet worden, ermordet von Verbrechern, die William St. Clairs Hilfe zu irgend etwas gebraucht hätten.

Der Gedanke war fast unerträglich für Silver.

Sie wischte sich eine Träne von der Wange. Vielleicht würde sie jetzt eine Gelegenheit finden, ihren Verdacht zu beweisen. Vielleicht konnten sie und Bram jetzt das Rezept für Millefleurs finden, die Mörder ihrer Eltern ausfindig machen und –

Ein Knirschen ertönte am anderen Ende des Arbeitsraumes. Schnell steckte sie das Kästchen wieder in das Versteck, legte den Stein darüber und schob den Schreibtisch darauf.

Dann stieß sie plötzlich einen Schrei aus.

Etwas kam auf sie zugeflogen und zerbrach klirrend die Wand des Gewächshauses. Es war ein Stein, der mit einem Stück Papier umwickelt war.

Die Nachricht war kurz und gräßlich.

*Der Junge ist der nächste.*

Blackwood ließ sein Pferd über die dunkle Anhöhe gehen, die die Heide überragte. Am obersten Punkt blieb er stehen und öffnete den Lederbeutel, der an seinem Sattel hing.

Im Mondlicht sah er die Marinepapiere durch, die er aus Lord Renwicks Kutsche geholt hatte.

Mit gerunzelter Stirn betrachtete er die Zahlenreihen, aus denen die Postionen und Routen verschiedener ziviler Handels-

und Passagierschiffe im Ärmelkanal und weiter südlich vor Frankreich und Spanien hervorgingen. An der Liste war nichts Außergewöhnliches, sie schien nur einfache Seefahrtsinformationen zu beinhalten.

Aber irgend etwas daran stimmte den Straßenräuber mißtrauisch. Es war nicht so, wie es sein sollte. Er kannte diese Gewässer natürlich gut. Vor fünf Jahren hatte er dort genug Salzwasser geschluckt und hohen Seegang ertragen. Die Zahlen bezeichneten Positionen bis hinunter nach Spanien und Portugal, einige bis zum Mittelmeer.

Doch da war etwas, etwas, das dunkle Erinnerungen in ihm berührte, aber so viel Mühe er sich auch geben mochte, er fand keine genaue Erklärung.

Mit finsterer Miene schob er die Listen wieder in den Beutel zurück und strich dann mit einer Hand über Diablos glänzenden Hals.

Der Schmerz in seiner Brust hatte sich bis auf ein dunkles Pochen verflüchtigt. Er hatte das Blut mit einem Taschentuch gestillt und Jonas vorausgeschickt, damit er die Kutsche an der Hauptstraße von Kingsdon Cross abstellte. Wenn die Kutsche gefunden wurde, würde man Leute ausschicken, die die Reisenden suchen sollten, bis dahin konnten sich der Lord und seine Damen miteinander vergnügen.

Diablo hob den Kopf und wieherte unruhig.

Der Straßenräuber fluchte leise, zog sich die Maske vom Gesicht und ließ den kühlen Wind über seine Wangen streichen. Im Osten lag ein Hauch von Grau über dem Horizont, und die Sterne über ihm begannen zu verblassen. In einer Stunde würde der Tag anbrechen.

Morgengrauen. Der nächste Tag voll Bitterkeit und Reue lag vor ihm. Der nächste Tag ohne Hoffnung. Der nächste Tag, der ihn seiner Rache auch nicht näherbringen würde. Er fluchte und spornte dann sein Pferd an.

Es war Zeit, nach Hause zurückzukehren.

Er wußte, daß er diese gefährliche Maskerade aufgeben und schnellstens nach Waldon Hall in die Sicherheit, die ihm seine herrschaftlichen Räume boten, reiten sollte.

Aber er tat es nicht. Statt dessen wandte er sich nach Süden. Er betrachtete eingehend die dunklen Hügel und sann über Unschuld und Jugend nach, über eine Frau mit grüngoldenen Augen und Lippen wie karmesinrote Seide.

Eine Frau, die ihm nichts als Schwierigkeiten machen würde. Ja, er mußte sie vergessen.

Mit einem rauhen Fluch ließ Blackwood Diablo nach Kingsdon Cross abbiegen. Schließlich gab es noch andere Frauen, Frauen, die sich mit kälteren, dunkleren Freuden auskannten. Mehr als das verdiente ein Straßenräuber nicht.

Er würde sie gewaltsam aus seinen Gedanken vertreiben. Mit Härte und Kälte.

Auf die einzige Art, die er kannte.

Der »Grüne Mann« war genau wie immer – verraucht, voller unangenehmer Gerüche und billig.

In der Vergangenheit hatte es Blackwood so immer gefallen. Keiner stellte Fragen, Gesichter blieben im Verborgenen, und das Klingeln von Goldmünzen war das einzige Geräusch, das jemanden kümmerte. Bei seinen unregelmäßigen Besuchen hatte er sich als Soldat auf halbem Sold ausgegeben, der heruntergekommen war, und niemand hatte seine Geschichte je in Frage gestellt.

Aber heute fühlte er sich ruhelos, als er sich an einen Tisch in einer schwach erleuchteten Ecke setzte.

»Was darf's denn sein, mein Herr?« Der Besitzer hatte das grobschlächtige Aussehen eines ehemaligen Boxers und war tatsächlich früher eine Zeitlang in London als solcher bekannt gewesen.

»Eine Flasche Weinbrand und ein Glas«, sagte der Straßenräuber knapp und zog sich den Hut tiefer ins Gesicht.

»Kommt sofort.«

Während er wartete, lehnte Blackwood sich in seinem Stuhl zurück und betrachtete die Schankstube. Sie wies die übliche Mischung aus Tagelöhnern, Reisenden und Frauen auf, die ihre Dienste den nicht allzu verwöhnten Bedürfnissen der Männer hier zur Verfügung stellten.

Aber um etwas zu trinken und etwas vom hiesigen Klatsch zu hören, war es Blackwood bisher immer recht gewesen.

Doch heute nacht störte ihn diese Gesellschaft aus irgendeinem Grund, auch wenn er gerade wegen des Klatsches gekommen war. Er wollte herausfinden, wer die Dienste der drei Schufte beansprucht hatte, die ihm am vergangenen Abend auf der Heide begegnet waren. Und er wollte auch herausfinden, *warum* sie die Frau verfolgt hatten.

Er krümmte die Schultern, als der Wirt die Flasche brachte. Er füllte sein Glas bis zum Rand, hob es zu einem schweigenden Toast an ein unvergeßliches Paar grüngoldener Augen und trank. Der Alkohol floß wohltuend durch seine Kehle. Blackwood konnte sich *fast* vorstellen, daß er sie würde vergessen können.

Er lehnte sich zurück und leerte das nächste Glas.

Eine Frau mit zu viel Parfüm und einem zu engen Oberteil schlenderte zu ihm herüber, stützte einen Ellenbogen auf den Tisch und präsentierte ihm ihren Busen, der jeden Moment aus ihrem Kleid zu quellen drohte. »Ich kann mich nicht erinnern, dich hier schon mal gesehen zu haben, Süßer, aber ich bin auch neu hier. Willst du nicht 'n bißchen Gesellschaft?«

Die Luft war rauchig, und Blackwoods Inneres war angenehm warm von dem Weinbrand. Er zog seinen Hut noch tiefer in die Stirn. Vielleicht würde diese Frau ihm ja verraten können, was er wissen wollte.

Sein Lächeln reichte nicht bis in seine Augen, aber das würde sie wohl nicht stören. »Ja«, sagte er, »warum nicht?«

## 6. Kapitel

Silver starrte die drohenden Worte an, die auf dem Zettel standen und immer wieder vor ihrem Blick verschwammen.

*Der Junge ist der nächste.*

Mein Gott, sie wollten Bram etwas antun! Es war schon schlimm genug gewesen, als nur die Pflanzung bedroht war und sie selbst. Doch jetzt hatten sie es auf einen unschuldigen Zwölfjährigen abgesehen.

Silver biß sich auf die Lippen. Er war vor sechs Monaten dem Tode sehr nahe gewesen und hatte seine Kräfte immer noch nicht ganz zurückgewonnen. Wenn sie ihn entführten, würde ihn das umbringen. Sie durfte Bram keiner Gefahr aussetzen.

Aber wie konnte sie jetzt fortgehen, wenn sie kurz davorstand, das Geheimnis um den Tod ihres Vaters zu lüften?

Ärgerlich trat Silver gegen den Stein. Er rutschte über die Glasscherben wie über das Eis auf einem zugefrorenen Teich. Dann wußte sie die Antwort.

Sie war dreist.

Sie war verzweifelt.

Sie war purer Wahnsinn.

Aber sie hatte keine andere Wahl. Sie war die *einzige* Möglichkeit, Bram und die Pflanzung in Sicherheit zu bringen.

Nach einem letzten Blick auf den Boden, mit dem sie sich versicherte, daß der Ziegel und das Versteck unsichtbar waren, griff sie nach ihrem Schultertuch und rannte zum Haus.

»Ihr wollt *was* tun?«

Tinker stemmte seine schwieligen Hände in die Hüften und starrte finster das schmale Mädchen an, das er inzwischen mehr als Tochter denn als Arbeitgeberin betrachtete. »Ich sage Euch, Ihr seid verrückt! Das kommt überhaupt nicht in Frage.«

Silver sah nicht von der Truhe auf, die sie gerade durchsuchte. »Im Gegenteil, die Idee ist hervorragend, Tinker. Ich habe sie genau durchdacht, es wird bestimmt funktionieren.«

»Ja, um Euch in die größten Schwierigkeiten zu bringen, das ganz bestimmt!«

»Überhaupt nicht.« Silver hob den Kopf. Sie hielt ein altes, schwarzes Kleid und einen schwarzen Schleier in der Hand. »Er ist *genau* der richtige Mann für die Sache. Willst du das bestreiten?«

»Nein, keineswegs«, sagte Tinker finster. »Er ist viel zu gut dafür, das ist das Problem.« Er schnaubte. »Wie wollt Ihr ihn überhaupt finden? Schließlich ist es nicht sehr wahrscheinlich, daß der Mann für sich Reklame macht.«

»Daran habe ich auch schon gedacht«, meinte Silver ruhig. »Ich habe eine Liste zusammengestellt.«

»Eine Liste? Was für eine Liste?«

»Von allen fragwürdigen Häusern in Kingsdon Cross. Ich werde sie eines nach dem anderen aufsuchen, bis ich ihn finde. Aber zuerst versuche ich es auf der Heide.«

»Nur über meine Leiche!«

Silver achtete nicht auf ihn. Sie verschwand hinter einem Wandschirm, zog sich ihr Hemd aus und dann das schwarze Kleid über den Kopf. Es war etwas eng, aber es würde gehen. Sie mußte eine Welle von Kummer unterdrücken, als sie daran dachte, wann sie das Kleid zum letzten Mal getragen hatte – bei der Beerdigung ihres Vaters.

Aber sie würde nicht weinen, nicht jetzt. Und sie würde auch keinen Rückzieher machen. Lavender Close war alles, was sie noch hatten, und sie würde sich von diesen üblen Kerlen nicht wegjagen lassen! Sie hatten schon genug angerichtet. Silver strich sich mit der Hand über die Schwellung an ihrem Auge. Wenigstens würde sie unter dem Schleier verschwinden.

Als sie einen Augenblick später hervorkam, hing der schwarze Schleier über ihrem Gesicht. »Wie sehe ich aus?«

Tinker sah sie finster an. »Wie eine unauffällige, heruntergekommene Gouvernante.«

»So schlimm? Wunderbar. Dann wird es bestimmt klappen.«

»Ja, wenn die verdammten Schweine fliegen können!«

»Du solltest dich wirklich um eine saubere Sprache bemühen, Tinker.«

»Ich bin wütend, verflucht! Ihr redet Unsinn, Mädchen, und das kann ich nicht zulassen. Wir finden schon noch einen Weg. Überlaßt das ruhig mir. Schließlich haben sie uns drei Tage Zeit gegeben.«

Silver runzelte die Stirn und dachte an den Stein, der durchs Gewächshausfenster geflogen war. Sie hatte Tinker nichts davon erzählt, weil sie befürchtet hatte, daß er dann die Vorgehensweise bestimmen würde. Er war zäh und klug, aber Silver bezweifelte, daß er siegreich aus einer Prügelei mit Männern hervorgehen würde, die doppelt so breit und halb so alt waren wie er.

Nein, dies war die einzige Möglichkeit. Sie hatte sich entschieden. Sie mußte die Sache nur geschickt anfangen.

»Ihr geht nicht, Mädchen, *und damit basta.*«

Mit einem Seufzer ließ sich Silver in einen abgenutzten Sessel sinken, der früher in ihrem Wohnzimmer gestanden hatte.

Als sie noch ein Wohnzimmer besessen hatten. Als sie noch ein prächtiges Haus und Geld und Sicherheit besessen hatten. »Also gut, du unmöglicher Kerl. Aber wir müssen uns schnell etwas ausdenken. Wir haben nicht viel Zeit.«

»Das tun wir«, sagte Tinker beschwichtigend. Er kratzte sich am Kinn. »Ich habe schon ein paar Pläne gemacht. Wir können morgen früh darüber reden.«

»Und du bist sicher, daß du nicht vielleicht –«

»Nein, ich bin sicher. Ihr tut nichts Derartiges, Miss! Ich will nichts mehr davon hören. Ich bin für Euch und Bram verantwortlich, jetzt wo Eure Eltern und Euer Onkel nicht mehr da sind, und ich werde entsprechend handeln.« Tinker warf ihr einen wilden Blick zu. »Ob es Euch paßt oder nicht!«

Silver tätschelte den sehnigen Arm des alten Mannes und lachte. »Du bist wild wie ein Tiger, wirklich, Tinker.« Ihre Augen wurden dunkelgrün wie ein tiefer Bergsee. »Bram und ich können von Glück sagen, daß wir dich haben.«

»Ach, kommt mir nicht mit Euren süßen Worten, Susanna St. Clair.« Der alte Mann seufzte. »Wir werden aus diesen Schwierigkeiten schon wieder herauskommen. Aber Ihr sollt in der Nacht nicht ohne mich irgendwo hingehen, habt Ihr verstanden?«

Silver verneigte sich knapp vor ihm. »Verstanden, Erhabenster.« Das bedeutete natürlich nicht, daß sie auch *einverstanden* war.

»Also, dann ab mit Euch.«

Plötzlich beugte sich Silver vor. »Hast du das gehört?«

»Was?«

»Ich glaube, Cromwell hat gebellt. Und eine Stimme unten beim Lagerraum.«

Ohne ein weiteres Wort rannte Tinker die Treppe hinunter und stellte sich schon vor, wie er seine Hände um die Gurgel des Eindringlings legen würde.

Das war beinah zu einfach gewesen, dachte Silver. Einen Augenblick lang spürte sie Schuldbewußtsein, aber sie achtete nicht weiter darauf. Im Moment hatte sie dafür keine Zeit.

Sie hatte noch eine Aufgabe zu erfüllen.

*Der Wind weht heute abend vom Meer herüber und bringt das Aroma von Holzrauch und drohendem Gewitter mit. Aber ich darf nicht so viel faseln. Es gibt noch viel zu erklären, und in meinem Innern weiß ich, daß mir nicht mehr viel Zeit bleibt. Sie werden mich schon bald finden. Zu bald..*

*Meine liebe Susanna, denke genau über all das nach, was ich hier aufgeschrieben habe. Es liegen Geheimnisse in diesen Seiten verborgen, Geheimnisse, die ich nicht einmal hier direkt aufzuschreiben wage, weil dieses Buch in die Hände meiner Feinde fallen könnte.*

*Lies meine Worte sorgfältig und denke an all das, was ich Dich gelehrt habe. Grabe diese Seiten um, wie Du an meiner Seite gelernt hast, den dunklen Boden von Lavender Cross umzugraben. Die Antworten sind hier, ich versichere es Dir.*

*Bewache sie gut. Für diese Geheimnisse würden Menschen töten. Und wenn Du dieses Buch findest, werden sie schon dafür getötet haben.*

## 7. Kapitel

Er war nicht auf der Heide und auch nicht auf der Landstraße. Sie legte den gleichen Weg wie in der vergangenen Nacht zurück, doch zwei Stunden später war ihr außer einem besorgt nach King's Lynn eilenden Vikar niemand begegnet.

Also blieb ihr nur noch Kingsdon Cross übrig.

Als erstes fuhr sie zu einer Ebene am Fluß. Dort ließ sie ihren kleinen Wagen anhalten, überprüfte sorgfältig den Sitz ihres Schleiers, rückte ihre Röcke zurecht und vergewisserte sich, daß ihre Pistole auch sicher in ihrem Stiefel steckte.

Dann sprang sie zufrieden auf den Boden und band die Zügel an einen Zaun.

Sie war schon immer neugierig auf einen Hahnenkampf gewesen. Irgendwie hatte sie das Gefühl, daß sie daran Vergnügen finden könnte.

Als sie sich durch die Menge schob, stellte Silver fest, daß sie sich da getäuscht hatte.

Langsam drängte sie sich an Männern mit harten Augen und Frauen vorbei, die ganz sicher keine Damen waren.

Aus der verrauchten Arena vor sich hörte sie Jubelrufe und Flüche. Es roch nach Staub und Blut, und Silver drehte sich der Magen um.

»Kann ich Ihn'n helfen, Miss?« fragte ein großer Mann mit einem leeren Ärmel, der an einem Baum lehnte.

»Ich denke schon.« Gebrüll ertönte von der dunklen Arena her, und Silver wurde blaß.

»Was, noch nie bei einem Hahnenkampf gewesen?«

»Das Vergnügen habe ich bisher noch nicht gehabt.« Silver warf einen schnellen Blick durch die Menge vor sich. In der

Arena stürzte sich ein zerzauster Hahn auf seinen Gegner. Federn flogen, und schrilles Kreischen erfüllte die Luft.

Silver schluckte schwer. »Ich bin Mrs. Brown, die Witwe des verstorbenen Archibald Brown von Brown, Brown und Green in London. Mein lieber verstorbener Gatte verwaltete die Hinterlassenschaft einer Summe Geldes an einen Mann, der angeblich diese, äh, Veranstaltung regelmäßig besucht.«

»Aha.« Braune Augen betrachteten sie mißtrauisch.

»Leider verstarb mein Gatte, noch bevor der Betreffende gefunden war.«

»Und wie lautet der Name dieses Mannes, Miss?«

»Blackwood.«

Das Gesicht des Mannes wurde hart. »Den kenne ich nicht.«

»Nun«, sagte Silver ruhig, »ich verstehe durchaus, daß Ihr vorsichtig seid, da der Mann ein Straßenräuber ist. Doch es handelt sich hier um eine große Summe, mein Herr, und ich bin sicher, daß Mr. Blackwood daran interessiert ist. Daher hoffte ich, Ihr würdet ihm vielleicht Nachricht geben können, falls Ihr ihn treffen solltet.«

Die scharfen braunen Augen reagierten nicht.

Doch so leicht wollte Silver nicht aufgeben. »Er würde es Euch sicher danken und Euch belohnen.«

Die braunen Augen blitzten kurz auf. »Mag schon sein. *Falls* ich ihn kenne, natürlich.«

Silver drückte ihr Täschchen an sich. Der Lärm aus der Arena war jetzt ohrenbetäubend. Sie versuchte, nicht an das Gemetzel zu denken, das sich dort gerade abspielte. »Bitte gebt ihm die Nachricht, falls er heute nacht vorbeikommen sollte, ja? Ich werde bis morgen im ›Cross and Arms‹ zu finden sein.«

Schrille Schreie ertönten und deuteten an, daß eines der Federtiere Sieger geworden war.

»Der alte Sägezahn hat wieder gewonnen«, sagte der Mann kurz angebunden. »Ich muß gehen.«

Silver nickte und erkämpfte sich den Weg zurück in die Nacht hinaus. Sie war ganz sicher, daß sie nie wieder einen Hahnenkampf würde sehen wollen.

Als sich ihr Kopf wieder etwas geklärt hatte, fragte sie sich, ob Tinker nicht recht gehabt hatte. Sie würde den Straßenräuber doch nicht so leicht finden können.

Sie versuchte, nicht weiter darüber nachzudenken. Dies war die beste Möglichkeit, die ihr einfiel, und sie würde nicht aufgeben!

Sie fuhr mit ihrem kleinen Wagen durch die Stadt bis zu einem eleganten Haus an dem Platz gegenüber der Kirche. Um diese späte Stunde war es in den anderen Häusern dunkel, doch ihr Ziel war mit zwei verzierten Laternen erleuchtet.

Nur wenige Menschen waren noch auf der Straße. Silver beschloß angesichts eines im schwankenden Laternenschein herumlungernden Mannes, lieber nicht den Vordereingang zu nehmen. Da gerade ein Wagen voller Fässer hinter das Haus rumpelte, entschloß sie sich, ihm zu folgen.

Bald würde sie drinnen sein. Und sie hatte *immer* schon eine echte Spielhölle sehen wollen.

Hinter dem Haus glitt sie von ihrem Wagen, und es dauerte nur wenige Minuten, bis sie mit gewandten Worten ins Haus gelangt war. Einem erschöpft wirkenden Diener erklärte sie, sie sei gekommen, weil hier angeblich eine Köchin gesucht werde. Im Haus brachte eine schlampige Frau sie zu einem Büro gleich neben der Küche.

Silver betrachtete die elegant mit Seide bespannten Wände und das schwere, samtbezogene Mobiliar, als sich die Tür öffnete.

Von dem Eigentümer hatte sie zwar schon gehört, hatte ihn aber noch nie gesehen. Er konnte gut mit Spielkarten und mit Geld umgehen, war aber dem Whisky sehr zugetan, hatte ihr Tinker einmal erzählt.

Er betrachtete sie eingehend und versuchte, durch ihren dichten Schleier zu schauen. »Ich habe gehört, Ihr sucht eine Stelle als Köchin. Es tut mir leid, aber wir haben derzeit keinen Bedarf.« Seine schwarzen Augen wurden schmal. »Es muß ein Irrtum vorliegen.«

»Ja, ich glaube, ich habe mich etwas undeutlich ausgedrückt. Ich bin in einer Angelegenheit meines verstorbenen Mannes gekommen, Archibald Brown von Brown, Brown und Green.«

»Nie gehört«, kam die barsche Antwort. »Worum geht's?«

Silver betrachtete ihn mit Unbehagen und war froh, daß der Schleier ihr Gesicht verdeckte. »Mein Mann sollte eine Hinterlassenschaft an einen Kunden vermitteln. Unglücklicherweise verstarb der gute Archibald, bevor dieser Kunde gefunden war, und ich bin gekommen, um diese Aufgabe zu erfüllen. Das ist das wenigste, was ich für den guten Mann noch tun kann«, fügte sie traurig hinzu.

Ihr Gegenüber horchte auf. »Eine Hinterlassenschaft? Handelt es sich um eine größere Summe?«

»Ja.«

»Und an wen? Vielleicht an mich?«

»Ich fürchte nein. Falls Ihr nicht Blackwood heißt.«

»Blackwood?« Der Mann runzelte die Stirn. »Wie kommt Ihr auf den Gedanken, daß ein bekannter Verbrecher hier bei mir zu finden sein könnte? Dies hier ist ein anständiges Haus.«

Silver gab Unwissenheit vor. »Ein Verbrecher? Das kann nicht sein. Ihr irrt Euch sicher, Sir. Mein Mann sprach immer mit sehr viel Respekt von diesem Blackwood.«

»Dann war *er* es, der sich geirrt hat«, sagte der Mann knapp. »Ich habe in meinem Haus nichts mit Verbrechern zu schaffen. Ich glaube, Ihr solltet Euch besser wieder auf den Weg machen, Madam.«

In diesem Augenblick klopfte es. Eine Frau in einem fast durchsichtigen Kleid erschien in der Tür. »Ihr werdet oben gebraucht, Mr. Fielding.«

»Ich komme sofort. Bring die Witwe hier hinaus.«

Das wäre also der zweite Versuch gewesen, dachte Silver düster. Jetzt blieb im verschlafenen Kingsdon Cross nur noch eine Stätte der Sünde zu besuchen.

Silver mußte zugeben, daß es sich hier um ein heikles Etablissement handelte. Und als sie die vielen Wagen in der Einfahrt sah, wurde ihr klar, daß heikel nicht der richtige Ausdruck war für das, was sie hier erwartete.

Das außerordentlich noble Haus lag an einem Fluß, der sich um ganz Kingsdon Cross wand. Laternen erleuchteten jedes Fenster, und Kutschen verdeckten fast völlig den Eingang. Ja, dies war ganz sicher das beliebteste Haus weit und breit, und Silver war neugierig auf das, was sich in dem verrufenen Haus abspielen mochte.

Ihr schwarzer Schleier rief einige verwunderte Bemerkungen hervor, als sie die Stufen zum Eingang emporstieg, doch die meisten Männer kümmerten sich in ihrem trunkenen Zustand nicht weiter um diese Witwe unbestimmten Alters und unbestimmter Herkunft.

Silver schlüpfte hinter zwei lachenden Herren ins Haus und fand sich in einem eleganten Zimmer von Kingsdon Cross wieder. Ihre Augen weiteten sich, als sie die zahlreichen Kerzen und das für eine Armee ausreichende Büffet sah.

Das Verrufene – worin auch immer es bestehen mochte – schien ganz offensichtlich ungeheuer einträglich zu sein.

Als Silver weiterging, kam sie in einen kleineren Salon mit vielen Spiegeln an den Wänden und Dutzenden von Samtsesseln. Einen Moment lang sah sie sich verwirrt um. Sie hatte sich bestimmt getäuscht. Dies konnte kein Bordell sein. Die Frauen hier waren äußerst elegant gekleidet, und die Männer waren ebenso vornehm wie die, die sie auf den wenigen Fahrten mit ihrem Vater nach London gesehen hatte.

Doch dann bemerkte Silver aufschlußreiche Einzelheiten. Die Kleider der Frauen waren entschieden zu tief ausgeschnitten, und die Männer neben ihnen nahmen sich mit ihren Händen zu viele Freiheiten heraus.

Silver wandte hastig den Blick ab und sah sich nach jemandem um, der hier verantwortlich war. In diesem Augenblick betrat eine grellblonde Frau den Raum, die einem ihr folgenden Mann mit schwarzer Augenklappe Anweisungen erteilte. Jetzt oder nie, sagte sich Silver.

Sie ging auf die Besitzerin zu. »Verzeihung, Madam, könnte ich kurz mit Euch sprechen?«

Die beeindruckende Blonde drehte sich um und betrachtete Silver von oben bis unten. »Ihr sucht nach Arbeit, wie? Mir scheint, Ihr seid wohl in Schwierigkeiten geraten. Nun, Ihr müßt Euch vorstellen wie alle anderen auch. Geht hinauf zu Marie – letztes Zimmer im zweiten Stock. Sie wird Euch prüfen. Und nehmt diesen häßlichen Schleier ab. Der paßt wirklich nicht hierher. Damit wir uns entscheiden können, müssen wir uns erst einmal Euer Gesicht ansehen – und anderes auch.«

Silver schluckte. »Ich fürchte, Ihr irrt Euch. Ich bin wegen meines Mannes hier, Mr. Brown. Von Brown, Brown und Green.«

Die Frau erstarrte. »Es kommen eine Menge Männer zu uns. Man kann wohl kaum erwarten, daß ich mir all ihre Namen merke.« Sie runzelte die Stirn und winkte dem Mann mit der schwarzen Augenklappe. »Wenn Euch Euer Ehemann fortgelaufen ist, geht mich das nichts an. Ich denke, es ist besser, wenn Ihr geht.«

Silver unterbrach sie hastig. »Nein, Ihr versteht mich nicht. Mein Mann, der gute Archibald, starb, bevor er seine letzte Aufgabe ausführen konnte, nämlich einem seiner Kunden eine Erbschaft zukommen zu lassen. Er hat mir bei seinem Tod diese Aufgabe übertragen, versteht Ihr?«

Die blonde Frau stützte beide Hände in die Hüften. »Eine Erbschaft, sagt Ihr? Für mich wohl kaum. Ich habe schon seit über sechs Monaten Pech. Doch sagt mir, wer ist der Glückliche?«

»Ein Mann namens Blackwood.«

Die Augen der Blonden wurden schmal. »Blackwood? Wie kommt Ihr auf den Gedanken, ich könnte etwas mit diesem Mann zu tun haben?«

»Nun, ich weiß es nicht genau. Aber man hat mir gesagt, das heißt, die Leute hier in der Stadt meinten –«

»Ja, natürlich, die Leute in Kingsdon Cross reden alles mögliche über mein Etablissement, aber ich kann Euch versichern, daß das meistens Lügen sind! Hinter meinem Rücken lügen sie, und ansonsten wollen sie hauptsächlich mein Geld. Nun, um Eure Frage zu beantworten, ich habe Blackwood schon seit Wochen nicht gesehen, was ich bedaure, denn der Mann bezahlt gut. Ihr seht also, daß ich Euch nicht helfen kann.«

»Falls er noch kommen sollte, würdet Ihr ihm wohl eine Nachricht übermitteln? Es handelt sich um eine große Summe, ich bin überzeugt, er würde Euch äußerst… dankbar sein.«

Die Frau starrte Silver an. Dann nickte sie. »Das müßte sich machen lassen. Wo kann er Euch finden – falls er hier auftauchen sollte?«

»Ich werde im ›Cross and Arms‹ sein, aber nur heute nacht. Es bleibt leider nur wenig Zeit, bis die Erbschaft verfällt, versteht Ihr?«

Die Augen der Frau verengten sich. »Ja, ich verstehe. Ich werde es ihm sagen, falls ich ihn sehe.« Mit diesen Worten wandte sie sich wieder dem Mann mit der Augenklappe zu. Damit war ihr Gespräch beendet.

Mit einem Seufzer drehte sich Silver um und wollte gehen. Sie hatte sich ihr Unternehmen einfacher vorgestellt und gedacht, ein Mann mit dem Ruf von Blackwood müßte an den von ihr aufgesuchten Orten leicht zu finden sein.

In diesem Augenblick bemerkte Silver, daß ein Mann mit einer roten Weste am anderen Ende des Zimmers sie beobachtete.

Sein funkelnder Blick und sein harter Mund gefielen ihr gar nicht. Sie drehte sich um und ging eilig zur Tür. Sie sollte ihr Schicksal wirklich nicht herausfordern.

Mein Gott, was war das für eine armselige Beute, der Sherringvale heute nacht nachstellte? Blackwood runzelte die Stirn, während er einem Mann in roter Weste nachsah, der durch einen der Räume von Kingsdon Cross' elegantem Bordell hastete.

Die Frau sah nicht so aus, als wenn ihr seine Verfolgung behagen würde. Und da hatte sie recht, dachte Blackwood, denn der Ruf des Mannes war wirklich pechschwarz.

Der Straßenräuber zog sich in die halbdunkle Ecke zurück und sah sich weiter um. Er kam selten hierher, und dann auch eher auf der Suche nach Informationen über reiche Reisende als nach weiblicher Gesellschaft. Und wenn er hier war, hielt er sich in der Nähe des Hintereinganges auf, damit er nicht beobachtet werden konnte.

Aus dem Augenwinkel sah Blackwood zu, wie Sherringvale sich seinem neuen Opfer näherte, eine Frau in schwarzem Kleid und Schleier. Eine Witwe in Trauer? Kannte Sherringvale denn überhaupt keine Scham?

Dann wurden Blackwoods Augen schmal.

Eine Witwe? Die, die ihn angeblich in der ganzen Stadt suchte?

Irgend etwas kam ihm bekannt vor an der Art, wie sie ihr Täschchen umklammert hielt. Und daran, wie sie sich ihrem Verfolger zuwandte und ihm unverzagt entgegentrat.

Nein, das konnte nicht sein! Doch noch während er sich das sagte, sah Blackwood, wie Sherringvale die Frau an der Schulter packte und zur Hintertreppe zog, die zu den Zimmern hinaufführte.

Mein Gott, die Frau *wehrte* sich!

Sie trat mit dem Stiefel nach dem Mann. Blackwood erkannte diesen kleinen Fuß wieder.

Es war *sie*, die Frau, die er vergangene Nacht auf der Heide vor ihren Verfolgern bewahrt hatte.

Die Frau, die ihm einfach nicht aus dem Sinn zu gehen schien. Was um Himmels willen tat sie hier?

Mit finsterer Miene zog er sich die Maske über das Gesicht und ging auf die Hintertreppe zu. Ihr leichter Duft nach Lavendel und Rosen hing noch in der Luft.

Mit einem linken Haken würde sich die Sache schnell beheben lassen, entschied Blackwood, als er die Treppe, zwei Stufen auf einmal nehmend, hinaufeilte. Genaugenommen gefiel ihm sogar der Gedanke an eine handfeste Auseinandersetzung, in der er die Ehre einer Frau verteidigte.

Aber am oberen Treppenabsatz blieb Blackwood plötzlich stehen. Er starrte sprachlos auf den Boden, wo Sherringvale sich in Schmerzen wand.

Die Frau in Schwarz war gerade dabei, ihre Röcke glattzustreichen.

»Was habt Ihr getan, auf ihn geschossen?« Die Frage war natürlich nicht ernst gemeint.

Die Frau schreckte hoch. »Endlich! Ich habe Euch überall gesucht.«

Blackwood schüttelte den Kopf. »Ihr solltet nicht hier sein. Das ist kein Ort für Euch.« Er sah auf Sherringvale hinab. »Was ist mit ihm passiert, ist er gestolpert?«

Silver zuckte die Schultern. »Er war... etwas unhöflich, deshalb habe ich ihm einen Tritt verpaßt. In einen bestimmten, ähm, empfindlichen Körperteil.«

Blackwood wußte genau, welchen empfindlichen Körperteil sie meinte, denn der bereitete ihm im Augenblick Schwierigkeiten. »Ihr... habt ihn *getreten*?« Er konnte seinen Augen immer noch nicht trauen.

Die Frau in Schwarz drehte etwas schuldbewußt ihr Täschchen hin und her. »Mein Onkel hat mir erklärt, daß ich dieses Wissen vielleicht einmal brauchen würde. Ich war mir allerdings nicht darüber im klaren, daß ich dem armen Kerl damit so weh tun könnte. Ich würde natürlich niemals schießen. Meine Pistole steckt sicher in meinem Stiefel.«

»Ach wirklich?« Blackwood wünschte sich innig, er hätte nicht so viel getrunken. Er verstand die Frau einfach nicht.

»Natürlich. Ich wollte den armen Mann wirklich nicht ernsthaft verletzen. Außerdem ist es unfair, einen Unbewaffneten anzugreifen.«

*Armer Mann? Sherringvale, der weit mehr schutzlose Frauen auf dem Gewissen hatte, als Blackwood zählen konnte?* »So, das wolltet Ihr also nicht?«

»Natürlich nicht. Er kann ja nichts dafür, daß er ein Opfer seiner unbeherrschbaren männlichen Leidenschaften ist.«

»Ich verstehe.« Blackwood verstand nichts. Kein Wort. Wahrscheinlich war sein Gehirn vom Alkohol benebelt. Er schüttelte den Kopf und versuchte es noch einmal. »Unbeherrschbare männliche *was*?« Verflucht, er konnte es nicht einmal aussprechen.

»Leidenschaften. Männer müssen vor sich selbst beschützt werden, versteht Ihr? Es ist die Aufgabe der Frauen, dafür zu sorgen, daß die Männer sich nicht verletzen oder anderweitig Schaden nehmen – als Folge ihrer unbändigen Gelüste.«

Sie wirkte sehr selbstzufrieden. So sehr, daß Blackwood es nicht über sich brachte, ihre lächerlichen Ansichten in Frage zu stellen.

»Und wer hat Euch dieses faszinierende Konzept von Männern vermittelt?« Blackwood hatte das Bedürfnis, diesem Kerl den Hals umzudrehen.

»Oh, niemand. Darauf bin ich selbst gekommen.«

Verdammt, ihre ganze »Logik« schien ihn schwindlig zu machen. Ob es wohl jemals eine weniger falsch informierte, sturere Frau auf Gottes Erdboden gegeben hatte?

Inzwischen schien Sherringvale wieder zu sich zu kommen. Blackwood sah auf ihn hinunter und fluchte.

»Oje, habe ich es vielleicht falsch gemacht?«

»Nein, nur zu gut, denke ich. Vermutlich wird der ›arme Mann‹ nicht gut gestimmt sein, wenn er wieder zu sich gekommen ist«, sagte der Straßenräuber trocken.

Silver biß sich auf die Lippen. »Ja, wahrscheinlich.«

»Also, meine Liebe, dann sagt mir doch einfach, warum Ihr mich sprechen wolltet. Ich habe überall in der Stadt gehört, daß eine Witwe nach mir gesucht hat, wäre allerdings nie auf den Gedanken gekommen, daß Ihr das sein könntet. Und das Gerede mit der Erbschaft glaube ich keinen Augenblick!«

Plötzlich schnupperte die Frau vor ihm, und Blackwood konnte ihren ärgerlichen Blick durch den Schleier hindurch spüren.

»Ihr habt getrunken, mein Herr.«

»Nicht genug, als daß es sich ernsthaft auswirken könnte, das versichere ich Euch. Nur gerade so viel, daß ich gefährlich werden kann.«

Hinter ihm kam jemand lachend die Treppe herauf. Blackwood griff mit finstere Miene nach ihrer Schulter und schob sie den Gang hinunter, bevor eine kaum bekleidete Frau am Arm eines Mannes erschien, der dreimal so alt war wie sie.

»Ihr habt tatsächlich getrunken«, zischte Silver, »das rieche ich. Und Ihr sprecht auch undeutlich.«

»Ich spreche immer undeutlich«, kam seine finstere Antwort. »Das liegt an der Maske.«

»Laßt mich sofort los.«

»Und wenn ich es nicht tue, was dann? Wollt Ihr mich auf die gleiche Weise außer Gefecht setzen, wie Ihr es bei dem ›armen‹ Sherringvale gemacht habt?«

»Das wird mir kaum gelingen«, sagte Silver offen.

»Da habt Ihr allerdings recht.« Blackwood lockerte seinen Griff, ließ sie aber nicht los. »Was gibt es so verdammt Wichtiges, daß Ihr mich in ganz Kingsdon Cross suchen müßt?« fragte er ärgerlich.

»Ich würde das gern in Ruhe mit Euch besprechen.«

»Vielleicht möchte ich aber nichts besprechen. Vielleicht bin ich überhaupt nicht des Redens wegen hierhergekommen.« In diesem Augenblick wußte Blackwood genau, warum er hergekommen war. Verflucht, er hatte versucht, *sie* zu vergessen. Ihr Feuer. Ihren Duft, der ihn verfolgte. Ihre ungewöhnliche, dickköpfige Art von Unschuld.

Verdammt, schon war er wieder in ihrer Nähe!

Wieder kamen Schritte die Treppe herauf. Sir Charles Millbank erschien mit einer Frau am Arm.

Der Straßenräuber fluchte leise, ergriff wieder Silvers Arm und zog sie den Gang entlang.

»Wo bringt Ihr –«

»Still!«

»Laßt mich los!« zischte Silver. »Sonst –«

»Sonst was? Sonst bittet Ihr diesen widerwärtigen Millbank um Hilfe? Das würdet Ihr bereuen. Oder würdet Ihr ihn auch mit Tritten zu unterwerfen versuchen?«

Das war billig, und er wußte es. Aber diese Frau übertrieb es wirklich, verdammt! Wenn sie wenigstens gewußt hätte, wann sie wirklich Angst haben sollte!

Am Ende des Flurs fand Blackwood endlich eine offene Tür. Er stieß die widerspenstige »Witwe« hinein und schlug eilig die Tür hinter sich zu.

»Was macht Ihr hier eigentlich, Straßenräuber?«

»Ich versuche, einen Ort zu finden, an dem wir uns sicher und ungestört unterhalten können. Deswegen seid Ihr doch gekommen, oder etwa nicht?« Blackwood war jetzt wirklich ärgerlich. Sie hatte ihm den Abend gründlich verdorben. Er war schon auf dem besten Wege gewesen, sie zu vergessen, doch das war jetzt unmöglich. Wie konnte ein Mann je solche Augen vergessen, die abwechselnd grün und golden schimmerten? Die kleine Närrin dürfte sich an einem Ort wie diesem nicht einmal flüchtig aufhalten!

Blackwood beschloß, ihr zu zeigen, wie gefährlich es hier tatsächlich war.

Er hob die Hand langsam zu seinem Halstuch. »Oder seid Ihr womöglich gar nicht des Redens wegen gekommen? Ihr sagtet zwar etwas von einem geschäftlichen Vorschlag«, er betrachtete sie lässig, »aber falls Ihr nicht mit mir sprechen wollt, könnten wir ja –«

Silver räusperte sich. »Ich wäre höchst zufrieden mit einem Gespräch, danke.«

Blackwood versuchte, ihr Gesicht zu sehen. »Ich kann mir angenehmere Arten vorstellen, einen Abend zu verbringen.«

»Zweifellos könnt Ihr das. Unglücklicherweise habe ich keine Kutsche zum Ausrauben bei mir.«

Er hielt bei dieser Bemerkung plötzlich inne. »Gestern abend wart Ihr ganz froh, mich zu sehen.«

»Gestern abend wart Ihr auch nicht betrunken.«

»Wie könnt Ihr das wissen?«

»Wollt Ihr eine anstößige Bemerkung machen, Mr. Blackwood?«

»*Lord* Blackwood für Euch. Ihr solltet nie solche Fehler bei einem Gauner machen, das könnte ihn ärgern. Und die Antwort lautet: Ja, ich will anstößig sein.«

Silver schnaubte. »Das gelingt Euch auch.«

»Warum geht Ihr dann nicht?« Er wünschte sich, sie würde es tun. Vielleicht könnte er sie sich dann aus dem Kopf schlagen. Inzwischen fand er es nämlich schon ziemlich schwierig, nicht ständig auf ihre vollen Brüste zu starren. Mein Gott, der Weinbrand mußte ihm zu Kopf gestiegen sein, er bildete sich schon ein, er könnte ihre festen, kleinen knospenförmigen Brustspitzen sehen.

Und ihr Duft. Er erinnerte ihn an die milden Sommer seiner Jugend, an träge Nachmittage und samtenes Zwielicht. An die Rosen, die seine Mutter im Garten von Swallow Hill schnitt und in Vasen in den Salon stellte.

Verdammt, was genug war, war genug! Wie schaffte diese Frau es nur, ihn so für sich einzunehmen?

»Ja, warum geht Ihr nicht einfach?« wiederholte er, und seine Stimme klang rauh vor wachsendem Begehren.

»Ich kann nicht. Noch nicht.« Sie hob trotzig das Kinn. »Erst muß ich meine Geschäfte hier zum Abschluß bringen.«

»Was für Geschäfte?«

Silver hatte ihn nicht gehört. Sie betrachtete aufmerksam die kleine Statue eines Mannes und einer Frau, die Brust an Brust beieinander standen. Ihre Augen weiteten sich, als sie entdeckte, daß sie beide völlig unbekleidet waren.

Mit einem gemurmelten Fluch riß ihr Blackwood die Figur aus den Fingern und stellte sie heftig auf das Kaminsims zurück. »Sagt mir, was Ihr hier wollt. Sonst werde ich dafür sorgen, daß es Euch leid tut, je einen Fuß in dieses Haus gesetzt zu haben.«

»Glaubt Ihr, daß Ihr das könntet?« fragte Silver herausfordernd.

»Ganz sicher!«

Sie waren so miteinander beschäftigt, daß sie zuerst nicht bemerkten, wie jemand die Tür aufstieß. »Ich habe gefragt: Ist dieses Zimmer besetzt?« Sir Charles Millbank stand schwankend an der Tür, in einer Hand die Flasche, an der anderen eine Frau.

Hastig blies Blackwood die Kerzen neben sich aus und zog Silver an seine Brust. Die Dunkelheit bot einen gewissen Schutz gegen Millbanks Neugierde.

Sie zitterte, er spürte es ganz deutlich. Wenigstens hatte die sture Frau endlich eingesehen, in welcher Gefahr sie sich befand.

Doch der Gedanke bereitete Blackwood keine Freude, es ärgerte ihn nur. »Natürlich ist es besetzt! Tür zu, verdammt! Es gibt noch genug andere Zimmer.«

Millbank lachte betrunken. »Ihr wollt kein Publikum? Das ist ein Fehler.« Er rülpste. »Wißt Ihr nicht, wie anregend Zuschauer sein können?«

Blackwood spürte, wie Silver schauderte. Er fluchte.

Millbank kam nicht weiter. Blackwood zog eine Pistole aus der Tasche und richtete sie auf ihn.

Der Baronet blinzelte und zog sich langsam zurück. »War nur ein Vorschlag, Ihr braucht nicht gleich aus der Haut zu fahren. Ich wollte nicht –« Plötzlich unterbrach er sich. Seine Augen wurden schmaler. »Verdammt, die Frau kommt mir bekannt vor. Dieser Duft... Es kann natürlich nicht sein, aber...« Er starrte auf Silvers Rücken.

Blackwood schob Silver hinter sich. »Verschwindet, Millbank. Ihr habt zu viel getrunken, verdammt, und könnt nicht mal mehr die Nase in Eurem eigenen Gesicht klar erkennen.«

»Mag sein, aber trotzdem kommt sie mir bekannt vor. Ich könnte schwören –«

»Meine Gesellschafterin geht Euch nichts an.« Blackwood entsicherte seine Pistole. *»Verstanden?«*

»Ihr seid wirklich sehr unfreundlich.« Der Baronet runzelte die Stirn, die Frau in seinem Arm schob enttäuscht die Unterlippe vor.

Finster stieß Blackwood die Tür zu und legte den Riegel vor. Er wandte sich Silver wieder zu und sagte barsch: »Und jetzt verlange ich ein paar Antworten, Miss. Was wollt Ihr eigentlich hier?«

»Es gibt keinen Grund, mich anzuschreien«, wies Silver ihn zurecht.

»Wer schreit denn? Ich will nur ein paar Antworten. Und wenn ich die nicht in zehn Sekunden bekomme, schmeiße ich Euch hinaus!«

Silver biß sich auf die Lippen und richtete sich dann gerade auf. »Ich – ich brauche einen Mann, versteht Ihr?«

Blackwood schüttelte den Kopf. Jetzt war er sicher, daß er Halluzinationen hatte. Er konnte unmöglich wirklich gehört haben, was sie eben gesagt hatte.

Doch er täuschte sich.

»Einen Mann«, wiederholte sie bedachtsam. »Ich will die

Dienste eines Mannes kaufen. Natürlich nur für ein paar Nächte.«

*Die Dienste eines Mannes kaufen? War die Frau völlig verrückt geworden oder er?*

»Ja, ich will einen kräftigen Mann. Einen harten, berüchtigten Verbrecher.« Sie sah Blackwood an. Er hatte das Gefühl, als könnte er sehen, wie ihre Augen sich prüfend verengten.

Sein unterer Körperteil straffte sich schmerzlich. Was sie da redete, machte ihn wild. »Und wofür genau braucht Ihr diesen Mann?« knurrte er in der Hoffnung, es würde sich alles als Scherz herausstellen oder sie würde in einer Rauchwolke verschwinden und die ganze Situation sich als ein Traum erweisen.

Aber es war kein Scherz, und sie verschwand absolut nicht. Sie betrachtete ihn nur eingehend und mit stolzer Haltung. »Ich brauche einen Mann, der mich ruiniert. Ich habe dabei an Euch gedacht, Lord Blackwood, weil Ihr mir für diese Aufgabe am besten geeignet zu sein scheint.«

# 8. Kapitel

Blackwood fluchte.

Ausgiebig.

Und dann noch einmal.

Sein Kopf dröhnte, und er fühlte sich deutlich unsicher auf den Beinen. Der angenehme Dämmerzustand, in dem er sich den ganzen Abend lang befunden hatte, verschwand.

»Euch ruinieren? Seid Ihr völlig verrückt geworden?« Er wandte sich ab, schüttelte den Kopf und konzentrierte sich darauf, eine der Kerzen wieder anzuzünden. Dann zuckte er die Schultern. »Und jetzt entschuldigt mich bitte, ich muß gehen. Irgendwo in dieser Stadt muß es doch noch eine Kutsche auszurauben geben.«

»Nein, Ihr dürft noch nicht gehen«, wandte Silver verzweifelt ein und stellte sich ihm in den Weg.

»Nein? Irgendwie haben wir hier unsere Positionen durcheinandergebracht, meine Liebe. Das muß ich sagen, während *Ihr* schreit und Euch wehrt.«

»Nun, ich schreie aber nicht, wie Ihr seht.«

»Das stimmt. Trotzdem gehe ich jetzt. Sofort. Und gute Nacht.«

Da streckte sie ihre Hand nach ihm aus. Er sah das Beben ihrer Finger. Diese einzige, kleine Bewegung ließ ihn fluchen. Und der verdammte Schleier, den sie trug...

Er konnte diesen Anblick keine Sekunde länger ertragen. Er schob ihren Schleier zurück in dem Verlangen, einen Blick auf ihr Gesicht zu werfen. Nur damit er sah, daß sie ihm auch zuhörte, versicherte sich Blackwood. »Und jetzt hör mir gut zu, Teuerste. Das ist ja wohl das unglaublichste, lächerlichste –«

Er hielt inne. Zorn erfüllte ihn, als er den dunklen, geschwollenen Fleck an ihrer Schläfe sah. »Wer war das, Sonnenstrahl? Ich habe doch gesagt, daß Häuser wie dieses gefährlich sind. Wenn das dieser elende Sherringvale war, werde ich ihn –«

Silver schüttelte den Kopf. »Nein, es war jemand anderes.« Sie verflocht mit finsterem Blick die Finger. »Das ist alles sehr kompliziert, wißt Ihr.«

Blackwoods Mund wurde hart. »Keine Spur. Sag mir seinen Namen, und ich bringe den Kerl um.«

»Das ist es ja, ich *kenne* seinen Namen nicht. Ich weiß auch nicht, warum er es getan hat.« Silver wandte sich ab und ließ sich auf eines der dicken Federbetten sinken.

Blackwood sah ihr Gehirn arbeiten. Er ging durchs Zimmer, griff nach ihrem Handgelenk und zog sie hoch. »Nein, das nicht. Der Sessel da drüben ist besser zum Ausruhen.« Er schob sie mit finsterer Mine auf den Sitz, denn seine Selbstkontrolle schien immer mehr zu schwinden.

Silver sah neugierig zu ihm auf. »Wollt Ihr jetzt nicht die Maske abnehmen? Hier sieht Euch doch niemand.«

»Doch, du.«

»Ach ja, ich habe Eure Entstellung ganz vergessen.«

Blackwood verschluckte sich. »Meine *was*?«

»Vor mir braucht Ihr sie nicht zu verbergen. Ich habe gehört, wie es dazu gekommen ist. Ich kann verstehen, daß es Euch Unbehagen bereitet.«

Es war doch zuviel Weinbrand gewesen, dachte Blackwood verärgert. »Und wo genau befindet sich diese Entstellung?«

Silver sah ihn mitfühlend an. »Ihr möchtet wohl nicht daran denken, wie? Selbst nach all den Jahren. Nun, alle wissen davon. Eure Muskete ist direkt vor Eurem Gesicht explodiert, in der Nacht, als Ihr zum ersten Mal eine Kutsche angehalten habt, und hat Euch entsetzlich verbrannt.« Sie biß sich auf die Unterlippe. »Es muß schrecklich gewesen sein. Ich kann verstehen, wieso Ihr Euch nach einem solchen Ereignis nicht mehr vor fremden Menschen zeigen wollt. Aber ich kann Euch versichern, daß es mir nichts ausmacht.«

Blackwood sah, daß sie auf das Schlimmste gefaßt war.

*Entstellung? Wovon redet diese Frau eigentlich?*

Silver fuhr geduldig fort: »Vielleicht würde es Euch guttun, darüber zu sprechen, so daß Ihr die schmerzlichen Erinnerungen leichter ertragen könnt.«

Ihre Besorgnis um ihn verärgerte Blackwood mehr und mehr. Sein Gesicht unter der Maske war völlig in Ordnung, doch er würde das nicht zugeben. Vielleicht würde sie das auf Abstand halten.

Aber Silver St. Clair hatte andere Vorstellungen. Sie stand auf und versuchte, ihm die Maske abzunehmen. »Ich bin sicher, daß es gar nicht so schrecklich ist. Vielleicht kann ich –«

Blackwood schlug ihr leicht auf die Finger. Ihre Nähe ließ seinen Kopf hämmern. Sie stand neben ihm in einem Bordell, mein Gott! Nebenan quietschte ein Bett. Der Gedanke daran, was dort gerade geschehen mochte, beschleunigte unbehaglich seinen Puls. »Nein danke«, knurrte er.

Silver machte ein enttäuschtes Gesicht. Dann legte sie den Kopf schief. »Was ist das für ein seltsames Geräusch?«

»Welches Geräusch?« Blackwoods Stimme klang gepreßt. Nebenan knirschte Holz auf Holz, und die Wand wackelte.

»Na *dieses*. Ein Erdbeben habe ich hier noch nie erlebt.«

»Müssen Mäuse sein«, murmelte Blackwood.

»*Mäuse?* Aber die können doch –«

»Kein Aber.« Schweißtropfen standen auf seiner Stirn. »Du wirst von hier verschwinden, und zwar sofort.«

Silver seufzte. Sie strich sich das Haar zurück, das ihr über die Schultern gefallen war.

Es war dicht und glänzend. Blackwood fragte sich, wie es sich wohl anfühlen würde, wenn er es an die Lippen drückte. Er wußte genau, wie es duftete. Nach Lavendel und Frühlingsveilchen. Ihr Mund würde sich anfühlen wie Satin und –

Jetzt war er sicher, daß er den Verstand verlor.

Silver sah auf und betrachtete den Spiegel über dem Bett. Sie runzelte die Stirn. »Was für ein seltsamer Ort für einen Spiegel.« Sie zog Handschuhe und Umhang aus und sah sich interessiert um. »So sieht also ein Freudenhaus aus...«

Verfluchter Mist!

Blackwood starrte sie an und konnte immer noch kaum glauben, daß sie wirklich hierhergekommen war. Um *ihn* zu suchen auch noch! »Was in Gottes Namen tust du in einem solchen Haus?«

»Vermutlich das gleiche wie Ihr.«

Blackwood hätte sich beinahe verschluckt.

Silver hob die Augenbrauen. »Geht es Euch gut?«

»Nein.« Es ging ihm nicht gut. Nicht mehr, seit er ihr begegnet war. »Was zum Teufel soll *das* denn heißen?«

»Daß ich geschäftlich hier bin, genau wie Ihr.«

»In einem solchen Haus? Verflucht noch mal, du riskierst Leib und Leben und deine Ehre, Frau!«

»Bisher habe ich keine besonderen Probleme gehabt!«

Das war richtig, mußte Blackwood zugeben. Selbst Sherringvale war sie allein losgeworden. Man sollte den Kerl verprügeln. Wenn er daran dachte, wie er Silver die Treppe hinaufgezerrt hatte, bekam Blackwood nicht übel Lust, das selbst zu übernehmen.

Aber zuerst mußte er sie hier herausschaffen.

Inzwischen hatte Silver sich abgewandt. Sie nahm eine Kristallkaraffe vom Kaminsims, goß von ihrem bernsteinfarbenen Inhalt etwas in ein Glas und trank es leer. Einen Augenblick lang drehte sich ihr davon der Kopf, doch die Hitze im Magen war ihr recht angenehm. Nach einem zweiten kräftigen Schluck spürte sie eine warme Strömung im Innern. Sie nahm noch einen dritten und wandte sich dann Blackwood wieder zu. »Die ganze Sache ist die: Ich muß meine Ehre ruinieren.«

»Das ist doch lächerlich.« Der Straßenräuber ging im Zimmer

auf und ab und dachte darüber nach, wie er sie unbemerkt aus diesem Freudenhaus schaffen konnte.

Und sich selbst auch.

Silver sah mit gerunzelter Stirn in ihr leeres Glas und füllte es erneut. Sie war nicht sicher, was das für eine Flüssigkeit war, aber sie schmeckte von Mal zu Mal besser. »Es ist ganz einfach. Jemand hat mir gedroht, daß er mich von meiner Lavendelpflanzung vertreiben will. Aber ich kann jetzt nicht fortgehen.«

»Ich würde sagen, du bist mit deinem Problem zur falschen Seite des Gesetzes gekommen, Sonnenstrahl. Wie wäre es, wenn du es mal beim Friedensrichter versuchst? Der ist für so etwas zuständig.«

»Das kann ich nicht. Lord Carlisle ist für drei Wochen nach London gefahren.«

»Dann warte, bis er zurückkommt.«

»Dazu ist keine Zeit!« Silver wühlte in ihrem Täschchen und zog den Zettel hervor, der um den Stein gewickelt gewesen war. Mit zitternden Fingern hielt sie ihn Blackwood hin. »Hier.«

Blackwood las die Zeile und setzte sich plötzlich.

Silver setzte sich neben ihn, was ihn am klaren Denken hinderte. Verflucht, wie sollte er nachdenken, wenn diese Frau dicht neben ihm saß, mit gerötetem Gesicht, das Haar wie ein wilder, rotblonder Vorhang um ihre Schultern?

Das war einfach nicht richtig, verdammt! Sie sah aus wie ein Engel. Sie *roch* sogar wie ein Engel. Aber Blackwood wußte, daß sie durch und durch ein Teufelsweib war.

»Versteht Ihr?« fragte Silver eindringlich.

Er verstand genug, um zu wissen, daß sie in ernsthaften Schwierigkeiten war. »Wer ist der Junge?«

»Mein kleiner Bruder Bram. Sie wollen ihm etwas antun, wenn ich nicht weggehe.«

Blackwoods Augen wurden schmal. »Also bist du *tatsächlich* Silver St. Clair und nicht das überarbeitete Dienstmädchen, für das ich dich gehalten habe.«

»Die bin ich.« Ein Grübchen wurde in Silvers Wange sichtbar. »Aber ich bin auch überarbeitet und fühle mich oft wie ein Dienstmädchen.«

»Hmm. Nun, du kannst nur eines tun. Geh weg, verdammt.«

»Das kann ich nicht!« Silver stampfte auf. »Das *werde* ich nicht tun! Nicht jetzt.«

»Ich kann dir nicht helfen.« Blackwood faßte an seine Maske. »Nein, ich werde dir nicht helfen, verdammt. Darüber sollte ich nicht einmal nachdenken. Glaube mir, du wirst mir morgen früh dankbar sein, wenn du wieder einen klaren Kopf hast.«

»Natürlich könnt Ihr mir helfen, Ihr unerträglicher Kerl! Ich habe die ganze Sache gründlich durchdacht. Diese Schufte werden nicht einfach aufgeben. Aus irgendeinem Grund scheinen sie fest entschlossen zu sein, meine Lavendelpflanzung an sich zu reißen. Also muß ich sie mit ihren eigenen Waffen schlagen.«

Blackwood wollte nichts davon hören.

Silver sprach unbeirrt weiter. »Sie wollen mir angst machen? Nun, dann werde ich jemanden finden, der schon *vor* ihnen da war. Jemand, der noch gefährlicher ist als sie, der gefährlich und gemein und kaltblütig ist –«

Er begann klarzusehen. »Danke für das Kompliment«, sagte er knapp.

»Das sollte kein Kompliment sein, Sir. Ihr seid nur einfach genau der richtige Mann, um sie zu vertreiben, versteht Ihr? Sie werden es nicht wagen, noch einen Fuß auf meine Felder zu setzen, wenn der berüchtigte Lord Blackwood schon seine Ansprüche geltend gemacht hat. Und wenn dann Gras über die Sache gewachsen ist, lasse ich verlauten, daß Ihr mich zu einer Verbindung gezwungen habt. Dann kann mir niemand Vorwürfe machen, nachdem ich Eure Dienste nicht mehr brauche. Ich werde einfach sagen, es hätte nicht in meiner Macht gelegen, Euch aufzuhalten.« Ihre Augen glänzten triumphierend angesichts ihres perfekten Plans.

Was für eine Farbe hatten sie eigentlich wirklich? fragte

Blackwood sich abwesend. Und was war das für ein Duft, den sie trug?

»Nun?« fragte Silver ungeduldig. »Was denkt Ihr?«

»Denken? Logisch ist die Sache allerdings. Es gibt nur ein kleines Problem. Wenn man dich auch nur einmal mit mir sieht, wird dein Ruf endgültig ruiniert sein. Wie viele kluge Geschichten du dir auch ausdenken magst, du wirst das niemals rückgängig machen können. Man wird es dir immer nachtragen.«

»Wirklich?« Ihre Augen weiteten sich. »Ich wußte nicht, daß Ihr *derart* gefährlich seid.«

»Nun, jetzt weißt du es«, sagte der Straßenräuber finster. »Also, reden wir nicht mehr von der Sache.«

»Aber das ist doch wunderbar! Euer Ruf ist so schwarz, daß diese Schufte bestimmt abgeschreckt werden.«

Er war wirklich völlig übergeschnappt, beschloß Blackwood. Dieser wilde Plan von ihr begann ihn tatsächlich zu überzeugen. Und dieser Gedanke war beunruhigender für ihn als alles andere, was an diesem Abend geschehen war.

Mit finsterer Miene stand er auf. Irgendwie mußte er von diesen strahlenden Wangen und veränderlichen Augen wegkommen. Weg von diesem süßen Lavendelduft und den vollen Lippen, die in ihm die Sehnsucht weckten, sie eng an sich zu ziehen und –

»Genug!«

»Also seid Ihr einverstanden?«

»Natürlich nicht! Die Idee ist verrückt. Und ich muß verrückt sein, daß ich überhaupt zuhöre!«

Silver starrte ihn einen Augenblick an, dann klatschte sie in die Hände. »Ich weiß, Ihr macht Euch Sorgen um mich. Ihr denkt, daß ich nicht allein zurechtkommen kann. Nun, da täuscht Ihr Euch. Ich habe eine Menge Erfahrung mit Männern, das kann ich Euch versichern.«

Ihm fiel auf, daß sie etwas undeutlich sprach. Was hatte sie da eigentlich getrunken? »Soso. Und daher weißt du auch von diesen, äh, männlichen Leidenschaften, von denen du vorhin gesprochen hast?«

»Natürlich.«

»Diese Triebe, von denen die Rede war, haben alle Männer sie?«

»Ich glaube schon.«

»Ich ebenfalls?«

Sie errötete reizvoll. »Warum auch nicht.«

»Wie kannst du dann wissen«, sagte Blackwood und lächelte düster, während sie direkt in seine Falle ging, »daß ich nicht meinen finsteren Neigungen folgen werde und dich tatsächlich ruiniere?«

Einen winzigen Augenblick lang trat etwas wie Trauer und Sorge in ihren Blick. »Das weiß ich nicht sicher. Aber gestern abend auf der Heide hättet Ihr mich verletzen und ausrauben können und habt es doch nicht getan.«

Blackwoods Kehle wurde eng. Sie hatte keine Ahnung, wovon sie sprach. Er war kalt und rücksichtslos, und je eher sie das erfuhr, desto besser. »Und deswegen hältst du mich für verläßlich und gutmütig?« Blackwoods Gesicht wirkte hart im Licht der einzigen Kerze. »Hast du viele Männer gekannt?«

»Oh, Hunderte«, sagte Silver leichthin.

»Und vermutlich hast du ihnen freie Hand gelassen.« Sein Gesicht wurde immer härter. »Dich zu küssen, sich andere Freiheiten herauszunehmen...«

»Nur die, die mir gefallen haben«, sagte sie bedächtig.

»Und was ist mit mir?«

»Oh, Ihr gefallt mir nicht speziell«, sagte Silver aufrichtig. »Ich *brauche* Euch nur.«

»Du bist wirklich sehr offen zu mir.« Der Straßenräuber kam näher. »Aber du hast mich gebeten, dich zu ruinieren. Dazu muß ein Mann –«

Ihre leuchtenden Augen weiteten sich. »Was?«

Es war einfach zu viel.

Im nächsten Augenblick hatte er sie an sich gerissen und seine Hände in ihrem goldschimmernden Haar vergraben. Blackwood nahm an, sie würde sich wehren oder schreien. Teufel noch mal, er hoffte, sie würde es tun.

Aber sie tat es nicht. Sie starrte ihn nur mit fragenden Augen und leicht geöffneten Lippen an, weich vor Verwunderung.

Das war eine vernichtende Mischung für einen Mann, dem schon lange keine solche Weichheit und Verwunderung mehr begegnet war.

»Sieh mich nicht so an«, knurrte er.

»Aber ich verdanke Euch mein Leben. Ich glaube, ich würde Euch alles erlauben, was Ihr von mir verlangt«, sagte die Frau in seinen Armen leise.

Sie hatte eine Offenheit an sich, die ihm den Atem nahm. Herrgott, sie meinte es wirklich so! Die Tür war abgeschlossen. Sie befanden sich an einem Ort, wo niemand sich um ihre Schreie kümmern würde. Er konnte also mit ihr tun, was immer er wollte.

Und sie stand da und bot ihm genau das an. Blackwood fielen etwa hundert Stellen ein, bei denen er gern anfangen würde.

Zunächst würde er ihr dieses häßliche schwarze Kleid ausziehen, damit er ihre Haut sehen konnte, die bestimmt genauso weich war wie ihr Duft. Dann würde er das Grübchen an ihrer Wange liebkosen. Als nächstes würde er seine Zunge über ihre weichen Brüste streichen lassen, die sich gegen den schwarzen Stoff drängten und ihn so sehr erregten, daß er –

Er wandte sich mit angespanntem Kinn ab. »Es ist unmöglich. Vergiß die Sache.«

Silver schwankte leicht und hickste einmal. »Die Sache mit der Muskete tut mir wirklich leid. Muß schrecklich gewesen sein. Ich kann verstehen, daß Ihr jetzt niemanden mehr traut.«

Mein Gott, sie meinte das wirklich so!

Blackwood starrte auf sie herunter, an seinem Unterkiefer spürte er den Puls schlagen. Sie stand im berüchtigsten Haus der

Sünde von Kingsdon Cross, in den Armen des hinterlistigsten Verbrechers des Landes und machte sich Sorgen um *ihn*! Wußte die Frau wirklich nicht, was sie riskierte?

Sie blinzelte. »Ich fühle mich… so seltsam.«

Bevor Blackwood ihr den hübschen, sturen Kopf zurechtrücken konnte, gab Silver einen kleinen Seufzer von sich und sackte in seinen Armen zusammen. Der Weinbrand, den sie getrunken hatte, wirkte endlich.

Blackwood fluchte, nahm sie auf die Arme und trug sie zur Tür. Wenigstens wußte er jetzt, was in ihrem Glas gewesen war!

Er sah prüfend in den Flur hinaus, der erfreulicherweise einmal leer war. Jetzt konnte er nichts anderes tun, als sie zu ihrer Pflanzung zurückzubringen. Hier durfte sie auf keinen Fall bleiben, denn dann würde sie garantiert irgendeinem betrunkenen Lüstling in die Hände fallen.

*Wie du zum Beispiel?* flüsterte eine zynische Stimme in ihm.

»Nein, nicht so wie ich, verdammt!« murmelte Blackwood schuldbewußt.

Dies war das Ende, das sichere Ende seiner Beziehung zu dieser Frau. Er würde sie an ihrer Einfahrt absetzen und nichts mehr mit ihr zu tun haben. Und dann würde er Silver St. Clair für immer aus seinen Gedanken verdrängen.

## 9. Kapitel

Silver erwachte schlagartig.

Kalte Luft strömte über ihr Gesicht, und ihr Kopf schien sich zu drehen. Sie setzte sich langsam auf und fragte sich, warum ihre Kehle sich anfühlte, als wäre sie voll von Cromwells Haaren.

Vorsichtig öffnete sie ein Auge und sah die Umrisse eines Wagens. Dunkle Erde flog unter den Rädern vorüber.

Mit einem Ächzen schloß sie die Augen wieder. Wenn dieses Gefühl zu einem Leben in Unschicklichkeit gehörte, dann wollte sie es nicht.

Inzwischen dachte sie über den Mann nach, der die Zügel hielt. Er mußte sie zu ihrem Wagen getragen haben. Silver wußte, daß sie ihm danken sollte, aber sie weigerte sich. Sie wollte sich weder ihm noch sonst jemandem verpflichtet fühlen!

»Haltet sofort an! Wo bringt Ihr mich hin?«

»Nach Hause«, knurrte Blackwood. »Wo du hingehörst. Vielleicht wird dort jemand so vernünftig sein und dafür sorgen, daß du auch dortbleibst.«

»Ich kann nicht nach Hause gehen. Noch nicht.« Silver zuckte zusammen, denn schon der Klang ihrer Stimme verursachte ihr Kopfschmerzen.

»Lehn dich hinten an«, riet ihr Blackwood. »Du hast fast eine halbe Flasche Weinbrand getrunken. Morgen früh wird dein Kopf teuflisch schmerzen.«

»Das tut er jetzt schon«, sagte Silver ärgerlich.

»Geschieht dir recht, kleine Hexe.« Blackwood drehte sich zu ihr um. Seine Augen betrachteten sie prüfend, während er eine Haarsträhne aus ihrem Gesicht strich.

Eine seltsame Hitze durchströmte Silvers Brust. Wenn er sie so ansah, wenn er sie so vorsichtig berührte...

Sie runzelte die Stirn, weil sie jetzt erst seine Worte begriffen hatte. »Weinbrand? Das war *Weinbrand*, was ich getrunken habe?« Ihre Augen wurden schmal. »Wie lange war ich ohnmächtig, Schuft? Und was habt Ihr währenddessen gemacht?«

»Erinnerst du dich nicht mehr?« Blackwood lachte weich. »Ich dachte, du warst auf der Suche nach einem Mann, der dich ruinieren soll, Sonnenstrahl. Hast du mich nicht darum gebeten?«

Silver spürte, wie ihr Gesicht dunkelrot wurde. »Doch, natürlich. Aber es sollte nur so aussehen als ob!«

»So aussehen als ob? Das ist gefährlich, sehr gefährlich. Wenige Männer würden ein solches Angebot nicht für bare Münze nehmen. Ja, genaugenommen gibt es bei einem solchen Angebot nur die Möglichkeit: wirklich oder gar nicht.«

Seine Stimme war hart. Und in ihr klang dasselbe Verlangen, das Silver schon am Abend zuvor auf der Heide vernommen hatte. Gestern hatte sie das atemlos und unsicher gemacht.

Jetzt war es genauso.

Verfluchter Kerl! Sie würde nicht auf seine Tricks oder seinen verdammten Charme hereinfallen! Und so viel Charme hatte er auch wieder nicht. Oh, gestern abend hatte sie ihn natürlich tapfer und überlegen und – nun, wunderbar gefunden.

Aber mehr auch nicht.

Heute jedoch hatte sie gesehen, wie hochmütig und herablassend er war. Aber sie würde sich nicht von ihm beherrschen lassen, nur weil er ein Mann war und glaubte, alles besser zu wissen.

Nein, er war nur ein Mittel zum Zweck. Ihre Beziehung war rein geschäftlicher Natur. Doch noch bevor sie etwas sagen konnte, wandte sich Blackwood ab und lachte rauh. »Du solltest daraus lernen, Liebes. Sei vorsichtig mit deinen

Wunschäußerungen, sonst bekommst du womöglich genau, was du sagst.«

Eine Unverschämtheit! Silver wandte ihm den Rücken zu und tastete nach der Pistole in ihrem Stiefel. Sehnsüchtig stellte sie sich vor, wie es wäre, ihm eine Kugel durch den Rücken zu jagen. Doch dazu wäre sie in Wirklichkeit nie imstande. Sie fand es unfair, hinterrrücks auf jemanden zu schießen, auch wenn er Straßenräuber war.

Silver gab sich damit zufrieden, eisiges Schweigen zu bewahren. Blackwood schien von ihrem Verhalten nicht sichtlich betroffen zu sein. Genaugenommen schien er sie überhaupt nicht zu bemerken.

Und das ärgerte Silver noch mehr.

Sie zog an ihren Röcken, die sich unter ihr verheddert hatten, und fragte sich wieder, was er wohl getan hatte, während sie bewußtlos gewesen war. Mit gerunzelter Stirn überprüfte sie die Knöpfe an ihrem Kleid. Alles in Ordnung. Gott sei Dank.

Schließlich erreichten sie den schmalen Weg, der nach Lavender Close hinaufführte. Silver hatte nicht die Absicht, ihn bis ganz zum Haus fahren zu lassen. »Nun, es war ein wunderbarer Abend«, sagte sie spöttisch. »Die reinste Freude. Ihr könnt hier anhalten.«

Sie sprang aus dem Wagen auf den Weg und begann, den Hügel langsam zu Fuß hinaufzugehen, während sie ihre in Unordnung geratenen Röcke zurechtzupfte.

Blackwoods leises Lachen ließ sie zurückschauen.

»Was gibt es denn zu lachen?«

Er schüttelte den Kopf, sagte aber kein Wort. Nach einer Weile sagte er mit einer Stimme, so weich wie Rum mit Zucker: »Hast du nicht etwas übersehen, Sonnenstrahl?«

Widerwillig mußte Silver zugeben, daß die Stimme des Mannes Steine erweichen konnte. Der Klang jagte ihr einen Schauer über den Körper. »Falls Ihr noch auf Euren Gutenachtkuß wartet, werdet Ihr hier draußen festwachsen.«

Sein leises Kichern brachte sie zum Schweigen.

Mit gerunzelter Stirn sah Silver an sich hinunter.

Und mußte tief Atem holen.

Ihre schweren, schwarzen Röcke waren an der Seite bis zur Taille hochgerutscht, so daß die fadenscheinige Reithose darunter zum Vorschein kam. Jetzt war sie an einer Seite von der Taille bis über die Rundung der Hüfte hinaus aufgerissen, so daß ihre nackte elfenbeinfarbene Haut zum Vorschein kam.

Ihr Gesicht schien in Flammen zu stehen. Ihre Hände zitterten, als sie den zerrissenen Stoff zusammenzuziehen versuchte.

»Laß mich helfen«, sagte er finster und sprang vom Wagen.

*»Nein!«* Er ließ sie einfach zu leicht vergessen, daß nur Geschäftliches sie verbinden sollte. »Ich brauche Eure Hilfe nicht. Ich kann es mir nicht leisten, irgend jemanden zu brauchen! Und ich werde ganz gewiß nicht mit einem arroganten verabscheuungswürdigen Straßenräuber anfangen, der im allgemeinen betrunken ist!«

Ihre Stimme brach.

Blackwood sah sie ernst an. Er versuchte nicht, sie aufzuhalten, als sie entschlossen in die Nacht hineinwanderte.

Sie hätte tausend Dinge tun sollen.

Das kupferne Destilliergefäß mußte gereinigt und die Öle für die morgigen Versuche zurechtgestellt werden. Ihre wöchentliche Abrechnung mußte gemacht und Bestellungen bearbeitet werden. Aber sie tat nichts davon.

Sie ließ sich in den weichen alten Sessel ihres Vaters sinken und legte das Gesicht in die Hände.

Sie haßte Blackwood. Sie wünschte, er wäre tot. Sie –

Nein. Das stimmte gar nicht.

Sie haßte *sich*, weil er in ihr dieses Gefühl von Schamlosigkeit und Neugierde hervorrief, dieses Verlangen nach all den Dingen, die sie nie haben konnte. Sie war verantwortlich für Bram und Lavender Close, das durfte sie niemals vergessen.

Natürlich rührte seine Anziehung nur daher, daß sie hier draußen in der Einsamkeit von Norfolk so wenige Menschen traf, sagte sich Silver. Und daher, daß er ihr beigestanden hatte, als sie große Angst gehabt hatte.

Sie gab sich alle Mühe, das auch zu glauben.

Doch während sie dasaß und einen Lavendelstengel in winzige, duftende Teile zerbrach, begann Silver zu verstehen, daß das eine große Lüge war.

Und sie wußte, daß ihr Leben nie wieder so sein würde, wie es gewesen war.

»Ich will wissen, wo Ihr gewesen seid und was Ihr getan habt!«

Mit funkelnden Augen stand Tinker mitten im Gewächshaus und sah sie an. Seine Hände waren noch staubig, weil er im Lagerraum am Hügelabhang getrocknete Blüten sortiert hatte.

Silver blinzelte im Licht seiner Laterne und fragte sich, wie lange sie wohl im Dunkeln gesessen haben mochte, nachgedacht, abgestritten, gehofft hatte, ja, von ganzem Herzen gehofft...

Sie strich sich mit müden Fingern über den schmerzenden Kopf. Draußen vor der Glaswand war der Mond schon fast untergegangen. Eine Stunde war es bestimmt gewesen. »Ich habe dir doch gesagt, Tinker, daß ich versuchen werde, Blackwood zu finden. Das war unsere einzige Hoffnung, und es ist mir egal, wenn dir das nicht paßt. Irgend etwas müssen wir schließlich tun. Selbst wenn dieser hochmütige, unmögliche Mann glaubt, er könnte –«

Ein rauhes Geräusch entrang sich Silvers Brust.

Er griff nach ihren Schultern. »Nicht, Silver, mein Mädchen. Ich bin doch da, der alte Tinker.«

Einen Augenblick später lag sie in seinen Armen, ihr Körper bebte, und der alte Mann war klug genug, sie weinen zu lassen, ohne sie zu unterbrechen.

Erst als die leisen, schweren Schluchzer zu kleinen Hicksern wurden, hielt Tinker ihr ein zerknautschtes Taschentuch vors Gesicht. »So, und jetzt erzähl mir alles.«

»Sie haben uns noch eine Warnung geschickt. Ich habe die Glasscheiben zusammengekehrt und einen Topf vor das Loch geschoben, aber man kann genau sehen, wo der Stein durch die Scheibe geflogen ist.«

Tinker fluchte. »Warum habt Ihr mir nichts davon gesagt, Mädchen?«

»Weil ich dich nicht beunruhigen wollte. Ich dachte, ich könnte die Sache allein regeln. Ich dachte, *er* würde schon begreifen, wie gut meine Idee war.«

»Du meinst Blackwood?«

Silver nickte steif.

»Bei allen Heiligen! Ihr wollt mir doch nicht sagen, daß Ihr losgezogen seid, um diesen Straßenräuber zu suchen?«

»Natürlich.«

»Beim Hahnenkampf?«

Sie nickte trotzig.

»In der Spielhölle?«

Noch ein Nicken.

»Um Himmels willen nicht im –«

»Genau. Und da habe ich ihn auch gefunden. Nur daß er mir nicht helfen wollte. Er – er hat nur über meine Idee gelacht!«

»Sehr vernünftig.«

Silver zerrte ärgerlich an dem feuchten Taschentuch in ihren Fingern. »Dieser verfluchte Millbank war auch dort. Er hätte mich beinahe gesehen, aber Blackwood hat mich gerade noch rechtzeitig an seine Brust gezogen.«

Tinker runzelte die Stirn. »Er hat *was*?«

»Oh, nicht so, wie du denkst«, sagte Silver ungeduldig. »Der Kerl konnte mich überhaupt nicht schnell genug von dort wegbringen. Er war überhaupt nicht an mir interessiert. Nicht einmal, als Millbank sagte, er wolle, daß ich... daß wir...« Sie verstummte und wurde rot.

Tinker bebte vor Zorn. »Ich bringe diesen alten Schürzenjäger um! Ich habe wirklich genug von seiner lüsternen Art!«

Ein unsicheres Kichern erklang in seiner Brust. »Was für Ausdrücke, mein alter Freund. Was würde Mama dazu sagen?«

»Leider nichts, denn sie weilt nicht mehr unter uns. Aber das ist nicht einmal die Hälfte von dem, was ich *Euch* jetzt gern sagen würde, mein liebes Mädchen. Was habt Ihr Euch bloß dabei gedacht? Ich habe Euch doch immer wieder gesagt, Ihr sollt nirgendwo ohne mich hingehen, schon gar nicht in der Nacht.«

»Ich weiß, ich weiß«, murmelte Silver. Sie lächelte ihm unsicher zu. »Nur ist es jetzt zu spät für eine Ermahnung. Ich bin sowieso nicht mehr zu retten.«

»Das stimmt allerdings! Und solche Reden will ich nicht mehr hören.«

Silver schniefte tränenvoll. »Laß es gut sein, Tinker.«

»Hmm. Aber wenn Ihr Euch noch einmal davonschleicht, werde ich dafür sorgen, daß Ihr eine Woche lang nicht mehr sitzen könnt!«

Silver drückte einen leichten Kuß auf seine wettergegerbte Wange. »Es tut mir wirklich leid. Ich weiß, daß ich und Bram dir seit Vaters Tod nichts als Ärger gemacht haben.«

»Ärger? Allerdings, Miss Silver. « Die Augen des alten Mannes glitzerten plötzlich feucht, und er räusperte sich. »Aber ich hätte es nicht anders haben wollen, hört Ihr? Na ja, wir haben uns schon öfter gestritten, aber wir werden es schon schaffen, Ihr werdet sehen.«

»So wie immer, hmm?« Silver lächelte ihn strahlend, wenn auch noch leicht verunsichert, an.

»Natürlich. Und jetzt ab ins Bett, kleine Hexe. Wir müssen morgen Pläne schmieden. Ich werde ein paar Männer aus der Stadt holen, die uns helfen sollen. Und bis dahin werde ich nicht nur herumsitzen und auf diese Strolche warten.«

Aber nachdem Silver fort war, ließ sich der weißhaarige Mann matt in den einzigen Sessel des Arbeitszimmers sinken.

Und keine Spur von Humor war mehr auf seinem Gesicht zu sehen.

Der Mond ging gerade unter, als Blackwood sich durch eine geheime Öffnung in der Eibenhecke drängte und Diablo über die Wiese auf Waldon Hall zugehen ließ. Das elegante Haus erhob sich aus einer Gruppe von Ulmen, und nur der Mond erleuchtete seine großen Fenster.

Rosen und Jasmin verbreiteten ihren Duft in der Nachtluft. Ihre Süße erinnerte den Straßenräuber wieder an die Frau mit den grüngoldenen Augen.

Mit gerunzelter Stirn schob der älteste Sohn des achten Herzogs von Devonham eine Tür auf, die in einen stillen Garten führte. Seine Brust brannte. Seine Schulter tat weh.

Aber er war in Sicherheit.

Natürlich wußte niemand in Kingsdon Cross, daß er der Besitzer von Waldon Hall war. Lucien Reede Fitzgerald Delamere, der älteste Sohn des Herzogs von Devonham, hatte sich die größte Mühe gegeben, das geheimzuhalten.

Selbst der frühere Eigentümer von Waldon Hall glaubte, der Käufer sei ein reicher Händler der Ostindischen Handelsgesellschaft, der erst kürzlich aus Indien zurückgekehrt war, ein Mann von unbeständiger Gesundheit, der in der Abgeschiedenheit des Alters seine Ruhe haben wollte.

Ja, dieses abgelegene Herrenhaus war das perfekte Versteck. Wie er gehofft hatte, war Luc hier ungestört geblieben. Bei seinen nächtlichen Ausflügen bewegte er sich sicher und unbemerkt durch die vielen versteckten Eingänge und Wege des Anwesens. Sie waren einer der Gründe gewesen, daß Luc sich für diesen Ort entschieden hatte. Seine Nähe zur Heide und der Landstraße waren ein weiterer Grund gewesen.

*Dies* war jetzt sein Heim, sagte sich Luc finster. Nicht Swallow Hill, das phantastische Herrenhaus, das seit acht Generationen der Sitz seiner Familie gewesen war. Und nicht das elegante Stadthaus am Berkeley Square. Auch nicht das Jagdhaus in Schottland.

Waldon Hall war genau das Richtige für den berüchtigtsten Straßenräuber von Norfolk. Nur Lucs Vertrauter Jonas kannte das Geheimnis um die aristokratische Vergangenheit des Straßenräubers.

Und Luc wollte, daß das auch so blieb.

Er nahm die Maske ab. Ein Lächeln erhellte sein gutgeschnittenes Gesicht, als er an Silver St. Clair dachte. Die Frau bestand aus nichts als Schwierigkeiten.

Aber Luc hatte sich immer schon von Schwierigkeiten gereizt gefühlt. Während er seinen Umhang über eine Schulter legte, versuchte er dahinterzukommen, weshalb ihn diese Frau so faszinierte.

Es war nicht ihre Listigkeit, denn die zeigte sie nicht. Es waren auch nicht ihre weiblichen Tricks, die schien sie nicht zu kennen. Gott sei Dank. Genaugenommen war dieses Teufelsweib so frisch und unverstellt wie ein Schulmädchen. Sie hatte sogar die Dreistigkeit besessen, ihn in dem Glauben zu lassen, daß sie nichts als ein einfaches Dienstmädchen war.

Einfach? Nein, es gab nichts Einfaches an Silver St. Clair, dachte der Straßenräuber bestimmt.

Sie war wie Sturm und Feuer. Voller uneingeschränkter Hitze, wenn man es am wenigsten erwartete. Und diese Mischung war unglaublich gefährlich!

Sein Blut geriet in Wallung, wenn er daran dachte, wie sie auf der Heide unter seinem Kuß nachgegeben hatte und wie sie es dem brutalen Sherringvale gezeigt hatte. Mut, dachte er – und dazu eine Mischung aus Unschuld und Leidenschaftlichkeit, die einen süchtig machen konnte.

Mit einem wilden Knurren stieß der Sohn einer der reichsten Männer Englands eine Tür auf, die in die Keller von Waldon Hall führte. Er warf Umhang und Hut beiseite und ging die Stufen zum Zentralflügel des Hauses hinauf.

Er würde sie einfach nicht mehr wiedersehen. Das würde schwer sein, aber er würde es schaffen. Was er brauchte, war eine kluge und einigermaßen erfahrene Frau, die ihm helfen würde, Silver St. Clair zu vergessen. Eine Frau, die sich gut genug auskannte, um nicht gefühlsmäßig betroffen zu sein.

Luc starrte die Potraits der hartgesichtigen Männer und weltgewandt wirkenden Frauen an, die am Treppenaufgang hingen. Die Gemälde hatten unterschiedliche Qualität, kein Vergleich mit den Generationen von Delameres, die stolz von den Leinwänden in Swallow Hills großer Galerie herabblickten.

Irgendwie ließ der Gedanke daran, eine weltgewandte gelangweilte Frau wie diese zu berühren, Luc völlig kalt.

Und er verstand nicht, warum, schließlich hatte er im Laufe der Jahre viele Frauen gekannt.

Schöne Frauen.

Kluge Frauen.

Ernste Frauen.

Unglaublich leidenschaftliche Frauen.

Aber nicht eine von ihnen hatte ihn je so gefesselt wie Silver St. Clair in den vergangenen vierundzwanzig Stunden.

## 10. Kapitel

Der Junge ist der nächste.

Müde bis auf die Knochen ging Silver von einer Gewächshauswand zur anderen und sah zu, wie der Sonnenuntergang zur Dämmerung und schließlich zur Nacht wurde.

Dabei versuchte sie, nicht daran zu denken, was die kommende Nacht bringen würde.

Irgendwie war der Tag vergangen. Die langen Stunden ihrer Arbeit hatten ihr geholfen, nicht an jene letzte Warnung zu denken.

Aber immer nur für kurze Zeit.

Wer haßte sie so sehr, ihr etwas Derartiges antun zu wollen? Wer wollte Lavender Close unbedingt haben? Und warum? War es jemand aus Kingsdon Cross, der nach dem verlorenen Rezept von Millefleurs suchte? Oder irgendein gieriger Parfümhersteller aus London, der den Reichtum und Erfolg wollte, den William St. Clair einst besessen hatte?

Oder war dieser Mensch noch finsterer, wie es das Tagebuch ihres Vaters erahnen ließ? Sie wußte es nicht, noch nicht. Und bis sie sicher war, nahm Silver sich vor, *jeden* als Feind zu betrachten.

Sie war gerade dabei, ihre Flaschen und Aufzeichnungen zu ordnen, als schwere Stiefelschritte erklangen und Sir Charles Millbank ins Gewächshaus polterte.

Sein Gesicht war gerötet, und er roch nach Alkohol. »Ich wußte doch, daß ich dich hier finden würde. Aber es gehört sich nicht, daß Frauen geschäftliche Dinge erledigen und einen eigenen Betrieb leiten. Das ist unnatürlich und unziemlich, und ich lasse es nicht länger zu.«

»Das habt Ihr schon öfters gesagt, aber ich habe keinerlei Interesse an Eurer Meinung!«

»Vielleicht solltest du das aber. Eine Menge Gläubiger stehen vor deiner Tür, und du hast keine Möglichkeit, deine nächste Lavendellieferung nach London zu transportieren, denn keiner der Einheimischen wird für dich arbeiten, dafür habe ich nämlich gesorgt.« Sir Charles blaßblaue Augen blickten spöttisch. »Wenn du deine Pflanzung nicht an einen Fremden verlieren willst, rate ich dir, mir gegenüber freundlich zu sein. Besonders jetzt, wo diese unangenehmen Drohungen angefangen haben.«

»Was wißt Ihr denn davon?«

»Nur, was man in der Stadt so redet«, sagte Millbank kühl. »Alle wissen, daß Tinker versucht, mehr Leute anzustellen. Natürlich werdet ihr keine finden. Sie haben zu viel Angst, jetzt hierherzukommen.«

»Das macht Euch wohl Spaß?«

»Sagen wir mal, ich hoffe, daß du endlich einsiehst, wie dumm es von dir war, Lavender Close selbst leiten zu wollen. Natürlich werde ich mit größtem Vergnügen deine Verantwortung übernehmen.« Seine blassen Augen glitzerten. »Vorausgesetzt, wir gelangen zu einer Einigung, wie du mich für diese Dienste... bezahlst.«

Silver wußte ganz genau, welche Art von Bezahlung Millbank im Sinn hatte. Sie sah den grinsenden Eindringling wütend an. »Wenn die Schlangen singen können, dann vielleicht! Und bis dahin könnt Ihr von mir aus zur Hölle fahren!«

»Immer noch stur, wie? Nur, ich bin deine Verlockungen leid, du Höllenweib! Du wirst schon noch den richtigen Respekt von mir lernen!« Sir Charles riß an seinem Halstuch. »Wenn du mir nicht in jeder Beziehung, die ich anordne, nachkommst, wirst du Lavender Close verlieren, und deinen klugen Bruder werde ich auch fortschicken!«

Silver hielt den Atem an, während sie Millbanks ärgerliches, rotes Gesicht anstarrte.

Sie hätte wissen müssen, daß der Bastard irgendwann auch hierherkommen würde. Wie ein hungriger Wolf konnte ihr Schwager den Geruch eines jeden verletzten Tieres aufspüren. Und seine gierigen Blicke kannte sie jetzt schon seit über sechs Monaten.

Silver hatte Jessica, ihrer älteren Schwester, nie besonders nahegestanden. Sie war vor sechs Jahren gestorben, kaum ein halbes Jahr nach ihrer Hochzeit. Silver hatte ihrer Schwester nie gesagt, daß Millbank *ihr* den ersten Antrag gemacht hatte, aber machmal fragte sie sich, ob Jessica nicht doch mehr gewußt hatte, als sie zugab.

Silver hatte gehofft, daß Millbanks verliebtes Interesse im Laufe der Zeit nachlassen würde. Doch das hatte es nicht getan. Seit dem Tod ihres Vaters war Millbank immer öfter nach Lavender Close gekommen, vorgeblich, um sich nach Silvers Wohlergehen zu erkundigen.

Seine massige Gestalt warf einen riesigen Schatten auf den Boden des Gewächshauses. Trotz des allgegenwärtigen Duftes von Jasmin und Damaszenerrosen konnte Silver den Whiskygeruch wahrnehmen, den er ausströmte.

»Ich schlage vor, Ihr geht jetzt.« Ihre Stimme klang fest. »Sonst macht Ihr Euch nur noch mehr zum Narren.«

»So, für einen Narren hältst du mich also?« Millbanks Augen glitzerten vor Rausch und Lust.

»Bitte, keine Szene jetzt.« Silver wandte ihm entschieden den Rücken zu und begann, den kupfernen Destillierkessel zu reinigen, während sie für alle Fälle ein Stück Kupferrohr im Auge behielt, das an der Wand lehnte.

»*Du* wirst am Schluß die Närrin sein! Unterwirf dich mir, oder ich sorge dafür, daß Lavender Close meistbietend versteigert wird!«

Silver sah ihn böse an. »Mich Euch unterwerfen? Lieber zünde ich selbst meinen Lavendel an und esse Ruß!«

Ihr Schwager kam mit hitzigen Blicken näher. »Das bezweifle

ich. Du liebst diesen Ort hier viel zu sehr, um dich von ihm zu trennen.« Seine fleischigen Lippen verzogen sich. »Was sowieso verdammt unnatürlich ist für eine Frau.«

Silvers Hand näherte sich dem Kupferrohr. »Ich glaube kaum, daß meine Geschäfte Euch etwas angehen, Sir Charles. Ihr hattet die Gelegenheit, zu investieren und habt sie nicht wahrgenommen. Ihr würdet Euch nie an einem Geschäft beteiligen, das ›nur von einer Frau geleitet wird‹, sagtet Ihr damals. Also kann Euch Lavender Close nicht weiter interessieren.«

»O doch! Denn *du* interessierst mich. Und ich werde dich bekommen, hörst du? Und das wird niemand verhindern!«

»Geht jetzt«, sagte Silver heftig. »Ihr macht euch lächerlich.« Plötzlich war sie unendlich müde. Ihre Schultern schmerzten und ihre Finger brannten.

Das letzte, worauf sie Lust hatte, war eine Auseinandersetzung mit Sir Charles Millbank in ihrem Arbeitsraum. Sie hatte wirklich Wichtigeres im Kopf.

»Wir werden ja sehen, wer zuletzt lacht, Miss!« Fleischige Finger griffen in ihr Haar und zogen sie näher.

Verdammter Kerl! Silver holte tief Luft und entzog sich ihm. Sie würde ihm weh tun müsen. Der Gedanke gefiel ihr nicht, aber er ließ ihr keine Wahl.

Ihre Finger fanden das glänzende Stück Kupfer. »Zum letzten Mal: Werdet Ihr jetzt gehen?«

»Eure Königliche Hoheit befiehlt, wie?« Millbank lachte kalt. »Nun, diesmal wirst du dich nicht durchsetzen, Silver, mein Schatz«, höhnte er. »Ja, ich werde den jungen Brandon in eine strenge Schule schicken, wo die Lehrer wissen, wie man mit frechen Jungen umgeht, die lieber träumen als arbeiten.«

»Das würdet Ihr nicht wagen«, zischte Silver. »Er hat sich gerade erst von seiner Lungenkrankheit erholt. Eine solche Schule würde ihn umbringen!«

Ihr Schwager lachte kalt. »Das ist wohl kaum mein Problem. Du hättest einfach netter zu mir sein müsen, als es noch Zeit war.« Sein heißer Atem brannte auf ihrem Hals, als er sie mit einem Ruck näher zog. »Bei Gott, ich wollte dich seit Monaten, und jetzt werde ich dich besitzen!«

Silvers Finger schlossen sich fest um das Rohr. Sie wollte gerade zuschlagen, als eine harte Stimme durch das Gewächshaus hallte.

»Ich bedaure, Euch widersprechen zu müssen, aber das einzige, was Ihr tun werdet, ist, die Hände von der Frau zu nehmen.« Leise und tödlich ertönten die Worte hinter einem Zweig von rosa Kamelien hervor. Blackwood stand unbeweglich da, hochgewachsen und angespannt, eine Silhouette in gnadenlosem Schwarz.

Aber das Dunkelste war der Zorn in seinen Augen.

Silver hielt den Atem an, als sie ihn sah. Seine Wut war spürbar. Wußte er nicht, daß sie sich auch selbst helfen konnte?

Sir Charles machte unbewußt einen Schritt zurück. »Auf – auf wessen Anordnung, Sir?«

Plötzlich glitzerte eine Pistole silbern vor schwarzen Lederhandschuhen. »Auf Anordnung des Lord von Blackwood«, ertönte ruhig die Antwort.

Millbank schien zu schrumpfen. »B-Blackwood? Mein Gott, Ihr habt Nerven. Aber der Untersuchungsrichter wird Euch schon bald Mores lehren!«

Die Gestalt an der Tür lachte leise und schlenderte näher. »Carlisle? Unser hart arbeitender Friedensrichter ist gerade aus London zurückgekommen und liegt, nachdem er seine Reise abgekürzt hat, in tiefem Schlaf in seinem Bett. Nach dem vielen Weinbrand, den er in der letzten Gastwirtschaft getrunken hat, ist er besonders müde. Also ich fürchte, Millbank, Lord Carlisle wird heute nacht niemandem helfen können.« Die Pistole des Straßenräubers senkte sich. »Und wenn ich mich nicht irre, hatte ich gesagt, Ihr sollt die Dame loslassen.«

»Dame?« spottete Millbank. »Sie ist ja wohl kaum eine Dame.«

Mit einem Satz war Blackwood bei Millbank, und seine Finger legten sich hart um dessen Hals und drückten kaltes Metall an seine Kehle. »Diese Worte werdet Ihr zurücknehmen.«

»Ich – ich –«

Der Hahn wurde gespannt.

»Also gut, verdammt, ich tu's ja schon!«

»Dann entschuldigt Euch. Bei der *Dame.*«

Sir Charles' Gesicht wurde dunkelrot. »Bei *ihr*? Ich bin doch nicht verrückt!«

Er schluckte, als die geladene Pistole über seine Kehle aufwärts glitt und sich unter sein schlaffes Kinn klemmte. »Also gut, verflucht noch mal! Das Weib ist es nicht wert, daß ich mein Leben riskiere. Ich bedauere meine Worte«, sagte er knapp.

Die Augen des Straßenräubers funkelten. »Lauter. Ich glaube, die *Dame* hat Euch nicht gehört.«

»Ich bedauere meine Worte.«

»Meine Dame«, fügte Blackwood eisig hinzu.

Sir Charles wiederholte die Worte.

»Sehr gut. Ich glaube, das reicht für den Augenblick. Ihr könnt Euch aus meiner Gegenwart entfernen. Ich empfinde Euch als unerträgliche Zumutung.«

Sir Charles ballte ärgerlich die Fäuste.

»Habt Ihr noch etwas zu sagen?« Die Stimme des Straßenräubers klang leise und warnend.

Millbank schluckte und schüttelte den Kopf.

»Sehr gut. Dort ist die Tür.«

Mit einem gemurmelten Fluch stolperte der Baronet hinaus. Seine Flüche verklangen, als er in der Dunkelheit verschwand.

Silver rührte sich nicht. Ihr fehlten die Worte, während sie die maskierte Gestalt neben der Tür betrachtete. »Danke, daß Ihr mir geholfen habt. Auch wenn es nicht notwendig war.« Mit einem etwas schiefen Lächeln hielt sie das Stück Kupferrohr hoch.

Langsam schob der Straßenräuber die Pistole wieder in die Tasche seines Umhangs zurück. »Sehr einfallsreich. Trotzdem bin ich froh, daß ich in der Nähe war.« Seine bernsteinfarbenen Augen brannten. »Hat er so etwas schon mal gemacht?«

Silver strich sich eine lose Haarsträhne aus der Stirn. Jetzt, wo Sir Charles weg war, fühlten sich ihre Knie seltsam weich an. »Nein, noch nie. Wenigstens nicht so. Aber warum seid Ihr hier?«

Er betrachtete sie durch die Maske. »Es scheint, als könnte ich einfach nicht wegbleiben, Sonnenstrahl. Und ich fühle mich geehrt, von Nutzen gewesen zu sein. Es wird mir immer eine Ehre sein, dir zu helfen, *mignonne*.«

Die Hitze in seinen Augen ließ Silver erzittern. Sie brauchte seinen Schutz nicht. Es war gefährlich, sich von irgend jemandem helfen zu lassen, solange sie nicht wußte, wer ihre Feinde waren. Und in Gegenwart *dieses* Mannes fühlte sie sich immer unruhig und fahrig.

Sie runzelte die Stirn. »Habt Ihr Euch meinen Vorschlag noch einmal überlegt?«

»Nein.«

»Dann haben wir uns nichts mehr zu sagen.«

»Er wird irgendwann wiederkommen, solche Männer tun das immer. Wie willst du dich beim nächsten Mal schützen?«

Silver zuckte die Schultern und hatte Schwierigkeiten nachzudenken, während er sie betrachtete und sein großer, schlanker Körper ganz in ihrer Nähe an der Tür lehnte. Sie wandte sich ab, ihre Wangen hatten eine hektische Röte angenommen.

»Was ist los, *mignonne*?«

»Ich … nichts.«

»Hat er dir etwas angetan? Bin ich zu spät gekommen? Ich erwürge den Kerl, wenn er –«

»Nein«, sagte Silver schnell. »Er hat nur ein paar Befehle herausgebrüllt und sich benommen wie ein Hund mit Flöhen.« Sie rieb sich die Stirn und versuchte, das häßliche Grinsen auf Millbanks Gesicht zu vergessen.

»Er ist gefährlich, Sonnenstrahl, denk daran.«

Einen Augenblick lang war sein Ärger deutlich spürbar. Er hatte etwas Dunkles und Hartes an sich, das ihn anders machte als andere Männer.

Als andere *zivilisierte* Männer zumindest.

Und genau deshalb hatte sie ja seine Hilfe gesucht. Aber er wollte nicht, und damit war die Sache erledigt. »Ich komme schon zurecht«, sagte sie kühl.

»Ich habe versucht, nicht zu kommen«, sagte er ebensosehr zu sich selbst wie zu ihr. »Und ich hätte dabei bleiben sollen. Aber ich habe gehört, wie Millbank damit angegeben hat, er würde die Sache hier in die Hand nehmen. Ich wollte dich warnen.«

»Jetzt bin ich gewarnt. Ist sonst noch etwas?«

Das war eindeutig nicht die Reaktion, die Blackwood erwartet hatte. Schließlich hatte er gerade ihre Ehre, vielleicht sogar ihr Leben gerettet.

»Natürlich. Du brauchst ganz offensichtlich Hilfe gegen diesen Schuft. Ich werde dich irgendwohin in Sicherheit bringen und dir zeigen, wie man mit einer Pistole umgeht«, sagte er finster.

Silver runzelte die Stirn. Er wollte sie *Schießen* lehren? Sie konnte hervorragend schießen, ihr exzentrischer Onkel Archibald hatte es ihr beigebracht.

Aber das wollte Silver ihrem Straßenräuber nicht sagen. Er schien Spaß an der Rolle des Beschützers zu haben. Er hatte wahrscheinlich in seinem Leben viel zuwenig Gelegenheit, den Kavalier zu spielen. Silver beschloß, ihm wenigstens die Gelegenheit zu geben, zu lernen, sich nicht mehr wie ein kaltblütiger Kerl zu benehmen.

Vielleicht konnte sie ihn sogar, wenn sie geschickt war, von seinem gefährlichen Leben abbringen. »Wollt Ihr das tun?«

»Ich versichere dir, daß es ungefährlich ist«, sagte Blackwood sanft.

»S-Sicherheit?« Silver biß sich auf die Lippen, um nicht in ein

Kichern auszubrechen. Erst die Drohungen, dann Millbank und jetzt *das*. Sie konnte ein Ziel auf fünfzig Schritte genau in die Mitte treffen und auf hundertfünfzig noch am Rand. Ihr Onkel hatte sie einmal als beste Schützin weit und breit bezeichnet. »Werdet Ihr das tun?«

»Natürlich. Das ist das mindeste, was ich tun sollte«, knurrte der Straßenräuber. »Besonders, da du ja finster entschlossen zu sein scheinst, hier draußen, abseits von anderen Menschen zu bleiben, ohne einen Mann, der dich beschützt.«

»Warum sollte ich einen *Mann* brauchen, der mich beschützt?«

Der Straßenräuber runzelte die Stirn. »Ich bewundere deinen Mut, Sonnenstrahl, aber es wird mehr als nur eine Warnung nötig sein, um Millbank von dir fernzuhalten. Und was ist mit den *anderen*, die dich und deinen Bruder bedrohen?«

»Das ist nicht Eure Angelegenheit. Ihr habt das sehr deutlich zum Ausdruck gebracht, als Ihr gestern nacht mein Angebot abgelehnt habt.«

»*Angebot!* Das war der verrückteste Plan, den ich je gehört habe!«

»Es gibt keinen Grund, beleidigend zu werden«, sagte Silver eisig.

»Ich will dich nicht beleidigen.« Der Straßenräuber starrte sie finster an. »Der Mann ist in ernste Intrigen verwickelt.«

»Aha. Damit meint Ihr wohl seine Besuche im Freudenhaus.« Silver zuckte die Schultern. »Ich habe eine ziemlich klare Vorstellung davon, was an solchen Orten vor sich geht.«

»Ach ja, wirklich?« Die Bernsteinaugen wurden dunkler. »Und wie sieht die aus?«

Silver spielte mit einem herabhängenden Kamelienzweig. »In das Haus gehen die Männer wegen ihrer *unbeherrschten männlichen Leidenschaften*«, erklärte sie ruhig.

»Unbeherr –« Luc Delamere, harter Eroberer und Reisender auf allen dunklen Landstraßen zwischen London und Sommerset, gab einen erstickten Laut von sich. *Jetzt waren sie also wieder bei diesem Thema, wie?*

»Ja, darüber habe ich mir viele Gedanken gemacht. Seltsam ist nur, daß ich noch nie etwas von unbeherrschbaren *weiblichen* Gefühlen gehört habe.« Sie legte den Kopf schief, während sie ihren kurzangebundenen Retter betrachtete. »Was ist mit uns?«

»Ich weigere mich, darüber zu diskutieren.«

»Genau das sagt Tinker auch immer gerade dann, wenn etwas anfängt, interessant zu werden.«

»Wer immer Tinker sein mag, ich kann gut mit ihr mitempfinden.«

»Tinker ist ein Mann.«

Der Mund des Straßenräubers wurde schmal. »Und wer ist dieser Tinker?«

»Er hat bei meinem Vater gearbeitet. Nach seinem Tod ist er bei meinem Bruder und mir geblieben, um uns zu helfen.«

»Gehe ich recht in der Annahme, daß du ... in ihn verliebt bist?« Die Stimme des Straßenräubers klang bemüht neutral.

»Verliebt? In Tinker? Mag schon sein, daß ich ihn auch irgendwie liebe.« Silver legte den Kpf schief und dachte nach. »Doch, ich glaube schon, daß ich ihn liebe.«

Norfolks berüchtigtster Straßenräuber richtete sich auf. Silver sah Zorn in seinen Augen brennen. »Ich gratuliere«, sagte er rauh. »Euch beiden. Aber es ist wohl besser, ich gehe jetzt. Es gibt noch Kutschen auszurauben und unschuldige Frauen zu vergewaltigen.« Er verbeugte sich kurz und wollte gehen.

Silvers Stimme hinter ihm klang plötzlich leise und kehlig. »Wartet! Geht noch nicht.«

Er blieb völlig unbeweglich, seine breiten Schultern wirkten wie ein schwarzer Keil im flackernden Licht des Gewächshauses. »Warum nicht?«

»Weil – weil es anders ist mit Tinker und mir. Er ist ein Freund, ein alter, lieber Freund, nicht das, was Ihr denkt.« Und als Blackwood sich immer noch nicht bewegte: »Und über fünfzig Jahre alt.«

Langsam drehte sich der Straßenräuber um. Seine Schultern entspannten sich. »Egal wie alt er ist, der Mann sollte dich besser beschützen«, sagte er brummend.

»Ich komme hervorragend allein zurecht!«

»Eine Frau wie du verdient es, beschützt und verehrt zu werden. Verdammt, du solltest verheiratet sein und eine Schar Kinder um dich haben, dazu einen reichen, adligen Ehemann, der dich vor üblen Kerlen wie Millbank bewahrt!«

»Ihr seid nicht gerade anspruchslos, mein Herr!«

»Und du nicht gerade gut beraten«, fügte er finster hinzu. »Hast du noch weitere Drohungen bekommen?«

Silver schüttelte den Kopf. »Gerade jetzt ist Tinker draußen in den Feldern, und gut bewaffnet, das versichere ich Euch. Ihr braucht Euch keine Gedanken zu machen, denn wir kommen allein zurecht.«

Blackwood betrachtete sie lange schweigend. »Du würdest mich doch nicht anlügen, Sonnenstrahl, oder?«

»Natürlich nicht! Abgesehen davon würden die meisten Leute wohl davon ausgehen, daß ich am meisten Schutz vor Leuten wie *Euch* brauche.«

»Das mag sein«, sagte er leise und dunkel. »Doch immerhin habe ich dein Leben gerettet, *mignonne*, und deine Ehre dazu. Gibt mir das nicht gewisse Vorrechte?«

Silver spürte eine beunruhigende Hitze im Blut. »Was für Vorrechte?«

Blackwoods Augen wanderten von ihrem Gesicht langsam zu ihrer Brust hinunter. »Die Möglichkeiten machen mich sprachlos.« Ein leises Rascheln der duftschweren Luft, und er war neben ihr. Seine behandschuhte Hand folgte der warmen Linie ihres Halses.

Silvers Puls begann zu rasen. Er brachte sie völlig durcheinander, ließ ihr Herz hüpfen wie einen Kiesel über das Wasser. Es war schamlos, völlig schamlos. »Ich glaube, Ihr solltet besser gehen.« Sie fühlte sich zunehmend unbehaglich. Seine Gegenwart machte sie atemlos und unruhig.

»Ich fühle mich nicht wohl, versteht Ihr. Ich möchte gern allein sein.«

Bernsteingoldene Augen glitzerten unter schwarzer Seide. »Ich fange langsam an zu glauben, daß sich für dich jeder Einsatz lohnt, Sonnenstrahl.«

Silver spürte ihr Herz rasen. Sie blickte ihn an, und dann sah sie den dunklen Fleck auf seinem Hemd. Sie holte erschreckt Atem. »Ihr seid *verletzt*!«

»Nicht mehr als ein Kratzer.«

»Ein *Kratzer*? Warum habt Ihr mir das nicht gleich gesagt?« Sie legte ihre Hand an seine Taille und drängte ihn zu einem Stuhl.

Ihr Besucher lächelte träge. »Ich bezweifle, daß du dir von irgendeinem Mann etwas sagen lassen würdest, Sonnenstrahl.«

»Jetzt findet Ihr mich auf einmal schwierig, wie? Nun, mag sein. Das kommt vermutlich daher, daß ich schon seit vielen Jahren selbst entscheiden muß.« Sie schob ihn auf den Stuhl, nahm ihm den Hut ab und griff nach seiner Maske.

Seine Hand schloß sich hart um ihre Finger. »Nein. Das würde dich in Gefahr bringen. Es ist sicherer, wenn du mein Gesicht nicht kennst.«

Silver seufzte. »Na gut. Aber bleibt sitzen. Vielleicht sollte ich Euch etwas von Tinkers Whisky holen, den er im Lagerraum versteckt hat, obwohl ich so tue, als wüßte ich nichts davon. Oder sollte ich –«

»Es ist nichts, Sonnenstrahl.«

Aber in diesem Augenblick fühlte sich Luc Delamere eindeutig unsicher auf den Beinen. Aber nicht wegen seiner Wunde, auch wenn sie verflucht pochte.

Nein, der Grund war die unerwartete Besorgnis einer Frau um ihn, die so zerbrechlich wirkte, als könnte sie ein kräftiger

Sonnenstrahl umwerfen. Nachdem sie gerade noch von Millbank belästigt worden war, machte sie sich jetzt Sorgen um *ihn!*

Dieses überraschende Gefühl versetzte den Straßenräuber regelrecht in einen Schock.

»Ihr werdet nicht weggehen, bevor ich mich davon überzeugt habe.«

Er schüttelte den Kopf. »Ich sollte nicht hier sein. Das kann nicht gutgehen. Für uns beide nicht.« Er stand auf und zuckte zusammen, als er einen blühenden Jasminzweig berührte. »Ich weiß wirklich nicht, was ich mir dabei gedacht habe, als ich –«

Mit finsterer Miene drückte Silver ihn wieder auf den Stuhl. »Ihr geht nicht, bevor ich nicht die Wunde gesehen habe. Und keine Angst, ich kümmere mich oft um die Wunden von unseren Tieren. Cromwell – das ist unser Hund – hat auch noch Flöhe. Manchmal habe ich sogar schon Schlangenbisse versorgt. Lavendelöl wirkt Wunder.«

Blackwood lächelte ironisch. »Das ist ja sehr beruhigend. Tiere, sagst du? Das ist ja wohl kaum schmeichelhaft, Sonnenstrahl.«

Silver errötete. »Das soll nicht heißen... aber Ihr macht Euch schon wieder über mich lustig!«

»Wie könnte ich anders? Du errötest dabei immer so hübsch.« Seine behandschuhte Hand strich über ihre Wange. Dann wurde seine Stimme ernst. »Ich könnte dich glücklich machen, weißt du. In nur einer Nacht könnte ich dir Dinge zeigen, die du noch nie erlebt hast, Sonnenstrahl, die du dir nicht einmal hättest vorstellen können. Ich könnte dir Mond und Sterne vom Himmel holen, während du in meinen Armen liegst.«

»Ihr seid verrückt.« Aber Silvers Stimme war nur noch ein Flüstern. Und plötzlich war sie verrückt, schwebten in ihrer Vorstellung dunkle Bilder, hitzige Visionen von seidiger Haut und verlangenden, verschlungenen Gliedern.

»Ich nehme an«, sagte sie leise, »daß Ihr von diesen unbeherrschbaren Leidenschaften sprecht, von denen der Frau diesmal.«

In seinen Augen sah sie tiefes Begehren. Sie fragte sich, ob so auch ihr Blick wirkte.

Seine blendende Schönheit und seine Begierde erschreckten sie.

In diesem Augenblick wußte sie, daß er gehen mußte, ob verwundet oder nicht. Sonst...

Draußen ertönten Rufe aus dem dunstigen Tal.

Silver sah hinaus. »Es ist Carlisle mit seinen Leuten!«

Der Straßenräuber rührte sich nicht. »Offensichtlich ist unser hart arbeitender Friedensrichter wieder nüchtern. So ein Pech.«

«Ihr müßt gehen! Er hat ein Dutzend Männer bei sich!«

»Wunderbar. Ich bin genau in der richtigen Stimmung für einen Kampf.« Blackwood kreuzte die Arme über der Brust. »Und was ist mit meiner Wunde?«

»Das war *vorher*. Mein Gott, Ihr müßt gehen, bevor es zu spät ist!« Silver runzelte die Stirn, als sie die rücksichtslose Entschlossenheit um seinen Mund sah. »Meinetwegen, wenn schon nicht Euretwegen! Denn ich – ich könnte es nicht ertragen, wenn sie Euch jagen wie einen...«

»Wie einen einfachen Verbrecher?« Seine Stimme klang finster. »Ach, Sonnenstrahl, aber genau das bin ich.«

»Das glaube ich nicht«, erwiderte Silver scharf. »Nicht einen Augenblick. Und selbst wenn es so ist, Gott vergebe mir, bringe ich es doch nicht fertig, Euch –« Ihre Stimme brach. »O geht, bitte geht, bevor Sie Euch hier sehen!«

Blackwood runzelte die Stirn und stand langsam auf. »Würde es dir etwas ausmachen, wenn sie mich erwischen?«

»Aber natürlich!«

Langsam hob er ein Bein über das Fensterbrett des halbgeöffneten Fensters. »Mir scheint, dies ist eine Nacht der Überraschungen.«

Silver hörte ihn kaum, weil sie ganz auf die herannahende

Polizei konzentriert war. »Beeilt Euch, sie sind fast schon hier!«

Draußen kamen die Stimmen näher. Sir Charles Millbanks Brüllen erfüllte die Nacht.

Luc hielt inne, die Hand am Fenster. »Würde es dir wirklich etwas ausmachen, Sonnenstrahl, wenn sie mich fangen?«

»Habt Ihr denn keine Angst? *Geht*. Geht jetzt!«

»Nicht ohne eine Antwort.«

»Aber natürlich würde es mir – etwas ausmachen.«

Die silbrige Narbe über seinen Lippen glänzte. »Dann beweise es.«

»Seid Ihr verrückt? Sie können jeden Augenblick hiersein!«

Die Augen des Straßenräubers glitzerten hinter der Maske. »Das gibt der Sache doch etwas köstlich Aufregendes, nicht wahr?«

»Ihr seid wirklich verrückt!«

»Tja, dann werde ich wohl einfach warten müssen.« Er hob das Bein wieder über das Fensterbrett und kreuzte die Arme vor der Brust. »Kein Problem. Ich werde nichts lieber tun, als diesem widerlichen Hundsfott etwas mehr Manieren beizubringen.«

Silver wartete nicht länger. Sie warf sich gegen ihn, so daß er beinahe rückwärts durchs Fenster gefallen wäre, ihre Hände legten sich um seinen Hals.

Blackwood fing sich und saß dann mit undurchschaubarer Miene reglos da.

Ihre Blicke trafen sich. Langsam hob er seine kräftigen Hände und legte sie um ihre Taille, dann glitt eine Hand hinauf in ihr loses Haar.

Silver spürte ein wildes Donnern in der Brust.

»*Zeig* es mir, Sonnenstrahl.«

Seine Stimme klang dunkel und rauh. Silver spürte sein Verlangen, so wild und verzehrend wie der Hunger in ihrem eigenen Blut.

Draußen kamen die Stimmen näher. Hunde bellten. »Geh«, flüsterte sie entschlossen, hörte das Blut in ihrem Kopf rauschen, spürte ihren Atem rauh werden. Er war hart und stark, wo ihr Kinn auf seiner Brust ruhte und ihre Hüfte seinen Schenkel berührte.

»Du hast gesagt, du würdest mich vermissen, Sonnenstrahl. Beweise es. *Jetzt.*« In diesem Augenblick war er ganz der furchtlose Straßenräuber, der schon Hunderten von Frauen das Herz gebrochen hatte. Ganz der erfahrene Liebhaber der Legende von Norfolk.

»Schuft!« zischte sie, gefangen zwischen Zorn und dem innigen Drang, sich hinzugeben.

»Wildfang.« Doch das Wort klang zärtlich, wie ein Versprechen.

Es bewirkte seltsame Dinge in Silvers Brust. Ihr wurde klar, daß Blackwood so nicht von der Stelle zu bewegen war. Verzweifelt beugte sie sich vor und stellte sich auf die Zehenspitzen. Mit geschlossenen Augen berührte sie seine Lippen mit den ihren.

Hitze umhüllte sie. Sie spürte den Geschmack von Sherry und Minze, dem Wind des Morgengrauens, dem Dunst der Mitternacht, der die Heide verschleierte.

Plötzlich sehnte sie sich nach mehr.

Ihre Finger suchten die Wärme seines Haars, die Breite seiner starken Schultern. Die Welt außerhalb des warmen, duftenden Gewächshauses hörte auf zu existieren.

»Verdammt, Sonnenstrahl.« Der Mann neben ihr stöhnte. »Du bist heute nacht der Dieb. Du stiehlst mir jede Vernunft und bringst mein Blut in Wallung.« Seine schwieligen Hände umfaßten ihre Wangen, während er mit brennendem, bernsteinfarbenen Blick auf sie hinabsah. »Mein Gott, du bist so süß.«

Eine ärgerliche Stimme erklang vom Rasen vor dem Gewächshaus her. »Da drin, verdammt. Und haltet die Pistolen bereit!«

Keine Zeit mehr, dachte Silver matt. »Geh! So g-geh doch!«

»Wirst du in Sicherheit sein?«

»Bestimmt sicherer als *du.*«

Er lachte mit einem Lachen, das ebenso voll und schamlos und dunkel klang, wie der ganze Mann es war. Mit einer schnellen Bewegung beugte er sich zu der flackernden Lampe vor und löschte sie.

Der Raum wurde in Dunkelheit gehüllt.

Seine Finger gruben sich tiefer in ihr seidiges Haar. Er zog sie an sich. »Tut mir leid, daß ich anderer Meinung bin, *mignonne*, aber *so* stellt sich ein Mann einen Kuß vor.«

Er umschlang sie voller Begehren, seine Hitze an die ihre gedrückt, sein Verlangen an das ihre. Er drückte sie mit dem Rücken an die kühle Glasscheibe und bedeckte sie, forderte sie heraus, kostete sie. Seine Zunge um die ihre geschlungen, öffnete er sie seiner Glut und brachte ihr Herz zum Klingen.

Silver stöhnte, vernahm ein wildes Tosen in ihrem Blut. Ihre Finger wurden klamm und ihre Knie schienen jeden Augenblick unter ihr einzuknicken.

Es war absolut himmlisch und doch die Hölle, ihn so zu berühren.

Als seine Hand sich um ihre Hüfte legte und sie fester an ihn drückte, erschien es ihr wunderbar und herrlich und ganz anders als die ekelerregende Berührung von Millbank.

Um sie her verblaßte die Wirklichkeit, und sie spürte nur noch seinen Mund an ihrem und seinen harten Körper, der sie an die Gewächshauswand drückte.

Eine unglaubliche Hitze durchströmte sie. Sie spürte den wilden Drang, ihm alles zu geben, was er verlangte, immer und immer wieder, während sie dafür dunkle, heiße Erwiderung von ihm forderte.

Einen Augenblick, einen wilden Augenblick lang fand seine Hand die Wölbung ihrer Brust. Sie drängte sich ihm entgegen und stöhnte leise.

Undeutlich spürte sie ein Ende – und einen unendlichen Neuanfang. Von Dingen, die eine Ewigkeit erforderten, um sie zu verstehen. Von Gefühlen, die ihr Freude oder Qual bringen konnten.

Und doch wollte sie am liebsten gleich damit anfangen.

Doch es blieb keine Zeit.

Draußen kamen gedämpfte Stimmen näher. »Verteilt Euch auch nach hinten!« ertönte Lord Carlisles Stimme.

Mit finsterer Miene schob der Straßenräuber sie von sich. »Du stellst meine Beherrschung auf die Probe, Verführerin. Nur noch ein paar Sekunden, und du wärst halb nackt und ich bekäme alles, was ich von dir will. Und bei Gott, dabei wärst auch du selbst wild und schamlos. Ich würde deine Seufzer mit meinen Lippen auffangen und dich unter mir hier auf den Boden drücken. Verstehst du mich, Silver? Verstehst du jetzt, in welcher Gefahr du bist?« fragte er rauh.

Sie stand atemlos in der Dunkelheit, ihr Herz schlug ungleichmäßig und wild, als sie den Ärger in seinen Augen brennen sah.

Die Wirklichkeit holte sie langsam wieder ein, während sein Körper sich entfernte.

Sie schluckte, ihre Augen weit geöffnet. »Also ist es falsch? Falsch, wenn ich so fühle, falsch, wenn ich will, daß du mich so berührst?«

Der Straßenräuber fluchte leise. »Wenn du anders wärst, nein. Wenn ich anders wäre, nein. Doch du bist vollkommen so, ja wirklich, wunderbar. Zu gut für mich, der ich nichts als ein finsterer Schurke bin. Ich würde dir nur das Herz brechen, Sonnenstrahl. Ich würde nur deine Unschuld und dein Vertrauen zerstören, ob ich wollte oder nicht.«

Sie wußte, daß er meinte, was er sagte, und daß er jedes seiner düsteren Worte glaubte. Wieder fragte sich Silver, was ihn wohl so hart und hoffnungslos gemacht haben mochte. »Ich habe keine Angst. Nicht vor dir.«

»Das solltest du aber, verflucht!« Er schaute mit gerunzelter Stirn auf seine behandschuhten Hände hinab, die er tief in den rotgoldenen Strähnen ihres Haares vergraben hatte, und löste sich von ihr. »Ich komme nicht zurück. Ich habe schon einmal vergeblich versucht, dir fernzubleiben, aber diesmal wird es mir gelingen. Es gibt keine Zukunft für uns. Wir würden nur Schmerz heraufbeschwören.«

Sie hörte ihn wie aus weiter Ferne. Sie spürte den Drang, ihm zu widersprechen, doch sie tat es nicht. Nicht jetzt, wo überall die Männer des Friedensrichters herumschwärmten.

Und weil sie im Innern wußte, daß er recht hatte.

»Doch wenn du mich jemals wirklich brauchen solltest, Sonnenstrahl, dann lege eine Nachricht für mich in die große Eiche am Kreuzweg. Es gibt andere Möglichkeiten, doch das ist die sicherste. Ansonsten...« Seine Stimme wurde hart.

Silver versuchte sich einzureden, daß es so besser war, daß ihrer beider Leben zu verschieden war, als daß sie sie glücklich verbinden könnten.

Doch die Worte erschienen ihr hohl.

»Gott sei mit dir, Straßenräuber«, flüsterte sie und strich mit der Hand über sein hartes Kinn unter der Maske. Sie spürte, wie sich seine Muskeln bei ihrer Berührung anspannten.

Ärgerliche Fäuste pochten an die Gewächshaustür. Schwere Stiefel hämmerten über das Gras.

»Gott sei mit dir, Sonnenstrahl.« Härte und Schmerz klangen aus seiner Stimme.

Sie sah ihn verschwinden, heiß-kalt. Zornig-traurig. Ihre Augen brannten.

Sein Umhang und seine Stiefel schwammen in einem Nebel von fließendem Schwarz, als er in der Nacht verschwand.

# 11. Kapitel

»Durchsucht alles! Verteilt euch über die Felder!«

Silver stand wie erstarrt da, als krachend die Tür aufflog und Lord Carlisle, der Friedensrichter, mit ausgestreckten Armen und finsterer Miene hereintrat.

Fünf bewaffnete Männer mit Laternen standen hinter ihm.

Silver nahm ihren ganzen Stolz zusammen. »Was bedeutet dieser Überfall, Lord Carlisle?«

»Treibt keine Scherze mit mir, junge Frau. Ich suche den verfluchten Straßenräuber, und ich werde ihn kriegen und hängen lassen! Und wenn Ihr nicht mit ihm hängen wollt, empfehle ich Euch, meine Fragen zu beantworten.«

Einen Augenblick später erschien Sir Charles Millbank mit rotem Gesicht und schwer atmend. »Glaubt ihr kein Wort, Carlisle. Sie weiß, wo er ist. Er war hier bei ihr!«

Der Friedensrichter runzelte die Stirn. »Wo ist der Schuft hingegangen, Miss St. Clair?«

»Ihr meint den Mann, den sie Blackwood nennen?«

»Natürlich!«

Keine Zeit für Schmerz. Keine Zeit für Wünsche, alles möge anders gekommen sein. Sie mußte dafür sorgen, daß er Zeit hatte zu entkommen. Sie hob die Hand und schauderte dramatisch. »Ich denke nur ungern daran. Es – es war schrecklich. Der Mann ist eine Bestie, nein, ein Dämon! Seine Augen glühten wie Kohlen, und er schien zu schweben, nicht zu gehen. Seht Euch vor, Lord Carlisle, seht Euch vor, denn er ist verflucht!«

Einige der Männer hinter dem Friedensrichter murmelten unbehaglich und traten von einem Bein auf das andere, weil sie nicht wußten, ob sie lachen oder sich bekreuzigen sollten.

»Unsinn! Während sie hier herumzetert, entkommt er nur.« Millbank ging zum offenen Fenster und sah hinaus. »Hierdurch muß er geflohen sein. Sie versucht nur, ihn zu schützen, das Teufelsweib!«

»Einen Straßenräuber beschützen?« Silver warf dem rotgesichtigen Baronet einen unschuldigen Blick zu. »Habt Ihr etwa schon wieder getrunken, Sir Charles?«

»Natürlich nicht!« schnauzte ihr Schwager. »Und das weißt du genau, Frau!«

Silvers Augen glitzerten, als er in ihre Falle ging. »Wie sollte ich das wissen? Sind wir uns heute abend schon einmal begegnet?«

Millbank fluchte und machte dann eine ausweichende Handbewegung. »Keineswegs. Aber ich trinke niemals. Zumindest nie viel. Als ich hörte, daß der Straßenräuber hier gesehen worden ist, tat ich meine Bürgerpflicht und holte den Friedensrichter.«

Dieser hatte keine Zeit für Gespräche, die er nicht verstand. »Genug Gerede! Verdammt, wo ist Blackwood hin?«

Silver schauderte theatralisch. »Er lauerte mir beim Schuppen auf und hielt mich mit seinem brennenden Blick gefangen. Es war, als schaue ich direkt ins Gesicht der Hölle. Als ich ohnmächtig wurde, galoppierte er in Richtung Norden davon.« Er war in Richtung Süden verschwunden, doch das würde sie Carlisle natürlich nicht sagen.

Die Augen des Friedensrichters wurden schmal. »Wie konntet Ihr die Richtung wissen, wenn Ihr ohnmächtig wurdet?«

»Oh, ich bin schnell wieder zu mir gekommen. Und da sah ich sein Pferd auf Kingsdon Cross zugaloppieren.«

»Sie ist offensichtlich nicht ganz bei sich«, schnauzte der Friedensrichter. »Wie man es von Frauen auch nicht anders erwarten kann. Verteilt euch, Männer! Sucht die Felder ab!«

»Ich nicht«, sagte Millbank zornig und kletterte fluchend über die Fensterbank. »Ich gehe in diese Richtung, denn hier ist er offensichtlich verschwunden. Ihr könnt ruhig stehenbleiben und die Augen rollen, Carlisle.«

»Blackwood gehört *mir*, Millbank! Vergeßt das nicht!« donnerte der Friedensrichter. Der Mann wußte genau, wieviel Anerkennung es ihm einbringen würde, wenn er den berüchtigten Straßenräuber fing, und wollte sich den Triumph nicht entgehen lassen.

Sir Charles zuckte mit den Schultern und verschwand ärgerlich murrend. Die anderen machten sich ebenfalls auf die Suche nach ihrer Beute.

Noch lange nachdem sie verschwunden waren, stand Silver am Fenster und starrte in die samtene Nacht hinaus.

Als der Mond geisterhaft hinter einer zerfetzten Wolkenbank verschwand, seufzte sie und wischte heiße, salzige Tränen von ihrer Wange. Erst da wurde ihr klar, daß der Straßenräuber ihr etwas in die Hand gedrückt hatte, bevor er fortgegangen war.

Es war ein kleiner Stoffbeutel, so wie die, in denen sie ihre wertvollen Lavendelsamen aufbewahrte. Die Samen, die sie in der vergangenen Nacht verloren hatte.

Unwiederbringlich.

Das hatte sie zumindest geglaubt.

Sie hielt den Atem an. Ihre Kehle brannte heiß und hart. »Paß auf dich auf, du Narr«, flüsterte sie in die Nacht hinaus, auch wenn sie wußte, daß er sie nicht hören konnte.

Doch ihr Herz antwortete.

Es sagte ihr, daß Vorsicht genau die Sache war, die Blackwood niemals ernstnehmen würde.

*Wenn ich jetzt zurückblicke, verstehe ich, wie ich betrogen worden bin. Es begann alles ganz harmlos, verstehst Du. Sie waren freundlich, ehrlich. Selbst Deine liebe Mutter konnte sie gut leiden, und für gewöhnlich täuschte sie sich in Menschen nicht.*

*Doch diesmal war es anders.*

*Natürlich warteten sie auf den richtigen Augenblick. Und*

*dann – nur eine kleine Gefälligkeit. Nur einmal. Nur ein paar Dinge, die zwischen den Pflänzchen versteckt wurden. Oh, ich war nur zu leicht einverstanden.*

*Wie ein Narr dachte ich natürlich niemals daran, nachzusehen, was in jenen Päckchen war. Meine englische Ehre. Das Wort eines Gentleman.*

*Oh, was war ich für ein Narr!*

*Als ich schließlich begriff, was sie dort versteckten, war es schon viel zu spät...*

Während der Mond höher am Himmel hinaufstieg, kletterte ein Mann den Hügel hinauf auf die schützenden Wälder im Norden zu. Millbank, der Friedensrichter und seine Männer waren längst fort.

Hinter einer Reihe von Rosenbüschen versteckt, versuchte Luc Delamere nicht, den Eindringling aufzuhalten. Er gab sich damit zufrieden, daß Silvers Bediensteter wachsam und bewaffnet war. Er hatte den Mann am anderen Ende der Felder herumgehen sehen, von einem großen, hellen Hirtenhund begleitet.

Ja, sie würde heute nacht in Sicherheit sein. Vielleicht hatten ihre Feinde sich entschlossen, nach einer leichteren Beute Ausschau zu halten.

Wenn nicht, würde er es bald wissen. Luc hatte beschlossen, daß es besser war, ihm nicht entgegenzutreten, sondern ihm unbemerkt zu folgen, da er offensichtlich nur die Gegend erkunden wollte.

Blackwood interessierte sich nicht für kleine Fische, er wollte nur wissen, wer hinter der ganzen Sache steckte.

Obwohl der »Grüne Mann« gut besucht war, war das Hinterzimmer leer. Sir Charles Millbank hastete dorthin und zog sich unterwegs Handschuhe und Mantel aus.

Er rief den Wirt mit einem befehlenden Nicken zu sich. »Ist alles vorbereitet?«

»Ganz wie Ihr es gewünscht habt, Mylord.«

»Hervorragend. Die anderen dürften jeden Augenblick kommen. Jemand soll sich um die Frau kümmern. Sie macht vielleicht Schwierigkeiten.«

Der Wirt grinste. »Keine Sorge, Mylord. Ich hab' mich schon selbst um sie gekümmert.«

»Hoffentlich nicht zu grob. Man soll ihr nichts ansehen, verstanden?«

»Schon recht. Man wird's nicht sehen. Wenigstens nicht bei Kerzenlicht, denk' ich.« Er lachte kalt.

Millbank lächelte. »Sehr gut, effektiv wie immer, Simmons. Schickt mir die anderen herein und sagt ihnen, daß gleich nach ihrer Ankunft die Versteigerung beginnt.«

Zwei Stunden später saß Sir Charles vor einem halbgefüllten Krug, und in seinen Taschen klingelte das Gold. Die Versteigerung war besser verlaufen als erwartet. Simmons hatte die Sache mit dem Mädchen gut gemacht. Morgen würde sie schon bei einem seiner Bekannten in London sein und dort der Arbeit nachgehen, die sie heute abend begonnen hatte.

Ein Jammer, daß man aus dem Mädchen nicht zweimal eine Jungfrau machen konnte, dachte Millbank und leckte sich die Lippen, wenn er daran dachte, wieviel Gold das einbringen würde.

Er lächelte immer noch kalt, als hinter ihm eine Stimme aus dem Schatten ertönte.

»Gehe ich recht in der Annahme, daß Ihr Sir Charles Millbank seid?« Der Mann war groß, und sein Gesicht hatte die Farbe von feinem Sandelholz. An seinem linken Ohr hing ein goldener Ohrring. Sein Körper steckte in einem schwarzseidenen Umhang, der mit roter Kordel besetzt war.

Millbank stand unbeholfen auf. »Vielleicht schon. Wer soll das wissen?«

Der Mann betrachtete ihn kalt. »Wir wollen keine Zeit mit der

Vorrede verschwenden, Engländer. Setzt Euch, damit wir reden können.«

»Verdammt, wer seid Ihr? Woher kennt Ihr meinen Namen?«

Die kalten Augen des Fremden wurden noch härter. »Ich kenne ihn, weil das mein Geschäft ist. Ich weiß eine Menge Dinge über eine Menge Leute. Zweifelt Ihr daran?«

»Allerdings«, empörte sich Millbank. »Und was gibt Euch das Recht –«

Der Fremde seufzte und betrachtete seine zusammengelegten Fingerspitzen. »Wie lästig. Also gut, ich werde es beweisen. Im Augenblick weiß ich, Sir Charles, daß Ihr eine ganze Menge Schulden bei den falschen Leuten gemacht habt. Darüber hinaus mögt Ihr schöne Frauen – und habt eine anspruchsvolle Mätresse, die jeden Tag mehr von Euch verlangt.« Er lächelte spöttisch. »Soll ich fortfahren?«

Sir Charles starrte den Mann an, sein Gesicht hatte die Farbe von roher Rinderleber angenommen. »Genug, bei Gott! Ich weiß nicht, wer Ihr seid, noch wie Ihr erfahren habt –«

»Mein Name tut nichts zur Sache, Engländer. Und solche Dinge zu erfahren, ist sehr einfach. Die Antwort liegt hier in meiner Hand.« Er zog einen Beutel unter seinem Umhang hervor und warf ihn auf den Tisch. »Mit Geld kann man eine Menge Dinge tun. Besonders mit solchem Geld.«

Sir Charles betrachtete erstaunt die Goldmünzen, die aus dem Beutel auf den Tisch rollten. »Aber – aber das müssen tausend Guineen sein!«

»So in etwa.«

»Warum zeigt Ihr sie gerade mir?«

»Weil ich eine Dienstleistung brauche. Wer immer sie zu meiner Befriedigung ausführt, wird diese Münzen bekommen.«

In Millbanks Augen bekämpften sich Gier und Mißtrauen. »Falls Ihr bei Hofe vorgestellt werden wollt – das liegt nicht in meinen Möglichkeiten. Leider bewege ich mich nicht in diesen Kreisen.«

Sein großer Besucher warf den Kopf zurück und lachte, wobei sein Ohrring im Kerzenlicht glitzerte. »Mein lieber Mann, Ihr seid wirklich sehr amüsant. Nein, ich habe nicht den Wunsch, Euren übergewichtigen und uninteressanten Prinzregenten kennenzulernen.«

»Nun aber langsam!«

Der Fremde fuhr unbeeindruckt fort: »Und ich wünsche auch nicht, Sir Charles, wie sagt man, näheren Kontakt zu Euren überzüchteten englischen Lords und unterkühlten englischen Ladys.«

Millbank bewegte sich nicht. »Ihr könnt nicht einfach hier hereinkommen und –«

»Ach nein? Ich glaube, ich kann selbst hier in Eurem fremdartigen Land fast alles tun. Mein Geld macht es möglich. Vielleicht sollte ich mich an jemand anderen wenden?«

»Verdammt, nein! Ich bin bestimmt der Richtige.« Millbanks Augen glänzten gierig, als er sich vorbeugte. »Sagt mir nur, was ich tun soll. Für *das* Geld tue ich's.«

»So selbstsicher, mein Freund? Vielleicht werdet Ihr das nicht mehr sein, wenn Ihr wißt, was ich will.«

Der Engländer lachte und schob seinen Krug zur Seite. »Für tausend Goldstücke würde ich *alles* tun.«

Die kalten, dunklen Augen betrachteten ihn prüfend. Den Falten an diesen Augen war anzusehen, daß sie nicht nur dem Menschen, sondern auch Sturm und Wüste getrotzt hatten.

Sir Charles versuchte, sich nicht einschüchtern zu lassen, auch wenn ihm der Schweiß ausbrach.

»Na gut«, sagte der Fremde schließlich und ließ sich auf einem Sessel nieder. »Für Eure Hilfe bekommt Ihr diesen Beutel Gold sowie nach Erledigung noch einen zweiten.«

Sir Charles blinzelte. »Und was ist zu tun?« fragte er leise, weil er das Glück kaum glauben konnte.

»Bringt mir den Straßenräuber mit dem Namen Blackwood. Er soll sich öfter auf Lavender Close aufhalten.«

»Mein Gott, woher wißt Ihr das?«

»Das braucht Euch nicht zu interessieren. Ihr sollt mir nur den Mann bringen. Lebend.«

»B-Blackwood. Lebend«, wiederholte Sir Charles dumpf. »Aber warum?«

»Auch meine Gründe gehen Euch nichts an. Das solltet Ihr nicht vergessen, Engländer.«

Die kalte Warnung ließ Millbank erbleichen. Er ignorierte seine aufkeimende Angst. Er hatte Schulden zu bezahlen. Und zwar erdrückende Schulden. Seine Frau hatte eine gute Mitgift bekommen, doch nicht annähernd genug für seinen Lebensstil. Und nach Jessicas Tod hatte St. Clair nichts mehr mit seinem Schwiegersohn zu tun haben wollen.

Millbank runzelte die Stirn. Schließlich hatte er ein gewisses Image, brauchte Kutschen, Personal und hervorragende Pferde. Schneider aus London und Händler aus Norwich wollten bezahlt werden. Und in letzter Zeit auch die Geldverleiher.

Nein, er würde keine weiteren Fragen stellen. Er würde sein Geld verdienen und verschwinden. Das würde nicht einfach sein. Lord Carlisle würde sich den Verbrecher nicht so ohne weiteres wegschnappen lassen. Er wollte ihm selbst den Hals umdrehen und hatte seine eigenen Pläne dafür.

Dennoch gab es Möglichkeiten. Besonders, wenn es um tausend Pfund ging.

Er nickte. »Wann wollt Ihr den Verbrecher?«

»Innerhalb von sieben Tagen. Keinen Tag später. Ich möchte nicht länger in Eurem kalten, unfreundlichen Land bleiben.« Sein Blick war hart. »Habt Ihr verstanden?«

Millbank spürte wieder Angst. »Ja. Nicht mehr als eine Woche. Und wohin soll ich den Kerl bringen?«

»King's Lynn. Mein Schiff liegt dort vor Anker. Einer meiner Leute wird Euch an der Mole erwarten.«

Sir Charles sah kaum auf, weil er so beschäftigt war, die Goldstücke in seine Tasche zu scheffeln.

Ohne Vorwarnung bremste ihn eine harte Hand. »Glaubt nicht, mich hereinlegen zu können, Engländer. Wenn Ihr das Geld nehmt, müßt Ihr mir den Mann bringen – oder an seiner Stelle sterben.«

Millbank schluckte schwer und nickte dann.

»Sehr gut. Dann ans Werk.«

»Und das Mädchen?« Der Baronet leckte sich über die dicken Lippen, als er das letzte Geld einsteckte. »Ihr habt Lavender Close erwähnt. Nun – vielleicht werde ich sie als Köder gebrauchen müssen.«

Die Augen des Fremden wurden schmal. »Ihr seid an ihr interessiert?«

»Keine Spur! Das heißt, ich –«

»Ich verstehe. Nehmt sie Euch nur. Ich will den Mann. Er ist der interessanteste. Neben ihm seid ihr alle Feiglinge.«

Sir Charles murmelte einen Protest, doch sein Besucher schnitt ihm mit einer Handbewegung das Wort ab. »Genug. Ihr habt mein Gold genommen. Jetzt bringt mir Blackwood bis in einer Woche – oder sterbt.«

»Ich werde ihn Euch bringen«, sagte der Engländer finster. Als er sich aufrichtete, warf er der verschleierten dunkelhaarigen Schönheit im golddurchwirkten Gewand, die hinter dem Fremden stand, einen neugierigen Blick zu.

Sir Charles Augen wurden schmal. »Vielleicht könntet Ihr inzwischen überlegen –«

»Geht jetzt!« ertönte ein donnernder Befehl.

»Natürlich, – äh – Sir. Ich bin schon fort.«

Nachdem Millbank gegangen war, stand der Fremde am Fenster, ohne die beiden Frauen zu beachten, die ihm jetzt Luft zufächelten. Seine Augen wurden noch dunkler, als er in die Nacht hinausstarrte und dabei mit einem elfenbeinfarbenen Brieföffner spielte. »Wein«, befahl er rauh. »Dann Austern. Und dann schickt mir das neue Mädchen.«

Während die verschleierte Frau hinauseilte, sah der Fremde

hinunter auf seine Hand. Ein Ring glänzte an einem Finger. Ein Greif, halb Adler und halb Löwe, lag auf dem silbernen Reif, und zwei Smaragde glitzerten als Augen daran.

Mit gerunzelter Stirn dachte er an den Mann, den die Engländer nur als Blackwood kannten. Wie dumm diese Bauern doch waren. Er hatte nur ein paar Monate gebraucht, um die Identität des Straßenräubers ausfindig zu machen. Aber er durfte sich nicht offiziell einmischen. Sir Charles Millbank würde ihm perfekte Deckung bieten. Und wenn irgend etwas schieflief, würde man den fetten Baronet dafür verantwortlich machen.

Er drehte den scharfen Brieföffner hin und her und dachte daran, wie er den Mann bestrafen wollte, der ihm entkommen war. Er dachte an den Schmerz, den er ihm bereiten wollte, bis das Opfer darum bat, getötet zu werden.

Der Brieföffner zerbrach. Blut rann über seine Finger.

Sein Gesichtsausdruck blieb ungerührt. »Ich bin schon ganz nah, alter Freund. Meine Rache wird süß.« Seine Lippen hoben sich kalt. »Das nächste Blut wird das deine sein, Lucien Delamere.«

## 12. Kapitel

Die Morgensonne schien mitten ins Gewächshaus, während Silver finster das Durcheinander an Flaschen, Krügen und Polstermaterial betrachtete, das sie umgab.

Die Schufte hatten ihre Drohung wahr gemacht. Bei Tagesanbruch hatte sie das Zerstörungswerk in ihrem Arbeitszimmer bemerkt. Gläserne Destillierflaschen waren zerbrochen, Porzellandosen für Blütenmischungen lagen am Boden, und eine ganze Reihe unersetzlicher geschliffener Duftflakons mit goldenen Stöpseln war aus dem Lager gestohlen worden.

Im Laufe des Morgens war alles noch schlimmer geworden. Eine Reihe Lavendelbüsche im Süden der Felder war ausgerissen worden, und es fehlte ein Dutzend Säcke mit getrockneten Blüten. Dem Werkzeugschuppen fehlten die Tür und zwei Fenster.

Tinker hatte Cromwell in der vergangenen Nacht außerhalb des Zwingers gelassen, weil er wußte, daß der Hund Fremde angreifen würde. Aber es hatte zu viele Angriffe von verschiedenen Seiten gegeben. Bram, Tinker und Cromwell waren auf einer Seite beschäftigt gewesen, als Millbank und Carlisle auf der Suche nach Blackwood nach Lavender Close gekommen waren. Danach hatte Tinker darauf bestanden, daß Bram und Silver im Haus blieben und einen schweren Tisch von innen an die Tür schoben. Als Bram schließlich blaß eingeschlafen war, hatte Silver weiter im Tagebuch ihres Vaters gelesen.

Sie war darin seiner Angst und seinem Zorn begegnet, aber nirgendwo war die Rede davon, wer seine Feinde waren – oder was sie letztendlich auf den Transporten zwischen den Pflanzen versteckt hatten.

Seufzend betrachtete Silver die einhundert Flaschen mit bestem Lavendelöl, die fertig waren, um sie dem Londoner Parfümeur Kenton und Söhne zu schicken.

Es war nicht Millefleurs, das Parfüm, das ihren Vater in ganz Europa bekannt gemacht hatte, der luxuriöse Duft, den königliche Kurtisanen und adlige Damen so gern getragen hatten.

Nein, Millefleurs war verloren, sein Rezept war für immer fort. Ihr Vater hatte sein Geheimnis mit ins Grab genommen. Und damit hatte Lavender Close seine beste Überlebenschance verloren.

Sie stritten während des ganzen Mittagessens. Tinker wollte sich im Wald verstecken und die Kerle einzeln erwischen, wenn sie sich durchs Tor schlichen. Währenddessen sollten Bram und Silver irgendwo in Sicherheit versteckt sein.

»Das funktioniert nicht. Sie schicken nur andere, das weißt du.« Bram schob seine Brille auf der Nase hoch. »Wir müssen ihnen angst machen – richtig angst machen, so daß sie die ganze Sache bleibenlassen.«

Tinker hörte nachdenklich zu und schob dabei ein Stück Brot auf seinem Teller hin und her. »Vielleicht hast du ja recht. Aber heute nachmittag kommt noch der junge Kenton, um seine Bestellung abzuholen. Wir brauchen das Geld unbedingt. Diese verfluchten Kerle dürfen ihn nicht verjagen.«

»Dann müssen wir eben dafür sorgen, daß nichts passiert, bis er wieder weg ist.« Silver ging zur anderen Seite der großen Küche und setzte den Kessel mit Wasser auf. Sie aßen gewöhnlich zusammen hier, aber heute hatten sie alle keinen großen Appetit.

Silver sah an dem harten Ausdruck in Tinkers Augen, wie er ihre wenigen Möglichkeiten bedachte. Sie goß heißes Wasser zum Tee in einen Steinguttopf in Form einer lächelnden Katze und brachte ihn zurück zu dem alten, polierten Holztisch. »Wie würdest du das machen, Bram? Ich meine, sie verjagen?«

Die Augen ihres Bruders erhellten sich aufgeregt. »Nun, ich denke, wir könnten sie hereinlegen. So tun, als wenn wir mehr Leute wären, als wir wirklich sind. Damit sie sehen, daß es nicht so einfach wird, wie sie es sich vorstellen.«

Sie füllte eine Tasse für Tinker. »Ich bin dafür, es zu versuchen.«

Tinker legte sein Stück Brot weg und schüttelte den Kopf. »Die Idee ist genauso unbrauchbar wie die anderen. Ich wünschte nur, ich hätte eine bessere.« Er sah Silver an, und sie wußte, daß er durchaus noch andere Ideen hatte, aber lieber warten wollte, ob von den anderen nicht eine brauchbare kam. »Doch da ich keine habe…« Er sah auf die Uhr an der Wand. »Wir haben nicht viel Zeit, bis Kenton kommt. Was immer wir auch tun, sollten wir gut machen.«

»Hervorragend!« Bram schob seinen Teller weg und zog ein Blatt Papier aus der Tasche. Er hatte sein Essen kaum angerührt, bemerkte Silver besorgt. Und sein Gesicht war viel zu blaß. Aber wenigstens rasselte sein Atem nicht.

Zumindest noch nicht.

Der Junge schob seine Brille hoch und sah auf das mit einer Zeichnung versehene Blatt. »Wir können damit anfangen, hier ein paar Drähte durch die Felder zu spannen und ein paar Fallen vor dem Trockenschuppen aufzubauen. Ich habe schon eine Karte gezeichnet. Ich glaube, dafür habe ich Talent.«

Tinker, der plötzlich doch interessiert war, beugte sich vor. »Ach wirklich, Jüngster? Also, dann zeig uns, wo wir anfangen sollen.«

Zwei Stunden später stand Silver bei einer der grünen Glasflaschen mit Duftmischungen für verschiedene von Kentons Privatkunden, die schon bei ihrem Vater immer bestellt hatten. Die Öle waren hervorragend, weil sie sie seit der Destillation im vergangenen August in einem Eishaus aufbewahrt hatten.

Nicht so außergewöhnlich wie Millefleurs, aber dennoch gut.

Der junge James Kenton würde ihr vor seiner Abfahrt eine Bankanweisung übergeben, und das Geld kam genau zur rechten Zeit. Silver war schon eine Woche im Verzug mit der Zahlung der Löhne für ihre wenigen Arbeiter, meist Arbeiterinnen, die ihr in Zeiten halfen, wenn besonders viele Blüten für die Destillation anfielen.

Draußen setzten sich die ersten beladenen, gut gepolsterten Wagen in Bewegung Richtung London, eine Fahrt, für die sie zwei Tage brauchen würden.

Einen Augenblick später kam James Kenton lächelnd herein. »Ich glaube, wir haben es geschafft, Miss St. Clair. Ich möchte Euch nochmals ein Kompliment für Eure guten Erzeugnisse aussprechen. Lavender Close wird sicher bald auch allgemeine Anerkennung finden. Jetzt, wo in Mitcham so wenig Lavendel angebaut wird, braucht Kenton und Söhne noch mehr Öl von anderen Produzenten, und Ihr werdet sicher unser bester werden.« Er hielt eine kleine Phiole von Silver und Brams neuester Duftmischung gegen das Licht und betrachtete eingehend die Klarheit und die mildgoldene Farbe. Dann zog er den Stöpsel heraus und schnupperte vorsichtig daran. »Ja, ein feiner Duft, voll, aber doch zart. Wie schade, daß es nicht Millefleurs ist. Allerdings besser als so manche andere Mischung, die ich in den vergangenen fünf Jahren geprüft habe. Sowohl hier als auch in Frankreich, könnte ich hinzufügen. Kurz gesagt, Eure Arbeit ist ein Erfolg, Miss St. Clair. Und ich werde dafür sorgen, daß das auch alle feinen Damen von London erfahren.«

*Wenn es uns dann noch gibt*, dachte Silver bitter. *Wenn wir dann noch Lavendelfelder haben…*

»Ihr seid wirklich sehr liebenswürdig, Mr. Kenton.« Silver versuchte, die Wärme im Blick des jungen Mannes nicht wahrzunehmen. »Ich bin froh, daß unser Lavendel Euren hohen Ansprüchen genügt.« Als er sie weiterhin eindringlich ansah, legte sie den Kopf zur Seite und lächelte. »Ist noch etwas?«

Das schien ihn plötzlich in Bewegung zu bringen. »Miss St.

Clair – Silver –« Er kam zu ihr und nahm ihre Hand. »Verzeiht mir, aber ich kann nicht länger schweigen. Jedesmal, wenn ich in den letzten zwei Jahren nach Norfolk gekommen bin und Euch in Euren Lavendelfeldern gesehen habe, war es gleichzeitig Himmel und Hölle für mich. Ich habe Euch letztes Jahr eine Frage gestellt und erinnere mich an die Antwort. Ich hoffe, Euch nicht zu nahe getreten zu sein, und versichere Euch, daß meine Gefühle sich nicht geändert haben. Ihr würdet mir eine große Ehre erweisen, wenn Ihr Euch entschließen könntet, meine Frau zu werden.«

Silver wurde es eng in der Kehle. James Kenton war ein verantwortungsbewußter, energischer Mann. In zwei Jahren würde er voll in das Unternehmen seines Vaters einsteigen, zweifellos als Mitdirektor.

Doch so gern sie den jungen Mann auch hatte, so viele gemeinsame Interessen sie verbanden, wußte Silver doch, daß ihre Antwort die gleiche bleiben würde.

Sie konnte niemanden heiraten, dem nicht ihr Herz gehörte. Sie erinnerte sich zu deutlich an das eheliche Glück ihrer Eltern, um sich mit weniger zufriedenzugeben.

Sie schaute besorgt zur Tür, ob nicht Tinker oder Bram hereinkamen. »Mr. Kenton, ich kann wirklich –«

»Könntet Ihr nicht wenigstens James zu mir sagen?«

»Also gut, James. Ich versichere Euch, daß ich mich sehr geschmeichelt fühle, doch leider kann ich Euch keine andere Antwort geben. Ich wünschte, es wäre anders, glaubt mir, aber…« Sie seufzte, drehte einen frischen Lavendelzweig in der Hand und atmete den klaren Duft ein.

»Gibt es vielleicht einen anderen?«

*»Nein.«*

»Dann vergebt mir, Miss St. Clair, aber ich muß Euch etwas sagen. Notwendigerweise fällt mir auf, daß Ihr Euch in keiner unproblematischen Lage befindet. Eure Ausgaben nehmen jedes Jahr zu. Ihr müßtet mehr Kapital investieren, um Euer Saatgut zu verbessern, Eure Felder auszudehnen, neue Arten zu prüfen. *Ich* könnte Euch bei all dem behilflich sein. Kenton und Söhne ist bereit –«

Silver stand hastig auf. »Bitte, sprecht nicht weiter. Euer Angebot bedarf keiner Erweiterung, James. Und Euer Interesse an unseren wenigen Feldern ist wohltuend.«

»Wenige Felder! Dies sind die feinsten Lavendelfelder in ganz England!«

»Vielen Dank. Doch das alles hat keinen Einfluß auf meine Entscheidung. Ich werde nicht heiraten, wenn ich nicht von Herzen liebe. Und so gern ich Euch habe, vergebt mir meine Offenheit, liebe ich Euch doch nicht.«

Der blonde Kenton betrachtete sie bedauernd. »Das könnte sich ändern. Ihr könnt mich vielleicht im Laufe der Zeit doch lieben. Laßt es mich versuchen, Miss St. Clair. Ich weiß, daß ich Euch glücklich machen kann.«

Silver dachte wieder an Sir Charles Millbanks Hartnäckigkeit und seine Drohungen, Bram in eine strenge Schule zu schicken. Vielleicht war sie zu egoistisch. Vielleicht sollte sie James Kenton heiraten. Er war ein netter Mann. Und sicher würden er und Bram sich nie miteinander langweilen.

Aber sie wußte, daß ihre Gefühle sich nicht ändern würden. Vielleicht weil Ihr Herz *doch* schon vergeben war?

Sie seufzte und warf den Zweig fort. »Ihr werdet bestimmt ein hervorragender Ehemann sein, doch für eine andere Ehefrau.«

»Aber warum? Ihr sprecht von Liebe, aber ist sie wirklich so wichtig? Wir kommen gut miteinander aus, mögen dieselben Dinge, sprechen dieselbe Sprache. Ist das nicht genug, um sein Leben darauf aufzubauen?

Silver verschränkte die Hände. »Nein. Nicht für mich. Und ich wäre auch völlig unbrauchbar als Ehefrau. Ich widerspreche immer, will immer alles auf meine Art machen.« Sie lächelte ihn herausfordernd an. »Ihr würdet mich schon nach einer Woche zum Teufel wünschen.«

»Niemals«, sagte ihr Besucher eindringlich. »Aber ist womöglich der Junge der Grund? Er könnte durchaus mit uns nach London kommen und dort das Lager leiten. Und anfangs könnten wir einen Privatlehrer für ihn finden, wenn Ihr ihn nicht in eine Schule schicken wollt.«

»Ihr seid wirklich nett, aber meine Antwort bleibt nein.«

Kenton betrachtete sie eingehend. »Seid Ihr sicher?«

Silver nickte nur, denn sie konnte nichts anderes sagen.

»Dann werde ich Euch nicht länger belästigen. Ihr habt Eure Gefühle klar zum Ausdruck gebracht, und dafür danke ich Euch.« Er drehte sich um und zog langsam seine Handschuhe an. »Ich muß an meinen Vater denken, wißt Ihr. Er wünscht sich Enkelkinder und einen Erben, der seine Arbeit einmal weiterführen wird.« Er sah sie nicht an. »Ich – ich denke, es ist besser, wenn ich im Sommer nicht selbst herkomme.« Er betrachtete die Lavendelfelder und seufzte. »Vermutlich werde ich im kommenden Jahr heiraten. Vater wünscht sich das schon seit einem halben Jahr, und – nun, ich denke, wir werden uns nicht mehr wiedersehen, Miss St. Clair. Aber ich werde die Erinnerung an Euch immer in meinem Herzen tragen.«

Seine Lippen wurden schmaler. »Ich habe immer gern geschäftlich mit Euch zu tun gehabt.«

Mit einer höflichen Verbeugung wandte er sich ab und ging zu der wartenden Kutsche hinaus, die ihn zurück nach London bringen würde.

*Es wird Leute geben, denen Du trauen kannst, und Leute, denen Du nicht trauen kannst, meine Tochter. Du mußt lernen, die Unterschiede wahrzunehmen, während Dir die Gefahr immer näher kommt. Trau nicht ihren Worten oder hübschen Geschenken. Laß Dich von Deinem Herzen leiten, denn nur mit Hilfe Deines Herzens kannst Du den wahren Gehalt eines anderen herausfinden.*

*Vielleicht verbringe ich zu viel Zeit mit meinen Pflanzen. Ich*

*kannte kein Mißtrauen, verstehst Du. Ich hatte nicht vorausgesehen, zu welchem Ausmaß an Verrat Menschen fähig sind.*
*O ja, ich habe viel zu spät von meinem Irrtum erfahren.*

Silver stand immer noch mit leerem Blick am Fenster, als Tinker hereinkam.

Er wischte sich Erde von den Fingern, sah sie mit wissendem Blick an und schüttelte den Kopf. »Er hat Euch gefragt, stimmt's?«

Sie nickte.

»Und Ihr stures Frauenzimmer habt ihn abgewiesen.«

Sie nickte wieder.

»O verdammt, Miss Silver, warum –«

»Nicht, Tinker. Es wäre nicht richtig gewesen. Wir hätten auf die Dauer nicht zuammengepaßt.« Ihre Stimme klang verzweifelt. »Ich *konnte* ihn einfach nicht heiraten.«

»Das verstehe ich nicht. Jetzt habt Ihr Geld in der Tasche, doch wie lange wird das vorhalten? Wir brauchen neues Werkzeug für den Sommer, und die letzten Setzlinge sind noch nicht bezahlt. Dieses Jahr werden wir überall einmal pflügen müssen, damit sich nicht die Blattfäule ausbreitet wie in Mitcham vor zwei Jahren. Und zu alledem auch noch diese Übeltäter, die Euch verjagen wollen. Wie wollt Ihr mit all dem fertigwerden?«

Sie verkrampfte die Hände. »Wir werden es schon irgendwie schaffen.«

»Aber an Bram muß dabei auch gedacht werden. Und bisher hat sich dieser Nachkomme eines sturen Esels auch nicht hier herumgetrieben und Euch das Leben schwergemacht.«

Silver lächelte unsicher. »Du bringst schon wieder die Metaphern durcheinander, mein alter Freund. Du mußt wirklich ärgerlich sein.«

»Verdammt richtig, daß ich ärgerlich bin! Und ich bringe Metaphern durcheinander, solange es mir Spaß macht – was immer sie auch sein mögen! Also versucht nicht, mich abzulenken. Sir

Charles Millbank *war* doch gestern abend hier, oder nicht? Kurz bevor der Friedensrichter mit seinen Leuten kam. Ich habe sie gehört, als ich aus den Feldern heraufkam, also versucht nicht, mich anzulügen.«

Silver seufzte. »Tue ich auch nicht. Ich hatte immer gehofft, er würde es irgendwann aufgeben und sich nach einem besseren Opfer umsehen.«

»Oh, der Kerl hat schon prima Opfer gefunden, Frauen von überallher. Zur Zeit hat er sogar –« Tinker verstummte und zog ärgerlich ein Taschentuch heraus, um sich das staubige Gesicht abzuwischen.

»Was hat er zur Zeit?«

»Ach, nichs weiter. Darüber spricht man mit Damen nicht.«

Also hat Millbank eine Geliebte, dachte Silver. Unter diesen Umständen war es erstaunlich, daß er noch Interesse an ihr hatte.

»Was wollt Ihr jetzt machen?«

Silver zuckte die Schultern. »Ich denke, ich kümmere mich um die neuen Lavendelbeete auf dem Nordfeld.«

»Ich rede doch nicht von Pflanzen, Mädchen!«

»Nein?«

»Nein, ich meine den verfluchten Sir Charles Millbank, und versucht nicht wieder, drumherum zu reden!«

»Sir Charles wird schon irgendwann genug haben, Tinker. Und bis dahin muß ich einfach besser aufpassen.«

»Und Euch bis an die Zähne bewaffnen! Denn ich sage Euch, der Kerl ist übergeschnappt.« Plötzlich runzelte Tinker die Stirn. »Ihr habt Euch doch wohl nicht diesen Straßenräuber in den Kopf gesetzt?«

»Straßenräuber?«

»Ja, genau den. Ich habe doch gemerkt, wie Ihr in den letzten zwei Tagen ausseht! Also sagt nicht, Ihr hättet nicht an ihn gedacht.«

»Lieber Tinker, ich versuche gar nichts, denn das wird mir nie gelingen. Du bist stur genug für zehn.«

»Aber nur halb so stur wie Ihr, Miss!« kam seine Antwort.

»Komm, laß uns Frieden schließen, Tinker. Ich habe ein freies Herz, das weder an den jungen Kenton noch an den gutaussehenden und gefährlichen Lord Blackwood gebunden ist. Nun zufrieden?«

»Nicht die Spur, Miss. Denn ich sehe am Ausdruck Eurer Augen, daß Euch der Kerl nachgeht. Und versucht bloß nicht, das zu leugnen.«

Silver empfand ein Brennen in der Kehle. Plötzlich wollte sie reden. »Na gut, Tinker. Also, er war gestern abend hier. Er – er kam kurz nach Sir Charles. Und wenn er nicht im richtigen Augenblick gekommen wäre...«

»Also ist Euch der verfluchte Schandfleck des englischen Adels doch zu nahe getreten! Warum zum Teufel habt Ihr mir das nicht gestern abend gesagt, nachdem Lord Carlisle und seine Leute weg waren?«

»Weil du dann nur deine Pistole genommen hättest und hinter ihm hergelaufen wärst. Dann säßest du jetzt im Gefängnis von Norwich in der Todeszelle.«

»Mag sein, doch es wäre mir ein Vergnügen, den Schuft zuerst sterben zu sehen!«

»Still, Tinker, der Kerl ist so etwas nicht wert!« Silver starrte ihren alten Bediensteten finster an. »Kommt nicht in Frage, daß du wegen Millbanks fauler Methoden gehängt wirst.«

Der alte Mann rieb sich über das Gesicht. »Vielleicht habt Ihr recht. Also gut, kein Duell beim Morgengrauen.« Er sah sie mit einem Grinsen an. »Das heißt jedoch nicht, daß ich mich nicht bis zum Abend drauf besinne, wie ich meine Fäuste am besten gebrauchen kann. Und jetzt ab mit Euch. Ich werde heute abend schon aufpassen. Mehr als Cromwell und meine Flinte brauche ich nicht. Und morgen sehe ich zu, daß ich aus einer anderen Stadt Helfer bekomme.«

Silver legte ihre Hand leicht auf seine Schulter. »Sei vorsichtig, mein Freund. Falls du je hörst, was ich sage.«

Tinkers Augen glitzerten. »Bin ganz schön stur, wie? Aber nur, weil man mit euch beiden ja auch ständig in Schwierigkeiten ist.«

»Glaubst du vielleicht, ich wüßte das nicht?«

Tinker protestierte murrend, doch seine Wangen waren rosig vor Freude. »Ach was, geht mir weg. Ihr versucht nur wieder, mich um den Finger zu wickeln.» Er schnaubte. »Das Problem ist, Ihr schafft es auch wirklich jedesmal wieder!«

Die Nacht hatte sich auf die satten Rasenflächen um Waldon Hall gelegt, als Luc Delamere aufsah, der sich gerade seine Stiefel anzog. »Warum gehst du nicht fort und raubst irgendeine Stütze der Gesellschaft aus, anstatt mir auf die Nerven zu gehen?«

»Weil ich dieses Leben schon vor langer Zeit aufgegeben habe, Master Luc.« Jonas Ferguson, ein schlanker Schotte mit klarem Blick, starrte den Straßenräuber an, den sie den Fluch von Norfolk nannten. »Und das solltet Ihr wissen, denn schließlich hat mich Euer Vater dazu gebracht.«

Ein kleiner pelziger Kopf war aus dem zerwühlten Bett aufgetaucht. Zwei scharfe, schwarze Äuglein sahen zu Luc auf, der das glatte Pelzbündel an die Brust hob. Er streichelte das quietschende Tierchen und seufzte dann. »Und jetzt kannst du sehen, wohin dich das gebracht hat, Jonas. Jetzt bist du der Komplize des berüchtigtsten Straßenräubers des Landes, und auf deinen Kopf steht auch eine Belohnung.« Er betrachtete die schwarze Seidenmaske auf dem Bett. »Wie lange ist es jetzt her?«

»Seit ... jener Nacht?« fragte Jonas angespannt, als hätte er sogar jetzt noch Schwierigkeiten, darüber zu reden.

Jene Nacht. Als sein Leben auch hätte enden können. »Ja. Seit jener Nacht.«

»Vier Jahre, denke ich.«

»Stimmt nicht. Es sind fünf.« Luc streichelte den seidigen Pelz des Frettchens, und sein Kinn wirkte hart. »Fünf Jahre, drei Monate und einundzwanzig Tage.«

Luc setzte das Tier aufs Bett zurück und stand auf. Wortlos griff er nach seinem Hemd.

Draußen vor den Fenstern trieb der Mond schweigend hinter einer Kaskade von silbrigen Wolken über den Himmel.

»Ich sag's Euch noch mal, Master Luc, *geht nicht*.«

»Ich muß gehen. Das weißt du am besten, Jonas. Es steht zu viel auf dem Spiel.«

»Gebt doch dieses verrückte Leben auf. Geht zurück nach Swallow Hill, wo Ihr hingehört. Wo alle Delameres seit mehr als sechshundert Jahren hingehören.«

Luc lächelte traurig. »Ich wußte gar nicht, daß du dich in der Geschichte der Delameres so gut auskennst, Jonas. Aber da es so ist, wirst du auch wissen, daß Delameres nicht betrügen, nicht lügen. Und keine Kutschen ausrauben.« Er zog sich das weiche, schwarze Hemd über seine breiten Schultern und war nur noch ein Schatten in einem Zimmer voller Schatten. »Und ganz sicher werden sie niemals Landesverräter.«

Der alte Diener schaubte. »Selbst wenn man sie dazu gezwungen hätte?«

»Selbst dann nicht.« Lucs Lippen wirkten hart. »Selbst wenn ihr Land sie völlig vergessen hätte. Nein, so etwas passiert einem Delamere einfach nicht.«

»Doch, Euch schon«, sagte Jonas stur. »Und dennoch habt Ihr das blaue Blut der Delameres in Euren Adern. Und Ihr habt nichts getan, warum Ihr all das verdient hättet, Master Luc.«

Der Straßenräuber zuckte mit den Schultern. »Aber es *ist* geschehen, mein Freund. Zuerst Southold, dann Rouen und dann Algier. Ich kann nicht so tun, als wäre dort nichts geschehen. Und ich kann den Drahtziehern auch nicht verzeihen.«

Luc griff nach seinem Umhang. Man sah das Muskelspiel auf seinem Rücken, als er den Satin mit leisem Rascheln zurechtzog.

Lucs Augen glitzerten bernsteinfarben. Er holte seine Satteltasche und überprüfte die zwei Pistolen darin. »Wußtest du, daß in Agincourt ein Delamere dabei war? Und ein anderer mit Marlborough bei der Schlacht von Blenheim 1704?« Seine vollen Lippen hoben sich zu einem schiefen Lächeln. »Was würden sie wohl dazu sagen, daß der Erbe des Herzogtums Devonham unter die Räuber gegangen ist? Vermutlich dasselbe wie mein Vater – wenn er es wüßte. Und das wird er niemals tun.«

»*Sagt* es ihm, Luc. Andrew Delamere ist ein guter Mann. Verflucht, ich wette, er würde es verstehen und womöglich gar einen Weg finden, Euch zu helfen.«

*»Nein.«*

Tonlos. Als hätte er sich die Sache schon tausendmal überlegt. »Ich kann nicht wieder dorthin zurück, Jonas. Nicht bevor ich den Mann aufgespürt habe, der mir das alles angetan hat. Vielleicht selbst dann nicht. Wenn du das nicht hinnehmen kannst, solltest du besser fortgehen.« Luc hängte sich seinen Beutel um und ging zur Tür. »Ich komme erst gegen Morgen zurück.«

Jonas wirkte verärgert und besorgt. »Erwartet Ihr, daß ich Euch dann wieder zusammenflicke, wenn Ihr voller Blei zurückkommt?«

Luc zuckte mit den Schultern. »Ich erwarte nichts.«

»Und wer ist diesmal dran? Lord Carlisle? Lord Claydon? Oder vielleicht Sir Charles Millbank?«

Luc schwieg einen Augenblick. »Millbank? Diesen Prahlhans auszurauben wäre sicher ein Vergnügen. Aber leider muß ich heute abend dem guten Mr. Abercrombie einen Besuch abstatten.«

»Dem Juwelier in Kingsdon Cross? Seid Ihr wahnsinnig, Junge? Wollt Ihr jetzt etwa zum gemeinen Ladendieb werden?«

Luc betrachtete die Spitze seines Degens, die im Mondlicht glänzte. »Ich habe meine Gründe. Abgesehen davon irrst du dich sehr, mein Freund. Am Lord von Blackwood ist nichts *gemein*, sicher nicht. Und wenn du mir nicht glaubst, wirst du eine ganze Reihe von zauberhaften Damen finden, die das bestätigen.«

Jonas schaute finster drein. »Frauen vielleicht, aber keine Damen. Und es bleibt gemein«, murmelte der alte Mann. »Aber wenn Ihr nun einmal so stur sein müßt, dann kann ich auch nichts daran ändern, Master Luc. Grüßt Mr. Abercrombie freundlich von mir. Falls Ihr unterwegs nicht von irgendeinem Polizisten festgenommen werdet«, fügte er düster hinzu.

»Sicher nicht, mein Freund. Blackwood ist unbesiegbar, weißt du das nicht? Gleichermaßen unverletzlich durch Kugeln und Klingen. Niemand und nichts kann ihm etwas anhaben.«

Jonas schnaubte. »*Gemein*, wie ich sagte. Ihr solltet wirklich zu Hause in Swallow Hill sein, wo Ihr hingehört!« Er starrte Luc ärgerlich an und schüttelte den Kopf.

Aber der war schon auf der Treppe und wollte ganz sicher nicht über seine Vergangenheit nachdenken oder darüber, daß er erzogen worden war, eines Tages den Herzogstitel von Devonham zu erben.

Jetzt mußte er sich auf die harte Wirklichkeit in Form eines seltenen Rings konzentrieren – eines Rings aus gehämmertem Silber mit eingelegten Smaragden, die ein Phantasietier darstellten.

Ein Ring, den Luc seit sechs Jahren nicht gesehen hatte, aber sicher niemals vergessen würde. Der Ring war das letzte gewesen, was er gesehen hatte, bevor man ihn bewußtlos geschlagen, geknebelt und gefesselt hatte, um ihn dann, ohne daß er das Bewußtsein wiedererlangt hatte, in die stinkende Hölle im Lagerraum eines englischen Gefangenenschiffes zu bringen, damit er dort starb.

Doch es war anders gekommen. Er war von dem Schiff geflohen und war von einer französischen Fregatte aufgenommen worden. Dort hatte man ihn versorgt, gepflegt und sich frei bewegen lassen. Als Dank dafür hatte er willig seine Dienste angeboten.

Und er war damit zum Landesverräter geworden. In wenigen Monaten hatte sich der geschundene Aristokrat zum harten Seemann voller Rachedurst entwickelt.

Gegen den Mann, der ihn in das Gefangenenschiff hatte bringen lassen, gegen die Männer, die ihn dort festgehalten hatten, selbst nachdem er wieder klaren Verstandes beteuern konnte, daß er unschuldig war.

Aber niemand hatte ihm auch nur zugehört.

Und sein klarer Verstand, das hatte Luc bald herausgefunden, war nur eine relative Angelegenheit. Ebenso wie seine Unschuld, die er in der unaussprechlichen Grausamkeit jenes Schiffsbauches erfahren hatte, wo zweihundert Männer bei stürmischem Wetter unter ein Deck gepfercht waren.

Die Hoffnung war ihm sogar noch schneller vergangen.

Und jetzt lebte Luc nur noch für seine Rache an dem Mann, der sein Leben zerstört hatte. Wenn er Glück hatte, würde er heute nacht den Namen dieses Mannes herausfinden.

Doch zuerst hatte er noch etwas anderes vor.

## 13. Kapitel

Aus ihrem Schlafzimmerfenster hoch unter dem Dach sah Silver zu, wie die Dunkelheit die Hügel überzog. Irgendwo in den Bäumen sang eine Nachtigall die ersten traurigen Melodien, und der Mond kletterte bleich und stolz über die Lavendelfelder herauf.

*Der Junge ist der nächste.*

Jetzt war Silver gefordert. Sie zog die hastig skizzierte Karte heraus, die sie vom Weg zum »Grünen Mann« gezeichnet hatte. Einer der Arbeiter hatte ihr die Lage der düsteren Kneipe am Rand der Heide beschrieben und ihr auch erklärt, daß das der richtige Ort war, um für Geld Männer anzuwerben – ohne daß jemand nachfragte.

Genau der Ort, um vier Kerle zu finden, die eine unbewaffnete Frau, einen Jungen und einen alten Mann von vierzig Morgen Lavendelfeldern vertreiben würden.

Silver starrte auf ihre Karte. Sie würde zum »Grünen Mann« gehen und herausfinden, wer sie zum Fortgehen zwingen wollte. Und dann würde sie es mit ihm aufnehmen.

Ganz allein. Mit ihrer Pistole würde sie das ohne weiteres schaffen.

Sie brauchte niemanden, der ihr half.

Sie legte die Karte auf ein Bücherregal beim Fenster. Während sie ihren Plan überdachte, ordnete sie eine kleine Bürste mit silbernem Griff und ein paar Schalen mit getrockneten Blüten.

Mit einem Seufzer schlüpfte sie aus dem alten Leinenhemd und den fadenscheinigen Kniehosen.

Und dann drehte sie sich um, wie von einem Instinkt getrieben. Sie ging durch einen Mondstrahl, ihr Körper schimmerte silbrig und voller Rundungen, als sie eine Schublade in ihrem alten Eichenschrank öffnete.

Sie zog ein weiches Kleid aus zarter, weißer Baumwolle heraus. Es hatte einmal ihrer Mutter gehört. Der Halsausschnitt war mit bestickten weißen Rosen verziert, und weiße Bänder legten sich um die fülligen Ärmel. Manchmal machte es Silver Freude, das Kleid zu tragen. Dann erinnerte sie sich besser daran, daß sie einmal eine Mutter gehabt hatte und einmal glücklich gewesen war. Daß sie einmal eine Familie besessen hatte, die scherzend vor dem Feuer saß, mit einem Teekessel und Brot zum Rösten darauf.

Sie hob die Arme und ließ den Wind ihre Haut streicheln, schnupperte den feinen Duft von Lavendel, Minze und Bergamotte, der in der Luft lag.

Seufzend setzte sie sich auf ihr Bett, zog das Kleid hoch und begann langsam, die Nadeln aus ihrem Haar zu ziehen. Es fiel ihr über die Schultern, dicht und dunkel bis auf den schmalen, weißen Streifen an ihrer Stirn.

Langsam strich sie darüber. Anfangs hatte sie die silberne Strähne gehaßt, doch jetzt trug sie sie mit Stolz. Denn jetzt stand sie für Erinnerungen, die sie niemals vergessen wollte, bezeichneten sie doch jenen Tag, an dem sie vom Tod ihres Vaters erfahren hatte.

Sie fuhr sich mit der Bürste durch das Haar und sah zu, wie das Mondlicht in den Gardinen tanzte, lauschte den Grillen aus den Lavendelfeldern.

Und dabei versuchte sie, nicht an den Schatten zu denken. An die Legende. An den Mann, dessen Name man flüsterte oder verschwieg.

Ein Mann, der womöglich ein vielfacher Mörder war.

Sie versuchte, nicht daran zu denken, während sie aus dem Fenster sah und die langsame Bewegung der Gardinen betrachtete.

Und dann sah sie ihn.

Dunkle Schultern. Schwarze Maske. Unnachgiebiges Kinn.

Das Spiegelbild füllte ihren kleinen Spiegel. Er stand am Fenster, hochgewachsen und unbeweglich, ein Schatten zuviel in dem stillen Zimmer.

Silver unterdrückte einen Aufschrei: Sie spang auf, wirbelte herum, das Kleid rutschte ihr von den Schultern.

Sie bemerkte nicht, wie ihre Bürste zu Boden fiel. Haarnadeln fielen vom Bett mit leisem Klingeln auf die Holzdielen.

Ihre Hand legte sich auf ihre Brust und den plötzlich zu dünnen Stoff ihres Kleides, auf ihre Haut, die auf einmal zu heiß schien – und doch viel zu kalt.

»Sonnenstrahl.« Das eine Wort durchdrang sie bis zur Seele, weckte in ihr eine Ewigkeit von Hoffnungen, eine Unendlichkeit voller dummer Mädchenträume.

Aber Silver war kein dummes Mädchen mehr.

Es war nur diese Nacht, diese seltsame Ruhelosigkeit.

Sie machte einen Schritt zurück. *»Du.«*

»Ich habe versucht, fortzubleiben. Ich konnte es nicht.«

Silver hob eine Hand an ihre Kehle. »Du ... hast mir zugesehen.«

Das war keine Frage. Sie hatte seinen dunklen Blick gespürt. Vielleicht hatte ein Teil von ihr die ganze Zeit gewußt, daß er da war.

Und ihn willkommen geheißen.

Ihre Wangen färbten sich dunkelrot. Ihr Kinn hob sich ärgerlich. »Du – du warst da. Du hast mich beobachtet. Mein Gott, du hast gesehen, wie ich –«

»Wunderschön.« Er flüsterte das Wort. Sie konnte beinahe spüren, wie es sie berührte, über ihre nackten Schultern, ihr loses Haar strich.

»Nein, bin ich nicht. Ich würde es wissen, wenn –«

»Schön«, sagte er. »Schöner als jeder Traum. Schöner, als es erlaubt ist. Du raubst einem Mann jeden Frieden.«

Ihre Augen weiteten sich. Sie sah zu, wie er durchs Zimmer

ging, sich hinter sie stellte. Der Spiegel reflektierte jede Bewegung, weiß vor schwarz, Frau vor Mann.

Seine Finger glitten in ihr Haar. »Ich wollte dir zusehen. Ich wollte wie das Mondlicht sein, dich überall berühren. Verdammt sei meine schwarze Seele dafür.«

Sie hörte seinen Fluch kaum. Ihr Herz war zu sehr damit beschäftigt, über die anderen Bilder zu stolpern, die seine Worte in ihr weckten. »Aber warum? In Kingsdon Cross sah es aus, als wolltest du mich loswerden.«

»Das war auch so. Aber da war ich betrunken. Und heute abend bin ich nur betrunken von deinem Anblick, Sonnenstrahl. Und da ich ansonsten völlig nüchtern bin, sage ich mir, daß ich stark genug bin, um hier sein zu können. Um dir so nah sein zu können.« Er lachte dunkel. »O ja, nüchtern bin ich noch tausendmal gefährlicher, meine Kleine. Denn heute nacht bin ich nur ein Mann. Ein hartherziger Verbrecher auf der Spur einer leichten Beute.«

»Du – hättest nicht kommen sollen.«

»Natürlich nicht. Aber ich wollte kommen. Und Blackwood versagt sich nie etwas, das er wirklich will«, fügte er rauh hinzu.

Zu rauh? Um sie oder sich selbst zu überzeugen? dachte Silver. »Aber das ist zu gefährlich.«

»Stimmt. Du solltest besser die Pistole da nehmen und sie benutzen.«

Silver gab einen ungeduldigen Laut von sich. »Nicht gefährlich für mich, sondern für dich. Millbank hat vielleicht dort draußen jemanden zur Beobachtung zurückgelassen.«

Die bernsteinfarbenen Augen wirkten plötzlich bodenlos hinter der Maske. »Du verrückte, unmögliche Närrin. Du bist in Gefahr, vestehst du nicht? Vor mir. Vor dem, was ich fühle – und all den Dingen, die ich gern tun möchte. Macht dir *das* gar keine Angst?«

Silver spürte, wie es ihr heiß im Hals wurde. »Doch.«

»Das sollte es auch.«

Ihre Hand hob sich ablehnend. »Nein. Ich fürchte nicht dich. Ich fürchte die Gefühle, die du in *mir* weckst. Ich kann sie nicht verstehen, absolut nicht.« Sie schluckte. »Das ist alles – sehr seltsam.«

Der Straßenräuber fluchte. »Wie konnte dir nur niemand sagen, daß man nicht ehrlich sein darf? Daß man kalt und hart sein und die wichtigen Dinge im Herzen verstecken muß?«

»Wurde es dir so beigebracht?«

»Allen«, sagte der Mann in Schwarz rauh. »Nur dir anscheinend nicht.« Seine Hand strich über eine rote Locke. »Irgendwie bist du dieser harten Lehre entkommen.«

Silver schluckte und versuchte, ihre vewirrten Gedanken zu ordnen. »Du solltest besser gehen. Es könnte jemand kommen. Dann fangen sie dich und –« Sie erstickte einen kleinen, verlorenen Laut.

»Ach, Sonnenstrahl, ich kann dir versichern, daß es ihnen schwerfallen wird, mich zu fangen.«

Ihre Hände ballten sich zu Fäusten vor ihrer Brust, die unter der Last schwerer, kalter Steine zerdrückt zu werden schien. »Du sollst darüber keine Scherze machen!« Ihre Stimme brach, und sie versuchte, das hinter Ärger zu verbergen. »Ich hasse das, hörst du? Und ich hasse *dich*.«

»Natürlich«, sagte er langsam, und seine Finger strichen zart durch ihr Haar. »Ja, das verstehe ich gut.«

»Nein, das tust du nicht! Du reitest davon, wenn es dir Spaß macht, und kommst ebenso wieder. Ich weiß nicht, wer du bist noch sonst etwas über dich! Und trotzdem denke ich dauernd an dich, mache mir Sorgen, daß sie – daß du –«

Sein Arm legte sich um ihre Taille. Seine Lippen strichen über ihr Haar. Silver schauderte, bestürmt von Gefühlen, wie sie ihr noch nie begegnet waren.

»Nein«, sagte er rauh. »Sie werden mich niemals fangen. Das brauchst du nicht zu befürchten. Ermorden werden sie mich vielleicht, aber fangen niemals«, fügte er mit einem sarkastischen Lachen hinzu.

Sie erstarrte. »Das findest du alles so lustig?« Ihr wurde die Kehle eng bei dem Gedanken. »Und warum glaubst du, daß es mir etwas ausmachen könnte, wenn sie dich fangen? Das ist nicht so, hörst du? N-nicht einmal, wenn sie dich in Ketten davonschleppen. Nicht einmal, wenn sie dich in das Gefängnis von N-norwich werfen.« Sie drehte sich hastig um. »Also geh weg. Geh weg und komm nie wieder!«

»Wenn du das wirklich möchtest. « Er rührte sich nicht.

»Ja.« Ihre Hand wischte verärgert über ihre Wangen. »Geh einfach weg.«

Er runzelte die Stirn, als er ihr tränennasses Gesicht bemerkte.

»Na los! Ich weine gar nicht, hörst du!« Sie schniefte trotzig. »Ich weine *nicht*, und das sind keine Tränen. Ich hasse dich, hörst du? Du bist nichts als ein gewöhnlicher Dieb. Ein Straßenräuber. Ein Mann ohne Skrupel und E-Ehrgefühl!« Die Worte drängten sich aus ihrem Mund, verzerrt vor Schmerz. »Du v-verdienst es zu hängen, genau wie es alle sagen!«

»Das stimmt völlig.«

»Du sollst mir nicht widersprechen.«

Die silbrige Narbe glänzte über Lucs Mund. »Das käme mir nie in den Sinn, Sonnenstrahl.«

Ein Schauder schüttelte sie. »Du sollst mir auch nicht recht geben. Ich will weder deinen Charme noch deine Versprechen oder dein Lächeln. Und mach keine Scherze. Mache niemals Scherze über den Tod. Er kommt, wenn man ihn am wenigsten erwartet«, sagte sie wild.

»Du hast recht. Ich werde in Zukunft besser darauf achten, was ich sage.«

»Du mußt gehen. Es ist nicht sicher hier.«

»Stimmt, das ist es nicht.«

»Dann *geh*. Und wenn sie dir nun hierher gefolgt sind? Und wenn sie –«

»Bald.« Seine Finger strichen federleicht über ihre Wangen und den vollen Mund, den er so gern geküßt hätte. »Sehr bald…«

Er versuchte, nicht weiter nach unten zu sehen, wo die zarte Baumwolle ihre vollen, runden Brüste bedeckte.

Er schloß die Augen und atmete den Duft von Lavendel und Rosen ein, einen Duft, den er nur mit ihr verband. »Du duftest wie der Sommer. Wie ein süßer, endloser Sommernachmittag, Sonnenstrahl. Ich kann an nichts anderes denken, verdammt. Ich sehe nur deine Haut, deine Augen. Ich höre nur deine Stimme, leise und atemlos.« Seine Finger gruben sich tiefer in ihr Haar. »Und das bringt mich zum Träumen. Für einen Mann wie mich sind Träume etwas sehr Gefährliches.«

Er betrachtete bewegungslos ihr Spiegelbild. Und seins, hart und finster. Ihres bleich und fragend.

Und jung. Mein Gott, so jung.

Er war nie so jung gewesen, dachte Luc grimmig. Nicht einmal als zwei Tage alter Säugling.

Was sollte er mit ihr machen? Mit den gefährlichen Gefühlen, die sie weckte, wenn er in ihrer Nähe war? Oh, Herr im Himmel, genau wie jetzt.

»Komm, laß uns fortgehen.« Seine Worte erschreckten ihn ebenso wie sie.

Ihre Augen wurden weit, grüne Pünktchen in schimmerndem Gold. »Warum?«

Luc lächelte leise. Nicht *wohin* oder *wann*. Sie fragte nur warum, diese flüchtige, verletzliche Kindfrau mit den grüngoldenen Augen. Sie durchtrennte alles Unwichtige und berührte direkt den Kern der Dinge.

Für sie war das Motiv das einzige, was zählte. Die Bedeutung. Die lange, scharfe Spitze direkt bis in sein Herz.

Oh, sie war etwas Seltenes, diese Frau! Und irgendwie mußte er sie beschützen.

Sogar vor sich selbst. *Besonders* vor sich selbst.

»Warum?« Er folgte dem herzzerreißenden Bogen ihrer Unterlippe und spürte, wie sich sein ganzer Körper bei dieser Berührung zusammenzog. »Weil es wichtig ist. Weil *du* mir wichtig bist. Und es ist schon viel zu lange her, seit mir jemand so wichtig gewesen ist.«

»Das ist nicht genug, Straßenräuber.« Ihre Augen schimmerten, veränderlich wie das Meer an der Küste Norfolks.

»Verdammt, siehst du nicht, in welcher Gefahr du bist? Kannst du nicht sehen, was ich *bin*?«

Gefahr. Sie umgab diesen Mann wie ein Feuer, legte sich um seine harten Schultern und tanzte in seinen bernsteinfarbenen Augen.

Und Silver war das egal.

Sie war verloren. Sie war schon verloren gewesen seit jenem ersten Augenblick, als sie tief in seine Augen gesehen hatte und ihm mit Körper und Seele verfallen war, genau wie es ihr altes Kindermädchen vorausgesagt hatte.

*Schau nicht in seine Augen! Ein Blick in seine dämonischen Augen, und du bist verloren, mein Kind.*

Vielleicht, ja, vielleicht waren alle die alten Geschichten ja wahr...

»Zeig es mir, Straßenräuber. Zeig mir, worin deine Gefahr besteht. Oder ist das wieder nur Prahlerei?«

Seine Augen wurden dunkler, als er fragte: »Hast du denn keine Angst vor mir?«

Sie schüttelte den Kopf.

Luc lachte rauh. »Das solltest du aber, kleine Unschuld. Ich werde dir zeigen, warum.«

## 14. Kapitel

Es war der absolute Wahnsinn.

Die Versuchung, die völlige Schamlosigkeit.

Aber Silver legte den Kopf zurück und starrte hinauf in dieses harte, wie gemeißelte Gesicht und spürte, wie sie fiel.

Sie ließ sich fallen. Tief, tief hinab…

»Du weißt nicht, von welcher Gefahr du sprichst. Es ist schon zu lange her. Und was ich empfinde, ist zu –« Die schwarze Seide spannte sich, als sein Kinn hart wurde. »Du bist nur ein Mädchen. Und ich – mein Gott, ich bin zu sehr Mann. Schon seit zu vielen harten Tagen ein Mann. Du würdest viel besser daran tun, zu vergessen, daß du mir je begegnet bist.«

Er spannte seine Schultern. Vorsichtig berührte er ihre Wange. »Aber ach, bei dir fühle ich mich wieder jung. Ich hätte das nie für möglich gehalten. Dafür werde ich dir immer danken.« Seine Berührung war so zärtlich wie das Mondlicht, das durchs Fenster schien.

»Danke mir jetzt.« Ihre Worte drängten sich warm und leise hervor.

Seine Finger spannten sich zusammen mit seinem Körper bei dieser Antwort. Begehren durchdrang ihn hart und heiß.

Leidenschaft. Das Verlangen, von dem er geglaubt hatte, er könnte es seinem Willen unterordnen. Doch jetzt stellte er fest, daß er das nicht vermochte.

Wie sollte er das auch, wo ihr Haar unter seinen Fingern lag wie eine rotgoldene Wolke? Und ihr Körper an seiner Brust wie ein silbernes Gedicht? »Du glaubst mir wohl immer noch nicht?« Seine Augen wurden dunkler. Mit einem harten Fluch drückte er sie an die Wand.

»Nein, das tue ich nicht.«

»Das wird sich ändern«, sagte er finster entschlossen. Er griff nach ihren Handgelenken und drückte sie neben ihren Kopf. Dann preßte er seinen Körper gegen ihren. »Du wirst mich schon bald hassen.«

»Niemals«, flüsterte sie.

Luc versuchte, das Verlangen in ihren Augen zu ignorieren. Er strich mit dem Daumen über ihre hungrigen Lippen, sah zu, wie das Begehren ihre grüngoldenen Augen verschleierte. »Möchtest du das, Sonnenstrahl?«

Sie schauderte nur, ihre Lippen öffneten sich leicht. Ihre Finger stießen ihm den Hut vom Kopf und fuhren durch sein dunkles Haar.

Luc stöhnte, und das Verlangen verschleierte auch seinen Blick. Er senkte den Kopf. Er ließ seine Zunge über ihre Unterlippe streichen, spürte, wie sie erbebte. Seine Zähne knabberten sanft an ihr, zogen ihr weiches Fleisch in seinen Mund.

Sie war wie eine süße, reife Frucht. Er hätte sie haben können, auf der Stelle. Er wußte es. Sie würde ihm mit ungewöhnlichem Feuer entgegenkommen, ihre Leidenschaft würde so klar und durchdringend wie die seine sein.

Seine Hände verwoben sich in ihrem Haar. Sein Körper fand den ihren, ganz Wärme und Weichheit, das dünne Kleid war nicht mehr als ein Spinnweben zwischen ihnen. O Herr im Himmel, wie er sie begehrte!

Er zog ihren Kopf nach hinten und ließ sie sein Begehren spüren in der Hoffnung, sie werde ihm ausweichen.

Doch statt dessen öffnete sie sich ihm, ehrlich in jeder Bewegung und voller Unschuld.

In diesem Augenblick wurde aus dem Verführer der Verführte. Luc versank in ihr und ihrer Hingabe, kaum fähig, seine wachsende Begierde zu zügeln. Ihre Finger gruben sich in seine Schultern, aus ihrem Mund, so nah an seinem, drang ein Stöhnen.

Noch mehr Glut. Luc hatte das Gefühl, ihr erliegen zu müssen. Er mußte aufhören. Sofort. Bevor er etwas tun würde, was er später bereuen würde.

Er mußte aufhören, bevor –

Ganz zart berührte ihre Zunge die seine.

Sein Körper schien aufzuschreien. Er verfluchte die Flut des Begehrens, die ihre Nähe in ihm bewirkte.

Er wollte sie, jetzt gleich. Hart und schnell, gleich hier an der Wand, ihre weißen Schenkel weit geöffnet und um seine Mitte geschlungen, ihr loses Haar in seinen Fingern, und nichts als sein Name auf ihren Lippen.

Er schob ihr Kleid hoch, noch bevor er es begriff, füllte seine Hände mit ihren weichen, reifen Brüsten. Sie holte tief Atem und drückte sich dann an ihn.

Ihre Brustwarzen waren hart, fest und süß wie Kirschen in seinen schwieligen Handflächen. Er fragte sich, wie sie wohl schmecken würden, und wußte, daß er es herausfinden mußte.

Ihm war, als sterbe er und nur sie könne ihn retten. Nur ihre Nähe, ihre fest um ihn geschlossene Hitze.

Er beugte sich nach hinten und nahm langsam eine der rosa Spitzen zwischen die Zähne.

Sie stöhnte.

Bei diesem Laut sah Luc nach unten und ihm stockte der Atem, als er ihre silbrigen Schenkel sah, das schattige Dreieck darüber, die blasse Wölbung ihrer Brüste in seinen harten Händen.

Hände, die zu viel Grausamkeit erfahren und selbst zu viel Grausamkeit zugefügt hatten. Für sie sollte es anders sein, nur Sommerlavendel und kühle Nächte. Nur heißes Begehren, das wuchs und wuchs und wuchs, bis –

»Ich kann das nicht tun, Sonnenstrahl. Nicht – mit dir.« Er ließ den dünnen Stoff wieder über ihre bebenden Rundungen fallen. »Ich bin der letzte Mann, der dich so berühren sollte.«

Sie blinzelte, konnte ihn kaum hören.

»Das verstehst du nicht, nicht wahr?«

Ihre Augen wirkten verschleiert, verständnislos. Nur er sah klar. Sie war einfach zu unschuldig, um zu wissen, welches Feuer er entfacht hatte.

Aber ihr Körper wußte es. Und verlangte nach Erlösung.

Luc sah ihre Anspannung, ihre blinde Lust. Und er wußte, daß es nur einen Weg gab: zu Ende zu führen, was er begonnen hatte. Er verfluchte sich selbst, doch seine Finger fanden den Weg zwischen ihren seidigen Löckchen und schoben sich in die enge, feuchte Höhlung darüber.

Mit einem leisen Stöhnen stockte ihr der Atem.

Er lehnte seine Stirn an die ihre, kämpfte sein Verlangen nieder. »So süß, Sonnenstrahl. Wo immer ich dich berühre, spüre ich Enge und Hitze. Öffne dich mir. Laß mich deine ganze Süße spüren.«

»Ich – ich verstehe nicht.«

Seine Finger drangen noch weiter vor, besitzergreifend, jeden Widerstand brechend, um ihr zu geben, wovon sie noch nicht wußte, daß sie es brauchte.

Aber Luc wußte es. Er war ein Meister im Erwecken der Leidenschaft, auch wenn er in der Liebe nur ein Versager war. Seine Finger glitten aufwärts, an ihren seidigen Falten entlang, um schließlich die feste, verborgene Knospe ihrer Lust zu streicheln.

Ihr Kopf fiel nach hinten. Ihr Rücken bog sich durch. »O nein, ich kann nicht! Es ist zu –«

Plötzlich weitete sich ihr Blick. Ihre Hände gruben sich in seinen Rücken. Er sah das Leuchten in ihren Augen. Und ihr Erschauern, als die Lust sie auf dem Höhepunkt überspülte wie eine strahlende Welle. Und er spürte das seidige Beben, wo sie seine harten Finger umgab.

Schmerz. Er hatte das Gefühl, sterben zu müssen. Doch sein Triumph rettete ihn.

Er hatte es vollbracht. Jetzt würde sie verstehen und begreifen, daß sie beim nächsten Mal besser aufpassen mußte, wenn sie Fremden unbedachte Angebote machte, die ein Spiel mit dem Feuer waren. Der Gedanke an einen anderen an seiner Stelle machte ihn jedoch zornig.

Als sie die Augen wieder öffnete, dachte er, Unsicherheit und Bedauern, Schmerz, vielleicht sogar Ärger in ihrem Blick zu finden.

Aber er sah nur Freude und Offenheit. »O nein, Sonnenstrahl, sieh mich nicht so an.«

»Sollte ich das nicht? Ist es falsch?«

Sie legte ihre Hände um seinen Nacken und seufzte. Luc runzelte die Stirn, während er versuchte, aus einer ihn erdrückenden Woge von Zärtlichkeit aufzutauchen. »Nein, nicht falsch. Aber gefährlich.«

Mit einem leisen Fluch drückte er seine Lippen auf ihre Stirn und kämpfte sein Begehren nieder. Er seufzte, seine Brust schmerzte.

Silver bemerkte seine Anspannung. »Du hast Schmerzen! Warum hast du nichts davon gesagt?«

Da war wieder diese Ehrlichkeit, die sein Innerstes berührte, als wenn er erst achtzehn wäre. Und nicht tausend Jahre alt, grau und gebückt von bitterer Erfahrung.

»Unnötig. Ich spüre kaum etwas«, log er kühl.

»Du hättest es mir trotzdem sagen sollen. Ich habe heilende Öle, Lavendel, Rosmarin...« Ihre Stimme klang rauh vor Besorgnis.

Diese Sorge erfüllte Luc mit beinah vernichtender Wärme.

*Geh jetzt. Verschwinde, bevor du sie noch mehr verletzt.*

In diesem Augenblick raschelte etwas zwischen den Gardinen. Zwei schmale Tierchen erschienen mit hoch erhobenen Ohren und zuckenden Schwänzen. »Was ist, meine Schönen?«

Zwei pelzige Schatten huschten über den Boden und bis in seine Arme hinauf.

»W-was ist das denn?«

»Meine Frettchen. Sind sie nicht süß? Und klüger als die meisten Menschen, die ich kenne.«

»F-Frettchen?« wiederholte Silver atemlos.

»Es sind nicht einfach nur Frettchen, Sonnenstrahl. Darf ich dich mit zwei der besten Diebe diesseits von Newgate bekannt machen? Dies ist die Lady Stehnbleiben.« Er deutete auf das graue weibliche Tier. »Und dies hier ist Lord Geldher.« Das zweite Tier war schwarz mit durchdringend grünen Augen.

»Stehnbleiben... und Geldher.« Silver lachte leise über die unerhörte Dreistigkeit des Straßenräubers.

»Tja, ich bin eben auch nur ein schwacher Mann und konnte der Versuchung einfach nicht widerstehen.«

Dann wurden Lucs Augen schmal, als seine Tierchen zu quietschen begannen. Er sah vorsichtig durchs Fenster hinaus. »Mir scheint, meine beiden Freunde sind gekommen, um mich zu warnen, weil sich dort draußen jemand herumtreibt.«

»Aber wer –«

»Das, meine Süße, werde ich jetzt gleich herausfinden.«

Sie griff eilig nach seiner Hand. »Das ist zu gefährlich! Du kannst jetzt nicht hinausgehen!«

Ein schwaches Lächeln hob seine Lippen. »Vor ein paar Minuten wolltest du doch genau das, Sonnenstrahl.«

Ihre Unterlippe bebte. »Nicht, wenn du womöglich in eine Falle gehst.«

Er berührte ihre Wange. »Ich kann ganz gut auf mich aufpassen. Du solltest lieber an dich selbst denken.« Er zog vorsichtig die Gardine zur Seite. Seine beiden Frettchen saßen still auf seiner Schulter. »Ich glaube, ich sehe unseren Besucher. Er scheint allein zu sein.«

»Aber wie willst du hinunterkommen?«

»Mit Hilfe deines Lindenbaums, so wie ich auch hinaufgekommen bin.« Er betrachtete sie einen Augenblick schweigend. »Vertraue mir, Silver St. Clair. Bis diese Drohungen aufhören, darfst du *niemandem* trauen.«

Und dann war er schon zum Fenster hinaus und ließ sich mühelos in einen der bis zum Haus reichenden Lindenäste fallen. Dann war draußen alles still.

Plötzlich flossen heiße Tränen über ihre Wangen.

*Ich habe auch Deine Mutter Silver genannt, wußtest Du das, Susanna? Es gab einen Grund dafür, aber er war unser Geheimnis. Vielleicht ist es bei Dir auch so, das wirst Du eines Tages herausfinden, wenn Du Dein Herz einem Mann schenkst, der Dich auch liebt.*

*Bis dahin wähle sorgfältig.*

*Alle Geheimnisse, die Du brauchst, sind hier in Lavender Close versteckt. Ich kann Dir nicht mehr sagen. Du mußt sie selbst finden.*

## 15. Kapitel

Sir Charles Millbank betrachtete die wohlgeformten Rundungen seiner Mätresse, die in eine zarte Wolke durchsichtiger Seide gehüllt war. »Komm her, Versucherin.«

Die Französin klimperte mit den schwarzumrandeten Wimpern und kicherte. »Schenk mir erst noch etwas Wein ein, Charles. Bitte in das Kristallglas, nicht in den Zinnbecher.«

Millbank murmelte einen Fluch und kam auch dieser Forderung nach.

Angelique leerte mit einer eleganten Bewegung den Kelch und schaffte es, dabei einen Tropfen über ihr Kinn laufen zu lassen. »*Quelle bêtise*. Ich brauche wohl eine *serviette*, lieber Charles«, schnurrte sie.

»Nein, das mache ich selbst, du Wildfang.« Er beugte sich über sie und leckte den Tropfen von ihrem Kinn. »Süß, mein Kätzchen. Aber nicht halb so süß wie du.« Er zog sie mit einem Grunzen in die Arme und schob sie geschickt auf die Chaiselongue, die sie ihm beim letzten Mal abgeschmeichelt hatte.

Sie zog eine beleidigte Schnute. »Aber doch nicht auf meiner eleganten *chaise*, Charles. Das ist mir gar nicht *convenable*.« Sie sah den Anflug von Ärger auf seinem Gesicht und dirigierte ihn mit ihrem verführerischen Lächeln zum Sofa unter dem mit Vorhängen verschlossenen Fenster. Hier vom zweiten Stock aus konnte man die Hauptstraße von Kingsdon Cross übersehen.

Verärgert gab Sir Charles nach. »Ich warte jetzt schon die halbe Nacht, Angelique. Langsam machen mir deine Spiele keinen Spaß mehr. Ich bin ein wichtiger Mann, verstehst du, ein Mann mit sehr viel Geld.«

Die blonde Schöne richtete sich gerade auf. »Ihr nehmt Euch

zu viel heraus, *monsieur*. Eine solche Frau verdient es, besonders sorgsam behandelt zu werden, wie es Euch wohl kaum möglich ist. Ich versuche nur, Euch in der Kunst von *l'amour* zu unterweisen.« Sie kraulte ihn sacht unter dem Kinn, damit ihre Worte nicht ganz so hart klangen. »Aber da du heute abend ein lieber Junge warst, werde ich es mir etwas bequemer machen.« Sie warf ihm einen schmachtenden Blick zu, stand auf und strich sich mit den weißen Händen über die Hüften.

Sir Charles' Gesicht wurde dunkelrot, und er griff nach ihr voll Eifer, den genießerischen Teil des Abends zu beginnen, doch sie bedachte ihn mit einem koketten Lachen.

»Du bist aber ungeduldig, ha? Nur langsam, mein lieber Charles.« Sie wanderte ins Nebenzimmer, ließ aber mit Bedacht die Tür halb offen, so daß ihr Beschützer jede ihrer verlockenden Bewegungen beim Ausziehen sehen konnte. Von Minute zu Minute wurde Millbank erregter.

»Angelique, bist du immer noch nicht fertig?«

Sie lachte seidenweich. »Etwas zu trinken hätte ich noch gern, *mon amour*.«

»Natürlich, *petite*.« Er füllte das Glas und wollte es ihr bringen.

»Nein, nein, *mon chou*. Stell es dort ans Fenster. Ich komme gleich. Dir gefällt das doch, oder?« Da sie im Augenblick kaum mehr als einen Hauch von Organdy und zwei Perlenohrringen trug, war Sir Charles sehr von ihr angetan.

Mit entsprechend unsicheren Fingern stellte er Angeliques Glas hin und wandte sich um, damit er sein Glas auch noch einmal füllen konnte.

In diesem Moment kam eine Hand hinter dem Vorhang hervor, ergriff mit behandschuhten Fingern das Glas, goß den Inhalt aus dem Fenster und stellte es leer wieder zurück.

Die Französin segelte durchs Zimmer und wollte nach ihrem Glas greifen, verzog dann aber unzufrieden das Gesicht. »Aber Charles, du Böser, warum gibst du mir keinen Wein?«

»Wein? Aber ich habe doch eben dein Glas gefüllt, Angelique, und dort drüben hingestellt!«

»Nun, da steht ein Glas, aber kein Wein ist darin.«

Sir Charles, der vom Wein selbst schon etwas benebelt war, füllte das Glas noch einmal, während Angelique ihr sorgfältig geschminktes Gesicht in dem kleinen Spiegel über dem Kamin prüfend betrachtete.

In diesem Moment leerten wieder schwarzbehandschuhte Finger das Glas und stellten es sofort zurück.

Die Französin sah auf ihr Glas und stampfte mit dem Fuß auf. »Ist das einer deiner *plaisanteries*? Ein typisch englischer Scherz?«

Sir Charles sah seine Mätresse verständnislos an. »Leer? Wovon sprichst du, mein Engel? Ich habe es selbst gefüllt!«

Die Französin stampfte noch einmal mit dem Fuß auf. »Du weißt doch, daß ich nicht so genannt werden möchte.«

»Du meinst Engel?«

»Genau. Bitte sag es nicht noch wieder.«

»Nicht mehr«, murmelte der Engländer, zusehends verwirrter.

»*Eh bien*, jetzt korrigierst du auch noch *mon anglais*. Ich bin wohl nicht mehr gut genug für dich, wie?« Ihr Zorn wuchs mit jedem Wort.

Sir Charles runzelte die Stirn. »Aber ich bitte dich, es gibt doch keinen Grund, dich aufzuregen, Kätzchen. Ich –«

»Du hältst mich wohl für dumm, wie?«

»Aber ich wollte nichts Derartiges sagen, Engel, eh, Angelique. Ich wollte nur –«

»*Tiens*, es war ganz völlig klar, was du wolltest. Und ich, ich fühle mich jetzt nicht mehr in Stimmung für Gesellschaft. Also wirst du gehen. *Jetzt*, sonst werfe ich noch ein Glas nach dir.«

Sir Charles erbleichte, da ihm der Preis dieses speziellen Glases noch gut in Erinnerung war. »Du mißverstehst mich, Angelique. Ich bitte dich, wir wollen nicht streiten. Es war alles meine

Schuld. Ich muß dir das falsche Glas hingestellt haben.« Eilig gab er ihr ein anderes Glas. »Laß uns den dummen Streit vergessen.«

Seine Mätresse gab etwas nach, schniefte aber noch ärgerlich. »Was wißt ihr Engländer schon? Euer Wetter ist schlecht und euer Essen noch schlechter. Und alles hier ist so wild! Dauernd höre ich von diesem Blackwood, einem *sauvage*, der die Landstraßen heimsucht, unschuldige Frauen beraubt und sich greift, was immer er will. Er ist *affreux*.«

»Nicht mehr lange«, sagte Sir Charles lässig. »In ein paar Tagen wird der Lord von Blackwood für immer fort und ich der berühmteste Mann von Norfolk sein.«

Angelique wirkte nicht überzeugt. Sie ging zurück in ihr Boudoir. »*Eh bien*, nun muß ich erst einmal mein Haar ordnen. Der Wind weht wirklich kräftig hier.«

»Wind?« Sir Charles war inzwischen vorsichtiger geworden mit dem, was er sagte. »Ja, äh, natürlich. Und hier ist dein Glas. Trink einen Schluck, dann ist alles wieder gut.« Er schüttelte den Kopf, füllte sein Glas und leerte es in einem Zug.

Französinnen. Wenn sie nicht so verflucht begehrenswert wären, würde er nichts mit ihnen zu tun haben wollen, dachte Millbank finster. Beim nächsten Mal würde er sich mit einem netten Mädchen aus der Gegend zufriedengeben, das keine Gläser warf oder Szenen machte.

Aber noch nicht so bald, dachte er, als ihm in den Sinn kam, was alles geschehen war, als er das letzte Mal in Angeliques Bett gelegen hatte. Heiß vor Lust leerte er sein Glas und füllte es gleich wieder.

Und noch einmal griff eine behandschuhte Hand nach Angeliques Glas und leerte es.

Als Charles sich umdrehte, funkelte Angelique ihn wütend an. »*Quel sacré diable!* Warum behandelst du mich so?« Sie schüttelte ihre Armbänder. »Ich mag deine Scherze wirklich gar nicht!«

Der Engländer verlor den letzten Rest seiner Geduld. »Genug mit dem Drama, Angelique. Ich brauche dich ja wohl nicht daran zu erinnern, wer die Getränke und die Gläser bezahlt, mit denen du so leichtfertig um dich zu werfen bereit bist. Also hör mit dem Unsinn auf und komm hierher, um deinen Herrn und Meister zu küssen, wie es sich schickt.«

»Herr? Meister?« Ein Strom französischer Schimpfworte ging über ihm nieder, doch der Engländer war mit seiner Geduld am Ende.

»Genug, Angelique. Es ist deine Pflicht, mir zu gehorchen.« Seine Stimme wurde kalt vor Hochmut. »Und das wirst du auch sofort tun, hast du gehört?«

»Gehört? Vermutlich hat dich jeder in diesem dummen kleinen Dorf gehört! *Oh, comme tu es vulgaire!*«

Mit diesem Ausruf wirbelte sie herum, eilte in ihr Boudoir und warf die Tür hinter sich zu.

»Angelique, genug von diesem schamlosen Ungehorsam! Ich dulde das nicht mehr, hörst du? Komm sofort heraus, oder –«

In diesem Moment schoben sich breite Schultern in schwarzer Seide hinter dem Vorhang hervor. »Probleme, Sir Charles? Sie ist wirklich sehr temperamentvoll, das tut mir leid für Euch.«

Millbank hob erstickt die Hand an die Kehle. »Ihr! Sind denn Euren Beleidigungen gar keine Grenzen gesetzt?«

»Nein, ich glaube nicht«, sagte der Lord von Blackwood ruhig und lehnte sich an die seidenbespannte Wand. »Aber laßt mich Euch einen Rat geben, was Frauen betrifft. Es ist besser, wenn man sie nicht zu sehr bedrängt, wißt Ihr. Mit einem gelegentlichen süßen Wort werdet Ihr viel besser zurechtkommen als mit Flüchen.«

»Rat! Ich werde Euch einen Rat geben, nachdem Ihr gehängt worden seid, jawohl!«

Der Straßenräuber leerte ungerührt das Glas, das er an sich gebracht hatte. »Eine gute Wahl. Ich hätte doch ein Getränk mit mehr Charakter und Kraft vorgezogen, doch vielleicht paßt dieses hier eher zu Euren Fähigkeiten.« Er stellte es vorsichtig ab, ohne den Blick von Sir Charles' rotem Gesicht abzuwenden.

Dann zog er langsam den Degen und hob ihn an Millbanks Hals. »Aber ich habe das Gefühl, daß Ihr eine sehr schlechte Wahl trefft in den Frauen, die Ihr aufsucht, mein Freund.«

»F-Frauen?«

»Genau, in diesem Falle meine ich Miss St. Clair.«

»S-Silver? Was wißt ihr von ihr? Und was gibt Euch das Recht, diese verdammte –« Plötzlich drückte sich die scharfe Spitze des Degens fester an seine Kehle.

»Ich glaube, das habe ich nicht gehört, oder, mein Freund?«

»Äh, nein. Das heißt, ich –«

«Hervorragend. Also von vorn. Miss St. Clair wird nicht wieder belästigt, habt Ihr mich verstanden?«

Ein verzweifeltes Nicken.

»Nicht gut genug. Sagt es.«

»Silver – wird nicht mehr b-belästigt.« Sir Charles schnappte nach Luft.

»Und Ihr werdet sie nicht mehr in Lavender Close besuchen. Nie mehr.«

»Verdammt, Mann, das ist –« Kalter Stahl schnellte an sein Kinn. »Äh, also, nein. Nicht mehr nach Lavender Close«, schloß er heiser.

»Sehr gut. Ich sehe, daß Ihr doch recht vernünftig seid. Und jetzt werde ich Euch nur noch einen Augenblick beanspruchen, dann könnt Ihr Euch wieder voll Eurer Mätresse zuwenden, mit der Ihr sicher genug zu tun haben werdet. Doch zuerst gebt Ihr mir Euer Wort, daß die Lieferung Kupferrohre, die Ihr zurückgehalten habt, bis morgen wie durch ein Wunder den Weg zu Miss St. Clair finden wird.«

»Lieferung? Wovon zum Teufel sprecht ihr?«

Wieder wanderte der scharfe Degen über Millbank und legte sich diesmal auf den Teil seines Körpers, der vor kurzem noch hart und drängend nach seiner Mätresse verlangt hatte. »Ich glaube, Ihr solltet schärfer nachdenken, mein Freund«, kam die leise Warnung.

»Also gut, ja, ich habe sie zurückgehalten! Es gehört sich einfach nicht, daß das Weib sich mit ordinären Geschäften abgibt. Meine eigene Schwägerin! Die ganze Gegend lacht über mich.«

»Und sie werden noch mehr über Euch lachen, mein lieber Charles, wenn Euch ein Unfall zustoßen sollte. Besonders wenn jener schlaffe Teil von Euch betroffen ist, mit dem Ihr Euch heute nacht in Angeliques Bett zu amüsieren gedachtet.«

Der Mann erbleichte. »Das – das würdet Ihr nicht wagen.«

Ein langsames Lächeln spielte um die Lippen unter der schwarzen Maske. »Sollen wir es darauf ankommen lassen?«

Millbank wurde grau im Gesicht. »N-nein, verdammt!«

»Also gut. Dann wird wohl Lavender Close von nun an für Euch uninteressant sein.«

Der rundliche Edelmann nickte steif.

»Ich glaube, das habe ich nicht gehört.«

»Ich w-werde diese Frau n-nicht mehr besuchen.«

Einen Moment lang nahmen die Augen des Straßenräubers ein gefährliches Glitzern an. »Diese Frau? Was genau wollt Ihr damit sagen, mein Freund? Wenn Ihr etwas zu sagen habt, dann sagt es lieber deutlich, damit ich Euch verstehe.«

Sir Charles war zwar ein Angeber, aber doch nicht dumm. »Es war – äh, nichts. Nichts, was mich betrifft, zumindest«, fügte er steif hinzu. »Die Schwester meiner verstorbenen Frau. Ihr Problem, wenn sie –« Er unterbrach sich, als die Klinge des Straßenräubers sich wieder zu seiner Kehle hob. »Äh, überhaupt nichts, das mich etwas anginge.«

»Genau«, sagte Blackwood glatt. »Und das solltet Ihr auch besser nicht vergessen, Millbank. Ich habe überall Ohren. Sollte ich erfahren, daß Ihr unschöne Dinge sagt…«

Ein Stück Leinen segelte nach einer knappen Bewegung des Degens zu Boden. »Haben wir uns verstanden?«

»Äh, ja.«

»Hervorragend. Wo ist übrigens das ganze Gold her?«

»Welches Gold?«

Blackwood zog einen dicken Beutel aus Millbanks Tasche und warf ihn auf den Teppich. »*Das* Gold.«

»Äh – habe ich beim Spielen gewonnen. Glückssträhne.«

»Aber Ihr habt doch weder gestern noch heute gespielt.«

Sir Charles begann zu schwitzen. »Das war ein p-privates Spiel.«

»Ach ja?« Der Straßenräuber hob den Degen.

Dann runzelte er die Stirn. Stimmen kamen vor der Tür näher. »Dreht Euch um«, befahl er dem schwitzenden Baronet.

Mit einer einzigen, kurzen Bewegung riß Blackwood einen Streifen Satin von Angeliques Vorhängen und verband damit Sir Charles die Augen. »Und jetzt zählt. Sagen wir, bis fünfhundert. Und bis dahin werdet Ihr Euch nicht bewegen, verstanden?«

»Ja.«

»Das höre ich gern. Ihr könnt anfangen.«

Der Engländer begann mit unsicherer Stimme zu zählen. Blackwood erleichterte zunächst Millbank um die Hälfte seiner Goldstücke. Silver St. Clair konnte das Gold sicher gut gebrauchen.

Millbank war bei fünfunddreißig, als der Straßenräuber in der Dunkelheit des Alkovens verschwand. Als er bei neunzig war, öffnete Angelique die Tür ihres Boudoirs und sah erstaunt hinter Millbank den Vorhang flattern.

»Charles? Was tust du denn da? Und diese Binde, ist das wieder eins von deinen dummen Spielen?«

»Angelique, ist außer mir noch jemand im Zimmer?«

»Nein, natürlich nicht. Nur ich. Aber warum –«

»Dann sei still, verdammt, und komm und löse die Binde«, befahl Millbank wütend.

»Oh, Ihr dummer Junge!« Jonas starrte die dunkle Gestalt an, die schwankend an der Tür stand. »Was habt Ihr jetzt wieder angestellt, Master Luc?«

»Nichts, was dir Sorgen machen müßte, Jonas. Nur eine Kugel von einem von Carlisle Bluthunden, dem ich heute abend begegnet bin.« Er schlug den Umhang zurück.

»Nicht schon wieder! Ihr blutet wie ein Schwein, Junge! Was ist bloß in Euch gefahren?« Jonas hastete durchs Zmmer und fing Luc auf, als er zu wanken begann. Er betrachtete ärgerlich den unvorsichtigen Mann, um den er sich gekümmert hatte, seit er sieben Jahre alt war. »Ihr seid wild und ungezähmt, ganz wie es Euer Vater war, jawohl. Das heißt, bis er Eurer Mutter begegnet ist. Sie hat ihn dann ohne weiteres um den Finger gewickelt.« Der Alte betrachtete finster die ausgefranste Wunde an der Schulter seines Herrn. »Und jetzt haltet still, damit ich mich um das Stück Blei in Eurer Schulter kümmern kann.«

Jonas goß großzügig Weinbrand über die Wunde und hielt dann sein Messer über die Flamme einer der Kerzen, die das Zimmer erhellten.

Dann betrachtete er den Mann vor sich, den er schon verbunden hatte, als er das erste Mal vom Apfelbaum gefallen war, und auch damals, nachdem er ein Jahr auf einem englischen Gefangenenschiff verbracht hatte. »Das wird weh tun, Master Luc. Ich schätze, das wißt Ihr.«

Sein Herr, der inzwischen ein muskulöser Mann von achtundzwanzig Jahren geworden war, warf ihm einen schrägen Blick zu. »Es tut *immer* weh, Jonas. Alles tut weh, wußtest du das nicht?«

Jonas seufzte. Bei Luc Delamere war es tatsächlich so gewesen. »Also, bringen wir es hinter uns. Trinkt das hier.«

Luc verzog den Mund. Er legte die Flasche an die Lippen. »Ein guter Tropfen, Jonas. Kompliment. Also, ich warte...«

Jonas fluchte leise. Er senkte die Schneide in das weiche Fleisch, und es zischte.

Aber Lucien Delamere zuckte nicht mit der Wimper, auch nicht, als der beißende Geruch von verbrannter Haut das Zimmer füllte. »Erstaunlich, wenn man bedenkt, daß die Franzosen glauben, sie wüßten, wie man einen auspeitscht – ist doch kein Vergleich zu den Jungs vom Dey. Ja, Hamid wußte, wie man einem das Fleisch in Streifen vom Rücken zieht. Der hatte wirklich Spaß daran, Leuten weh zu tun.«

Jonas biß die Zähne zusammen und fand schließlich die Bleikugel in der Wunde. »Hab' sie«, brummte er. »Jetzt sind wir fast fertig, mein Junge.«

»Nur keine Eile. Ich dachte grade an Hamid. Hab' ich dir je erzählt, wie er mich auf der Flucht erwischt hat? Ließ mich fesseln und seine dickste Peitsche holen. *Das* war wirklich Schmerz.«

Luc blinzelte. Im nächsten Moment fiel sein Kopf nach hinten gegen Jonas' Schulter. Der alte Diener zog mit finsterer Miene die Kugel aus der Wunde. »Schlaf nur, Junge. Du hast wirklich verdammt genug Schmerz erlebt.« Sorgfältig legte er ihn auf die sauberen, weißen Laken. Dann schüttelte er den Kopf. »Irgendwie werde ich das Gefühl nicht los, daß es noch mehr werden wird. Vor allem, wenn du dir die verfluchte Sache mit der Rache nicht aus dem Kopf schlägst.«

Er erwachte zitternd und bleich, wußte nicht genau, wo er war. Wie bei den letzten Verwundungen auch. Seine schwieligen Hände berührten das kühle Leinen, aber er fühlte nur harte Seile und Leder in seine Haut brennen.

Es hätten auch ein Dutzend anderer wilder Orte sein können. *Southold, Rouen, Algier.*

Er wußte es nicht, kümmerte sich nicht darum. In seinen Träumen vermischten sie sich alle zu einer roten Wolke von Zorn, die alles versengte.

Also kämpfte er. So wie immer.

Er schlug mit dem Arm um sich, traf den längst gelöschten

Kerzenständer neben dem Bett. Das metallische Krachen hallte durch seinen Kopf und holte ihn aus tiefen Erinnerungen.

England, Norfolk. Süße Tage, samtene Nächte.

*Zu Hause.*

O Herr im Himmel, wenn es nur wahr wäre! Wenn er nur wieder nach Hause gehen könnte…

Luc Delamere setzte sich im Bett auf, fuhr sich mit den Fingern durchs Haar.

Frei – und doch nie wieder frei.

Dafür würden seine Erinnerungen schon sorgen.

## 16. Kapitel

In dieser Nacht schlief Tinker draußen unter einem Busch, von dem aus er die einzige Straße nach Kingsdon Cross überblicken konnte. Als er am nächsten Morgen ins Haus kam, war er staubig und müde und hatte eine Beule über dem rechten Auge. Aber er schien sehr zufrieden.

»Hast du sie geschnappt?« fragte Bram und sprang auf. »Hast du sie gefesselt und zu Brei geschlagen?«

»Seit wann bist du denn so blutrünstig, Junge?«

Bram wurde rot. Er war schon zu alt, um noch die Unschuld eines Kindes zu besitzen, und zu jung, um als Mann zu gelten.

Tinker strich ihm durchs Haar. »Aber es macht mir nichts aus, Junge, ehrlich. Du bist wirklich eine Hilfe.« Die Augen des Mannes funkelten, als er sich an die Ereignisse der Nacht erinnerte. »Ja, ich hab' ein paar erwischt, als sie sich zum Trockenschuppen schleichen wollten. Dem einen habe ich bestimmt den Arm gebrochen und dem anderen eine Beule verpaßt, die er so schnell nicht vergessen wird. Wenn wir Glück haben, sind wir sie damit erst einmal los.«

*Wenn*. Silver betrachtete Tinkers harten Blick und wußte, daß er nicht glaubte, die Sache sei damit erledigt.

»Aber darauf können wir uns nicht verlassen«, sagte Tinker jetzt. »Also, wollen wir uns deine Idee noch einmal genauer ansehen, Master Bram.«

Sie banden Cromwell um drei Uhr los und hatten eine Stunde später noch ein paar Fallen fertiggestellt. Durch das Feld in der Nähe des Gewächshauses zogen sich jetzt im Zickzack zwei Gräben, und mehrere mit Blättern getarnte Löcher waren auf dem Weg zum Haus hinauf verteilt.

Silver betrachtete ihr Werk und versuchte sich einzureden, daß das ausreichen würde. Schließlich gingen sie und Tinker hinauf, um sich hinzulegen, weil sie wußten, daß sie ihre Kräfte in der kommenden Nacht brauchen würden. Inzwischen setzte sich Bram auf die Veranda, von der aus er den Weg durch das Tal herauf gut beobachten konnte. Er war bleich, und Silver hatte ihn nur ungern dabei, aber es gab keinen anderen Ort, an den sie ihn hätte bringen können. Für sie alle gab es nur noch Lavender Close.

»Der Junge kommt schon zurecht«, sagte Tinker, als er Silvers besorgte Miene sah. »Er ist in den letzten Tagen viel erwachsener geworden. Ihr solltet stolz auf ihn sein.«

»Bin ich auch, aber –«

»Kein Aber, Miss Silver. Und es geht auch nicht anders. Im Augenblick ist er unsere einzige Hilfe. Aus der Stadt waren keine anderen Männer zu bekommen. Wahrscheinlich hat Millbank sie angestiftet. Und jetzt geht schlafen. Ich wecke Euch, bevor es dunkel wird.«

»Ihr solltet jetzt aufstehen, Miss.«

Silver blinzelte und war mit einem Ruck wach. »Was ist los, Tinker?«

Sie sah, daß er die alte Flinte ihres Vaters über der Schulter hängen hatte. Womöglich funktionierte die gar nicht, dachte sie. »Was ist passiert?«

»Bram hat jemand aus dem Tal heraufschleichen sehen.«

Schnell zog sich Silver die Stiefel über die Hosenbeine. »Mein Gott, ist Bram in Ordnung?«

»Ihm geht's gut. Und alles ist bereit«, fügte Tinker finster hinzu. »Jetzt ist der Moment gekommen, unseren Freunden eine Lektion zu erteilen, nach der sie nicht mehr wiederkommen werden.«

Silver setzte den Hut auf und folgte Tinker in die Dämmerung hinaus, in der Hoffnung, daß ihnen genau das gelingen würde.

Luc stand in dem unbenutzten Ballsaal von Waldon Hall und betrachtete die Staubflocken auf dem gewachsten Boden.

Er war müde.

Und er war verwirrt. Diese Verwirrung war ihm neu. In den fünf Jahren seit seiner Gefangennahme hatte er sein Leben gezielt angepackt und sich nur auf seine Rache konzentriert.

Jetzt, zum ersten Mal seit jener Nacht, hatte Luc das Gefühl, daß das nicht so weitergehen würde. Statt nur klarem Schwarz und Weiß waren plötzlich Grau- und Pastelltöne aufgetaucht, die seine Zielstrebigkeit schwächten.

Das war gefährlich, verdammt. Nur wenn er stark war, konnte er tun, was getan werden mußte. Nur wenn er so rücksichtslos und gezielt und unmenschlich vorging wie seine Feinde.

Und so war Luc auch gewesen. Bis zu jener Nacht im Mondschein, als ihm das Schicksal ein feuriges, rotblondes Wesen über den Weg geschickt hatte. Danach war alles anders geworden.

Mit jedem Atemzug, mit jedem Blick hatte sie ihn weicher gemacht. Sie erweckte Erinnerungen in ihm, die er nicht zulassen durfte. Weiche, warme Erinnerungen an sein altes Leben.

Goldene Sommernachmittage in Swallow Hill.

Er konnte sie sich so gut vorstellen in einem Zimmer mit seiner Mutter und seiner Schwester, die auch ein Wildfang war.

Luc fluchte und schlug mit der flachen Hand gegen die Wand. Der Schmerz, der ihn durchfuhr, war ihm willkommen wie ein alter Freund.

Doch dieses andere Gefühl, dieses weiche, undenkbare Aufkeimen von Hoffnung… konnte Luc fast nicht ertragen.

Beim Anblick seines Spiegelbildes mit den viel zu alten Augen wußte er eines sicher: Er würde nie wieder jener sorglose, draufgängerische Aristokrat von früher sein. Jetzt war er nur noch Blackwood, der überall in England gesucht wurde. Jetzt war sein einziges Heim die Nacht.

Nachdem er mit verbissener Miene seine Rippen verbunden

und sich makellos wie immer gekleidet hatte, verbeugte er sich ironisch vor seinem Diener.

Jonas schnaubte mißbilligend. »Eines Tages werdet Ihr mit Eurer Maskerade nicht mehr weiterkommen. Ich wünschte, wir wären nicht wieder hierhergekommen.«

»Es ging nicht anders. Hierher führte die Spur. Ich werde den Eigentümer dieses Rings finden, und dann –« Er unterdrückte einen Fluch und wandte sich zur Tür.

»Und wenn nicht? Wenn das alles nirgendwohin führt?«

»Dann werde ich es auch bald wissen«, sagte Luc finster. »Meine Rolle als Verbrecher gibt mir die beste Gelegenheit, alles in Erfahrung zu bringen, was ich wissen muß. Einen besseren Weg gibt es nicht.« Luc berührte den Lavendelzweig, den er in seinem Hemd auf der Brust trug.

»Verdammt, Junge, wann werdet Ihr endlich vernünftig und geht nach Swallow Hill zurück? Euer Arm ist frisch verwundet, jeden Augenblick können Sie Euch erwischen, und Ihr besteht auf Eurer verfluchten Rache!«

Luc hob den Arm und bewegte vorsichtig die Muskeln. »Mein Arm wird schnell wieder heilen. Aber nach Swallow Hill kann ich nicht zurück nach all dem, was geschehen ist. Ich bin nicht mehr der, der ich einmal war. Dafür hat der Dey von Algier gesorgt.« Er hob seinen Degen und ließ ihn durch die Luft zischen. »Ich möchte nun über dieses Thema nicht mehr sprechen, Jonas.«

Tinker schnappte den ersten der Kerle hinter dem Trockenschuppen, als er versuchte, ihn mit Feuerstein und Baumwolle in Brand zu stecken. Ein sauberer rechter Haken ließ ihn bewußtlos in einen Haufen trocknender Verbenenblätter sinken.

Inzwischen hielt Bram oberhalb der Tür zum Arbeitsraum Wache. Als die Tür sich knirschend öffnete und ein Mann mit rauher, brauner Kapuze hereinschlich, stieß Bram einen Vierzigpfundsack mit Hafer auf ihn herunter.

Auch dieser unerwünschte Besucher ging sofort zu Boden.

Doch Silver hatte nicht so viel Glück.

Sie hockte hinter dem Gewächshaus versteckt, als sich harte Finger um ihren Hals legten. »Wen haben wir denn hier?« knurrte eine harte Stimme.

Obwohl ihr Herz wild hämmerte, trat sie nach dem Schienbein des Mannes. Doch der Tritt blieb wirkungslos.

Der Mann lachte nur, zog ihr die Arme hinter den Rücken und versuchte, ein Seil um ihre Handgelenke zu winden. Durch den Druck auf ihre Kehle sah sie Sternchen vor den Augen. Sie wollte schreien, konnte aber keinen Laut herausbringen. *Durchhalten*, sagte sie sich verzweifelt, es würde schon jemand kommen.

»Wir ham dich gewarnt, Frau«, hörte Silver die rauhe Stimme. »Du bis' wirklich selber schuld.«

Blind schlug sie mit den Fingernägeln nach dem Gesicht des Mannes. Er riß sie zur Seite und stieß sie in eine Ecke. Sie schnappte nach Luft, während sie auf den Boden sank, und ihre Augen füllten sich mit Tränen.

Als sie aufsah, schwebte der graue Lauf einer Pistole vor ihrem Gesicht.

»Ja, wirklich. Du hätt'st weggehen sollen, direkt nachdem ich's dir gesagt hab'.«

Silver rückte vorsichtig nach hinten an die Wand und suchte den Boden mit den Fingern ab. Ein rauher Sack, dann der dicke Griff des Holzhammers. Keine besonders brauchbare Waffe, aber besser als nichts.

Mit zitternden Fingern ergriff sie den Stiel.

Sie fragte sich gerade, wie in Gottes Namen sie den Schuft so lange ablenken sollte, um ihm einen Schlag versetzen zu können, da hörte sie lautes Bellen näher kommen. Einen Augenblick später brach ein schwerer Körper durch das dichte Gebüsch.

*Der gute Cromwell.*

Der Angreifer drehte sich um. »Was zum –«

Mehr Zeit brauchte Silver nicht. Im selben Augenblick, als der

Hund aus dem Unterholz brach, warf sie sich mit einem Satz nach vorn. Neunzig Pfund bebender Muskeln und staubgelben Fells warfen sich auf Silvers verblüfften Angreifer. Dann erschien Bram, eine Holzkiste in der Hand, die er dem Eindringling gegen die Knie warf.

Eine Sekunde später traf Silvers Holzhammer die Hand des Mannes mit der Pistole, die mit einem Ruck davonflog.

Cromwell warf den Mann zu Boden und grub seine Zähne in die Wolle auf der Brust des Mannes.

»Schafft mir die verfluchte Bestie vom Hals, bevor sie mir an die Gurgel geht!«

Cromwell würde zwar keinem Menschen wirklich etwas zuleide tun, doch das würde Silver natürlich nicht sagen.

Sie wischte den Staub von den Händen und stand unsicher auf. Da hörte sie eine tiefe Stimme anerkennend lachen. Eine hohe Gestalt in Schwarz glitt aus dem Schatten zwischen zwei Weißdornbüschen und senkte die Pistole, die er in seinen behandschuhten Händen hielt.

»Ihr seid ja wirklich ein gnadenloses Trio! Als ich den Hund bellen hörte, dachte ich, ihr würdet vielleicht Hilfe brauchen.« Er betrachtete den angstvollen Mann unter Cromwells Pfoten. »Ich scheine mich getäuscht zu haben.«

Silver blinzelte, sah die schwarze Maske plötzlich seltsam schwanken, und ihr schwindelte. »Wir k-kommen hervorragend zurecht, danke.«

»Ach ja, wirklich?« Die Stimme wurde fester. »Sonnenstrahl?«

Silver strich sich eine Wolke rotblonden Haars aus dem Gesicht, als der Boden unter ihr wankte. Sie betrachtete konzentriert das schwarzverhüllte Gesicht, aber es wackelte immer mehr.

Ihre Knie fühlten sich *sehr* seltsam an. Sie blinzelte noch mal und schüttelte den Kopf. »Es ist völlig unnötig, daß du –«

Und dann kippte sie nach vorn, direkt in die wartenden Arme des Straßenräubers.

## 17. Kapitel

Es würde keine ruhige Nacht werden, befand Luc, als er auf die Frau hinabsah, die ihm direkt in die Arme gefallen war.

Im gleichen Augenblick kam eine dünne Gestalt mit wildem, weißem Haar den Hang heruntergelaufen. Über der Schulter hing ihm eine seit zwanzig Jahren veraltete Flinte und ein eiserner Dreschflegel, der aussah, als hätte William der Eroberer ihn schon bei Hastings dabeigehabt.

Die Flinte senkte sich und zielte auf Lucs Kopf. »Laßt sie los, verdammter Kerl!«

Nein, keine ruhige Nacht, dachte Luc finster.

Der Mann kam näher. Er mußte an die Sechzig sein. »Laßt die Pistole fallen und das Mädchen los.«

»Ich glaube nicht.«

Cromwell bellte.

Brandon blinzelte.

»*Sofort*, sage ich! Ich habe gerade drei Kerle verjagt, es macht mir nichts aus, den vierten zu erschießen!«

Luc wollte nicht nachgeben, aber auch nicht riskieren, daß Silver verletzt wurde. »Vielleicht sollten wir die Sache besprechen.«

Die Flinte bebte. »Bist du taub, Mann? Laß die Frau los!«

Luc betrachtete seinen finster dreinblickenden Gegner und fragte sich, wie der Mann zu dieser ungewöhnlichen Waffenkombination gekommen war. »Nein«, sagte er stur.

Jetzt schob Bram die Brille hoch und sagte: »Ich glaube, du irrst dich. Er ist nicht –«

»Halte du dich da raus, Master Bram. Und geh aus der Schußlinie.«

*Bram*. Das hieß, er war Silvers Bruder. Luc runzelte die Stirn und sah wieder zu dem Mann mit der Flinte. »Ich glaube, mit dem Ding kommt Ihr nicht weit. Ihr habt vergessen, den Hahn richtig zu spannen.«

Tinker murmelte: »Das wußte ich«, spannte den Hahn und zielte neu.

»Halt, Tinker. Er ist keiner von *denen*.«

»Wer sagt das?«

»Ich glaube, er wollte uns helfen.« Brandon starrte Luc mit weit aufgerissenen Augen an. »Bei Jupiter, Ihr seid Blackwood, stimmt's? Der berühmte Straßenräuber.«

»*Berüchtigt* ist wohl der passendere Ausdruck«, sagte Tinker schnippisch. »Und was heißt helfen? Miss Silver hat mir gesagt, daß Ihr sie abgewiesen habt.«

Luc senkte die Pistole. »Ich erkläre gern alles, aber vielleicht sollten wir erst sichergehen, daß nicht noch mehr von den Schuften herumstreunen.«

Tinker sah ihn mißtrauisch an. »Nicht nötig, ich habe die anderen alle verjagt.«

In Lucs Armen begann Silver sich zu rühren und seufzte. Ihre Hand legte sich an Lucs Hals, ihr Schenkel drückte sich gegen den seinen.

Das fühlte sich gut an. Zu gut, dachte Luc einen Augenblick später, als sich ein Körperteil von ihm anspannte, der locker hätte bleiben sollen. Er spürte ein heißes, plötzliches Drängen, das er seit Wochen nicht mehr gespürt hatte, vielleicht überhaupt noch nie.

Silver seufzte leise und schmiegte sich enger an ihn, preßte die Wange an seine Brust.

Luc räusperte sich und tat so, als hätte er es nicht bemerkt, was man von seinem Körper nicht behaupten konnte.

Als sie ihre Finger über seine Brust gleiten ließ, nahm der Druck in seinen Lenden zu.

»Tinker? Bist du da?« Silver hob verwirrt den Kopf.

»Das schon, Miss. Aber ich würde verdammt gern wissen, was Ihr in den Armen dieses Schurken da macht.«

Sie versuchte, sich aufzurichten, aber Luc hielt sie fest, drückte sie mit harten Fingern an seine breite Brust. Sie lachte unsicher. »Schurke? Dieser *Schurke* hat mir das Leben gerettet. Und Bram auch.«

»Stimmt nicht«, sagte Luc träge und lächelte sie an. »Soweit ich mich erinnere, habt ihr beide das ganz allein geschafft.«

»Na ja, Ihr *hättet* uns gerettet. Wenn Ihr ein paar Minuten früher gekommen wärt.«

»Ich bitte vielmals um Verzeihung. Ich werde versuchen, beim nächsten Mal pünktlicher zu erscheinen.«

»Es wird kein nächstes Mal geben, verdammt«, brüllte Tinker.

Silver lächelte und legte ihre Finger an Lucs Wange. Eine einfache Berührung, wie Luc sie schon Hunderte von Malen gespürt hatte. Doch diese traf sein Rückgrat Wirbel für Wirbel, und machte ihm die Knie weich.

Er räusperte sich. »Vielleicht sollten wir dich besser an einen bequemeren Platz bringen, Sonnenstrahl.«

Silver seufzte und legte ihren Kopf an die Haut an seinem Halsausschnitt. »Oh, aber ich finde es hier wirklich sehr bequem!«

*»Sonnenstrahl?«* Tinker ließ entrüstet Flinte und Dreschflegel sinken. »Würde mir wohl mal jemand sagen, was hier eigentlich vor sich geht?«

In diesem Augenblick sprang Cromwell von seinem Opfer herunter, das erleichtert in Ohnmacht fiel. Der große Hirtenhund bellte Luc fröhlich an und wedelte mit dem Schwanz.

»Siehst du, Tinker?« sagte Silver. »Selbst Cromwell mag ihn.«

»Hunde haben kein Gehirn, hat mal einer gesagt.«

Luc konnte ein Lächeln nicht unterdrücken. »Ich habe keine bösen Absichten. Aber das ist, äh, eine längere Geschichte«, erklärte er und versuchte, Silver ein wenig von sich wegzudrücken.

Doch das klappte nicht. Sie schmiegte sich nur noch fester an ihn.

»Kein Problem. Ich schätze, wir haben den ganzen Abend Zeit«, meinte Tinker knapp und kreuzte die Arme über der Brust. »Und Ihr, Miss Silver, kommt jetzt hier herüber zu mir!«

»Ich will nicht. Ich falle nur hin. Oder es wird mir schlecht. Der schreckliche Kerl da hat mich umgeworfen, so daß ich mir den Kopf verletzt habe.«

»Ich *wußte* es doch! Laß sie los, Bösewicht, sonst –«

»*Er* doch nicht, Tinker«, sagte Bram eilig. »Der andere da, der gerade aus Angst vor Cromwell ohnmächtig geworden ist.«

»Und was macht dieser Kerl hier?« meinte Tinker und sah den Straßenräuber an.

»Es ist Blackwood.« Bram betrachtete Lucs schwarzgekleidete Gestalt mit offensichtlichem Genuß. »Er hat den Lärm gehört und wollte uns helfen.«

»Pah. Wahrscheinlich wollte er uns eher ausrauben. Oder Schlimmeres«, fügte Tinker düster hinzu.

»Er doch nicht«, ertönte Silvers Stimme gedämpft von Lucs Brust. »Er ist ein vollendeter Gentleman.«

Sie beschloß diese Bemerkung mit einem Seufzer des Bedauerns.

»Also wirklich, Susanna St. Clair!«

»Ich ziehe Silver entschieden vor«, sagte Luc leise.

»Das kommt nicht in Frage, absolut nicht!« Tinkers Gesicht rötete sich immer mehr. »Was willst du dir nach den Straßenräubern noch für Kerle in den Kopf setzen, Mädchen?«

Silver stöhnte. »Oh, ich fühle mich so schlecht.«

Luc grinste Tinker an. »Hört nicht auf sie. Das ist nur Theater.«

»Und wie soll ein Kerl wie du das wissen?«

Silver hob den Kopf und betrachtete interessiert Lucs maskiertes Gesicht. »Ja, stimmt eigentlich. Ich dachte, ich hätte das ganz glaubhaft hingekriegt.«

»Das Stöhnen war's.« Lucs Augen blinzelten bernsteinfarben und golden hinter seiner Maske. »Der war einfach übertrieben.«

Silver rümpfte die Nases. »Verdammt.« Dann zuckte sie mit den Schultern. »Trotzdem stimmt es, daß der Hund da mich in die Ecke geworfen hat. Und der Kopf tut mir wirklich weh. Aber ich muß doch furchtbar schwer sein. Also setz mich besser ab.«

Luc hatte nicht die geringste Neigung, dieser Aufforderung nachzukommen. Er strich vorsichtig eine Locke von Silvers Wange. Darunter kam ein langer, roter Striemen zum Vorschein, wo sie mit dem Kopf aufgekommen war.

Luc fluchte heftig und spürte das plötzliche Verlangen, den bewußtlosen Mann am Boden mit einer scharfen Klinge zu durchbohren.

»Warum hast du mir das nicht gleich gesagt? Das muß doch teuflisch weh tun.« Er sah Tinker an. »Wo kann ich sie hinlegen?«

Der Mund des alten Dieners wurde zur schmalen Linie. »Nirgendwohin, wenn ich es verhindern kann.«

»Herrgott noch mal, Mann, sie ist verletzt! Das wäre wohl kaum der richtige Augenblick, mich an ihr zu vergreifen.«

»Woher soll ich das wissen, daß du nicht einer von denen bist, Straßenräuber?«

Silver hob den Kopf. »Ja, woher eigentlich?«

Luc zog ihren Kopf wieder an seine Schulter. »Weil ich Euch mein Wort darauf gebe, ganz einfach.«

*»Pah.«* Tinkers Mißtrauen blieb unverändert.

»Sie braucht Ruhe«, sagte Luc kurz. »Und sobald ich sie an einen sicheren Platz gebracht habe, werde ich erst einmal nachsehen, ob noch mehr von diesen Kerlen in der Nähe sind.«

»Er ist keiner von denen«, stellte Bram kurz fest. »Schließlich würde er sich ja wohl kaum *selbst* verletzen.«

»Verletzen?« Silver hob schlagartig den Kopf. »Warum hast du mir das nicht gesagt?«

»Weil ich gar nicht verletzt bin, darum«, sagte Luc knapp. Natürlich tat ihm der Arm weh, aber nicht besonders. Glücklicherweise hatte Jonas ihn gut verbunden. Luc hatte das Gefühl, als könnte er diese Frau die ganze Nacht lang in den Armen behalten, ohne Unbehagen zu empfinden.

Außer natürlich dem süßen, heißen Drängen zwischen seinen Schenkeln. Aber auf diese Art von Gefühl würde er auch nicht verzichten wollen.

Bram schüttelte den Kopf, ganz der aufmerksame Beobachter. »Warum zuckt Ihr dann zusammen, wann immer ihr Kopf Eure Schulter berührt?«

»Nur ein alter Kratzer.«

»Laß mich runter!« sagte Silver atemlos und wehrte sich gegen Lucs eisernen Griff. Sie schloß einen Augenblick die Augen. »Du sollst nicht, du darfst nicht –«

»Ich glaube, meine Schwester fühlt sich wirklich nicht besonders gut«, meinte Bram.

*»Was?«* Tinker wurde aufmerksam.

»Es ist nichts. Nur – nur Kopfschmerzen.« Silver zuckte zusammen, als Luc vorsichtig ihre Rippen untersuchte. »Und natürlich eine kleine Prellung an der Seite, wo mich der Schweinehund mit seinem Stock getroffen hat.«

»Mit einem *Stock*!« brüllten Luc und Tinker gleichzeitig.

»Sag' ich doch«, brummte Bram. Er saß auf einer leeren Kiste und fand das ganze Gespräch ungeheuer unterhaltsam.

»Gib sie her«, fauchte Tinker.

»Nein, in Teufels Namen.« Lucs Mund wirkte finster entschlossen.

Bram beschloß, daß es an der Zeit war, die Sache in die Hand zu nehmen. »Oh, nun laßt das doch, ihr zwei. Legt sie aufs Sofa, dann geht's ihr schon wieder besser. Aber die Männer da drüben werden bald wieder zu sich kommen.«

Finster legte Luc Silver auf ein verblichenes Sofa im Gewächshaus. Dabei streifte sein Arm ihre Finger. Sie sah ernst auf ihre blutbefleckte Hand hinab. »Du bist wirklich verletzt! Tinker, hol mir Salbeiwasser. Bram, ich brauche Lavendelöl und saubere Mullbinden.«

Aber Luc war schon dabei, den ersten der Eindringlinge mit einem kräftigen Seil zu fesseln. »Das muß warten. Erst mal bringen wir diese Schufte an einen sicheren Ort.« Seine Hände bewegten sich schnell und effektiv, als hätte er so etwas schon oft gemacht. »Danach werde ich ihnen noch ein paar Fragen stellen«, fügte er finster hinzu.

»Ach ja, wirklich? Und was geht Euch das eigentlich alles an?« wollte Tinker wissen.

Luc betrachtete den Striemen auf Silvers Stirn. »Als sie *das* gemacht haben, fing es an, mich zu betreffen.«

Nach langem Schweigen nickte Tinker. »Ich denke, ich komme mit. Ich habe auch ein paar Fragen.« Ein scharfer, harter Blick wurde zwischen den beiden Männern gewechselt.

»Könnte ungemütlich werden.« Lucs Augen wirkten prüfend.

»Das hat mich noch nie besonders gestört.«

»Mich auch nicht«, sagte Bram eifrig und sprang auf. »Wann gehen wir?«

»Von ›wir‹ kann gar nicht die Rede sein.« Doch als Luc den Widerstand im Gesicht des Jungen sah, änderte er die Taktik. »Du wirst hier gebraucht, um deine Schwester zu beschützen.«

Bram erhob sich, doch Silver protestierte. »Nein, Tinker, das kommt nicht in Frage. Er ist verletzt. Außerdem geht ihn das alles gar nichts an.«

»Doch, wenn er der Meinung ist, daß es ihn etwas angeht.« Ein leises Lächeln spielte um Tinkers Lippen. »Also, machen wir uns ans Werk.« Er begann, den bewußtlosen Mann wegzuziehen.

»Ich kümmere mich um die beiden anderen«, sagte Luc finster.

»Nein! Du bist verletzt, und keiner hat dich um deine Hilfe gebeten! Warum gehst du nicht einfach weg!«

Luc warf Silver einen Blick zu, der ein Versprechen und Liebkosen und unglaublich männlich war. Dann verschwand er im Dunkeln.

»Wenn man *den* Blick in Flaschen füllen könnte, würde man ein Vermögen damit verdienen«, sagte Bram nachdenklich.

»Welchen Blick?«

»Frag mich nicht. Ich bin schließlich nur ein Junge und verstehe von solchen Dingen nichts.«

Silver sah in die Dunkelheit hinaus. »Männer! Fünf Minuten reden sie, und schon stecken sie alle unter einer Decke.«

Hinter ihr wedelte Cromwell schwungvoll mit dem Schwanz. Schließlich war er auch ein männliches Wesen.

»Auch du, Brutus?« murmelte Silver.

Bram versuchte, ein Grinsen zu unterdrücken.

»Kein Wort jetzt, verstanden?«

Der Junge grinste nur. »Keinen Piep, Syl.«

»Und jetzt möchte ich gern mehr von Euren Absichten hören.«

Luc und Tinker zerrten ihre Last den Hang hinauf. Luc blieb stehen, um Atem zu schöpfen. »Also, für einen *alten* Mann kommt Ihr erstaunlich gut zurecht.«

»So alt bin ich noch nicht. Vergeßt das nicht, Halsabschneider.« Doch Tinkers Augen glänzten unmißverständlich. »Und Ihr braucht nicht zu glauben, daß ich meine Frage so leicht vergesse.«

Luc bewegte vorsichtig seine Schulter. Sie tat verflucht weh. Aber wenn es ernst gewesen wäre, hätte er es gemerkt. Er betrachtete mit gerunzelter Stirn die ordentlichen Reihen von Lavendel, umrandet von Geißblatt und weißen Rosen. »Hübsche Felder. Warum will Euch jemand von hier vertreiben?«

»Verschiedene Gründe, vermute ich. Zum Beispiel unser Saatgut. Bram hat jetzt seit zwei Jahren Versuchsreihen laufen, und sie sind wirklich wertvoll. Ausdauernde Pflanzen, faulen nur schwer, hoher Ertrag. Der Junge ist ein Genie, was die Pflanzen betrifft.« Tinker sah den Straßenräuber an. »Ihr habt meine Frage immer noch nicht beantwortet.«

»Stimmt.« Luc lächelte schwach. »Noch andere Gründe?«

»Vielleicht wegen des Rezepts.«

»Rezept?«

»Für William St. Clairs Parfüm. Das war eine besondere Mischung, deren Zusammensetzung er nie mit jemandem besprochen hat. Es hat ihn zum reichen Mann gemacht. Die Königin trug kein anderes Parfüm. Und die Hälfte aller Frauen in London ebenfalls.«

»Und er starb, ohne das Geheimnis seinen Kindern zu hinterlassen?«

Der alte Bedienstete zuckte mit den Schultern. »Bei seinen Düften war er eigen und mißtrauisch. Keiner durfte in seinen Arbeitsraum, wenn er die letzte Mischung vornahm. Nach seinem Tod haben wir keine Spur von dem Rezept gefunden. Dabei war der Mann wirklich gründlich. Ich hätte doch angenommen, daß das Rezept irgendwann auftaucht.«

Luc runzelte die Stirn. »Würdet Ihr es als solches erkennen?«

»Ich nicht. Aber der junge Master Bram. Er hat die Nase.«

»Wie meint ihr das?«

»Eine Begabung zum Erkennen von Düften. Was immer man dem Jungen hinhält, er schnuppert nur einmal daran und weiß, was drin ist. Das ist eine seltene Begabung, die er von seinem Vater hat.«

Luc runzelte die Stirn. »Warum hat der Junge das Parfüm nicht einfach kopiert?«

»Haben wir versucht, ein ganzes Jahr lang. Die meisten Bestandteile hat er auch herausgefunden, aber nicht das Mischungsverhältnis. Und irgendein wichtiger Bestandteil fehlte, etwas, das William St. Clair entdeckt hatte und wodurch der Duft haltbar wurde.« Tinker schüttelte den Kopf. »Was immer wir auch versucht haben, der Duft war einfach nicht derselbe.«

»Was könnte man hier sonst noch wollen?«

Tinker zuckte die Schultern. »Vielleicht Land. Miss Silver verwaltet es, bis der junge Herr volljährig ist. Dann gehört es ihm. Seltsames Testament, soweit ich mich erinnere.« Tinkers Augen wurden schmal. »Es stand darin, daß Miss Silver hier auf dem Land leben muß, um es behalten zu dürfen.«

»Sehr interessant.«

»Ja, nicht?«

»Gibt's jemand, der sich ärgern könnte, daß das Erbe so geregelt wurde? Entfernte Verwandte?«

Tinker zog die Nase hoch. »Keine Verwandten außer diesem Millbank. Und der zählt nicht.«

»Glaubt Ihr, er könnte hinter dieser Sache stecken?«

Tinker kratzte sich am Kinn. »Der Mann ist wirklich eine Pest, aber daß er auch Mord gutheißen würde?«

»Vielleicht sollten wir es mit ein paar Fragen versuchen.« Luc starrte mit hartem Blick auf den Mann vor sich hinunter.

»Mir recht. Brechen wir ihm den Arm oder nur einen oder zwei Finger?« Tinker sah aus, als könnte ihm diese Aufgabe Spaß machen.

Luc lachte leise und ging zu dem anderen Mann hinüber. Dabei blieb seine Maske an einem Zweig hängen und rutschte herunter, bevor er sie wieder zurechtrücken konnte.

Eine scharfgeschnittene Nase und gebräunte Haut kamen darunter zum Vorschein. »Ich hoffe, Ihr könnt ein Geheimnis bewahren.«

Eine ganze Weile starrte Tinker den Straßenräuber nur an. Ein plötzliches Licht erhellte seine grauen Augen und verschwand wieder. Dann nickte er. »Ich denke schon, wenn nötig.«

»Gut.« Luc sah auf den Mann zu seinen Füßen herunter. »Ich glaube, ich weiß, wie wir weitere Unannehmlichkeiten vermeiden können.«

»Also dann.«

Während Luc durch die blühenden Büsche weiterging, warf er Tinker nur einen kurzen Blick zu. »Und was meine Absichten betrifft: Sie sind ehrenhaft. Ehrenhaftere habe ich nie gehabt. Es ist nichts zwischen Silver und mir«, sagte er grimmig. »Und es wird auch nie etwas sein. Unsere beiden Welten vertragen sich einfach nicht.«

Tinker nickte. Doch während sie ihre Last durch die Nacht schleppten, wirkte das Gesicht des alten Mannes so, als wäre er sich da plötzlich nicht mehr so sicher.

## 18. Kapitel

»Wo bleiben die beiden nur so lange?« Silver ging in dem ordentlichen Arbeitsraum auf und ab. Das Licht einer Laterne glänzte warm auf dem kupfernen Destilliergefäß, und durch die großen Fenster an der anderen Seite des Raums schien der Mond herein.

»Sie sind beschäftigt, Syl.« Bram hatte die Nase wie üblich in eine wissenschaftliche Abhandlung gesteckt.

»Sie hätten schon längst wieder zurück sein müssen.« Silver ging ungeduldig weiter. »Obwohl mir die beiden Kerle ja wirklich egal sein könnten, so wie sie sich in alles einmischen. Von mir aus brauchen sie überhaupt nicht wiederzukommen.«

Bram sah auf und wunderte sich über seine neuesten Erkenntnisse über weibliches Verhalten. Bis jetzt war seine Schwester immer vergnügt gewesen und hatte ausnahmslos praktisch gedacht. Er hatte sie geliebt und bewundert, seit er sich erinnern konnte.

Aber nun war sie in wenigen Stunden völlig verwandelt. Besonders wenn dieser faszinierende Straßenräuber in der Nähe war.

Sehr interessant, fand Bram. Er würde einen neuen Eintrag in sein Notizbuch vornehmen: Auswirkungen tiefer Gefühle auf Frauen. »Wenn ich richtig gehört habe, hat er in King's Lynn einen erschossen und in derselben Nacht zwei Schmuckläden ausgeraubt.«

Silver drehte sich hastig um, ihr Gesicht war blaß wie der Mondschein. »Hat er nicht! Ich glaube davon kein Wort.« Sie legte ihre Hände krampfhaft um ihre Taille. »Das ist doch alles nur böses Gerede.«

Reuevoll ging Bram zu ihr und legte seiner Schwester den Arm um die kalten Schultern. »Natürlich, Syl. Ich hätte nicht davon reden sollen. Wenn du mich fragst, ist er wirklich ein prima Kerl.«

»Meinst du, Bram?« Sie sah ihn mit großen Augen an. »Ehrlich?«

»Ganz sicher«, sagte der Junge fröhlich und klopfte seiner Schwester auf die Schulter.

Ja, das war wirklich eine höchst interessante Angelegenheit, dachte Bram. Er beschloß, den Eintrag in seinem Notizbuch zu einem ganzen Abschnitt auszuweiten.

Laute Schreie tönten durch das Tal.

»Los, antworte, du Hund! Und diesmal eine klare Antwort, sonst mache ich das noch einmal.«

Wieder ein Ächzen.

»Soll ich dir auch noch den anderen Arm brechen?«

Neben Luc kniete Tinker auf dem Boden, dicht an der offenen Tür, die in das unterirdische Eishaus von Lavender Close hinabführte. Es eignete sich nicht nur zur Lagerung von Eis, sondern auch zur Verwahrung von drei Männern, die sich ansonsten als Sicherheitsproblem erwiesen hätten. Jetzt war nur einer der Männer bei ihnen und lag gefesselt und geknebelt neben ihnen, auch wenn er noch bewußtlos war.

Tinker allerdings lehnte sich in die Türöffnung und schrie noch einmal herzzerreißend in die Dunkelheit hinab.

Luc lächelte ihm zu. »Nicht schlecht«, sagte er leise. »Besonders für einen älteren Herrn.«

»Gleichfalls, Straßenräuber. Aber gebt acht auf Eure Worte, sonst könnte es passieren, daß ich Euch genau zeige, wie alt ich wirklich bin.«

»Ist in Ordnung.« Luc ließ einen Stein so fallen, daß er hörbar auftraf. Er hob die Stimme zu einem dramatischen Ausruf: »Wirst du jetzt reden, du Schuft?«

Tinker ächzte im richtigen Augenblick. »Ich weiß nichts! Mir hat keiner was gesagt. Fragt die unten, die haben mich angeheuert«, sagte er tonlos und ächzte noch mehr.

»Das werde ich auch tun. Aber erst breche ich dir noch den anderen Arm. Nur so zum Spaß.« Diesmal ließ er den Stein auf einen Ast fallen, was ein scheußliches Knacken erzeugte.

Tinker brachte einen glaubwürdigen Schmerzensschrei zustande.

»Blute nicht alles voll hier, hörst du? Ich glaube, jetzt werde ich mal mit deinen Freunden reden.«

Noch bevor Luc den ersten Fuß auf die Treppe gesetzt hatte, ertönten zwei Stimmen aus der Dunkelheit: »Wir reden! Keiner hat uns dafür bezahlt, daß wir uns in Stücke brechen lassen. Wir sagen Euch, was immer Ihr wissen wollt!«

Luc hob die Laterne. Er hatte die Maske wieder aufgesetzt, und sein Mund darunter wirkte hart. »Drei Fragen: Wer hat euch bezahlt? Warum? Und was genau solltet ihr dafür hier tun?«

»Sein Gesicht hab' ich nicht gesehen. Er wollte, daß das Mädchen und der Junge von hier verschwinden. Er hätte hier irgendwas zu tun. Ich weiß nicht, warum, Herr. Er hat nichts gesagt, und wir haben nicht gefragt.«

Von oben ertönte noch einmal ein schöner Ächzer. »Nun, das ist ja nicht gerade viel. Wo hat er euch aufgetrieben?«

»Im ›Grünen Mann‹. Der Wirt dort kennt uns.«

»Das kann ich mir vorstellen«, sagte Luc finster. »Und wo solltet ihr wieder Kontakt mit ihm aufnehmen, nachdem ihr die Sache erledigt habt?«

»Wieder im ›Grünen Mann‹. Da wollte er uns auch bezahlen.«

Luc war klar, daß aus den Schurken nicht mehr herauszubekommen war. Ihr Auftraggeber war vorsichtig gewesen. Luc stieg die Stufen hinauf und wollte die schwere Tür zumachen.

»Was tut Ihr? Laßt uns hier raus! Wir haben doch gesagt, was Ihr wissen wolltet.«

»Aber womöglich fällt euch ja noch was ein, bis ich wiederkomme. *Falls* ich wiederkomme.« Luc lachte rauh und schob den Riegel vor, nachdem er die schwere Tür geschlossen hatte. In ein paar Stunden würde er nachsehen, ob denen da unten vielleicht noch etwas eingefallen war. Inzwischen wollte er sie an einem sicheren Platz wissen. Wenn der Bewußtlose zu sich gekommen war, würden sie ihn zu seinen Freunden bringen.

Tinker sah Luc an. »Ich glaube, ich habe Lust, einen Besuch beim ›Grünen Mann‹ zu machen. Wollt Ihr mitkommen?«

Luc sah in die Nacht hinaus. Die Luft war voller Düfte. Er füllte seine Lungen mit dem Aroma von Lavendel, Rosen und Jasmin, was ihn wieder an Silver erinnerte, an ihr weißes Gesicht, die besorgten Augen und den Striemen auf ihrer Stirn.

»Nein, noch nicht. Heute nacht sollten wir besser hier aufpassen. Vielleicht sind noch mehr von diesen Kerlen unterwegs. Ich rede morgen mit dem Wirt vom ›Grünen Mann‹.«

»Warum?« Tinker sah ihn scharf an. »Das ist doch nicht Eure Angelegenheit, Straßenräuber. Oder habt Ihr vielleicht noch einen anderen Namen?«

»Ihr könnt mich... Luc nennen. Und das ist vielleicht sogar mein wirklicher Name.«

»Luc. Gibt's dazu auch noch einen Nachnamen?«

»Völlig verrückt bin ich noch nicht.«

»Verständlich. Also Luc. Aber ich möchte trotzdem gern wissen, warum Euch diese Sache so interessiert.«

Luc atmete tief ein. »Dieser Duft, hieß er vielleicht Millefleurs?«

Tinker nickte.

»Ich erinnere mich. Meine Mutter hat ihn einmal gekauft. Er war in einer Kristallflasche mit einer Lilie darauf. Das ist schon lange her, aber ich erinnere mich an den Duft. Süß und wundervoll. Er erinnert mich an Silver.«

Tinker sah sich um, dachte an all die viele Arbeit, deren letzter Schritt, die Herstellung von Millefleurs, jetzt verloren war.

»Ja, so ein Duft ist es gewesen. Das war das Genie von William St. Clair.« Er seufzte. »Also, werdet Ihr mir jetzt sagen, *warum*?«

Luc schüttelte den Kopf, während er sich die gleiche Frage stellte. »Vielleicht, weil die Frau dort in dem Haus sauber und frisch und klar ist, ganz wie ihre Felder. Vielleicht, weil ich mich selbst auch so fühle, wenn ich in ihrer Nähe bin. Vielleicht, weil es einfach richtig ist.« Er zuckte mit den Schultern. »Was weiß ich, warum.«

»Offensichtlich hat's ihn erwischt«, murmelte Tinker, jedoch so leise, daß Luc es nicht hörte.

Und als die beiden sich auf den Weg den Hang hinauf machten, lächelte der alte Mann.

Silver saß auf einem Sack mit getrocknetem Rosmarin und bemühte sich, wach zu bleiben, als Luc und Tinker schließlich zum Gewächshaus zurückkamen. Bram war an ihrer Schulter eingeschlafen. Ohne seine Brille sah er noch jünger aus.

Silver richtete sich auf. Ihre Augen waren dunkel vor Sorge und voll stummer Fragen.

»Ich nehme den Jungen«, sagte Tinker leise, dann nickte er zu Silver hinüber. »Vielleicht solltet ihr beide auch sehen, daß ihr etwas Ruhe bekommt.«

Silver bewegte sich nicht. Ihre Hände hatte sie auf ihren braunen Hosen zu weißen Fäusten geballt, die zitterten, auch wenn sie es nicht bemerkte.

Luc hätte sich am liebsten vor sie gekniet und ihre zitternden Hände in die seinen genommen, sie berührt, sie geküßt, ihr über das wirre Haar gestrichen. Aber er tat es nicht. Denn er wußte, daß er dann vielleicht nicht mehr würde aufhören können.

Also lehnte er sich nur mit der Schulter an eine elegante, schmiedeeiserne Säule und begann zu reden. Denn es gab Dinge, die dieser sturen Frau gesagt werden mußten, selbst wenn sie sie vielleicht nicht hören wollte.

»Jemand hat sie angeheuert, um euch zu vertreiben. Sie wissen nicht, wer. Aber es ist ernst, Sonnenstrahl. Und es ist sicher noch nicht vorüber.«

Sie hob mit entschlossener Miene das Kinn. »Wir gehen *nicht* von hier fort.«

»Ihr müßt. Heute abend hatten wir Erfolg, aber es wird andere Männer dieser Art geben.« Er betrachtete sie eingehend durch die schwarze Maske. »Ich möchte, daß ihr fortgeht. Du und Bram. Und Tinker auch, wenn er einverstanden ist. Ich habe einen sicheren Platz für euch. Wenn ihr außer Gefahr seid, kann ich mich darauf konzentrieren, die –«

»Nein.« Das klang endgültig.

»Ihr müßt aber. Diese Männer meinen es wirklich ernst. Du und Tinker könnt hier unmöglich allein zurechtkommen. Nicht ohne eine kleine Armee, und die habt ihr nicht. Kommt mit mir. Noch heute nacht.«

»Nein.« Das Wort klang jetzt noch verzweifelter, als fiele es ihr sehr schwer, es zu sagen.

»Verdammt, Frau, ihr habt keine andere Wahl!«

»Doch. Und ich gehe nicht.«

Da wurde es Luc zuviel. Er ging hinüber zu ihr, griff nach ihren Händen und zog sie heftig hoch. »Ihr *geht*!«

»Nein, ich bleibe. *Wir* bleiben.« Sie sprach langsam und deutlich, wie mit einem Kind.

»Das kannst du nicht machen! Das ist verrückt, stur und – unmöglich.« Er hob mit dem Finger eine Locke von ihrer Schulter. »Ich sollte dich übers Knie legen, du Teufelsweib. Ich sollte dich schnappen und einfach davontragen, jetzt sofort.«

Ihre Augen waren dunkel vor Trotz. »V-versucht es doch!«

Luc spürte, wie sie schauderte. Mein Gott, die Frau war von Angst erfüllt und bemühte sich, es nicht zu zeigen. Mit einem leisen Fluch griff er nach ihren Schultern. Trotz all seiner Vorsätze zog er sie an sich.

Eine Berührung, und er war verloren. Er seufzte, als ihre weichen Schenkel sich an seine drückten. Ihr Duft hüllte ihn ein, Lavendel und Rosen.

Verdammt, er begehrte sie. Jetzt gleich, auf einem Sack sonnengetrockneter Kräuter. Und ihre Augen sollten leuchten vor Leidenschaft, wenn er tief in sie eindrang und sie dazu brachte, seinen Namen zu seufzen.

Aber Luc wollte dieser Lust nicht nachgeben. Er hatte schon öfter seine Wünsche mißachtet.

*Aber noch nie für eine so besondere Frau*, flüsterte eine Stimme in seinem Innern.

Er fluchte rauh. »Ihr müßt fort, Sonnenstrahl. Hier kann ich euch nicht beschützen.«

»Kein Problem, ich hatte dich auch nicht darum gebeten.« Silver versuchte, sich zu befreien. Ihre Brust berührte ihn und brachte sein Inneres zum Pulsieren. Luc mußte sich anstrengen, einen klaren Kopf zu behalten.

Ohne den Schmerz in seiner Schulter zu beachten, hob er sie auf seine Arme. »Ich bringe dich nach oben. Dort wirst du dich ausziehen und ins Bett gehen. Und morgen früh geht ihr fort von hier, verstanden?«

»Nein.« Ihre Augen glänzten tränenvoll. »Das hier ist alles, was ich habe. Alles, was *wir* haben. Wir können nicht fort, verstehst du das nicht? Und wenn du mich hinaufbringst, komme ich einfach wieder herunter.«

»Aber wo willst du denn hin, verflucht?«

Sie holte Atem, damit ihre Stimme fester wurde. »Dorthin.« Sie deutete auf die Veranda vor dem Haus, von der aus das ganze Tal zu übersehen war. »Ich werde aufpassen, falls sie wiederkommen. Etwas *tun*.«

Sie war wirklich eine Teufelsfrau, dachte Luc. Ihre Augenlider waren schwer vor Müdigkeit, sie wirkte völlig erschöpft, aber sie meinte es ernst. Sie würde wahrscheinlich sofort wieder herunterkommen, wenn er sie mit Gewalt hinaufbrachte.

Ja, eine Teufelsfrau.

»Also gut.« Luc war selbst überrascht und wußte, daß ihm diese Entscheidung noch leid tun würde. Denn das bedeutete, daß er selbst dableiben mußte, um auf sie aufzupassen, und so seine eigenen Pläne nicht würde durchführen können.

Aber als er in ihre schläfrigen grüngoldenen Augen sah, stellte er fest, daß es ihm nichts ausmachte.

»Ich mache dir ganz schön das Leben schwer«, sagte Silver leise, als sie das Gesicht an seine Brust lehnte.

Das Leben schwer? Nein, diese Worte paßten sicher nicht zu Silver St. Clair. »Stur bist du allerdings.« Luc lächelte leise. *Und verdammt anziehend.* »Aber das Leben machst du mir eigentlich nicht schwer, nein.«

»Wirklich? Das ist gut. Jessica – das war meine ältere Schwester – hat immer gesagt, ich wäre ein Kreuz für meine Eltern. Sie meinte, ich würde sie noch früh ins Grab bringen. Vielleicht... stimmt das.«

Luc spürte Ärger über diese Bemerkung, doch jetzt war nicht der richtige Augenblick, das zu besprechen. »Im Augenblick ertrage ich dich noch ohne Klagen. Oder?«

»Das kommt sicher daher, weil du so erstaunlich stark bist.« Sie legte den Kopf zur Seite. »Sind alle Straßenräuber so stark? Das ist wirklich... überwältigend.«

»Weiß ich nicht.« Luc beschloß, daß ihr diese Frage auch nie beantwortet werden würde, denn kein anderer Straßenräuber würde ihr je so nahe kommen, daß sie es herausfinden konnte.

»Du solltest mich wirklich nicht so lange tragen, jetzt wo dein Arm verletzt ist.« Sanft berührte sie die Maske und die kleine Narbe über seiner Lippe. »Ich wünschte so, du müßtest die Maske nicht immer tragen.«

»Ich auch, Sonnenstrahl.« Lucs Stimme wurde hart. »Ich auch.«

Silver seufzte und legte ihren Kopf wieder an seine Brust. »Du verstehst doch, warum mir Lavender Close so viel bedeutet, oder? Es ist Brams Zukunft und Tinkers einziges Heim. Und für mich ist es – oh, eine Fülle von Erinnerungen. Alles, was mir von meinen Eltern geblieben ist. Verstehst du, warum ich bleiben muß?«

»Ja, aber es gefällt mir trotzdem nicht«, sagte er grimmig und trug sie hinaus auf die Veranda.

Er wollte noch mehr sagen, wollte ihr klarmachen, daß er bei Tagesanbruch würde fortgehen müssen, daß er verrückt war, ihr so weit nachzugeben.

Und dann sah er auf sie hinunter.

Ihre rötlichen Wimpern lagen auf den Wangen. Er begriff, daß sie fast eingeschlafen war, ihre Hand unter seinen Arm gelegt.

*Frauen*, dachte er. Aber ein Lächeln spielte um seine Lippen, als er sich setzte und sie an seine Schulter lehnte.

Auf der Veranda. Genau wie sie es gewollt hatte.

## 19. Kapitel

Der Mond hing bleich über den Bäumen, als Tinker wieder aus dem Haus kam und sich schläfrig die Augen rieb. Er sah Luc an und sagte: »Ach, noch einmal jung und wild sein zu können. Ist sie wach geworden?«

Luc schüttelte den Kopf. »Nein, aber ich fürchte, ihre Rippe ist schlimmer verletzt, als sie zugeben wollte. Sie hat sie im Schlaf gerieben.«

»Und was ist mit *Eurer* Wunde?«

»Unwichtig.«

»Man sollte sich aber trotzdem darum kümmern.« Tinker war es gewöhnt, mit so eigenwilligen Leuten wie den St. Clairs umzugehen und holte deshalb ohne weitere Umschweife Salben und frische Mullbinden. Als er zurückkam, war sein Blick herausfordernd.

Luc erwiderte ihn direkt. »Unnötig, wirklich. Ich gehe sowieso bald. Mit Tagesanbruch wird die Gefahr für Euch vorüber sein, denke ich.« Er lächelte kurz. »Und für mich fängt sie dann an.«

Tinker sah mit gerunzelter Stirn auf die schwarzgekleidete Gestalt hinab, entschlossen, sich nicht ablenken zu lassen. »Welcher Arm ist es?«

Luc sah ihn an. »Ganz schön dickköpfig, wie?«

»Ja, hat man mir schon öfter gesagt. Also welcher?«

Ohne Silver zu wecken, beugt sich Luc vor und zog den Arm aus der Jacke. Es überraschte ihn nicht, daß er von Blut durchweicht war.

»Aha, ich sehe schon, wirklich nur ein Kratzer!« Als Tinker den Ärmel heruntergezogen und den blutigen Verband entfernt hatte, fluchte er leise beim Anblick der Verletzung. »Pistolenkugel?«

»Genau.«

»Nicht zufällig die von Sir Charles Millbank?«

Luc betrachtete den Himmel und die Sterne, die wie ein Diamantschmuck seiner Mutter glitzerten, den sie früher oft auf einem dunkelblauen Kleid getragen hatte.

Er nahm sich vor, lieber nicht daran zu denken.

»Wahrscheinlich eher von Lord Carlisle. Millbank zielt nicht sicher genug.«

Tinker reinigte die Wunde mit Rosmarinessig und bedeckte sie dann mit Lavendelsalbe. »Man darf Millbank nicht unterschätzen. Er ist ein Schuft und ein Angeber, aber er führt zu Ende, was er anfängt.« Er betrachtete zufrieden seine Arbeit und verband den Arm dann mit frischen Mullbinden. »Ihr habt nicht zufällig schon mal in London gelebt?«

Luc runzelte die Stirn und fragte sich, worauf der schlaue Alte jetzt hinauswollte. »Nicht für längere Zeit. Warum?«

»Ich dachte nur. Ich könnte schwören, einen Mann, der so aussah wie Ihr, gekannt zu haben.« Tinkers scharfer Blick lag auf Lucs Gesicht. »Er lebte am Berkeley Square.«

Luc erstarrte. Verdammt, der Mann hatte ihn erkannt. Er bemühte sich, gelassen zu bleiben. »Ich wüßte nicht, daß ich in London Verwandte habe. Da habt Ihr wohl nicht so genau hingesehen.«

Tinker war fertig mit dem Verband und sah Luc an. »Glaube ich nicht. Ich kannte den Mann gut, wißt Ihr. Habe ein paar Monate für ihn gearbeitet, als ich mal Streit mit William St. Clair hatte. Er bestand damals darauf, mich zu entlassen, als er meinen Lohn nicht mehr bezahlen konnte. Und da habe ich dann als Gärtner am Berkeley Square gearbeitet. Ja, das Gesicht des Herzogs von Devonham kann man wohl kaum vergessen«, meinte Tinker leise und setzte an zum Gnadenstoß. »Genausowenig wie das seines ältesten Sohnes.«

»So ein Zufall«, murmelte Luc und zog seinen Ärmel wieder herunter. »Mehr ist es nicht.«

Tinker fuhr fort, als wenn Luc nichts gesagt hätte. »Ja, drei Monate habe ich für den Herzog gearbeitet. Er war ein freundlicher Mann, der viele Freunde hatte und immer gern lachte. Das heißt bis zu dem Tag, an dem er sich in sein Arbeitszimmer zurückzog. Ich glaube, das war damals, als sein ältester Sohn abends ausging und plötzlich verschwand wie vom Erdboden verschluckt. Das hätte dem alten Mann beinahe das Herz gebrochen.«

Lucs Hand blieb bewegungslos auf seiner weißen Manschette liegen. »Wirklich eine rührende Geschichte. Und jetzt sollte ich wohl besser –«

Schwielige Hände legten sich auf seine Schultern und hielten ihn fest. »Glaubt Ihr wirklich, ich würde einen Delamere nicht erkennen?« fragte Tinker rauh. »Mein Gott, Ihr seid förmlich das Abbild des alten Andrew!«

Luc hob den Kopf und sah Tinker hart an. »Ein Irrtum, mein Freund«, sagte er düster. »Ein *gefährlicher* Irrtum.«

Tinker sah mit ernster Miene auf die Frau hinunter, deren rotblondes Haar sich auf Lucs Brust ausbreitete. »Und was ist mit ihr? Was ist mit dem unschuldigen Herzen, das Ihr brechen werdet, wenn Ihr fortgeht? Und dem Schmerz, mit dem sie versucht, sich einzureden, daß es besser so ist, daß eure beiden Welten zu weit voneinander entfernt sind, um so etwas wie Hoffnung zuzulassen?«

In Lucs Gesicht erschien flüchtig ein wilder Ausdruck. Er versuchte, den Blick von den wilden Locken loszureißen, den leicht geöffneten Lippen, der weißen Strähne an ihrer Schläfe.

Aber er brachte es nicht fertig.

Der alte Mann hatte recht. Was sollte aus ihr werden, wenn er fortging? Und er wußte, daß er eines Tages würde fortgehen müssen. Denn es war auch klar, daß sein Wille, wenn er blieb, irgendwann brechen und er zu ihr kommen würde, verzweifelt und rücksichtslos, mit all dem Begehren und dem Feuer, das ein Mann für eine Frau empfinden konnte.

Doch das durfte Luc nicht zulassen. Sie war nicht für einen Mann geschaffen, der solche Dinge erlebt und getan hatte wie er. Ja, dann und wann ein Kuß, vielleicht auch eine Berührung, aber nicht mehr. Wenn sie und Lavender Close erst in Sicherheit waren, würde Luc wieder aus ihrem Leben in die Dunkelheit verschwinden, für immer, ganz wie der herzlose Streuner, für den man ihn allgemein hielt.

Er hatte keine andere Wahl.

Aber irgendwie mußte Luc auch diesen scharfäugigen, unerträglich anständigen alten Mann davon überzeugen.

Er lehnte den Kopf zurück an die Wand und betrachtete den Nachthimmel. »Wußtet Ihr, daß der Himmel östlich von Gibraltar anders aussieht? Das habe ich in Algier gelernt. Monatelang war er mein einziger Gesellschafter. Unter jenem Himmel habe ich Dinge gesehen, an die ich mich lieber nicht erinnern möchte – Dinge, die ich täglich zu vergessen versuche, die ich aber nicht vergessen darf. Sie sind jetzt ein Teil von mir, und darum kann nie etwas zwischen dieser Frau und mir sein. Aus demselben Grund kann auch der Herzog von Devonham niemals erfahren, daß sein ältestes Kind in jener Nacht *nicht* starb, nachdem vier Gauner ihn an einer dunklen Straßenecke entführt hatten. Verstanden?« Der Marquis von Dunwood und Hartingdale, Erbe eines der ältesten Titel in England, starrte Tinker mit geballten Fäusten an.

»Es überrascht mich, daß vier Männer das geschafft haben«, sagte der alte Mann leise. »Danach hat Euer Vater ganz England nach Euch absuchen lassen und jedem eine Belohnung versprochen, der Hinweise auf Euren Verbleib geben konnte. Und Eure Mutter, die Herzogin –«

»*Schluß damit!* Ich will es nicht hören. Ich will es nicht *wissen*, verdammt! Es ist alles vorbei. Sie könnten genausogut tot sein für mich!«

»Sind sie aber nicht. Ihr könnt so viel lügen, wie Ihr wollt, vor Silver und mir und vor wem auch immer, aber dort, wo es darauf ankommt, ist das belanglos – in Eurem eigenen Herzen.«

Lucs Kinn wurde hart. »Ihr wißt nicht, was geschehen ist. Ihr könnt es nicht einmal ahnen.«

»Warum sagt Ihr es mir nicht?« ertönte die leise Antwort.

Luc schloß die Augen. Seine Finger wanderten weich und langsam durch Silvers seidiges Haar.

Der Himmel. Hier an dieser Stelle.

Sie so weich und still an sich zu spüren, ihren gleichmäßigen Atem zu hören, darauf zu warten, daß sie erwachte und blinzelte und ihm ihr unglaublich schönes Lächeln zuwarf.

Doch dieser Himmel konnte niemals ihm gehören.

Ohne ein Wort, ohne die Augen zu öffnen, zog Luc seinen anderen Arm unter Silvers Kopf hervor und schob den Ärmel zurück.

Die Haut war straff über seine Muskeln gespannt. Zwei glatte Narben verliefen diagonal über die ganze Breite seines Arms. Dazwischen hockte das Bild einer dramatischen Figur, halb Löwe und halb Adler, in edler Zinnobertätowierung. »Sagt mir, was Ihr hier seht«, sagte Luc rauh.

»Einen starken Arm. Einen Arm mit Wunden. Eine Tätowierung.« Tinker beugte sich vor. »So etwas habe ich noch nie gesehen.«

Luc lachte hart. »Das kann ich mir vorstellen. So was bekommt man wohl kaum auf einem Marktflecken in Norfolk zu sehen.« Seine Stimme wurde noch härter. »Ja, das ist ein ganz besonderes Zeichen. Ein Zeichen, das nur im Palast von Algier gebraucht wird. Nur ein Mitglied der persönlichen Wache des Dey darf ein solches Zeichen tragen.« Seine Finger schlossen sich zu Fäusten. »Und man muß einen Menschen töten, um sich diese Ehre zu verdienen.« Es war, als spucke er das Wort *Ehre* zwischen zusammengebissenen Zähnen heraus.

»Herr im Himmel, Ihr wart in Algier? An der Berberküste?«

Tinker starrte ihn an. »Kein Wunder, daß man Euch nie gefunden hat. Aber wie – wer –«

Luc sah auf Silver hinab. Seine Augen waren gesenkt und undurchdringlich. »Heute nacht sage ich nicht noch mehr, James Tinker«, meinte er leise. »Ich muß gehen, denn es wird bald Morgen werden. Ihr wißt, daß das keine gute Zeit für einen Straßenräuber ist, noch unterwegs zu sein.« Er lachte fast tonlos und betrachtete die rotblonde Locke auf seinem Handgelenk. »Wo soll ich sie hinlegen?«

»Ich kann sie in ihr Zimmer bringen.«

Ein harter Blick. »Das dürft Ihr ruhig *mir* anvertrauen.«

»Tue ich. Hätte ich auch getan, bevor ich wußte, daß Ihr ein Delamere seid.«

Lucs Brust wurde seltsam eng. »Sie wird uns morgen früh nicht dafür danken«, sagte Luc grimmig.

Tinker lächelte nur. »Wohl kaum. Aber es ist doch allgemein bekannt, daß Frauen das eine sagen und dabei etwas ganz anderes denken.«

Luc blinzelte.

Und versuchte zu vergessen, was Tinker gesagt hatte, während er die schlafende Frau die Treppe hinauftrug.

Ihre Hand lag um seinen Nacken, als er sie in ihr nach Lavendel und Rosen duftendes Zimmer legte. Und selbst jetzt wollte sie ihn noch nicht loslassen.

Luc mußte ihre Finger einzeln lösen.

Er stand lange neben ihr und betrachtete ihr bleiches Gesicht, ihr rotes Haar, das wie Wein auf ihrem Hemd vergossen schien.

So schön. So mutig. So jung.

Es würde niemals tiefer zwischen ihnen werden. Sie brauchte jemand Unschuldigen. Jemanden, der noch nie den harten Seiten des Lebens begegnet war. Jemanden, der seiner selbst sicher war und voller Vertrauen in seine kleine Welt der Kartenspiele und der Jagd, mit einem Haus am Berkeley Square für die Saison.

So ein Mann, wie Luc es vor fünf Jahren gewesen war.

So ein Mann, wie Luc es nie wieder sein konnte.

Als er herunterkam, war sein Gesicht ausdruckslos.

Tinker betrachtete ihn genau. »Seht Euch vor heute nacht auf der Landstraße, Straßenräuber.«

Luc zuckte mit den Schultern und setzte sich langsam die Maske wieder auf. »*Vorsicht* ist nicht gerade eine meiner Leidenschaften. Aber um ihretwillen werde ich es vielleicht versuchen.« Er sah über die Blumenfelder hinaus. »Ihr habt vorher gesagt, daß Ihr mir traut. Aber Ihr solltet Euch besser vorsehen, James Tinker. Ich bin nicht einmal sicher, daß ich mir selbst traue.«

Der Mond war schon untergegangen, als er seinen Hut nahm und in der lavendelduftenden Nacht verschwand.

Weit entfernt in einem prächtigen Haus am Berkeley Square setzte sich India Delamere im Bett auf und sah nachdenklich in die Nacht hinaus. Sie war gerade von ihrem ersten Ball nach Hause gekommen und hatte von einem untadeligen Grafen ihren ersten Heiratsantrag bekommen. Sie sollte also eigentlich zufrieden mit sich und der Welt sein.

Doch das war sie nicht.

In ihren Augen standen Tränen.

Draußen in der Nacht fuhr laut ein Wagen vorüber. Die junge Frau fuhr zusammen, als ein leichtes Klopfen an ihrer Tür ertönte. »Herein.«

Eine stolze, weißhaarige Dame sah sie von der Tür her mit gerunzelter Stirn an. »Du bist immer noch wach, Mädchen? Zu viele schöne Männer, von denen du träumst?«

»Nein, Großmutter. Das ist es nicht. Es ist wegen – Luc.«

Als sie diesen Namen nannte, richtete sich die Herzogin von Cranford gerade auf. »Luc? Der Junge ist fort, India, das habe ich dir schon oft gesagt.«

»Dann – dann kann es keinen Irrtum geben? Und er wird

nicht eines Tages hereinkommen und seinen silbernen Spazierstock schwingen, wie er es immer getan hat?« Ihre Stimme klang trotzig.

»Das ist wirklich nicht wahrscheinlich, meine Liebe. Dein Bruder ist tot. Und es ist besser, wenn wir das alle akzeptieren.«

Die rothaarige Schönheit beugte sich vor und legte ihre Arme um die Knie, während eine Träne über ihre Wange rann. »Aber ich kann ihn nicht vergessen, Großmutter. Ich habe es versucht, aber – ich könnte schwören, daß ich ihn manchmal spüren kann, zu den seltsamsten Gelegenheiten. So war es immer zwischen uns. Schon als wir Kinder in Swallow Hill waren, wußte ich, wenn Luc von seinem Pony abgeworfen worden war, und er wußte es, als ich von der alten Ulme gefallen bin. Und jetzt –«, ihre Hände machten eine unsichere Geste, »jetzt, nun, ich *weiß*, daß er lebt. Ich weiß es, Großmutter. Ich spüre es.» Sie hob den tränenverhangenen Blick. »Und er ist in großer Gefahr.«

Sie griff nach der Hand der Großmutter. »Wo ist er? Verdammt, Luc, wo bist du?«

Langsam verblaßten die Sterne.

Der Himmel über Lavender Close färbte sich blau, dann grau. Schließlich tönten rote Streifen den baumdunklen Osten.

Dicht und weiß kroch der Morgennebel überallhin, brachte das Land zum Schweigen, den Wind, die Vögel, die satte, dunkle Erde. Nichts anderes bewegte sich.

Und für wenige vollendete Stunden wurde das Tal zum magischen Ort der Freude, der Sicherheit. Ein Ort, an dem Träume Gestalt annehmen konnten.

Und während dieser Zeit saß ein einsamer Mann wachsam auf dem Hügel, die Hände tief in den Taschen vergraben, in den Augen einen anderen Nebelschleier – und den Wahnsinn, den grausame Erinnerungen mit sich bringen.

## 20. Kapitel

Das Sonnenlicht lag hell auf den Lavendelfeldern, als die Tür zum Arbeitsraum mit einem Krachen aufflog. Silver erschien mit wirrem Haar. »Warum habt ihr mich nicht geweckt? Es ist schon beinahe Mittag.«

Tinker sah von der Flasche mit Rosmarinöl auf, die er gerade schloß. »Könnt Ihr nicht einfach guten Morgen sagen, wie andere Menschen? Ihr seid wirklich ein Wildfang geworden, Mädchen, das muß ich schon sagen.«

»Aber es ist schon spät, ich hätte euch doch helfen müssen.«

»Der Junge und ich kommen ganz gut zurecht«, sagte der alte Bedienstete schlicht. »Ich brauche noch mehr Rosmarinöl«, rief Tinker über seine Schulter. »Dann noch getrocknete Minze und diese Lieferung ist fertig.«

Bram erschien aus dem Nebenzimmer, Lavendelstaub auf den Schultern und eine Glasflasche an die Brust gedrückt. »Schon da, Tinker.« Er sah seine Schwester an. »Auch schon wach?«, gab Tinker die Flasche und machte mit seiner Arbeit weiter.

»Ja, wir kommen gut zurecht. Und die Duftmischung für die Modistin in Norwich ist auch fast fertig.«

»Oh. Dann... braucht ihr mich ja wohl nicht. Das heißt – um die neue Potpourrimischung sollte ich mich noch kümmern. Ich glaube, es war noch zu viel Ingwer darin.«

»Schon erledigt. Bram hat die Zusammensetzung etwas geändert, noch etwas Nelkenöl hinzugefügt, und jetzt ist die Mischung wunderbar. War eigentlich nichts Besonderes.«

Nichts Besonderes? Silver biß sich auf die Unterlippe. Sie hatte schließlich einen halben Tag für die neue Mischung gebraucht. »Und ihr habt sie völlig verändert?«

»Ja, alle sechs Dutzend Bestandteile.«

*Sechs Dutzend*? »Oh«, sagte Silver langsam.

»Ich gehe nach oben ins Haus«, rief Bram, »und hole mir ein Buch.«

»Dann halt die Augen auf. Und bring mir Iriswurzel mit.«

Silver starrte Tinker an, nachdem Bram fort war. »Du glaubst doch nicht, daß schon alles vorbei ist, oder?«

Tinker hielt kurz inne und zuckte dann mit den Schultern. »*Er* glaubt es nicht. Und bis jetzt hat er auch immer recht gehabt.« Es gab keinen Zweifel, wer *er* war.

Silver spürte eine seltsame Enge in der Brust. »Hat Blackwood das gesagt?«

Tinker nickte. »Er will auch, daß Ihr weggeht von hier.«

»Das tue ich nicht.« Silver hob eine Karaffe mit einem goldenen Öl und hielt sie ans Licht. Es erinnerte sie an Blackwoods Augen. Die Süße seiner Lippen. Sie stellte die Karaffe weg. Doch ihre Gedanken waren nicht so leicht beiseite zu schieben.

»Hat er, äh, sonst noch was gesagt?«

»Wozu?« fragte Tinker mit einer gehobenen Augenbraue.

»Oh, ich weiß nicht... irgendwas.«

Tinker betrachtete sie eingehend. »Sein Name ist übrigens Luc. Mit c. Ich dachte, das würde Euch vielleicht interessieren. Sonst war nichts weiter.«

»Aber wie – das heißt wer –« Silver wurde rot. »Ich lag in meinem Bett, als ich wach geworden bin.«

»Master Luc hat Euch wohl hinaufgetragen.«

Silvers Hände verkrampften sich. »Wirklich?«

»Ja.«

Silver hatte Schwierigkeiten, ruhig zu atmen und sicher zu stehen. »Oh.« Dann hob sie trotzig das Kinn. »Nun, das finde ich äußerst ungehörig von ihm. Und von dir, daß du es ihm erlaubt hast, Tinker.«

»Ich glaube kaum, daß ich ihn hätte abhalten können, selbst wenn ich es gewollt hätte«, war seine knappe Antwort.

Ein seltsames Brennen, halb Freude, halb Schmerz, erfüllte Silvers Brust. »O-oh.«

Tinker drehte sich um. »Der Junge scheint sich in einem von seinen Büchern vergraben zu haben. Vielleicht geht Ihr besser und holt ihn, bevor er ganz vergißt, weswegen ich ihn losgeschickt habe.« Ein leises Lächeln hob seine Lippen. »Außer Ihr wollt noch den Rest des Tages dastehen und schwärmen.«

»*Schwärmen!* Wie kommst du auf den Gedanken –«

Hektisches Rot überströmte Silvers Wangen. »Ihr seid beide gleich!« Auf dem Boden neben Tinker saß Cromwell, sah sie an und wedelte klopfend mit dem Schwanz.

»Ihr seid *alle* gleich!«

Und mit dieser seltsamen Bemerkung ging Silver hinaus.

Sie wanderte langsam durch die blühenden Felder und wartete darauf, daß ihre Röte nachließ, bevor sie Bram begegnete, der auch schon unangenehm viel zu verstehen schien. Nebenbei bemerkte sie, welche Felder geschnitten und welche bewässert werden mußten. Doch ihre Gedanken waren weit weg.

Bei einem vollen, harten Mund mit einer silbrigen Narbe darüber. Bei schamlosen, bernsteinfarbenen Augen. Bei einem undurchschaubaren Mann, den sie kaum kannte. Einem Mann mit so dunkler Vergangenheit, daß sie davor zurückschrecken müßte, sie kennenzulernen.

Bei dem Mann, den sie liebte.

Mit einem tiefen Atemzug blieb Silver zwischen zwei Lavendelbüschen stehen, und ihr Gesicht wurde grau und dann weiß wie ein Bettlaken.

Diese Erkennntis war unvermutet in ihr aufgestiegen, während sie an Blühzeiten und den zu erwartenden nächsten Angriff ihrer Gegner dachte. Mein Gott, wie war es dazu gekommen? Wie konnte sie so jede Vernunft verloren haben?

Sie liebte – einen Straßenräuber! Einen harten, in ganz England berüchtigten Mann. Nein, das war absolut undenkbar!

Aber es war wahr, wurde Silver klar, während sie auf ihrer Unterlippe kaute und eine weiße Hand auf ihre glühende Wange drückte.

»Herr im Himmel, was habe ich nur gemacht?«

Sie sank zwischen den beiden Lavendelreihen zusammen und holte tief Atem. Dann saß sie bewegungslos auf der schwarzen Erde und starrte zu dem mit Glyzinien bewachsenen Haus hinauf, während die Sonne heiß auf ihre Schultern schien und der Lavendelwind ihr Haar zerzauste.

Luc, hatte Tinker gesagt. Luc mit c. Ein seltsamer Name. Aber der paßte zu ihm, denn er war auch ein seltsamer Mann.

Luc. *Ihr Luc.*

Sie war verliebt. In ihn. Silver atmete langsam wieder aus, eine Hand an die Brust gedrückt.

Verflucht, sie liebte den verdammten Lord von Blackwood wie ein ganzes Regiment anderer dummer Frauen vor ihr.

Verfluchter Mist! Wie hatte ihr das nur passieren können?

Das war natürlich eine hoffnungslose Sache. Sie würde sich den Kerl sofort wieder aus dem Kopf schlagen müssen.

Und das hätte sie auch getan, wenn sie nur hätte vergessen können, wie es sich anfühlte, wenn er sie in seinen Armen hielt und ihr Blut vor Leidenschaft zum Kochen brachte. Wenn sie nur das Verlangen in seinen Augen hätte vergessen können, als er sie im Gewächshaus geküßt hatte.

»Oh, verdammter Mist!« murmelte sie und stand auf. Was genug war, war genug. Sie mußte ihn sich aus dem Kopf schlagen, jetzt sofort!

Silver dachte immer noch darüber nach, wie sie das schaffen sollte, als sie eine dichte Rauchwolke sah, die vor dem Haus aufstieg.

## 21. KAPITEL

Der Rauch rollte als häßliche, schwarze Wolke aus dem Haus, als Silver die Stufen hinaufrannte.

Bram war jetzt sicher in dem büchergefüllten Arbeitszimmer damit beschäftigt, in sein abgenutztes Notizbuch zu schreiben.

Doch dort fand sie keine Spur von ihm. Auch nicht in dem kleinen Salon, in dem er immer arbeitete.

»Bram!« Silvers Stimme war voller Panik, als sie sich durch den dicken Rauch kämpfte, der von der Rückseite des Hauses aufwallte. »Um Himmels willen, wo bist du?«

Ein Geräusch ertönte vom Fußboden. Durch den Rauch entdeckte Silver eine bewegungslose Gestalt. Mit einem Schrei griff sie nach dem Arm ihres Bruders und zog ihn zur Tür.

Er hustete lange und heiser, als er seine grünen Augen öffnete. »Du bist ein Engel, Schwester. Ich wußte, du würdest es schaffen. Tut mir leid, Syl«, er hustete wieder. »Ich habe versucht, ihn aufzuhalten. Aber dann traf mich etwas am Kopf.«

Der Junge schauderte und wurde wieder bewußtlos.

Erst als Silver Bram in Sicherheit gebracht und Wasser geholt hatte, kam Tinker atemlos den Hügel herauf. »Was zum Teufel ist denn jetzt schon wieder los?«

Silver drückte ihm einen Holzeimer in die Hand, während sie das Wasser aus ihrem Eimer auf die Flammen an der Veranda goß. »Keine Zeit – Bram ist in Sicherheit. Wir müssen das Haus – retten.«

Sofort kam Tinker in Bewegung und rannte los, um noch mehr Wassergefäße zu holen. Über eine Stunde lang rannten sie hin und her, ohne zu reden. Als sie schließlich die letzten Flammen gelöscht hatten, sank Silver erschöpft und nach Atem ringend auf der geschwärzten Veranda nieder und ließ den Kopf auf die rußigen Hände sinken. Erst da sah sie die Worte, die jemand unter dem Fenster auf die Wand gekritzelt hatte:

*Diesmal ist es nur eine Warnung.*
*Nächstes Mal werdet ihr ALLE brennen.*

Sie begann zu zittern und klemmte ihre Hände unter die Knie, um nicht zu schreien. Doch sie sah nur Brams rußgeschwärztes Gesicht vor sich. »O nein...«

Doch es war zu spät für ihre Pläne und die Hoffnung, sie könnten ihre Angreifer vertrieben haben. Heute hatte sie Bram noch retten können, doch was würde beim nächsten Mal passieren? Und beim übernächsten Mal?

Silver wußte, was zu tun war. Und sie entschloß sich dazu mit jenem schamlosen Stolz, der schon der Ruin so vieler St. Clairs gewesen war. »Kümmere dich um Bram, Tinker.«

»Und was habt Ihr vor, Miss, rußgeschwärzt wie Ihr seid?«

»Ich – ich muß mich umziehen. Und mein Gesicht waschen...« Sie sprach mehr zu sich selbst als mit Tinker. »Dann muß ich mich auf den Weg machen.«

»Ihr werdet jetzt erst einmal brav mit mir zum Trockenschuppen hinuntergehen und den Ruß abschrubben. Dann setzt Ihr Euch in einen Sessel, und ich verbinde Euch die verbrannten Finger!«

Silver legte den Kopf zur Seite, hörte jedoch kaum zu. »Finger? Ja, ich werde wohl Handschuhe brauchen. Sie dürfen auf keinen Fall sehen, daß sie es beinahe geschafft hätten.«

»Wer darf was nicht sehen? Was habt Ihr jetzt wieder vor, Miss? Ich sehe schon, daß Ihr Unsinn im Sinn habt!«

»Jetzt nicht, Tinker.« Silvers Stimme wurde ganz ruhig. *Gefährlich* ruhig. »Ich muß mich beeilen. Es ist keine Zeit.«

Dann verschwand sie auf dem Weg zu ihrem Zimmer.
Als sie eine halbe Stunde später wieder herauskam, waren ihre Wangen sauber und ihre verbrannten Finger in feinen hirschledernen Handschuhen verborgen. Sie betrachtete sie nachdenklich. Seltsam, daß sie sie ausgerechnet zu einer solchen Gelegenheit zum ersten Mal anzog. Sie spürte ein wildes Lachen in ihrer Kehle aufsteigen, unterdrückte es jedoch.

Keine Zeit. Sie trug ihr feinstes, elfenbeinfarbenes Kleid. Es hatte volle Ärmel und einen Spitzenbesatz am Mieder. Blattgrüne Bänder setzten die Ärmel ab und ließen ihre Augen noch grüner wirken.

Doch Silver betrachtete nur flüchtig ihr Spiegelbild in einem aschebestäubten Fenster. Annehmbar, sagte sie sich und zupfte eines der Bänder am Ärmel zurecht. Doch sie wirkte deutlich mehr als nur annehmbar. Mit ihren geröteten Wangen und blitzenden Augen bot ihr Anblick eine faszinierende Mischung aus Unschuld und Leidenschaft.

Sie wäre eine Herausforderung für jeden Mann gewesen.

Und für einen Mann, der schon halb in sie verliebt war, eine Verführung, der er nicht hätte widerstehen können.

Doch Silver dachte nicht an Liebe oder Verführung. Ihr Herz war hart wie Granit, als sie zum Stall hinuntereilte, entschlossen zu tun, was immer nötig war, um das Leben ihres Bruders zu retten.

*Ich schreibe Dir dies, Susanna, weil Du die Neugierde Deiner Mutter besitzt und mein verfluchtes Temperament. Ich bin nicht stolz darauf, es Dir vererbt zu haben, aber ich bin sicher, daß Du dich besser beherrschen können wirst als ich.*

*Und ich denke, Du wirst eine Menge Temperament und Ausdauer brauchen, um die harte Aufgabe zu erfüllen, die ich Dir hinterlasse.*

*Finde heraus, wer Deine Mutter getötet hat, Susanna. Finde heraus, warum.*

*Dann wirst Du wissen, wer dort draußen in der Nacht steht und mich auch jetzt in diesem Augenblick beobachtet.*

*Ich habe es versucht und bin gescheitert...*

Luc stieg zu den Arbeitsräumen hinauf und hatte nur einen Gedanken im Kopf: Er mußte sie dazu bringen, fortzugehen. Heute noch. Sofort, wenn möglich.

Aber Silver schien verschwunden zu sein. Die Lavendelfelder, der Kräutergarten, alles war leer. Nur dünne Rauchschwaden zogen über die Hügel.

Dann sah Luc die schwarzen Wände des Hauses. »Was ist geschehen?« fragte er knurrend Tinker, der in diesem Augenblick hinter ihm auftauchte.

»Die Kerle haben das Haus angezündet. Bram wäre dabei fast umgekommen. Ich habe nach ihm gesehen, und als ich herunterkam, war sie weg.«

Luc überlegte mit finsterer Miene, was Silver wohl vorhatte: Sir Charles zur Rede stellen. Das verfluchte Bordell aufzusuchen...

Er holte tief Atem. »Hat sie gesagt, wo sie hingeht?«

»Wahrscheinlich Kingsdon Cross, weil sie ihr einziges gutes Kleid angezogen hat«, sagte der alte Mann düster.

»Wie konntet Ihr sie nur gehen lassen, verdammt?«

Tinker wollte erst etwas sagen, zuckte dann aber nur mit den Schultern. »Sie ist mir entwischt, um die Wahrheit zu sagen. Ich wollte gerade mein Pferd holen gehen, als Ihr kamt. Und von gehen *lassen* kann keine Rede sein. Aber wenn Miss Silver sich etwas vornimmt, hält sie niemand davon ab!«

Luc fluchte leise. »Diese Männer sind gefährlich. Die schrecken vor nichts zurück. Sobald ich sie gefunden habe, müßt ihr hier weg. Ihr könnt schon alles vorbereiten. Heute nachmittag gehen wir. Und da es keinen anderen Platz zu geben scheint, könnt ihr zu mir kommen. Dort werdet ihr in Sicherheit sein.«

Tinker sah ihn prüfend an. »In Sicherheit vor wem?«

»Vor jedem, der ihnen gefährlich werden kann, einschließlich mir«, fügte er finster hinzu.

Tinker nickte nachdenklich. »Ich glaube übrigens, daß sie doch nicht nach Kingsdon Cross gefahren ist.«

»Warum habt Ihr mir dann gesagt, daß –«

»Weil ich immer noch nicht sicher bin, ob ich Euch trauen kann, Junge, wenn es um Miss Silvers Leben geht. Aber Ihr seid einfach jünger und kräftiger als ich, also werde ich Euch diesmal vertrauen. Sie ist Richtung Westen gefahren.«

*Westen? Da war doch nur Ackerland, Wildnis und...*

Lucs Gesicht wurde hart. Und der ›Grüne Mann‹. Er fluchte laut.

»Ich sehe, daß Ihr denselben Gedanken habt wie ich. Warum sie zu dieser Räuberhöhle allerdings in ihrem feinsten Kleid fährt, ist mir ein Rätsel.«

Für Luc war eines klar: Eine Frau allein war unter solchen Leuten entschieden in Gefahr. Selbst wenn er riskierte, geschnappt zu werden, mußte er ihr folgen.

Je eher, desto besser.

Unterwegs versuchte er sich immer wieder einzureden, daß er ein Narr war. Selbst jemand mit Silvers Sturheit konnte dem Feind nicht in der Höhle des Löwen entgegentreten. Doch als er eine halbe Stunde später den »Grünen Mann« erreichte, sah er, daß er sich getäuscht hatte. Silvers Wagen stand vor dem Eingang.

Ein schmutziger kleiner Junge, der auf einer Kiste saß und auf ihr Pferd aufpaßte, sprang auf, als er Lucs ganz in Schwarz gekleidete Gestalt erblickte. »Ihr seid Blackwood, stimmt's?«

Luc lächelte finster. »Kann sein. Vielleicht bin ich auch der verrückte König Georg.«

Der Junge grinste. »Pah. Sucht Ihr die zornige Dame?«

*Die zornige Dame?* Das paßte genau auf Silver. »Ich denke schon.«

»Sie ist da hineingegangen, obwohl ich ihr gesagt habe, sie soll's nicht tun. Kein Platz für eine Dame. Aber sie hat nicht zugehört.«

Luc spürte die Angst in seiner Kehle, als er seine Tasche über die Schulter legte und vom Pferd stieg.

In was für Schwierigkeiten hatte sich diese Frau jetzt wieder gebracht?

## 22. Kapitel

Luc sah sich flüchtig um. Noch hatte ihn niemand bemerkt. Dadurch blieb ihm der Überraschungseffekt. Er schaute durch eines der schmierigen Fenster in die Schankstube, wo sich der kahle Besitzer gerade die fleischigen Finger an der Schürze abwischte.

Luc trat ein und blieb dann plötzlich stehen, weil er seinen Augen nicht traute.

Doch da stand Silver mitten im Raum, gekleidet, als wäre sie auf einem Bummel in der Regent Street. Nichts an ihrem Verhalten deutete darauf hin, daß vier der übelsten Kerle von Norfolk sie anstarrten.

Luc ballte die Fäuste, als er die Gefahr sah, in der sie schwebte. Sie bemerkte sein Eintreten nicht. Doch die sieben Männer in der Schankstube schon. Als der Wirt langsam zur Hintertür schlich, zog Luc seine Pistole aus dem Ärmel. »Ihr solltet besser bleiben, wo Ihr seid, guter Mann.«

Silver drehte sich hastig um. »Du!«

»Du hattest doch wohl nicht den Friedensrichter erwartet«, knurrte Luc. »Komm hier herüber.«

Silver wurde rot. »Erst wenn ich fertig bin.«

Lucs Finger schlossen sich fester um die Pistole. Er sah, wie ein massiger Mann ohne Schneidezähne unter den Tisch griff. Vorsichtig zog Luc die zweite Pistole unter seinem Umhang hervor. »Was immer du getan hast, ist jetzt beendet. Also komm her.«

Sie schlug mit ihrem kleinen Sonnenschirm auf den Tisch. *»Nein.«*

Der Zahnlose grinste. Luc hob seine zweite Pistole.

»Das ist wohl kaum nötig«, sagte Silver knapp. »Ich bin sicher, daß diese Herren –«

»Dir ohne einen Funken Reue die Kehle aufschlitzen werden«, beendete Luc den Satz für sie.

Silver schnaubte. »Im Gegenteil. Die Herren wollten mir gerade ein paar Fragen beantworten, nicht wahr?« Sie drehte sich um und warf den Kerlen ein wohlmeinendes Lächeln zu, das der Zahnlose kalt und häßlich erwiderte.

»Komm *jetzt*, bevor es zu spät ist.«

Doch es war schon zu spät. Der Mann ohne Zähne stieß den Tisch nach vorn, wobei ein schweres Tischbein Silvers Knie traf und sie zurückschleuderte.

Direkt in die fettigen Finger des Zahnlosen. Und schon blitzte ein Messer an Silvers Kehle.

»Jetzt runter mit den Waffen, Mann, sonst wird das Kleid der Dame schmutzig.«

Ohne den Blick einen Moment abzuwenden, ließ Luc die eine Pistole auf den Tisch neben sich, die andere auf den Boden fallen.

»Und jetzt nach hinten an die Wand, Straßenräuber. Ganz langsam.«

»Du hast das Messer«, sagte Luc und zuckte mit den Schultern. Dabei ließ er langsam und auffällig seine Tasche von der Schulter auf den Tisch gleiten und trat zurück.

Der Zahnlose sah zu den anderen Männern. »Raus«, befahl er knapp.

Sie gehorchten wortlos, was Luc besonders beunruhigte.

»So, und jetzt können wir mit Miss Lavendel in Ruhe reden.« Der Wirt stimmte in das Gelächter des Zahnlosen ein. »Und dann kommt deine Maske runter, Straßenräuber. Wir wollten nämlich schon lange wissen, wer du bist.«

Der Wirt, mutig geworden, seit Luc unbewaffnet war, trat vor. »Ich schätze, der Adel wird es mögen, wenn man Euch 'ne Schlinge um den Hals legt. Und ich auch, denn Lord Carlisle hat hundert Goldstücke für Hinweise auf Blackwoods Verbleib ausgesetzt. Also tun wir doch unsere Bürgerpflicht und sagen's ihm, was, Amos? Wer weiß, was wir kriegen, wenn wir ihm den Straßenräuber persönlich bringen!«

Silver sah Luc an. »Ich hätte nie gedacht, daß –«

»Still«, knurrte der Zahnlose. Sein Messer stieß an ihre Kehle.

Luc konzentrierte sich. Wenn er seinem Zorn nachgab, würden sie nie hier herauskommen. Also stellte er einen Stiefel auf den Stuhl neben sich und tat, als mustere er ihn eingehend.

»Interessant, mein Freund«, sagte er lässig. »Da ist nur ein Problem: du kommst nicht lebend hier heraus.«

»Halt's Maul«, befahl Silvers Bedroher und warf dem Wirt einen unbehaglichen Blick zu. »Sieh an der Vordertür nach.«

Sein Komplize war schnell zurück. »Nur der Junge.«

Amos lachte und deutete auf Luc. »Fessele ihn.«

Plötzlich verschwand das Grinsen des Wirts. »Wer, ich?«

»Los! Dann schicken wir den Jungen los, Millbank zu holen. Er hat mir zweihundert Pfund geboten, wenn ich Blackwood finde.«

»Dann teilen wir«, zischte der Wirt.

Aus dem Augenwinkel sah Luc eine spitze Schnauze aus seiner Tasche hervorschauen und dann ein schlankes, schwarzes Tier am Tischbein hinabklettern.

»Wer hat euch nach Lavender Close geschickt?« fragte Luc knapp.

»Geht dich nichts an, Straßenräuber.« Amos starrte seinen Freund an. »Los, fessele und knebele ihn!«

»Und das Mädchen?« Der Wirt rang nervös die Hände vor der Schürze. »Als er uns bezahlt hat, hat er nichts –«

»Halt's Maul und tu, was ich sage.«

Der Wirt verschwand hinter der Theke und kam mit einem kräftigen Seil wieder. Vorsichtig näherte er sich Luc.

»So, hat im voraus bezahlt, wie?« sagte Luc weich. »Hat euch das nicht zu denken gegeben? Die meisten bezahlen erst nachher. Vielleicht denkt er, er kriegt sein Geld zurück, sobald ihr mich abliefert.« Aus dem Augenwinkel sah Luc das Frettchen um die Theke huschen. »Tja, Freunde, ich bin ziemlich sicher, daß ihr beide einen häßlichen Unfall haben werdet, sobald ihr den Auftrag erledigt habt.«

»Spar dir die Sprüche, Blackwood«, knurrte Amos. »Siehst du nicht, wieviel Angst ich habe, Mann?« Bei diesen Worten machte er eine heftige Bewegung mit dem Messer, die zwar dramatischer wirkte, als sie war, aber dennoch ein paar Tropfen Blut an Silvers Hals entlanglaufen ließen.

*Ganz ruhig bleiben*, sagte sich Luc hart, als er spürte, wie es ihm in den Fingern juckte, dem Kerl den Hals umzudrehen. *Sonst verdirbst du alles.*

Er hob in übertriebener Freundlichkeit die Hände. »Ich will mich gar nicht in eure Pläne einmischen. Ich habe den ganzen Nachmittag Zeit und will euch nicht den Spaß verderben.«

Daraufhin wirkte der Wirt nur noch unsicherer. »Nicht hier in der Schenke, Mann. Hältst du mich für völlig bekloppt?«

»Kann man nie wissen«, antwortete Luc träge.

»Umdrehen!«

Luc drehte dem Wirt den Rücken zu und hielt seine Hände hinter sich. »Wer hat euch Geld geboten, um die Leute von Lavender Close zu vertreiben?«

»Geht dich nichts an.«

»Jedenfalls werdet ihr das Geld nicht ausgeben können, wenn ihr tot seid.«

»Mach schneller, Mann«, schrie Amos den Wirt an, der daraufhin hastig das Seil viermal um Lucs Handgelenke schlang und zwei harte Knoten machte.

Sie waren nicht hart genug, dachte Luc, Brams wären besser gewesen. Doch das mußten seine Bewacher ja nicht erfahren. »Au!« donnerte er. »Nicht so fest!«

Der Wirt lachte kalt. »Warte, bis dich Millbank in die Finger kriegt. Dann wirst du wirklich Grund zum Schreien haben.«

Amos runzelte die Stirn. »Wir gehen weder zu Millbank noch zu Carlisle. Es gibt andere Leute, die noch mehr für ihn bezahlen.«

*Andere?* »Und wer zum Beispiel?« fragte Luc ruhig, auch wenn sein Herz raste. *Wer sonst spielte hier mitten in Norfolk noch dabei mit?*

»Still! Das wirst du noch früh genug rausfinden!«

Ein Schatten huschte über den Boden, und Lucs Frettchen verschwand neben ihm unter einem Stuhl.

»Jetzt hol seine Pistolen«, befahl Amos.

Der Wirt schwitzte, während er die silberverzierte Pistole nahm und zu schätzen schien, was sie ihm wohl einbringen würde.

Luc beobachtete ihn unauffällig und löste dabei den nächsten Knoten.

Silver sah ihn mit gerunzelter Stirn an. Luc schaute eindringlich auf den Sonnenschirm auf dem Tisch neben ihr.

Sie nickte leicht.

Luc ließ sich in einen Stuhl sinken und beobachtete aus dem Augenwinkel, wie das Frettchen um den Tisch herumkam.

Einen Augenblick später begannen zwanzig Zentimeter bebender Muskeln zu handeln. Mit zuckendem Schwanz kletterte das Frettchen auf Amos' Arme und versenkte eine Reihe rasiermesserscharfer Zähne in die Hand, die das Messer hielt. Im selben Moment befreite sich Silver und griff nach ihrem Sonnenschirm, während Luc sich den verblüfften Wirt schnappte und ihm seine Pistole abnahm.

Amos heulte auf vor Schmerz.

Der Wirt fluchte.

Und Silver war frei und hielt sich den Sonnenschirm schützend vor die Brust.

Luc pfiff einmal scharf, und das zweite Frettchen huschte aus der Tasche und setzte sich mit gefletschten Zähnen auf den Boden neben Lucs zweiter Pistole.

Silver kam langsam rückwärts zu Luc herüber, der sie dann hinter sich zog. »Ich glaube, es ist Zeit zu gehen. Kommt, meine Kleinen.« Die beiden Frettchen huschten wieder zurück in die Tasche.

Mit einem dunklen Lächeln bewegte sich Luc in Richtung Tür.

»Aber was ist mit *denen*? Diese Hunde wissen etwas, da bin ich sicher!«

»Jetzt nicht. Ich schätze, wir bekommen bald noch mehr Gesellschaft.«

»Aber –«

Luc fluchte und gab Silver einen kleinen Stoß. Bisher hatten sie Glück gehabt, doch er wollte kein weiteres Risiko eingehen. »Geh, Frau!«

»Aber was ist mit dem Feuer, das sie gelegt haben, wobei Bram fast umgekommen wäre? Und der Mann, der dich suchen soll? Willst du nicht wissen, wer er ist?«

Lucs Stimme zischte nur noch: »Jeden Augenblick wird hier alles voller Schurken sein. Und dann kann ich dir nicht mehr helfen, verdammt!«

Wortlos hob Silver ihren Rocksaum und zog eine Pistole unter einem kessen lavendelfarbenen Strumpfband heraus. »Aber das hier wird mir helfen.«

Luc blinzelte. Er kannte wenige Frauen, die ihn erstaunten, aber diese hier schaffte es immer wieder. »Herrgott im Himmel, Sonnenstrahl, wo hast du die her?«

»Kann dir doch egal sein. Du kannst davonlaufen, wenn du willst, ich tue es nicht. Wir St. Clairs laufen nie davon.« Sie runzelte die Stirn. »Ich fange mit dem großen an.« Ihre Augen wirkten hart und grün wie Malachit.

Mit grimmiger Miene nahm ihr Luc die Pistole weg, ließ sie in die Tasche fallen, legte sie sich über die Schulter und Silver darauf.

»L-laß mich los!«

Luc achtete nicht weiter auf ihr Gestrampel, sondern verließ den »Grünen Mann« und ging eilig zu seinem Pferd.

Der schmutzige Junge war immer noch draußen. »Ihr müßt wirklich Blackwood sein«, staunte er, als er Luc mit seiner Last sah. »Ich hab's doch gleich gewußt!«

»Was ist mit meinem Pferd und meinem Wagen?« zischte Silver.

»Das hättest du dir überlegen müssen, bevor du eine so leichtsinnige Unternehmung anfängst.« Luc biß die Zähne zusammen, weil ihm sein Arm weh tat, und wendete das Pferd, wobei Silver immer noch über seiner Schulter lag.

»Wir dürfen noch nicht gehen«, sagte Silver verzweifelt. »Diese Männer haben die einzigen Hinweise.«

Luc schüttelte den Kopf. Mit Silver St. Clair war es einem wirklich nie langweilig. Als er sie absetzte, stellte er sich vor, daß sie ihm vielleicht danken würde. Oder ihn küssen wie damals im Gewächshaus. Seine Temperatur stieg, wenn er nur daran dachte.

Aber sie küßte ihn nicht, sondern schlug ihm ihre kleine, behandschuhte Faust ans Kinn.

»Womit habe ich das verdient, verdammt?«

»Damit, daß du mich aus dieser Schankstube gezerrt hast!« Silvers Wangen glühten. »Ich mußte dort etwas erledigen.«

»Was, dich umbringen lassen? Wann wirst du verstehen, daß du dich mit diesen Männern übernimmst, Sonnenstrahl? Warum zum Teufel hast du mir nicht eine Nachricht in der Eiche hinterlassen, wie ich dir gesagt habe?«

»Das hätte Stunden gebraucht! Und das, wo das Haus zerstört ist und Bram – mein Gott, sie hätten ihn fast –« Ihre Stimme brach.

Luc umfaßte ihre Wange. »Ich wäre gekommen. Ich hätte dir geholfen. Verflucht, Silver, weißt du nicht, daß ich dich lie –«

Luc unterbrach sich, weil er selbst nicht glauben konnte, was er gerade hatte sagen wollen.

Aber es war zweifellos wahr. Er liebte sie tatsächlich. Er hatte sie geliebt, seit er sie zum ersten Mal gesehen hatte, stolz und angstvoll, aber bemüht, es nicht zu zeigen, auf einem wilden Ritt über die Heide mitten in der Nacht. Er hatte sich in die trotzige Haltung ihres Kinns verliebt, in ihre grüngoldenen Augen, in ihre feurige Art, ihre Intelligenz und die Art und Weise, wie sie für die kleine Truppe sorgte, die sie zu ihrer Familie gemacht hatte.

Ja, verdammt, er liebte sie. Er liebte sie so sehr, daß es brannte wie ein Kanonenschuß, so sehr, daß er sein Inneres zerriß und ihn all seine alten Schwüre vergessen ließ.

Aber er konnte sie nicht lieben. Er war ein Mann mit einer bitteren Vergangenheit und einer hoffnungslosen Zukunft. Es war undenkbar, zu erwarten, daß sie diese Zukunft mit ihm teilte.

Seine Finger schlossen sich um ihre Schultern. »Du kannst nicht jeden Kampf allein kämpfen.« Er wünschte, sie würde den rauhen Ton seiner Stimme nicht hören. »Ich bin dein Freund. Du solltest inzwischen wirklich wissen, daß ich dir beistehe.«

In diesem Augenblick stolperte der zahnlose Mann aus dem »Grünen Mann«. »Da, er ist es«, rief er. »Das ist Blackwood. Faßt ihn!«

Luc fluchte. »Es ist wirklich Zeit zu gehen.«

Plötzlich drehte sich Silver zur Seite. Sie schoß mit ihrer Pistole auf die Tür des Wirtshauses.

Aber es war zu spät.

Sie schrie, als eine Kugel durch die Luft zischte und ihre Seite traf.

## 23. Kapitel

Sie blutete.

Luc konnte an nichts anderes denken, während er sie an sich drückte und Richtung Osten galoppierte.

Noch vor wenigen Minuten war sie so tapfer gewesen, auf einen Angreifer in fünfzig Schritt Entfernung zu schießen. Jetzt lag sie bewegungslos in seinen Armen, ihr Kleid mit Blut befleckt.

Sie stöhnte leise. »Wir – wir haben es geschafft. Ich habe den Glatzköpfigen mit der Waffe getroffen, oder?«

Luc erinnerte sich an die Schreie des Mannes. Wenn er nicht so besorgt gewesen wäre, hätte er gelacht. »Perfekter Schuß, Sonnenstrahl.«

»Ich hab's doch gesagt. Ich schieße gut.« Sie seufzte kurz, und Luc wußte, was sie für Schmerzen hatte, auch wenn sie sie zu verstecken versuchte. »Wir haben noch gar nicht – über Geld geredet. Muß dich bezahlen. Berühmter Mann wie Blackwood muß bezahlt werden…« Ihre Stimme schwankte.

»Nicht reden jetzt.« Luc trieb sein Pferd voran. »Wir haben's nicht mehr weit.«

Sie lächelte ihn unsicher an. »Ich hab' dreißig Pfund gespart.«

»Vergiß das Geld.«

»Warum? Is' mein Geld nich' gut genug für dich?« Sie war so unglaublich blaß. Luc spürte, wie die Angst nach seinem Herzen griff.

»Durchhalten, Sonnenstrahl«, flüsterte er, als sie die Augen schloß. Und er wußte, daß er sie beide damit meinte.

Luc schaffte es, Silver ins Haus zu bringen, noch bevor sie wieder zu sich kam. Er trug sie gerade in sein Zimmer hinauf, als Jonas' ärgerliche Stimme ertönte: »Was habt ihr jetzt wieder angestellt, Junge? Wollt Ihr Euch als nächstes als Entführer betätigen?«

»Das ist ... die Frau, von der ich dir erzählt habe, Jonas. Sie hat mir das Leben gerettet und ist dann selbst getroffen worden.«

»Verdammt gefährlich, Herr. Was ist, wenn sie's jemand sagt?«

Luc legte Silver mit finsterer Miene auf sein Bett und schlitzte vorsichtig ihren Ärmel auf. »Tut sie nicht.« Seine Hände zitterten leicht, als er das frische Blut auf ihrem Unterhemd sah. »Meine Silver nicht. Die könnte man eine Woche lang foltern und sie würde dich immer noch anspucken.«

Jonas murmelte etwas und machte sich mit mißbilligender Miene auf den Weg, Mullbinden und heißes Wasser zu holen.

Luc unterdrückte einen Fluch, als er das Hemd aufgeschnitten hatte und ihre blutige Seite sah, die zwischen zwei Rippen von einer Kugel gestreift worden war. Glücklicherweise hatte die Kugel die Knochen verschont. Erleichtert atmete er auf.

Dann sah er ein Stückchen Stoff in der Wunde. Das mußte er entfernen, sonst würde sie nie heilen.

Luc hoffte, daß sie noch eine Weile bewußtlos bleiben würde.

Als Jonas mit dem Verbandszeug kam, bedeckte Luc Silvers weiche, weiße Rundungen mit den lockenden, roten Spitzen und sagte rauh: »Ich mache es selbst.«

Jonas betrachtete ihn kurz. »Wie Ihr wünscht, Mylord.«

»Wir brauchen Whisky, Jonas.«

»Schon da. Aber sie ist noch bewußtlos! In diesem Zustand kann sie nichts trinken.«

»Der Whisky ist für *mich*, Jonas«, sagte Luc finster.

Ein flüchtiges Lächeln erschien in den Augen des Schotten. »Hätte nicht geglaubt, daß ich so was noch erlebe.«

»Also dann hast du's gerade erlebt.« Luc nahm einen tiefen Zug aus der Flasche. »Du kannst uns jetzt allein lassen, Jonas.«

Der alte Diener verschwand mit einem Kopfschütteln.

Luc nahm mit ernster Miene die schärfste Schere und fing an.

Zwanzig Minuten später war er fertig. Das Stoffstück war entfernt, die Wunde gereinigt und Silvers Brust mit sauberem Leinen verbunden.

Luc zitterte, wie er nie zuvor gezittert hatte. Die Frau war eine Gefahr für sich selbst. Sie kannte keine Angst und hatte keine Spur von gesundem Menschenverstand.

Und gerade deshalb liebte er sie.

Seufzend deckte Luc sie zu und machte ein Feuer im Kamin. Dann starrte er in die Flammen und dachte darüber nach, was aus ihm geworden war.

Er war wieder auf der Flucht, als ihn das Rascheln des Bettzeugs weckte. Er sprang auf und starrte in die letzten Glutreste im Kamin.

Keine Pistolen oder Wächter mit Peitschen. Sie existierten alle nur in seinem Gehirn.

Silvers Gesicht war mit feinen Schweißperlen bedeckt, und sie sprach leise vor sich hin.

Er strich ihr eine Locke aus der Stirn. »Keine Sorge, Sonnenstrahl. Du kommst wieder in Ordnung.«

Ihre Augen öffneten sich. Sie blinzelte und sah ihn erschöpft an. »Hab' Schmerzen...«

Da wußte Luc, daß sie im Fieber sprach. Denn das hätte diese sture Frau bei vollem Bewußtsein nie zugegeben. »Das glaube ich.« Vorsichtig zog Luc sie an seine Brust und ordnete das Bett unter ihr.

Dabei öffnete sich ihr Hemd unter seiner Hand. Ihre Brust drückte sich voll und weiß an seinen Arm.

Er wurde von Begehren überschwemmt.

Er knirschte mit den Zähnen und schalt sich einen Narren. Er konnte die seidige Rundung vielleicht bedecken, aber aus seiner Erinnerung war sie nicht mehr zu löschen.

»Bram! Wo ist –«

»Ihm geht's gut, Sonnenstrahl. Er ist in Sicherheit.«

Silver schien plötzlich zu schaudern. Dann öffnete sie die Augen und setzte sich plötzlich auf. »Muß den Lavendel zudecken.«

Luc drückte sie sanft wieder hinunter. »Dem Lavendel passiert nichts. Ruh dich aus. Schlaf.«

Ihr Blick hob sich halb im Delirium zu seinem Gesicht. Sie hob die Hand an seine Wange.

Erst da erinnerte sich Luc daran, daß er vergessen hatte, seine Maske wieder aufzusetzen. Damit waren alle seine Vorsichtsmaßnahmen umsonst.

»Luc«, murmelte sie und berührte die Narbe an seiner Oberlippe. »Was für ein seltsamer Name.«

Tinker hat ein loses Mundwerk, dachte Luc.

»Aber – nicht entstellt.« Silver runzelte die Stirn. »Gar nicht. Schön.« Ihre Finger strichen über seine hohen Wangenknochen, dann seine Unterlippe. »Wie in meinen Träumen.«

Dann schlossen sich ihre Augen. Mit einem Seufzer fiel sie zurück in Träume voller Lavendel, Rosen und Geißblatt.

»Was werdet Ihr jetzt tun?« Jonas stellte sein Tablett ab und betrachtete finster Lucs müdes Gesicht.

»Aufräumen. Dann etwas essen von dem, was du mir gebracht hast, Jonas.«

»Das meine ich nicht, Luc Delamere. Ihr wißt genau, was ich meine, und das hat nichts mit Essen zu tun.«

Luc seufzte. »Wenn sie in besserer Verfassung ist, schicke ich sie zurück nach Hause. Dann habe ich vor, sie nie mehr wiederzusehen. Zufrieden?«

»Für den Anfang.« Jonas sah die schlafende Frau an und schüttelte den Kopf. »Ist das Fieber schon runter?«

»Keine Ahnung. Sie scheint fest zu schlafen, aber vielleicht bleibt das nicht so.« Luc strich sich mit einer müden Hand über den Nacken. »Das einzige, woran sie gedacht hat, ist ihr verfluchter Lavendel.« Doch er betrachtete Silvers Gesicht mit warmem Blick.

»Und Ihre Familie?«

»Nur ein Bruder. Und ein Drachen von Diener. Geh lieber hinunter und sag ihnen, daß sie hier ist. Und wie ich die einschätze, werden sie bestimmt mitkommen und selbst nach ihr sehen wollen.«

Silver warf sich im Bett herum und öffnete die Augen, als das erste Licht der Dämmerung erschien.

Sie holte tief Atem.

Grünseidene Moirévorhänge und Bettvorhänge aus goldenem Satin mit grünem Rand. An der Wand elegante Seeschlachtszenen. Und dann sah sie den Mann am Fenster stehen, eine Hand auf der Fensterbank, die andere zur Faust geballt.

Ihr Straßenräuber. Und zum ersten Mal trug er keine Maske.

Im Licht der ersten Morgensonne sah sie seine hohen Wangenknochen, seinen feingeschnittenen Unterkiefer, den vollen Mund.

Und er war schön, genau wie sie gedacht hatte, wie sie geträumt hatte.

Alle die Geschichten über ihn waren gelogen.

Sein weißes Hemd stand offen und zeigte eine gebräunte Brust mit dunklem Haar. Keine Spur von Entstellung.

Silver bewegte sich leicht, und der Schmerz fuhr reißend zwischen ihre Rippen. Da fiel ihr alles wieder ein, der »Grüne Mann«, der Schuß, die Flucht. Er mußte sie hierhergebracht haben.

Ihre Wangen röteten sich, als sie bemerkte, daß sie nur ihr Hemd anhatte, das zerfetzt war.

Mein Gott, hatte *er* –

Als er ihren tiefen Atemzug hörte, drehte er sich um. Das Licht fiel voll auf seine harten, stolzen Züge.

Oh wie schön, dachte Silver. Zu schön, um sicher zu sein.

»Du bist wach?«

Sie konnte nicht antworten. Sie konnte ihn nur anstarren.

»Hast du Hunger?«

Sie schüttelte den Kopf.

»Durst?«

Noch ein Kopfschütteln.

Luc runzelte die Stirn. »Bekommst du wieder Fieber?«

Silvers Hände legten sich fester auf die weißen Laken. »Du – du hast mich ausgezogen!« sagte sie rauh.

Lucs Gesicht zeigte ein lässiges Lächeln. »Nur das Kleid. Abgesehen davon habe ich dir das Leben gerettet. Hast du mir sonst nichts zu sagen?«

»Du – du bestreitest es also gar nicht? Du hast mich hierhergebracht und dann –«

»Mir scheint, damit wären wir wieder beim Thema der unkontrollierbaren Leidenschaften, oder? Keine Sorge, du warst fast die ganze Nacht bewußtlos.« Lucs Augen glitzerten. »Und ich berühre niemals eine Frau, die meine Leidenschaft nicht teilen kann, Sonnenstrahl.«

Sie hielt den Atem an. »Oh.« Fragen drängten sich ihr auf, doch sie traute sich nicht, sie zu stellen. »Ist Bram –«

»Ich habe meinen Diener hinuntergeschickt, um sie zu holen.«

»Verstehe. Ich mache dir ziemlich viel Mühe.«

»Nein, gar nicht«, sagte Luc finster. Er kam zum Bett und zog wortlos die Decke hoch.

Silver hielt sie ängstlich fest. »Was hast du vor?«

»Mir deine Seite ansehen. Es wird Zeit, den Verband zu wechseln.«

»Jetzt?«

»Jetzt.«

»Aber, also, äh, könnte man das nicht später machen? Nur einmal?« Sie konnte ihm nicht in die Augen sehen, ihre Wangen brannten.

»Nein, Sonnenstrahl, das geht nicht«, sagte Luc sanft und schob ihre Hände zur Seite. »Ich habe mir zu viel Mühe gegeben, als daß ich dich jetzt einfach deinem Schicksal überlassen kann.«

Silver drückte die Lippen fest zusammen und sah aus dem Fenster zum Wald hinüber.

Aber sie spürte jede seiner Bewegungen, spürte, wie er einen Knoten löste und der Leinenverband herunterfiel.

Und vor allem spürte sie seine starken Hände auf ihrer Haut. Auf nackter Haut, die unter seiner Berührung zitterte.

Das Ziehen, das Silver jetzt spürte, rührte von einem blinden Begehren, wie sie es nie zuvor empfunden hatte. Ein kleiner Seufzer entrang sich ihrer Kehle. »Habe ich dir weh getan? Verdammt, ich werde versuchen, noch vorsichtiger zu sein.«

»Nein, das ist es nicht – ich bin völlig –« Sie holte tief Luft und versuchte verzweifelt, sich auf die Vorhänge zu konzentrieren. Ihre Haut schien zu glühen, wo er sie berührte. Ihr ganzer Körper schien zu glühen. Und an Stellen, an die sie kaum zu denken wagte.

Sein Arm legte sich fester um ihre Taille. »Du brauchst dich nicht zu entschuldigen«, sagte er rauh. »Ich bin einfach ungeschickt in solchen Dingen.« Er murmelte noch etwas und zog dann hastig die Decke hoch, um ihren Bauch und ihre unbedeckten Brüste zu verhüllen.

Silver begriff plötzlich, daß er genauso von seinen Gefühlen beherrscht war wie sie. Er, der harte Mann und allgemein bekannte Verführer, fand diese Berührung ebenso beunruhigend wie sie!

Der Gedanke gab Silver etwas von ihrem Selbstvertrauen zurück. Sie holte tief Atem und sah ihn an.

Seine Augen brannten, sein Kinn wirkte hart. Er konzentrierte sich ganz auf seine schnellen und etwas unsicheren Bewegungen.

Sie zuckte zusammen, als er ihre Rippe streifte.

»Entschuldige.« Er fluchte leise und zog dann die Decke wieder etwas zur Seite, weil er nicht drum herum arbeiten konnte.

Fasziniert sah Silver zu ihm auf, sie spürte seinen Blick, die heiße Anspannung in seinen Fingern, seinen schweren Atem. »Wo bin ich?«

»Auf meinem Besitz. Hier bist du in Sicherheit.«

Silver sah sich um. Irgend etwas in dem Zimmer beunruhigte sie, aber ihr schwirrte der Kopf, und sie konnte sich nicht recht konzentrieren. »Luc?«

Er zog sich mit steifer Haltung zurück. »Das – reicht so, glaube ich. Es ist nur noch das lose Ende übrig. Das kannst du selbst feststecken. Dann kann ich dir auch nicht – weh tun.«

Er verschränkte die Hände hinter dem Rücken und ging zum Fenster.

Silver sah verwundert zu ihm hinüber. »Mir wäre es lieber, wenn du das machst.«

»Gar nicht wahr«, sagte er grimmig.

»Ich vertraue dir.«

»Dann bist du verrückt. Blackwood fängt nichts an, was er nicht auch zu Ende führen kann.«

»Aber du bist nicht Blackwood. Du bist Luc. Ein Ehrenmann. Ein Mann, der mir das Leben gerettet hat.«

Sie sah, wie sich seine Schultern anspannten. »Manche Leute würden sagen, daß es Schlimmeres gibt, als zu sterben, Sonnenstrahl.«

»Manche Leute sind einfach dumm.«

Bei diesen Worten drehte er sich mit undurchschaubarer Miene um und kam zum Bett zurück. »Hast du Schmerzen? Ich habe Laudanum, wenn du es brauchst.«

Silver schüttelte den Kopf. Sie wollte nicht noch mehr vergessen. Sie wollte nur mit ihm hier sein, wach und bei vollem Bewußtsein. Der Schmerz war ein geringer Preis dafür. Ihre Hand berührte seine Wange. »Warum hast du es mir nicht gesagt?«

»Was?«

»Daß du keine Narben im Gesicht hast. Du – du bist schön. Bestimmt hast du mich damals ausgelacht.«

»Nein, Sonnenstrahl. Und ich bin bestimmt nicht schön.« Luc griff nach ihrer Hand und drehte die Handfläche zu sich hin, dann hob er sie an seine Lippen. Sein Mund berührte sie heiß und verlockend, bis Silver seufzte.

»Mein Gott, ich wünschte, du würdest mich nicht so berühren.«

»Wenn ich dich nicht an anderen Stellen berühren darf, muß ich mich damit zufriedengeben«, murmelte er.

Silver versuchte, sich nicht allzusehr verwirren zu lassen. Also fragte sie: »Warum hast du mich hierhergebracht?«

»Hierher? Du meinst, in mein Bett?« Er lachte rauh. »Schließlich ist das der perfekte Ort der Verführung.«

»Und wo schläfst du? Da auf dem Sofa?« Er nickte knapp. Silver biß sich auf die Lippen. »Sieht nicht besonders bequem aus.«

»Für mich reicht es«, sagte Luc finster und dachte an all die weitaus unbequemeren Orte, an denen er in den letzten fünf Jahren geschlafen hatte.

Silver schob ihre Decke zurück. »Das ist viel zu klein für dich. Ich werde dort schlafen.«

Er sah sie finster an. »Kommt nicht in Frage. Du bleibst in meinem Bett, bis es dir wieder gutgeht.« Er drückte sie wieder in die Kissen zurück.

Silver legte den Kopf zur Seite. »Übrigens wußte ich schon, daß das dein Bett ist. Es hat deinen Duft.« Sie schnupperte vorsichtig. »Hier in dem Kissen ist das Aroma einer Art Zitronenseife, mit einer Spur Nelke darin, glaube ich.« Sie lächelte. »Aus einem sehr teuren Geschäft in Norwich, vermutlich. Ob die Besitzer wohl wissen, daß ein Straßenräuber zu ihren Kunden zählt? Ach, und hier ist noch etwas Tabak«, sie drückte das Kissen leicht, »und ein Hauch von Weinbrand.« Sie zog sich die Decke an die Nase. »Und Leder. Vermutlich hast du in deiner typisch männlichen Unordnung beim Umziehen eine Lederhose für eine Weile hier liegengelassen, stimmt's?«

Lucs Gesichtsausdruck gab ihr recht. Er schüttelte den Kopf und lachte. »Vor hundert Jahren hätte man dich für so eine Klarsicht noch auf dem Scheiterhaufen als Hexe verbrannt, Sonnenstrahl.«

»Pah«, winkte Silver ab. »Kein Vergleich zu dem, was Bram kann. Er hat wirklich die Nase der St. Clairs und hätte dir noch viel mehr sagen können als ich. Aber jetzt bist du dran.«

»*Ich* bin dran?«

»Genau. Mach das Fenster auf.« Als Luc sich nicht von der Stelle rührte, sagte sie: »Das Fenster. Das ist das durchsichtige Viereck da drüben an der Wand. Mach es auf.«

Luc gehorchte mit leisem Murmeln. Silver schloß die Augen. »Atme tief ein«, befahl sie. »Und dann sag mir, was du riechst.«

»Es riecht nach Regen. Und einer Linde, Flieder. Und mein Diener scheint Fichtennadeln zu verbrennen.«

»Hervorragend«, nickte Silver. »Was noch?«

Luc runzelte die Stirn. »Rosen aus dem Garten drüben, glaube ich. Und etwas Geißblatt. Das ist alles.«

»Oh nein, beileibe nicht«, sagte Silver und lachte leise. »Da fängt es erst an. Ich rieche noch den Duft von Moos, wie es nur in der Nähe von Eichen wächst. Wir gebrauchen es oft in unseren Parfümmischungen. In der Nähe des Hauses wachsen Veilchen, und ein Stück den Hügel hinab gibt es gerade aufgeblühte Maiglöckchen.«

Luc sah aus dem Fenster und schüttelte erstaunt den Kopf. »Stimmt. Ich glaube, du bist doch eine Hexe.«

»Aber ich darf das Wichtigste nicht vergessen. Ich rieche auch Lavendel. Ganz eindeutig. Und das bedeutet, daß dein Haus in der Nähe von Lavender Close liegt.«

»Wir haben auch Lavendelsträucher unten im Garten.«

»Nein, *diese* Sorte Lavendel habt ihr nicht. Denn sie wächst nur an zwei Plätzen auf der Welt. Der eine ist eine hohe Klippe über dem Mittelmeer in Südspanien. Der andere ist hier in England in Lavender Close, wo sie mein Vater vor fünfzehn Jahren angepflanzt hat.«

Luc schüttelte den Kopf. »Ich frage mich, ob es gut ist, eine so scharfe Nase zu haben.«

»Ich gebe zu, daß es manchmal lästig sein kann. Besonders für Bram, dessen Nase noch feiner ist als meine.« Silvers Augen wurden schmal. »Und auch bei Gelegenheiten wie jetzt, wo es ganz aus der Nähe nach sehr nassem Hirtenhund riecht.«

In diesem Augenblick ertönten Stimmen auf dem Gang, und lautes Gebell näherte sich von der Treppe her.

Und dann stürmte Cromwell, sehr naß und sehr verdreckt und sehr glücklich, ins Zimmer und stellte seine Vorderpfoten auf ihr Bett.

## 24. Kapitel

Das Zimmer war plötzlich von Lärm erfüllt. Cromwell bellte, Tinker brüllte und Bram stellte lauter Fragen.

Luc hatte Schwierigkeiten, das Getöse in den Griff zu bekommen, damit Silver nicht überfordert wurde.

Schließlich stellte sich Bram einen Stuhl neben das Bett, schob die Brille auf die Nase hoch und fragte: »Oh, Syl, wer hätte gedacht, daß das alte Haus einmal –«

Silver unterbrach ihn mit einem kurzen Kopfschütteln.

Inzwischen war Luc Tinkers besorgter Blick aufgefallen, und er gab ihm einen Wink, ihm vor die Tür zu folgen, die er dann hinter ihnen anlehnte. Sofort fragte Tinker: »Ihr habt sie im ›Grünen Mann‹ gefunden, stimmt's?«

Luc nickte finster. »Sie hat es mit einer ganzen Bande aufgenommen. Wenn ich nicht gekommen wäre...« Luc sah durch den Türspalt zum Bett hinüber und dachte daran, wie schön es sein könnte, wenn er immer beim Erwachen morgens als erstes ihr rotgoldenes Haar auf seinem Kopfkissen sehen würde.

Dann biß er die Zähne zusammen. »Sie wird nach Hause zurückgehen, sobald die ganze Angelegenheit geklärt ist, nicht vorher, Tinker. Und Bram bleibt auch hier. Gott sei Dank ist Silvers Wunde nicht besonders tief, aber ich will nicht, daß sie noch einmal ein Risiko eingeht.«

Das war ein Befehl. Luc wollte auf keinen Fall auf diese kurze Zeit in Silvers Nähe verzichten. Es war so wenig, um für sein ganzes Leben auszureichen...

Dann drehte er sich um und ging wortlos ins Zimmer zurück, ohne den Blick von Silver abzuwenden.

Tinker dachte gerade darüber nach, ob er versuchen sollte, sie schon früher wieder nach Lavender Close zu bringen, als er Schritte hinter sich auf der Treppe hörte.

Ein schlanker Mann mit wildem, schwarzem Haar und scharfen, dunklen Augen fragte ihn: »Ihr seid also der Diener der Dame?«

Tinker nickte wortlos.

»Ihr habt einen ganz schön schmutzigen Hund mitgebracht.«

»Oh, Cromwell ist kein Hund, er gehört zur Familie.«

»Tja, das haben diese Viecher so an sich«, nickte Ferguson. »Ich hatte auch mal ein paar Hirtenhunde.« Dann streckte er Tinker seine schwielige Hand hin.

Tinker sah ihn einen Moment an und nahm dann die Hand. »Ich heiße James Tinker. Und mit wem habe ich die Ehre?«

»Jonas Ferguson. Ich bin schon seit einiger Zeit mit seiner Lordsch – äh, hier im Haus.«

»Ich weiß alles, kein Grund für Heimlichkeiten. Ich habe den jungen Mann erkannt, als er zum ersten Mal seine Maske abgenommen hat. Er ist seinem Vater, dem Herzog von Devonham, ja wie aus dem Gesicht geschnitten. Gestern abend hat er mir alles erzählt.«

Jonas hob die Augenbrauen. »Hm, seltsam. Soweit ich weiß, hat er es noch nie jemandem erzählt. Was ist so Besonderes an Euch?«

»Nicht an mir ist etwas Besonderes«, sagte Tinker bedeutungsvoll. »Sondern an *ihr*. Tja, die beiden stecken ganz schön in Schwierigkeiten. Mir scheint, es ist an uns, ihnen da herauszuhelfen.«

Die zwei Männer steckten die Köpfe zusammen und machten sich auf den Weg in die Küche, wo Jonas eine besonders gute Flasche Whisky für besondere Gelegenheiten aufbewahrte, und schmiedeten sofort den ersten Plan.

Luc betrachtete schweigend die beiden St. Clairs. Dem Jungen würde mehr Essen und Bewegung guttun, dachte er. Er könnte ihm ja am Nachmittag ein paar Fechtschritte zeigen.

Plötzlich hielt er in Gedanken inne. Was zum Teufel war los? Der Junge ging ihn nichts an. Die Schwierigkeiten der St. Clairs gingen ihn nichts an. So leicht es sein würde, ihre Probleme zu seinen zu machen, doch in wenigen Tagen würden sich ihre Wege für immer trennen. Er versuchte sich einzureden, daß er das auch so wollte, und trat ins Zimmer.

Sofort wandte sich Bram erwartungsvoll zu ihm um. »Also war das doch alles nur ein Gerücht! Ihr habt nicht eine Narbe auf dem Gesicht.«

»Ja, er hat schöne, hohe Wangenknochen, findest du nicht, Bram? Und sieh dir nur die Nase an!«

»Eine Adlernase, wenn du mich fragst.«

Luc verschränkte die Arme und runzelte die Stirn.

»Oh, stört dich unsere offene Art zu reden?« fragte Silver unschuldig.

»Nein, gar nicht. Ich schätze es sehr, wenn man mich behandelt wie ein Pferd bei der Auktion.«

»Aber wir haben gar nicht –« Dann lächelte Bram. »Ihr macht Witze. Kann man wirklich kaum erkennen.«

Als Luc sah, wie der Junge rot wurde, war ihm klar, daß er in seinem kurzen Leben als Bücherwurm noch zu wenig Spaß gehabt hatte. »Stimmt. Schlechte Angewohnheit von mir. Aber jetzt glaube ich, daß deine Schwester wieder Ruhe braucht. Geh hinunter in die Küche und sieh zu, daß mein Diener euch etwas zu Essen macht. Und später kann ich dir zeigen, wie man mit einem Florett umgeht, wenn du Lust hast. Ich glaube, ein paar Muskeln mehr würden dir guttun.«

»Würdet Ihr das wirklich tun?« fragte Bram mit weit aufgerissenen Augen. »Mit einem richtigen Florett?«

Luc nickte. »Und jetzt ab mit dir. Und nimm dieses schmutzige Tier mit, das vorgibt, ein Hund zu sein.«

Als die beiden draußen waren, wandte er sich Silver zu. »Müde? Ich glaube, du solltest jetzt etwas schlafen. Ich lasse sie dann in ein paar Stunden wieder zu dir.«

Silver lächelte und strich sanft über Lucs Kinn. »Du bist ja ein wahrer Zerberus.«

Bei ihrer Berührung spürte Luc, wie sich überall in seinem Körper die Muskeln anspannten. »Man muß auch ein Zerberus sein, um ein Teufelsweib wie dich zu bewachen.«

»Armer Kerl. Und was macht dein Arm? Tinker könnte vielleicht noch etwas Lavendelöl holen.«

»Meinem Arm geht es gut«, sagte Luc knapp. Ihre Berührung machte ihn wahnsinnig. »Und jetzt sei still und schlafe!«

Silver dachte, daß er wohl deshalb nicht darüber sprechen wollte, weil sich schon so lange niemand mehr um ihn gekümmert hatte, und beschloß, sich an seinen netten Diener zu wenden. »Also gut, Räuber. Wie du willst.«

»Was, kein Widerstand?«

»Nicht der geringste.«

»Ich traue dir nicht, Sonnenstrahl. Du gibst zu schnell nach. Was hast du jetzt wieder vor?«

»Gar nichts«, sagte Silver und legte sich in das Kissen zurück, das sanft nach Zitronenseife duftete.

Ja, es war ein schönes Zimmer. Und viel eleganter möbliert, als sie es sich vorgestellt hatte.

Sie sagte Luc nicht, warum ihr das Zimmer bekannt vorkam. Sie schloß die Augen und stellte es sich ohne die schöne Tapete und die Möbel vor. Sie erinnerte sich an das letzte Mal, als sie hiergewesen war, und die Wände dunkel vor Schimmel waren.

Damals hatte Waldon Hall noch der Familie St. Clair gehört. Das Haus war kahl und leer gewesen, die ganze Inneneinrichtung verkauft, zusammen mit den Gemälden und dem Familiensilber, um all die Rechnungen begleichen zu können, die nach dem Tod von Silvers Vater entstanden waren.

Nein, das brauchte Luc nicht zu wissen. Das würde ihm nur

unnötig Unbehagen bereiten. Er hatte das Haus wieder so schön hergerichtet, wie es früher gewesen war.

Silver seufzte. Warum war ihr Vater damals gestorben? Warum hatte er ihnen nicht das Rezept für Millefleurs hinterlassen?

Wenn nur. Wenn nur…

Sie spürte beim Einschlafen kaum noch die Hand, die die Decke neben ihrem Kopf zurechtstrich.

»Es ist kalt. Sag Tinker, er muß den Lavendel…«

Doch sie schlief ein, bevor sie zu Ende gesprochen hatte. Darum hörte sie auch nicht mehr das leise Lachen von Luc, als er ihr über die Stirn strich.

»Nein, nicht so, Junge. Das Handgelenk muß fest bleiben.« In weißem Hemd und taubengrauen Hosen stand Luc in der Mitte des Ballsaals von Waldon Hall.

Bram runzelte die Stirn, hob die Hand und ließ das Florett durch die Luft zischen.

»Genau. Noch einmal.« Luc sah dem Jungen zu und nickte. Er war ein guter Schüler. In ein paar Monaten würde er…

Luc unterdrückte einen Fluch. Schon wieder dieselbe Falle. Bald würden sie fort sein.

Dann würde er sich wieder ganz der Härte und seinem Racheplan zuwenden wie in den letzten fünf Jahren.

»Also, genug für heute. Du bist geschickt, junger Mann. Deine Schwester sollte dir in der Stadt einen Lehrer besorgen.«

Bram runzelte die Stirn und legte das Florett vorsichtig zurück. »Ich bin Euch wohl eine ziemliche Last.«

Mit einem Schritt war Luc neben dem Jungen und legte ihm die Hand auf die Schulter. »Du bist keine Last. Nur bin ich kein Lehrer. Mit jemandem, der das von Berufs wegen macht, wirst du besser lernen können.«

Bram starrte ihn mit dunklem Blick an. »Natürlich.«

Doch die Enttäuschung in den Augen des Jungen traf Luc wie

ein Schlag in den Magen. Verdammt, er war schließlich ein Straßenräuber! Warum konnte ihn der Junge mit einer solchen Heldenverehrung im Blick ansehen?

*So bald schon fange ich an, ihnen weh zu tun*, dachte Luc.

»Verdammt, Bram, es ist nicht so, wie du denkst. Es ist besser für dich, wenn du nichts mit mir zu tun hast, verstehst du das nicht? Vielleicht verschwinde ich eines Nachts durch diese Tür und komme nie mehr zurück. Wenn man von unserer Verbindung wüßte, könnte euch das in wirkliche Schwierigkeiten bringen. Ich möchte deine Schwester nicht unglücklich machen.«

Bram nickte nüchtern. »Daran habe ich nicht gedacht.« Er putzte sorgfältig seine Brille mit einem sauberen Zipfel seines Hemds. »Deswegen geht Ihr wahrscheinlich auch so launisch mit Syl um.«

»Wie meinst du das?«

Bram setzte seine Brille wieder auf. »Ich habe gesehen, wie Ihr sie anschaut. Und wie sie Euch anschaut. Wenigstens wenn Ihr es nicht bemerkt.« Der Junge drehte das Messingscharnier des Florettfutterals. »Genau wie Lord Easton sie letztes Jahr angeschaut hat. Er sagte, er wäre an Lavendelöl interessiert, aber wenn Ihr mich fragt, wollte der Mann nur mit meiner Schwester allein im Gewächshaus sein und sie dort begrapschen.«

Luc machte ein finsteres Gesicht. »Und was war dann?«

Bram lächelte. »Meine Schwester ist gewitzt. Sie hat ihn Mores gelehrt. Als Easton schließlich aus dem Gewächshaus wankte, hatte er eine geschwollene Lippe und Torf auf seinem weißen Halstuch. Er behauptete, sie habe ihn mit einem Kupferrohr angegriffen. An einem sehr empfindlichen Teil seines Körpers, versteht Ihr?« fügte Bram mit einem bösen Lächeln hinzu. »Und das, nachdem sie ihm einen vollendeten linken Haken verpaßt hatte. Den habe ich ihr beigebracht.«

»Genau das, was einer Dame an Manieren fehlt«, sagte Luc trocken.

»Fand ich auch. Tinker war da anderer Meinung, aber was

weiß *der* schon davon? Auf jeden Fall haben wir Lord Easton seitdem nicht mehr gesehen. Ist auch besser so, denn er verwendet einen abstoßenden Duft, eine Mischung aus Zimt und Flieder. Zimt und Flieder für einen Mann! Unfaßbar.«

Luc lächelte. »Also hast du wirklich die Nase der St. Clairs. Silver hat mir davon erzählt, aber ich konnte es nicht recht glauben.«

»Soll ich es beweisen? Ich denke, Ihr seid vorher aus dem Stall gekommen, denn ich rieche den Hafer, den Ihr Eurem Pferd gegeben habt. Ich rieche sogar das Moos und die Fichtennadeln, die Ihr auf dem Rückweg zertreten habt.« Bram betrachtete Luc kurz. »Meine Schwester ist eine verdammt gute Kameradin, wißt Ihr. Gar nicht empfindlich. Wird nie giftig, sagt einem nie, man solle seine Sachen aufräumen oder die Nase aus einem Buch nehmen. Außerdem hatte sie wunderschöne Beine.«

»*Was* hat sie?«

»Ja, wirklich. Das habe ich Lord Easton sagen hören, kurz bevor er im Gewächshaus verschwand. Außerdem waren ja auch noch andere hinter meiner Schwester her.«

»Versuchst du dich gerade als Kuppler, Junge?«

»Keine Spur«, sagte Bram fröhlich. »Ich will nur, daß meine Schwester glücklich wird. Das ist sie schon lange nicht mehr gewesen. Eine gute Schützin ist sie natürlich. Und beschwert sich nie über irgendwas.« Plötzlich sprang er auf. »Ich werde wohl besser mal nach ihr sehen.«

An der Tür drehte er sich um. »Kommt Ihr nicht mit?«

»Ich glaube nicht«, sagte Luc voller Bedauern.

Bram zuckte die Schultern und verschwand mit fröhlichem Summen.

Silver starrte aus dem Fenster, als Jonas den Kopf zur Tür hereinsteckte. »Möchtet Ihr vielleicht etwas essen?«

»Eigentlich interessiere ich mich mehr für – für Luc. Erzählt mir von ihm, Jonas.«

»Er ist ein Narr«, murmelte Jonas und stellte das Tablett ab, das er mitgebracht hatte. »Er läßt sich von einer Kugel treffen, wie andere einen neuen Hut kaufen.«

»Wann ist das passiert?«

»Als er von Euch kam, denke ich. Er sagte, einer von Carlisles Leuten hätte auf ihn geschossen.«

»Dieser leichtsinnige Dummkopf«, sagte Silver leise.

Jonas lachte kurz. »Da habt Ihr recht! Er hat es kaum bis nach Hause geschafft. Ich mußte selbst die Kugel aus seinem Arm holen, ich weiß, wovon ich rede.«

Silver sah sich in dem eleganten Zimmer um, das so gar nicht nach Straßenräuber aussah. Wie kam ein Mann dazu, ein solches Risiko einzugehen?

»Er war nicht immer so, Miss. Und hat auch ein anderes Leben geführt. Wenn er nur die Vergangenheit vergessen würde. Das will er aber nicht, absolut nicht.«

»Warum nicht?«

Jonas sah voller Unbehagen auf das Tablett hinunter. »Nicht, daß ich es Euch nicht sagen wollte, Miss Silver. Aber ich kann nicht. Es ist sein Geheimnis.«

Silver spürte Tausende von unausgesprochenen Fragen in ihrem Kopf. »Ich weiß, daß er kein echter Verbrecher ist!«

Jonas nahm ein Messer und begann einen Laib Brot in Scheiben zu schneiden. »Oh, er hat schon einiges an Räubereien hinter sich, Miss. Schließlich hatten wir kein Hemd mehr auf dem Leib, als wir zurückgekommen sind.«

»Zurück von wo?«

»Von *dort*«, sagte er finster, damit Silver nicht weiterfragte, und legte sorgfältig Schinken und Butter auf einen Teller. »Ihr solltet etwas essen, dann werdet Ihr Euch besser fühlen.«

Silver nahm sich eine Scheibe Brot, ohne es recht zu bemerken. »Aber ich möchte ihn so gern verstehen, um ihm zu helfen, wenn ich kann.« Sie lächelte traurig. »Obwohl ich noch niemanden getroffen habe, der so stur ist wie er.«

»Seltsam, er hat über Euch das gleiche gesagt, Miss.«

Silver sah ihn erstaunt an und wurde rot.

»Er ist wirklich ein guter Mann, und Ihr seid eine seltene Frau. Luc hat natürlich schon eine gute Auswahl bei Frauen gehabt. Zwei Witwen. Eine Gräfin. Selbst die Tochter eines Herzogs, die eine sehr gute Figur hatte. Aber er wollte sie alle nicht.« Er seufzte und ging zur Tür. »Eßt das Brot auf, hört Ihr? Und ein Glas Wein dazu könnte Euch auch nicht schaden.«

»Ich verstehe, warum er sich so auf Euch verläßt.«

Jonas lächelte. Wahrscheinlich hatte er früher öfters so gelächelt. Bevor etwas geschehen war. An jenem Ort, von dem er gesprochen hatte.

Und Silver wollte genau darüber Bescheid wissen.

Als sie ein paar Stunden später Stimmen aus dem Hof hörte, setzte sie sich im Bett auf. Lucs Stimme klang tief und entschlossen. Jonas' scharf und ärgerlich.

Sie ging zum Fenster und sah hinaus. Luc stand da mit bloßer Brust, um die ein weißer Mullverband gelegt war. Neben ihm goß Jonas Wasser in eine Zinnschale.

»Das wird Euch noch den Tod bringen! Ihr seid so schwierig geworden seit jener verliebten Fahrt durch die Nacht vor fünf Jahren! Und schaut, was Ihr davon hattet! Ein übler Haufen von Halsabschneidern hat Euch erwischt.«

Silver begriff, daß dieses Gespräch nicht für ihre Ohren gedacht war. Aber sie ging nicht weg. Ihr Bedürfnis, Lucs Schmerz zu verstehen, war einfach zu groß.

Luc warf den nassen Kopf zurück und fuhr sich mit den Fingern durchs Haar. »Ich wäre nicht zurechtgekommen ohne dich, Jonas. Du warst immer kritisch, aber doch ein guter Freund. So, ich habe es endlich zugegeben. Also kannst du jetzt bitte aufhören, dich ständig zu beschweren?«

Jonas sah seinen Schützling an. »Nicht, bis Ihr diese verrückte Idee mit der Rache aufgegeben habt.«

Lucs Stimme wurde hart. »Ich glaube, dieses Thema haben wir zur Genüge besprochen, Jonas.«

Silver sah auf die beiden Männer hinunter. Aber nicht Lucs muskulöse Schultern im Zwielicht machten sie atemlos.

Es waren die zwanzig Zentimeter langen, tiefen Narben auf seinem Rücken und an seinen Seiten. Sie waren alt und längst verheilt, doch ihr Anblick erschreckte Silver zutiefst.

Mein Gott, wie war es nur dazu gekommen?

Sie ging näher ans Fenster, als Jonas weitersprach.

»Ja, das stimmt. Aber es war dennoch Wahnsinn. Gebt es auf. Laßt die Admiralität herausfinden, wer –«

»Genug, Jonas! Es gibt nur einen, der der Sache je auf den Grund kommen wird, und das bin ich! Wenn ich an all das denke, was geschehen ist, an all die Menschen, die dort umkommen – verdammt, das wenigste, was ich tun kann, ist, an diesem System etwas zu ändern, verstehst du?«

»Ich verstehe nur, daß sie Euch umbringen werden, Junge. Und ohne daß Eure Eltern je erfahren, daß Ihr damals nicht umgekommen seid, wie sie es glauben.«

In diesem Augenblick sah Jonas auf und entdeckte Silver blasses Gesicht am Fenster.

»Was ist los, Jonas?«

Der Bedienstete zuckte mit den Schultern. »Nichts. Ich dachte, ich hätte eins der Frettchen herumklettern sehen.« Seine Augen wirkten nachdenklich, als er ins Haus zurückging.

Sie saß immer noch wie betäubt im Bett, als Bram hereinkam und sich in den Sessel neben ihr sinken ließ.

Sie hörte ihm kaum zu, nickte aber und machte ein interessiertes Gesicht, auch wenn ihre Gedanken ganz woanders waren.

Woher kamen diese Narben auf seinem Rücken? Und von welcher Rache wollte Jonas ihn abhalten?

»Luc hat gesagt, ich sei ein begabter Schüler«, meinte Bram

mit glänzenden Augen. »Du hättest sehen sollen, was er aus dem Ballsaal gemacht hat. Er sieht viel besser aus als damals, wo wir noch hier gewohnt haben. Natürlich wird er wohl mehr Geld für Reparaturen haben, als wir hatten. Aber warum wolltest du nicht, daß ich darüber mit ihm spreche?«

»Weil er sich dann bestimmt unbehaglich fühlen würde. Nach all dem, was er für uns getan hat, täte mir das leid.«

Bram runzelte die Stirn. Ja, die zwei hatte es wirklich ganz schön erwischt. Was sollte er da nur machen?

Silver lehnte sich an die Kissen, die Bram hinter ihr aufgestapelt hatte. »Hat er... gesagt, ob er später heraufkommen will?«

»Weiß ich nicht. Er ist sehr beschäftigt, weißt du. Ich habe ein Blick in sein Arbeitszimmer geworfen. Sein Schreibtisch war voller Korrespondenz und ausländischer Zeitungen und Journale. Nicht gerade, was man bei einem Straßenräuber erwarten würde. Und Tinker und dieser Jonas stecken ständig die Köpfe zusammen. Dabei trinken sie Whisky und sehen aus, als würden sie geheime Pläne schmieden. Aber eins verstehe ich nicht: Warum siehst du so traurig aus?« Er betrachtete die geröteten Wangen seiner Schwester. »Und warum war Luc so ärgerlich, als ich Lord Easton erwähnt habe?«

»Nein, Bram, hast du das wirklich?«

»Ja. Warum auch nicht? Er braucht ja schließlich nicht zu denken, daß er der einzige Mann ist, der sich je für dich interessiert hat.«

Silvers Wangen röteten sich noch tiefer.

»Wenn du mich fragst: Ihr zwei macht euch wirklich das Leben schwer. Aber da ich nur ein Zwölfjähriger bin, fragt mich natürlich keiner.«

Silver sah weg. »Es ist nicht so, Bram. Ich... kann es nicht erklären.«

Sie nahm einen kleinen Handspiegel und eine Bürste mit silbernem Griff, die Bram aus Lavender Close mitgebracht hatte. »Ich sehe wirklich schrecklich aus, diese ganzen Knoten werde ich nie aus meinem Haar kriegen.« Sie zuckte zusammen, als sie sich an die Arbeit machte. »Aber *ihm* fällt das sowieso nicht auf«, murmelte sie. »Denn er kommt nie hierher. Nie mehr.«

In ihren Augen glitzerten Tränen, und sie warf die Bürste aufs Bett. »Aber es ist mir sowieso egal. Wer will schon seine Zeit mit einem berüchtigten Straßenräuber verbringen? Wer will schon die soundsovielte dumme Frau sein, der er das Herz bricht?« Silvers Seite brannte, und sie hatte klopfende Kopfschmerzen. Aber das war es nicht, was sie betroffen machte.

Sie spürte einen Schmerz in der Brust, der viel schlimmer war als einfaches, körperliches Leiden.

Oh, warum kam der unerträgliche Mann bloß nicht?

»Habt Ihr alles?« Luc starrte finster den Wagen an, den er seit zwei Stunden mit Tinker beladen hatte. Ein Stapel Flinten lag in einer Ecke, neben Seilen und einem Haufen Munition, der genug gewesen wäre für eine kleine Armee.

»Ich glaube ja«, sagte Tinker grimmig. »Das wird reichen, um die Kerle wenigstens noch eine Nacht fernzuhalten. Trotzdem bin ich froh, daß Bram und Silver hier in Sicherheit sind.«

»Das sind sie«, sagte Luc leise. »Paßt nur gut auf Euch auf, Mann. Jonas hat ein halbes Dutzend Männer besorgt, die Euch die nächsten paar Nächte in Lavender Close helfen sollen. Ehemalige Soldaten, glaube ich. Ich wünschte, ich könnte mitkommen, aber –«

»Ihr braucht es mir nicht zu erklären. Ich bin so zufrieden. Wir sind Euch sowieso schon viel zu sehr verpflichtet. Und jetzt verschwinde ich besser.«

Luc sah noch lange dem Wagen, der den Hügel hinunterrasselte, hinterher. Es widerstrebte ihm, hinauf in das mit Kerzen erleuchtete Zimmer im ersten Stock zu gehen.

Vorher war alles so einfach gewesen. Nichts als Zorn und Rache, kein Platz für Bedauern oder Weichheit.

Jetzt war die Lage nicht mehr so einfach.

Er traf Bram auf der Treppe. »Sie hat nach Euch gefragt. Wollt Ihr nicht hinaufgehen und nach ihr sehen?«

»Nein, ich muß erst noch meine Korrespondenz erledigen…«

»Will ich natürlich nichts gegen sagen. Auch wenn sie sich von einer Seite zur anderen dreht. Ich habe versucht, sie davon abzuhalten, daß sie sich die Haare bürstet, aber sie weigerte sich, meine Hilfe anzunehmen.«

»Diese kleine Verrückte!«

Luc rannte mit finsterer Miene eilig die Treppe hinauf.

Bram sah mit einem Lächeln auf seinem Jungengesicht hinter ihm her. Ja, sein kleiner Plan würde schon klappen.

## 25. Kapitel

Er polterte die Treppe hinauf und riß die Tür auf.

Silver saß an die Kissen gelehnt, ihr Gesicht war bleich vor Anstrengung, während sie weiter versuchte, ihr Haar zu bürsten.

»Was um Himmels willen tust du da?«

Silver starrte ihn trotzig an, Tränen blinkten in ihren Augen. »Ich versuche, mir die Haare zu bürsten. Was sonst?«

»Auf diese Art wirst du die Wunde wieder aufreißen!«

»Woher willst du das wissen? Du hast viel zuviel mit deinem Räubergeschäft zu tun, um Zeit für mich zu haben. Und genau so will ich es auch. Was könnte ein Straßenräuber schon für ein Interesse an mir haben?« Silvers Bürste blieb an einem besonders dicken Knoten hängen. Sie bemühte sich, die Bürste weiterzuziehen, und holte Atem, als die Bewegung einen scharfen Schmerz in ihrer Seite erzeugte.

»Hör auf, du Dummkopf!« Mit harter Miene ging Luc ans Bett und nahm Silver die Bürste ab.

Sie sah ihn böse an. »Geh! Ich will dich nicht sehen. Bram kann mir helfen.«

»Bram ist weg. Und ich bin jetzt hier und werde dir helfen.«

»Warum?« Ihre Augen waren voller Zorn und Verwirrung. »Ich bin dir doch nur lästig. Je eher ich aus diesem Haus verschwinde, desto besser. Ach, laß mich in Ruhe!« Sie wandte sich ab, die Augen geschlossen.

Eine einzelne Träne rann über ihr Gesicht. Etwas Hartes, Kaltes drückte ihm bei diesem Anblick die Brust zusammen.

*Weine nicht, Sonnenstrahl,* dachte er. *Ich will dich nicht zum Weinen bringen.*

Aber er sagte nichts, sondern setzte sich nur neben sie und zog sie sanft an seine Brust. Dann begann er, ihr glänzendes Haar zu bürsten.

Sie bewegte keinen Muskel. Er spürte ihre zornige Anspannung, wo ihre Schultern ihn berührten.

»Warum hast du mir nicht gesagt, daß ihr früher hier gewohnt habt? Tinker hat es Jonas erzählt.«

Sie zuckte mit den Schultern. »Ich dachte, du würdest dich unbehaglich fühlen, wenn du weißt, daß es einmal uns gehört hat.«

Luc wollte ihr sagen, daß ein harter Straßenräuber wie er sich nicht so leicht unbehaglich fühlte. Doch das wäre eine Lüge gewesen. Er konnte sich genau vorstellen, wie sie sich fühlte, wieder in das Haus zurückzukommen, in dem sie Glück und Liebe erfahren hatte und das sie hatte verlassen müssen.

Sie hatte recht. Er fühlte sich dabei sehr unbehaglich. »Es tut mir leid.«

»Das braucht es nicht. Das Haus sieht wunderbar aus. Alles ist viel schöner als damals, als wir – fortgingen.«

Luc hörte das Bedauern in ihrer Stimme. In diesem Augenblick verstand er, wie tief die Wunden immer noch waren, die ihr der Tod ihres Vaters zugefügt hatte. »Du hast getan, was du konntest.«

»Vielleicht. Aber das war nicht genug. Was nutzen einem all die guten Absichten, wenn sie keinen Erfolg haben?«

Luc hatte keine Antwort darauf. Diese Frage hatte er sich selbst nur allzu oft gestellt.

Und dann kam die Frage, die er vor sich selbst zu verbergen versucht, die er gefürchtet hatte.

»Warum bist du nicht gekommen?«

Er biß die Zähne zusammen. *Weil ich Angst hatte zu kommen. Weil ich wußte, daß ich dann nicht mehr würde fortgehen können. Weil du jung und anständig bist und all das, was ich nicht bin.*

»Ich hatte... viel zu tun.«

»Manchmal lügst du wirklich schlecht, Straßenräuber.« Silvers Augen wirkten dunkel vor Ärger und Schmerz. »Wenn du willst, daß ich gehe, brauchst du es nur zu sagen.«

»Das ist es nicht.«

»Nein. Was dann?«

Er wußte keine Antwort, die er ihr hätte sagen können. Also zuckte er nur die Schultern und zog sie wieder an sich, ließ die Bürste die letzten Knoten aus ihrem Haar glätten.

Ihre Verletzlichkeit, die er jetzt so deutlich spürte, bewies Luc eindeutig, daß er recht gehabt hatte, ihr fernzubleiben, denn seine Gegenwart würde ihr nur noch mehr Schmerz bereiten. Er wußte jetzt sicher, daß er ihr weh getan hatte. Und er hatte das schreckliche Gefühl, daß er es noch einmal tun würde, bevor sie Waldon Hall wieder verließ.

Zwei Tage vergingen. Bram leistete Silver Gesellschaft, las ihr aus Lucs gutsortierter Bibliothek vor und erfreute sie mit Anekdoten von Cromwells Benehmen in der Küche. In Lavender Close hatte es nur einen Zwischenfall gegeben, doch dank der sechs Männer, die Luc herbeigerufen hatte, hatten Tinker und Jonas die Angreifer ohne Schwierigkeiten verjagen können. Bram war fast ein bißchen neidisch auf Tinkers stolze Haltung, nachdem die Übeltäter vertrieben waren.

Silver nickte und freute sich, daß ihr Haus in Sicherheit war, aber dennoch konnte sie nicht recht bei der Sache bleiben. Ihre Gedanken verweilten immer wieder in dem Arbeitszimmer, wo ein Mann mit harten Augen unruhig auf und ab ging.

Und dennoch kam er nicht zu ihr.

Schließlich verließ Bram sie, und die Abendluft, die durchs Fenster hereinwehte, brachte den Duft von Geißblatt mit.

Silvers Wunde schmerzte kaum noch. Eigentlich gab es keinen guten Grund mehr für sie, hierzubleiben. Nur daß sie gern bleiben wollte, von Stunde zu Stunde mehr.

Einen Moment lang dachte sie daran, sich im Bett herumzuwerfen, bis sich die Wunde wieder öffnete, doch dann erschien ihr die Idee als unwürdig. Ihr Vater hatte sie gelehrt, Problemen direkt entgegenzutreten, und das würde sie auch tun.

Sie biß die Zähne zusammen, legte sich ein Tuch um die Schultern und stand auf. Dann ging sie zur Tür, entschlossen, Luc noch einmal zu sehen, bevor sie das Haus verließ.

Da er jeden Abend Fechtübungen machte, vermutete Silver, daß Luc im Ballsaal zu finden war, und machte sich mit ihrer Kerze in der Hand auf den Weg dorthin.

Sie fand Luc in dem von tanzendem Kerzenlicht erleuchteten großen Raum. Er hatte sein Hemd über eine Stuhllehne gelegt und sein nackter Oberkörper glänzte von kleinen Schweißtröpfchen. Er bewegte sich mit der schnellen Grazie eines Tänzers – und der tödlichen Kraft eines Panthers. Immer wieder stieß er zu, durchschnitt die Luft mit seiner Klinge und wich den Stößen eines unsichtbaren Gegners aus.

Silver hielt den Atem an. Der Mann war wirklich ein Meister. Sie verstand jetzt, warum Bram ihn nach seinen ersten Fechtstunden so bewundert hatte. Und doch lag Düsternis über seiner wilden Entschlossenheit.

Wieder wurde Silver klar, wie wenig sie über diesen Mann wußte.

Sein nächster Stoß war so eindringlich und voller gnadenlosem Zorn, daß Silver erschreckt Atem holte.

Luc wirbelte herum, das Florett erhoben, das im Kerzenlicht glänzte. Seine Augen wurden hart, das Gesicht schien einem Fremden zu gehören. Einen Moment lang fragte sich Silver, ob er sie überhaupt erkannte.

Sie stand wie erstarrt da, eine Hand auf die Brust gedrückt, und fragte sich eine wilde Sekunde lang, ob er sie jetzt durchbohren würde.

Dann runzelte er die Stirn und ließ die Klinge sinken.

»Um Himmels willen, Frau, was tust du hier?«

»Ich habe den ganzen Tag darauf gewartet, daß du kommst. Tinker sagte, du seiest zu beschäftigt. Ich verstehe das nicht«, sagte Silver und ihre Stimme brach. »Ist dir meine Gegenwart so unerträglich?«

Sie schwankte leicht und klammerte sich am Türrahmen fest.

Mit einem Fluch war Luc neben ihr. Doch sie stieß ihn weg, das Kinn hoch erhoben. »Ich komme allein zurecht. Ich brauche deine Hilfe nicht, Straßenräuber. Wir brauchen nichts von dir, keiner von uns, und morgen früh werden wir schon für immer aus deinem Leben verschwunden sein«, sagte sie entschlossen. »Nein, wir möchten dein Räuberleben wirklich nicht in Unordnung bringen. Und ich werde nicht zurückblicken.« Tränen glitzerten auf ihren Wangen. »Nicht ein Mal!«

Lucs Kinn wirkte hart. »Natürlich nicht, Sonnenstrahl.«

»Nenne mich nicht so.« Silvers Kehle brannte. »Nie wieder, hörst du?«

»Wenn du möchtest.« Seine Stimme klang seidig.

Es war zu einfach, dachte Silver finster. Zu einfach, ihn zu lieben und zu brauchen. Zu einfach, seine Arme um sich spüren zu wollen, seine Lippen heiß und besitzergreifend auf den ihren.

»Ich bin dir dankbar, daß du dich um Bram gekümmert hast. Das Fechten war genau das Richtige für ihn. Ich fürchte, ich habe seine Ausbildung zu sehr vernachlässigt.«

»Unsinn. Bram kennt sich mit den Büchern in meiner Bibliothek besser aus als ich. Er hat mich an lateinische Redewendungen erinnert, die ich längst vergessen hatte.«

»Lateinisch? Auch nicht die typische Ausbildung für einen Straßenräuber, oder?«

Luc verfluchte sich für diesen Ausrutscher. Diese feurige Frau mit der Unschuld eines Mädchens und dem Mut eines Kriegers brachte ihn völlig durcheinander.

Ja, je eher sie Waldon Hall verließ, desto besser.

Er zuckte die Schultern. »Latein war die Marotte eines entfernten Verwandten.«

»Noch mehr Geheimnisse? Wir müssen dir ja wirklich außerordentlich zur Last fallen. Ich werde Bram bitten, dich nicht länger zu plagen.«

»Er ist *keine* Last, verdammt! Und du auch nicht. Also lassen wir das.«

Silvers Blick senkte sich auf die gespannten Muskeln auf der breiten Brust des Straßenräubers. In diesem Augenblick rollte ein feiner Schweißtropfen über seine Haut abwärts und verschwand glänzend in der dichten Fülle dunklen Haars.

Sie sehnte sich danach, es zu berühren. Es zu kosten. Sie sehnte sich danach, in seinen starken Armen geborgen zu sein und sein Herz neben ihrem zu spüren.

*Unmöglich.*

Silver schüttelte den Kopf und zwang sich, die Augen zu schließen, die verführerische Phantasie zu verdrängen.

Es war unmöglich. Und doch begriff Silver in diesem Augenblick, wie endgültig sie ihr Herz vergeben hatte, denn das Bild verschwand nicht.

Und der Schmerz ihres Verlusts war kaum zu ertragen.

Sie holte tief Atem und drehte sich hastig um. Sie stolperte über die Schwelle und kippte zur Seite.

Lucs Finger hielten sie und zogen sie an seine Brust. »Genug! Du gehst jetzt wieder hinauf ins Bett, und dort wirst du auch bleiben, hast du gehört? Bis zu dem Augenblick, an dem du nach Hause gehst. Und wenn ich dich dort festbinden muß!«

Auf dem ganzen Weg durchs Haus und die Treppe hinauf versuchte Luc nicht darauf zu achten, wie leicht sie war und wie sehr er sich wünschte, er könnte sie für immer so an sich drücken.

Bei jedem Schritt kämpfte er gegen seine Gefühle – und wußte, daß er den Kampf verlor. Sein Gesicht war undurchschaubar, als er sie in die nach Lavendel duftenden Laken zurücklegte, und ihr das Haar von der Wange strich.

Doch als er sich zurückziehen wollte, legten sich Silvers Finger um seinen Hals und hielten ihn fest.

Ihr Gesicht war nur wenige Zentimeter von seinem entfernt. Ihr Duft füllte mit süßen Qualen seine Lungen. Und ihre weichen Brüste wölbten sich ihm entgegen...

»Nicht, Silver«, sagte er heiser.

»Warum nicht, Luc? Sag es mir.«

»Weil... ich fort muß.«

Wieder sah er das Wissen in ihren Augen, jenes Aufleuchten des Gefühls, das Luc von ihr ferngehalten hatte. Blackwood, der erfahrene Straßenräuber, wußte, was ein solcher Blick in den Augen einer Frau bedeutete.

Ihre Finger drängten ihn. »Sag mir, warum.«

Er umfaßte ihre Handgelenke, spürte ihre zerbrechlichen Knochen, den heftigen Pulsschlag. »Warum? Weil ich ein Verbrecher und ein Dieb bin. Weil man mir nicht trauen darf. Weil du nicht hier sein solltest.«

»Das glaube ich dir nicht.«

»Träume keine unmöglichen Träume, Sonnenstrahl. Meine Vergangenheit ist düsterer, als du sie dir vorzustellen vermagst. Ich habe dich früher schon gewarnt, mir nicht zu vertrauen oder mich in dein Herz zu schließen. Ich werde dir nur Schmerz bereiten.«

»Ich bin gar nicht so empfindlich!«

Seine Augen leuchteten bernsteinfarben. »Vielleicht fürchte ich ja mehr um meine Kraft.«

»Also willst du mich einfach so abweisen? Ohne jede Erklärung?«

»Ich habe keine andere Wahl.«

Sie sah ihn durchdringend an. »Ich warne dich, ich werde es dir nicht leichtmachen. Ich werde dir Tausende von Bildern hinterlassen, die dich verfolgen. Wann immer du Lavendel auf der Haut einer Frau riechst oder Geißblatt im Frühlingswind, wirst du an mich denken. Und du wirst dich daran erinnern, wie nah ich dir war, hier in deinem Bett.« Silvers Finger schoben sich in seinen Nacken und zogen ihn langsam zu sich herab.

Näher. Noch näher.

Luc spürte sein Blut rauschen. »Tu das nicht, Silver.«

»Doch. Genau jetzt. Denn vor allem wirst du dich an dies erinnern...«

Ihre Lippen wurden weich. Sie zog ihn an sich und ließ ihren Mund über seinen gleiten.

Sie hatte keine Erfahrung. Sie wußte nicht, wie sie das Beben ihrer Hände, das Zittern ihrer Lippen verbergen sollte. Aber sie brauchte es auch nicht zu wissen. Luc spürte, wie heftig ihr Herz schlug, genauso heftig wie seines.

Es war das Herz einer Liebenden, die Hände einer Liebenden, und so brauchte sie keine Erfahrung. Sie ließ ihn nur spüren, daß sie ihn begehrte. Sie war warm unter ihm, unendlich nachgiebig. Die leisen kleinen Laute, die sich ihr entrangen, drängten ihn, näher zu ihr zu kommen und all ihre Hingabe zu kosten.

»Hör auf, Sonnenstrahl.« Sein Blut brannte. Luc wußte, daß er sich in wenigen Momenten nicht mehr würde abwenden können. »Tu das nicht.«

»Doch«, flüsterte sie, und ihre Hände legten sich um seine Rippen. Dann bewegte sie sich noch einmal und fand seine herrliche, pochende Härte. »Jetzt.« Mit einem Seufzer strich sie über seine ganze heiße Länge.

Luc stöhnte. Er starrte tief in ihre Augen, trank ihren Anblick. Er wünschte, er hätte genug Kraft, sie aufzuheitern; er wünschte, er könnte all das sein, wofür sie ihn hielt. »Du bist verrückt.«

»Nein, du. Wie kann es sein, daß du *dies* nicht willst?«

»Warum? Ich zeige dir, warum Silver«, flüsterte er wild.

Und dann preßte er sie tief in das Kissen, seinen Mund hart auf den ihren gedrückt, und gab ihr das feuchte Eindringen seiner Zunge. Seine Hand legte sich um die Rundung ihrer Brust. Mit einer einzigen, ungeduldigen Bewegung hatte er sie bloßgelegt, und ihre Brustwarze hob sich in seine schwielige Handfläche.

Und jetzt lehrte er sie das Verlangen. Mit der Erfahrung eines Meisters zupfte er an der Knospe und zeigte ihr, wie er ihr Blut zum Brennen und ihre Haut zum Glühen bringen konnte vor unerfülltem Begehren.

»Spürst du mich jetzt? Weißt du, was ich mit dir tun werde?«

Seine Hand riß die Bettdecke zur Seite und legte sich über ihren Bauch, bewegte sich abwärts zu dem seidigen Delta über ihren Schenkeln, und ihr Anblick im Kerzenlicht war der vollendete Traum eines Mannes. »Und hier, spürst du mich hier? Willst du mich hier, Silver? Bist du heiß und feucht vor Verlangen nach mir?«

Sie wand sich unter ihm, verloren in Feuer, verloren in Sehnsucht.

Verloren in *Liebe*.

»Ich begehre dich, Luc. Laß mich dich spüren. Du hast mich schon einmal berührt und mein Blut zum Singen gebracht. Ich möchte so etwas auch für dich tun«, flüsterte sie.

Ihre Worte nahmen ihm den Atem. »Was macht dir Angst?«

»Der Gedanke, dich zu verlieren. Der Gedanke, dies hier nie zu erfahren.« Ihr Blick suchte den seinen wie zwei tiefe Seen des Verlangens. »Laß mich dich fühlen, Luc. Laß mich... dich lieben. Nur einmal.«

»Nenn das nicht *Liebe*, verdammt. Du weißt nicht einmal, wer ich bin!«

»Dann sag es mir.« Ihre Augen waren so grün und golden, von Leidenschaft umwölkt. »Nein, zeig es mir.«

Der rauchige Klang ihrer Stimme schien ihn zu durchdringen und den letzten Rest seiner Entschlossenheit zu erschüttern. Und ihre weichen Finger, die seine Männlichkeit mit wirklicher, kunstloser Freude berührten. Mein Gott, er würde sterben, wenn er nicht seinen Platz tief in ihrem Innern fand.

Aber er starb nicht.

Denn in Algier hatte Lucien Delamere Dinge gelernt, die kein Mann je lernen sollte.

Und so umfaßte er nicht ihre süßen, weichen Hüften und versenkte sich nicht in all die feuchte Hitze, die sie ihm darbot, sondern befreite sich von ihrem Griff und starrte sie mit feurigem Blick an. »Dir zeigen? Gut, das will ich tun. Sieh genau hin, Miss St. Clair. Sieh hin und versuche zu begreifen, warum du nicht hättest hierherkommen sollen – und warum du nie wieder hierherkommen darfst.«

Er drehte sich um und verschränkte die Arme, so daß sich die Muskeln auf seinem Rücken spannten.

Und Silver sah in erschreckender Deutlichkeit all die blassen Narben, die sie vom Fenster aus nur undeutlich hatte erkennen können.

Silver unterdrückte ein leises Stöhnen und spürte ein Brennen auf der Haut, als wenn die Narben sich in ihre eigene Haut graben würden. »Nein...« Sie streckte die Hand aus, weil sie den Gedanken daran nicht ertragen konnte, welche Schmerzen er hatte erdulden müssen.

»Sie haben mich gezeichnet, verstehst du? Ich gehöre zu den ausgewählten Männern der Wache des Dey. Ich habe Zugang zu seinem Hof und sogar zu seinem Harem. Dieses Privileg besitzen nur wenige Männer, das kann ich dir versichern.«

»Tu das nicht, Luc.«

Er lachte rauh. »Immer noch nicht genug? Vielleicht kann dich dann dies hier überzeugen.« Sein Kinn wurde noch härter, als er die ersten beiden Knöpfe seiner Hose öffnete, so daß sein eisenharter Bauch sichtbar wurde.

Und direkt über dem Rand der Hose lagen noch zwei schmale Reihen silberner Narben. »Das ist die Strafe für Ungehorsam im *bagnio*, Silver. In Algerien gibt es Männer, die Spezialisten im Umgang mit der Peitsche sind. Das ist ihr größtes Vergnügen, und sie sind wahre Meister. Jeder Schlag reißt ein kleines Stückchen Haut mehr auf, so daß die Wunde noch schwerer heilt.« Seine Stimme wurde noch härter. »So daß man sich wünscht, einfach sterben zu können...«

Er zog mit einem Ruck seine Hose wieder hoch. »Ich habe Menschen getötet, Silver. Ich habe sie zu meinen Füßen sterben sehen und nicht mit der Wimper gezuckt. Und ich war gezwungen, Dinge zu tun...«

Seine Augen wurden hart und undurchschaubar.

»Also frag mich nie wieder, warum. Geh nur einfach fort und schau nicht zurück. Denn wenn du zurückschaust, folge ich dir womöglich. Und beim nächsten Mal werde ich vielleicht nicht mehr stark genug sein, mich abzuwenden.«

Die Kerze flackerte.

Schatten zuckten über die Wände.

Luc ging aus dem Zimmer und warf die Tür hinter sich zu.

Er ging in sein Arbeitszimmer. Normalerweise beruhigte ihn der Anblick all der ledergebundenen Bücher, die die Weisheit von Jahrhunderten enthielten.

Doch heute schienen sie sich nur über ihn lustig zu machen. Er goß eine kleine Topfrose am Fenster. Er wischte ein Staubflöckchen vom Kopf einer ägyptischen Katzenstatuette aus Malachit.

Und dann machte er sich bereit, zu sterben.

Später konnte er sich dann nicht mehr genau daran erinnern, wie er dorthin gekommen war. Eine Stunde lag seine Hand auf der Klinke zu ihrer Tür, ohne daß er es gewollt hatte.

Und sie war schon vor ihm dort, silbrig und weich im Mondlicht, ganz Hoffnung und Zauber für einen Mann, der vergessen hatte, daß es solche Dinge überhaupt geben konnte.

Duft wehte zu ihm herüber. Lavendel, Rose, Salbei.

Ihr Duft.

Mein Gott, was würde er tun, wenn sie fort war?

Wie würde er zu seiner alten Härte zurückfinden?

Im Augenblick wollte er Wärme, nicht Kälte. *Ihre* Glut, die ihn ganz umgab, ihre Weichheit an sein pochendes Verlangen gedrückt.

In diesem Moment hätte er es beinahe gewagt und wäre zu ihr gegangen. Doch in der letzten Sekunde, als seine Vernunft schon zu schwinden schien und sein Körper vor Verlangen schmerzte, hielt er inne.

Es war das kalte, glatte Metall seiner Pistole in seinem Beutel, der über einem Umhang hing, das ihn aufhielt. Die Pistole, mit der er Menschen getötet hatte. Und die er vielleicht in der kommenden Nacht auch wieder gebrauchen würde.

Luc blieb bewegungslos stehen und dachte voller Elend an all die Dinge, die er gesehen und getan hatte.

Und da sah er im Licht der kalten Vernunft die Millionen von Meilen, die ihn von ihr zu trennen schienen.

Er bedachte sie mit einem letzten Blick, fand tiefe, wortlose Freude im Anblick ihrer friedlich schlafenden Gestalt. Und dann hüllte er sich in Umhang und Hut und machte sich auf die Suche nach Tod oder Rache. Was immer ihm zuerst begegnen würde.

Weit entfernt in einem Ballsaal in London stand eine Frau inmitten ihrer Bewunderer. Das Licht spiegelte sich blitzend in Juwelen und Seide unter Dutzenden von Kronleuchtern.

Aber India Delamere dachte nicht an schöne Männer oder Tanz. Plötzlich wandte sie sich ab und stürzte in die Nacht hinaus.

»India? Was ist denn nur los mit dir, Mädchen?«

Als sie sich umdrehte, war ihr Gesicht naß von Tränen. »Luc ist in Gefahr, Großmutter. Oh, ich fühle es diesmal ganz deutlich. Und ich verschwende meine Zeit hier in leerer Fröhlichkeit, anstatt nach ihm zu suchen.«

Die Herzogin von Cranford griff ihre Enkelin an der Schulter. »Unsinn. Wir haben alles nur mögliche getan. Dein Bruder ist tot. Du solltest dich auf dein eigenes Leben besinnen.«

»Du täuschst dich«, sagte India leise, den Blick in der Nacht verloren. »Er ist nicht tot. Und irgendwie, irgendwo, werde ich ihn finden, das schwöre ich.«

*Er war in Gefahr.*

Silver schnappte nach Luft und setzte sich plötzlich im Bett auf, die Augen dunkel vor Schreck. Sie sah nichts Beunruhigendes. Das Zimmer lag ruhig da, die Kerze war längst verloschen.

Aber der Schrecken schloß sich um ihr Herz wie ein Seil aus schwarzer Seide.

Luc war in Gefahr, sie spürte es ganz deutlich.

Mit zitternden Fingern schob sie ihr Haar zurück und stand auf. Sie verstand ihn jetzt so viel besser. Sie wußte, warum er seine Gefühle verbarg und jeden von sich wies. Mein Gott, ob sie je den Anblick seiner Narben würde vergessen können?

Und jetzt gerade stürzte er sich in die nächste Gefahr.

Irgendwie mußte sie ihn aufhalten.

Sie wandte sich zur Tür, als Bram bleich hereingestürzt kam.

»Hast du ihn gesehen?«

»Luc? Nein, aber –«

»Ich hatte gehofft, ich hätte mich getäuscht und er wäre noch hier bei dir.« Der Junge zupfte an seinem wilden schwarzen Haar. »Ich habe in der Bibliothek gesessen und gelesen und dabei alles vergessen, sonst hätte ich versucht, ihn aufzuhalten.«

»Bram, ich verstehe dich nicht. Sag mir, was geschehen ist!«

»Luc ist ganz in Schwarz gekleidet davongeritten«, sagte der Junge düster. »Mit einer Tasche über dem Arm und einer Flinte am Sattel. Und er ist nicht einfach geritten, Syl. Er ist davongestürmt wie ein Besessener, als wäre es ihm völlig egal, wer ihn bemerkt.«

Silver erinnerte sich daran, wie er ausgesehen hatte, als er fortgegangen war, die Stimme rauh vor Hoffnungslosigkeit.

*Also frag mich nie mehr, warum. Geh nur fort von mir und schau niemals zurück.*

Dieser sture, elende Narr!

Silver griff zitternd nach einer Kerze, versuchte, ruhig zu bleiben. »Ich denke, er ist losgezogen, um eine Kutsche auszurauben, Bram. Schließlich ist das sein Lebensunterhalt, wie er uns immer wieder versichert.«

Der Junge starrte sie erschreckt an. »Ist dir das egal? Und wenn er nicht wiederkommt? Wenn er dort draußen auf der Heide den Tod findet?«

»Nein, es ist mir nicht egal«, sagte Silver mit fest um die Taille gelegten Armen. »Es bedeutet mir sogar viel zuviel. Aber wir können nichts machen.« Ihre Augen wirkten leer. »Pack deine Sachen. Wir gehen zurück nach Lavender Close.«

## 26. Kapitel

Schwarze Nacht.

Schwarze Bäume.

Schwarze Landstraße, die sich endlos über die Hügel dahinzog.

Das entsprach alles genau Lucs Vorstellung. Er war in wilder Stimmung und trieb sein Pferd auf den Hügel.

Auf der Kuppe öffnete er seinen Beutel und prüfte seine Pistolen, während er die ganze Zeit versuchte, das Bild von Silvers Gesicht aus seinen Gedanken zu vertreiben.

Es war besser so. Für sie beide.

*Schau niemals zurück,* warnte ihn eine dunkle Stimme.

Von der anderen Seite der Anhöhe hörte er Hufgeklapper. Einen Augenblick später erschien Jonas' Gesicht in der Dunkelheit.

»Ich sollte nicht hier sein«, sagte der Bedienstete rauh. »Und Ihr auch nicht.« Er starrte Luc an. »Aber da ich mich nicht entschließen kann, wegzureiten: Was steht an heute nacht, Blackwood?«

Luc lehnte sich im Sattel zurück. »Ein reicher Händler vom Süden. Er reist mit all seinem Geld unter dem Sitz, habe ich gehört. Ein Wächter hinter der Kutsche, zwei Pistolen sind innen in der Wand versteckt.«

Jonas schüttelte den Kopf. »Die Sache stinkt. Zu einfach. Wie kommt ein so reicher Mann dazu, sein ganzes Geld mit sich herumzuschleppen? Ich finde, die Sache klingt nach einer Falle.«

Luc rann es kalt den Rücken hinunter, aber er kümmerte sich nicht darum. »Mir scheint, du wirst für diese Arbeit langsam zu alt, Jonas. Als nächstes siehst du noch Geister im Dunkeln.«

»Ja, das glaube ich auch, Luc Delamere. Die Geister von Straßenräubern, die vor ihrer Zeit gestorben sind«, fügte der Schotte finster hinzu.

Als eine ferne Staubwolke über der Heide erschien, zog sich Luc die Maske über das Gesicht. Das achtfache Donnern von Hufen ertönte aus Süden, dann kam eine schwerbeladene Kutsche in Sicht.

»Da kommt unser Händler«, sagte Luc düster. »Mit einem Wächter, genau wie angekündigt.«

»Ich sage, das ist alles zu einfach«, schnaubte Jonas hinter ihm.

Luc versuchte das warnende Prickeln im Nacken zu verdrängen. »Du klingst wie eine alte Frau, Jonas. Zieh deine Pistole und setz die Maske auf. Es ist Mitternacht, die Zeit für Blackwood, über die Heide zu reiten.«

Dunst wallte in weißen Schwaden um die großen Felsbrocken, die Luc erst vor wenigen Minuten in die Mitte der Straße gerollt hatte. Der Kutscher würde sie erst sehen, wenn er sie schon fast erreicht hatte.

Nur noch ein paar Minuten, dachte Luc. Wieder spürte er das Kribbeln im Nacken. Sein Instinkt sagte ihm, daß irgend etwas nicht stimmte. Er unterdrückte einen Fluch und schalt sich einen Angsthasen. Sein Händler war zu wohlhabend, als daß er sich als Falle gebrauchen ließ. Er hatte bei allen möglichen Stationen mit dem Reichtum angegeben, den er als Sklavenhändler mit Schwarzen gemacht hatte.

Luc hatte aus erster Hand die Schrecken der Sklaverei erlebt, deswegen würde er diesen Mann mit besonderem Genuß ausrauben!

Der Kutscher ließ einen erschreckten Schrei ertönen, als er kurz vor der Barrikade die Gefahr erkannte. Luc galoppierte mit gesenkter Flinte durch den Dunst den Hügel hinab, und Jonas holte mit geübten Bewegungen den Wächter von der Rückseite der Kutsche und zwang ihn, sich auf den Boden zu legen.

Luc näherte sich dem Fenster der Kutsche. »Heraus mit Euch, Reisender!« befahl er grimmig. »Und zwar schnell, der Lord von Blackwood schätzt es nicht, zu warten!«

Die Tür öffnete sich knirschend, und eine hohe Gestalt trat aus dem Schatten, in einen Mantel gehüllt und den Kopf fast völlig unter einem Hut verborgen. Als der Mantel sich öffnete,waren darunter breite Schultern und kräftige Schenkel zu erkennen.

Luc runzelte die Stirn, sein Unbehagen wuchs. »Wie viele Leute sind noch in der Kutsche?«

Keine Antwort. Der Händler kreuzte nur schweigend die Arme vor der Brust.

Luc sah zum Kutscher hinauf. »Wirf das Gewehr neben dir herunter, Mann!« Der Kutscher fluchte, folgte aber dem Befehl. Luc spürte, wie sich der Blick des Händlers in den seinen bohrte. Die Eindringlicheit dieses Blickes gefiel ihm nicht. Da war etwas...

Vorsichtig stieg Luc vom Pferd und bewegte sich zur Kutschentür hinüber. Aber er war nicht vorsichtig genug.

Als Luc noch etwa einen Meter von seinem Ziel entfernt war, ließ der Reisende seinen Mantel fallen, und bevor Luc es recht begriff, traf ein Stiefel sein Handgelenk und schleuderte seine Pistole weg. Er machte mit einem Fluch einen Satz rückwärts und zog seinen Degen. Der Händler duckte sich, das Gesicht im Schatten der Kutsche.

Lucs Augen wurden schmal. »Das war ein schwerer Fehler, mein Freund«, knurrte er. »Noch eine Bewegung, und du bekommst meinen Degen zwischen die Rippen.«

Der Händler lachte nur. Wieder stieß sein Fuß nach Luc, der es diesmal gerade noch schaffte, zur Seite zu springen. Er duckte sich, drehte sich halb zur Seite und sprang dann vor, so daß die Spitze seines Degens an die Brust des Händlers stieß.

Doch statt der flehentlichen Bitten, die Luc erwartet hatte, warf sein Opfer nur den Hut vom Kopf und lachte. »Eine sehr interessante Partie, wirklich«, sagte er leise. »Aber du würdest doch bestimmt keinen alten Freund verletzen, oder?«

*Diese Stimme!*

Lucs Augen weiteten sich vor Schreck. Aus ihr erklangen lange Jahre des Lebens im Osten. Plötzlich erinnerte sich Luc wieder an andere Kämpfe im Mondschein am Mittelmeer, während das Deck eines Schiffes unter ihnen knarrte.

»Connor? Connor MacKinnon? Mein Gott, bist du das?«

»Kein anderer«, sagte der Reisende. Seine breiten Schultern waren einen Augenblick lang deutlich zu erkennen, als der Mond hinter den Wolken hervorkam. »Und ich habe einen weiten Weg gemacht, um den berüchtigten Verbrecher zu finden, der als Lord von Blackwood bekannt ist.«

»Mir scheint, du hast ihn gefunden, du Schuft. Also war das ganze Gerede von dem Gold in der Kutsche nur Theater?«

»Ich fürchte ja«, sagte der blonde MacKinnon. »Aber was zum Teufel sollte ich schon tun? Nach deiner kurzen Nachricht, die ich in London bekam, hatte ich keine andere Möglichkeit, dich zu treffen, als dich von deiner Gier zu mir führen zu lassen. Wie man sieht, ist es mir gelungen.«

Dann senkte sich die Stimme des Riesen. »Doch ich habe Neuigkeiten, die nicht warten können, bis du in aller Ruhe nach London zurückkehrst. Wir müssen uns unterhalten.«

Luc runzelte die Stirn. »Dies ist nicht der richtige Ort dazu, denn zu viele andere Straßenräuber folgen meinem Beispiel. Jonas, schick den Kutscher und den Wächter weg, der Reisende braucht sie heute nacht nicht mehr.«

Als die zwei verschwunden waren, wandte sich Luc wieder seinem Freund zu. »Draufgängerisch wie immer, scheint mir. Hattest du keine Angst, ich könnte dich durchbohren?«

MacKinnon lachte. »Ich hätte dir vorher schon noch ein paar Knochen gebrochen.«

»Ach ja, deine fernöstlichen Kampftechniken. Kann ja wirklich nützlich sein. Aber auch gegen meinen Degen?«

»Irgendwann werden wir es ausprobieren. Aber jetzt los.«

»Also dann Richtung Westen. Aber du mußt zu Fuß gehen, einen Riesenkerl wie dich kann mein Pferd nicht zusätzlich tragen, Connor MacKinnon.«

»Macht nichts. Mit deinem Pferd werde ich schon Schritt halten!« Mit diesen Worten setzte er sich in lockerem Lauftempo in Bewegung.

Luc schüttelte den Kopf und lächelte. Der Mann war wirklich rätselhaft. Er schien immer dann aufzutauchen, wenn man ihn am wenigsten erwartete und am meisten brauchte. Er hatte die geheimenKampftechniken der Shao-Lin in China gelernt, so flüsterte man, einer der wenigen Fremden, die je zugelassen wurden. Und es hieß auch, er habe jahrelanges Training in den Bergen im fernen Westen Chinas gehabt.

Auf direkte Fragen lächelte MacKinnon immer nur und sagte nichts.

Luc verdankte ihm zweifellos das Leben. Er hatte es zwar geschafft, aus dem Palast des Dey in Algier zu entkommen, aber er wäre nicht weit gekommen, da er auch noch den fieberkranken Jonas tragen mußte.

Doch MacKinnon hatte ihn gesehen und ihn in seinem mit chinesischen Gewürzen und Tee gefüllten Wagen gezogen, die er in den Palast des Dey brachte.

Luc und Jonas hatten zwei angespannte Stunden unter einem Haufen Leinwand zugebracht, während die Leute des Dey die Ware prüften. Im Laufe dieses Tages hate MacKinnon sie dann immerhin dreimal gerettet, denn als der Dey herausfand, daß sein geschätzter *ferenghi*-Sklave verschwunden war, hatte er die ganze Stadt nach ihm abgesucht. Doch da war Luc schon sicher auf einem von Connors Schiffen im Hafen versteckt gewesen.

Ja, der Mann war ein Rätsel. Tauchte auf, wo man ihn am wenigsten erwartete. Luc schüttelte den Kopf, als er im Trab über die nächste Hügelkuppe verschwand. Der Kerl schaffte es noch und war vor ihm in Waldon Hall.

Silvers Wunde pochte etwas, als sie aus dem Wagen stieg, den sie und Bram sich geliehen hatten. Die langen Reihen Lavendel lagen schimmernd im Mondlicht, und sie füllte ihre Lunge mit dem sauberen, frischen Duft.

Doch der Anblick der blühenden Felder hatte auf Silver nicht die gewohnte, friedliche Wirkung. Heute abend spürte sie eine Leere im Innern und eine Ruhelosigkeit, die sie nie würde hinter sich lassen können.

Sie sah die langen und leeren Tage, die vor ihr lagen und nichts als Asche in ihrem Herzen. Sie versuchte, nicht an den Mann mit den bernsteinfarbenen Augen zu denken. »Komm, laß uns Tinker suchen«, sagte sie zu Bram. »Ich will wissen, was die Schufte noch angerichtet haben, seit wir fort sind.«

*Er war heute wieder da.*

*Er hat eine Menge Fragen gestellt und sogar Öle gekauft. Aber ich traue ihm nicht.*

*Ich traue* keinem *mehr. Nicht, seit die Briefe jeden Tag kommen. Sie haben mein Land und mich bedroht, jetzt bedrohen sie meine Kinder.*

*Liebe Susanna, wenn Du dies liest: Deswegen habe ich Dich und Bram zu Onkel Archibald geschickt, um Euch zu beschützen. Und das werde ich tun. Auch wenn fast das ganze Geld weg ist…*

## 27. Kapitel

»Also, was bringt dich hierher auf die Heide, wo du Gefahr läufst, von Norfolks berüchtigtstem Straßenräuber ermordet zu werden?«

Connors Gesicht war mit einer dünnen, glänzenden Schicht Schweiß bedeckt. Er und Luc hatten gerade eine halbe Stunde gefochten, auch wenn Luc mit seiner heilenden Wunde immer noch nicht wieder völlig leistungsfähig war.

Jetzt standen sie in der offenen Verandatür und sahen auf die grünen Rasenflächen von Waldon Hall hinaus.

»Neuigkeiten«, sagte Connor, »die nicht warten konnten, bis du nach London zurückkehrst.«

Luc strich sich das Haar zurück und versuchte, die Einsamkeit zu vergessen, die ihn erfaßt hatte, seit er bei seiner Rückkehr entdeckt hatte, daß Silver und Bram fortgegangen waren.

Eigentlich sollte er froh darüber sein. Schließlich war das sein ausdrücklicher Wunsch gewesen. Aber Luc stellte fest, daß er verzweifelt war, seit sie fort war, sosehr er sich auch bemühte, seine Gefühle zu verleugnen. Und wie Silver es vorausgesagt hatte, quälten ihn die Erinnerungen: Silver in seinem Bett, ihre Lippen, die sich unter den seinen öffneten, Lavendelduft auf ihrer Haut.

Doch jetzt sah er finster auf den Boden und versuchte mit seinem ganzen Willen, sich auf den Eid zu konzentrieren, den er in Algier geschworen hatte. Das war Ehrensache.

Er sah den Freund an, der ihm an jenem Tag vor fast zwei Jahren das Leben gerettet hatte. »Du bist schnell. Ich habe meine Nachricht an dich erst letzte Woche abgeschickt. Was hast du herausgefunden?«

»Ich fürchte, du hast recht. Es gibt tatsächlich einen Verräter in der Admiralität. Das habe ich von einem Freund von mir erfahren, der zur Marine gehört. Ich habe ihm mal einen Gefallen getan, darum hat er mir gern ein paar Fragen beantwortet.«

»Einen Gefallen.« Luc lächelte. »Wie ich dich kenne, hast du ihm wohl eher das Leben gerettet, MacKinnon. Nein, ich bin nicht neugierig. Ich will nur wissen, was du erfahren hast.«

»Tatsächlich gibt irgend jemand Informationen an den Dey von Algerien weiter, genau wie du vermutet hattest. Doch das Netz ist viel größer, als du dachtest. Vom Dey wird die Information weitergetragen zu den anderen Berberländern an der nordafrikanischen Küste. Es muß der gleiche Mann sein, der befahl, daß du auf das Gefangenenschiff der Marine gebracht wurdest und der dich dann den Korsaren übergeben ließ. Und der Kerl ist verdammt gründlich, nach dem, was er alles weitergibt: Auslaufzeiten, Reiserouten, Zielhäfen. Aber am schlimmsten sind die ausführlichen Passagierlisten, die der Schuft den Piraten gibt, einschließlich einer genauen Beschreibung der Personen und der vermuteten Reichtümer, die sie bei sich tragen. Er macht sogar Vorschläge, wieviel Lösegeld man bei den Familien verlangen kann. Angeblich wird gerade ein besonderer Ausschuß gebildet, um die Angelegenheit zu untersuchen.«

Luc hörte die letzten Worte kaum vor lauter Zorn. Er hatte natürlich so etwas Ähnliches seit beinah fünf Jahren angenommen. Auch in jenen schrecklichen Nächten und Tagen der Folter.

Er hatte schließlich den Forderungen des Dey nachgegeben, als Jonas dem Fieber zu erliegen drohte und sein Körper nur noch aus Haut und Knochen bestand.

Erst da hatte sich Luc bereit erklärt, eine ausgewählte Gruppe der Wache des Dey im Fechten zu unterweisen. In Anerkennung seiner Dienste hatte man Luc das verhaßte Zeichen verliehen, das jetzt auf seinen Unterarm tätowiert war.

In der Hitze jener Nacht hatte Luc geschworen, dafür zu sorgen, daß das Piratenunwesen ein Ende fand. Und dabei auch derjenige, der aus London Informationen der Admiralität heimlich an die Piraten weitergab.

Jetzt mußte er nur noch eines wissen: »Wer?« fragte er rauh. »Wer ist es?«

»Tja, das ist das Problem.« MacKinnon beobachtete bedächtig seinen Freund und sah den Zorn, der in seinen Augen glühte. »Bisher hatte die Admiralität keinen Erfolg bei der Suche nach dem Verräter. Er scheint sehr klug zu sein.«

»Verdammt! Gibt es denn keinen Hinweis auf die Identität des Spions?«

»Nein, zumindest keinen, den sie weitergeben. Du mußt verstehen, daß die Admiralität ihre eigenen Schwierigkeiten hat. Sie werden in letzter Zeit oft wegen Korruption, Verschwendung und anderer Extravaganzen angegriffen. Verständlicherweise möchten sie nur ungern ihre schmutzige Wäsche in aller Öffentlichkeit waschen – nicht, bis sie nicht sicher sein können, wer der Verräter ist.«

»Das heißt, ich weiß auch nicht mehr als vorher!« Luc schlug fluchend mit der Faust gegen die damastbezogene Wand.

»Nicht ganz.« MacKinnon lehnte sich an die Tür und sah seinen Freund an. »Ich habe zufällig eine Liste der wahrscheinlichsten Kandidaten hier in meiner Tasche – lauter Männer, die in den vergangenen Jahren eine Menge Geld gemacht haben – Geld, für das es keinen legalen Hintergrund gibt.«

»Aber wie konntest du –«

»Ich habe meine Quellen, wo immer meine Schiffe einlaufen. In Genua, Venedig, Marseille und sogar in Algerien kenne ich die Bankiers, die ihre Privatkonten verwalten. Ja, ich glaube, du wirst meine Liste sehr interessant finden, denn es hat sich herausgestellt, daß einige dieser Privatkonten Männern aus der Admiralität gehören.«

Luc lächelte düster. »Was hat dich diese Information gekostet, MacKinnon? Wie soll ich mich je revanchieren? Mein Haus, meine Ländereien, du kannst alles haben, wenn ich nur den Hundesohn finde, der mich in die Sklaverei verkauft hat – und das jeden Tag auch mit anderen macht.«

Der blonde Riese schürzte die Lippen. »Nette Gegend hier. Dein Angebot reizt mich durchaus. Du willst nicht zufällig Swallow Hill auch noch einsetzen?«

Lucs Miene wurde hart. »Darüber reden wir nicht. Du hast mir und Jonas das Leben gerettet, aber Swallow Hill liegt hinter mir. Ich rate dir, das nicht zu vergessen.«

Lucs Freund, der Eigentümer einer großen Handelsflotte war, lächelte nur und ließ sich durch Lucs rauhe Worte nicht einschüchtern. »Oh, ich zittere vor Angst, Lord Dunwood, ehrlich!«

»Schweig. Nicht Lord Dunwood! Nie mehr.«

»Von mir aus«, sagte Connor ruhig. »Aber von Bezahlung an mich will ich dann auch nichts mehr hören. Eher würden mich schon ein paar deiner Geheimnisse interessieren. Wo immer ich hinkomme, höre ich von den Eroberungen des Lord von Blackwood – auf der Landstraße und in zahlreichen Schlafzimmern dazu. Vor dem ›Grünen Mann‹ scheint es zu einer besonders interessanten Begegnung gekommen zu sein. Bist du inzwischen dazu übergegangen, deine Bettgesellinnen zu entführen?«

Luc fluchte. »Die Geschichte spricht sich also herum, wie? Verdammt, ich hatte gehofft, daß ihr das erspart bliebe.«

»Ihr?«

»Eine... Nachbarin. Ihr gehören die Lavendelfelder im Anschluß an Waldon Hill. Eine wilde kleine Teufelin von Frau.«

»Ich sehe, wie fesselnd du sie findest«, sagte McKinnon kühl. »Aber ist das vielleicht Millefleurs, was noch ein wenig in diesem Zimmer duftet? Das könnte ich schwören, auch wenn das Parfüm leider schon seit ein paar Jahren nicht mehr zu bekommen ist. Ich kenne eine ganze Reihe von Frauen, die jedem Mann dankbar wären, der ihnen eine Flasche davon verschaffen könnte.« Seine Augen glitzerten schelmisch.

»Es ist Millefleurs. Miss St. Clairs Vater hat den Duft komponiert, doch das Rezept mit ins Grab genommen. Ich glaube, Silver gehört die letzte Flasche.«

»Silver? Was für ein hübscher Name. Und diese Frau – vermutlich schielt sie, oder? Und keift und schimpft?«

»Ich wünschte, es wäre so«, murmelte Luc. »Nein, in diesem Punkt war deine Information falsch. Silver St. Clair ist wie ein Strahl Sommersonne, mutig, fröhlich und sehr temperamentvoll.«

Connors Augen wurden schmal bei dieser Beschreibung. Sein Freund hatte sich also verliebt. Tja, das eröffnete natürlich die interessantesten Möglichkeiten. Ob die Frau wohl davon wußte?

Oder was noch wichtiger war: Ob Luc es wohl wußte?

Er entschloß sich, sich mit dieser Angelegenheit näher zu befassen. Der narbenbedeckte Überlebende aus den *bagnios* von Algier verdiente es, glücklich zu werden. »Sehr interessant, mein Freund. Ob ich die schöne Dame wohl kennenlernen kann?«

Lucs Finger spannten sich einen Augenblick an, dann zuckte er mit den Schultern. »Ich habe keinen Anspruch auf sie. Sie ist nur eine Nachbarin. Wenn du ihr nachstellen möchtest, bitte. Aber ich vermute, daß sie viel zu vernünftig ist, um auf deine süßen Lügen hereinzufallen.«

»Ach, aber Widerstand macht jede Jagd doch viel reizvoller.«

Luc wandte sich heftig ab.

Es war also tatsächlich so, wie er vermutet hatte, dachte Connor. Ja, die zwei hatten seine Hilfe eindeutig nötig. Glücklicherweise blieb ihm eine Woche Zeit, bevor er seine nächste Orientreise antrat.

Connor stellte fest, daß ihm die Rolle des Heiratsvermittlers gefiel. »Und wann werde ich das Vergnügen haben?«

»Morgen, übermorgen. Das ist für mich belanglos. Ich werde dich nicht begleiten. Ich muß mich darauf konzentrieren, meinen Verräter zu finden und mit ihm abzurechnen.«

»Wo sollen wir anfangen?«

Luc sah seinen Freund an. *»Wir?«*

MacKinnon blieb dabei.

»Dann danke ich dir für die Hilfe. Ich glaube, deine asiatischen Kampfkünste werden mir helfen können. Aber zuerst möchte ich mir deine Liste ansehen. Dann werden wir einen Ritt nach Kingsdon Cross machen, dort gibt es eine Mühle, in die ich immer schon einmal einbrechen wollte. Es müssen mehrere Männer beteiligt sein, und ich möchte sie alle auf einmal erwischen. Und da es schon hell wird, werden wir in der kommenden Nacht aufbrechen. Ich habe einen Plan des Gebäudes. Vermutlich sind dort einige der Informationen versteckt.«

»Aber wenn du den Ort kennst, mußt du doch wissen, wer der Eigentümer ist?«

»Nein. Der Mann muß einen geheimen Eingang haben, da man ihn nie kommen und gehen sieht. Aber ich garantiere dir, daß ich ihn bald haben werde.«

»Also gut, Lord Blackwood. Ich beginne zu verstehen, woher dein Ruf stammt. Wie wäre es noch mit einem Kampf, bevor wir schlafen gehen?«

Luc lächelte halbherzig. Er versuchte, nicht an Silver zu denken, an die Wärme ihres Mundes, die seidige Schönheit ihrer Brüste unter seinen drängenden Fingern.

Genausogut hätte er versuchen können, nicht zu atmen.

Das Klirren von Stahl erfüllte den Ballsaal. Während die Morgendämmerung langsam durch die Fenster sickerte, bemühte sich Luc, den Schmerz aus seinem Gesicht zu verdrängen.

Doch Connor MacKinnon ließ sich keinen Augenblick täuschen.

Sir Charles Millbank fluchte finster und starrte auf die Weinbrandpfütze unter seinem Glas.

Verdammt, es war fast Morgen! Warum ließ ihn der Mann immer warten?

Aber er wußte schon, warum. Um ihm angst zu machen, bis er es kaum mehr ertrug.

Durch die rauchige Luft der Hinterzimmer im ›Grünen Mann‹ sah der Baronet eine große Gestalt lautlos herannahen. Der Mann mit dem goldenen Ohrring blieb am Tisch stehen. »Was gibt es Neues, Engländer? Ihr habt mein Gold angenommen, jetzt erwarte ich auch eine Gegenleistung.«

»Äh, ich bin schon ganz nah dran. Ich habe Blackwoods Versteck fast entdeckt.«

*»Fast?«*

Sir Charles' Gesicht wurde rot. »In einem Tag müßte ich es schaffen. Sonst werde ich die St.-Clair-Göre als Lockvogel benutzen. Sie wird ihn mir bringen, das verdammte Weib.«

Der Fremde lächelte dünn. »Das hoffe ich in Eurem Sinne, *ferenghi*. Für die, die mich betrügen, kenne ich keine Gnade.«

Millbank räusperte sich und wand sich unter dem kühlen Blick. Er versuchte, nicht den seltsamen Ring an der Hand des Fremden anzustarren. Die Smaragdaugen des Tiers darauf hatten sicher ein Vermögen gekostet. In der Hoffnung, dem Mißfallen des Mannes zu entrinnen, fragte er: »Aber warum Blackwood? Was wollt Ihr mit dem Straßenräuber?«

»Ich werde es Euch sagen, weil ich gerade in Stimmung dazu bin. Der Mann war einst in meinem Gewahrsam, aber er ist mir entkommen. Er ist der einzige Mann, dem das je gelungen ist.« Die dunklen Augen wurden härter. »Der einzige, der noch am Leben ist zumindest. Aber er wird für seinen Verrat bezahlen. Und bevor ich mit ihm fertig bin, wird er mich anflehen, ihn doch sterben zu lassen.«

Der Engländer schauderte. »Äh, ja. Ich sollte wohl besser gehen. Es ist noch einiges zu tun.«

Der Fremde lächelte kalt. »Seht Euch vor, Engländer. Ich bin ein gefährlicher Gegner. Und jetzt ans Werk.«

Millbank wartete nicht auf weitere Ermahnungen. Bleich und unsicher stand er auf und eilte aus dem rauchigen Zimmer.

## 28. Kapitel

Die Sonne stand schon hoch am Himmel, als Silver aus dem ruhelosen Schlaf erwachte. Ihre Wunde schmerzte noch etwas, doch ihre Kräfte waren schon fast völlig wiederhergestellt. Sie kleidete sich an und machte sich an die Arbeit.

In den Feldern zog sie die Schuhe aus und ging barfuß durch die braunen Furchen in der Hoffnung, dies würde ihr Frieden bringen wie schon so oft. Doch es gelang nicht. Sie konnte die Verzweiflung auf Lucs Gesicht nicht vergessen, als er aus ihrem Zimmer gegangen war.

Und das änderte sich auch nach zehn Stunden nicht. Beim Abendrot war sie immer noch genauso ruhelos wie am Morgen.

Zudem gab es kaum etwas für sie zu tun, nachdem Tinker mit den zusätzlichen Männern sogar die übrigen noch ausstehenden Bestellungen erledigt hatte. Selbst die Lieferung mit Lavendelseife für den königlichen Palast war fertig.

Silver lächelte und betrachtete die ordentlich zum Trocknen in Reihen ausgelegten Seifenstücke, die sie sogar schon poliert hatten, so daß sie samten glänzten. Jetzt fühlte sich Silver auf ihrem eigenen Anwesen überflüssig. Und ihre Gedanken wanderten ungehindert zurück zu dem Mann mit den bernsteinfarbenen Augen. Ob er wohl sicher nach Waldon Hall zurückgekehrt war, die Taschen mit klingenden Goldmünzen gefüllt, oder war er womöglich von einem der Männer des Friedensrichters gestellt und erschossen worden?

Sie konnte die Vorstellung nicht ertragen.

Also zwang sie ihre Gedanken mit Tränen in den Augen zurück nach Lavender Close. In der Hast der letzten Tage hatte sie keine Zeit gehabt, im Tagebuch ihres Vaters zu lesen. Also nahm sie es jetzt aus seinem Versteck im Boden des Gewächshauses. Es gab immer noch ein Dutzend Einträge, die sie nicht gelesen hatte.

Vielleicht würde sie doch noch den Schlüssel zum Tod ihres Vaters finden.

*Heute war Dein Geburtstag, Susanna. Du hast Deiner Mutter so ähnlich gesehen! Am Abend habe ich dann noch über den Lavendelfeldern gesessen und den Mond in silbernen Wellen herunterscheinen sehen.*

*Die zwölfte Nacht des fünften Monats.*

*Ein wichtiges Datum, dessen Bedeutung ich Dir jetzt noch nicht enthüllen kann. Aber bedenke eines gut, meine Tochter. Wenn Du meine Felder liebst, wird Dir die Bedeutung eines Tages klar aufgehen. Ich wage nicht, mehr zu sagen, falls dieses Buch in die falschen Hände fällt.*

*Wenn Du diese Zeilen doch eines Tages liest, Susanna, dann erinnere Dich an Deinen Geburtstag. Und denke gut nach.*

*Die Antwort wird Dir schon einfallen.*

Silver seufzte und ließ das Tagebuch in ihren Schoß sinken. Sie lehnte den Kopf an den rauhen Eichenstamm hinter sich und starrte in den Nachthimmel hinauf.

*Die zwölfte Nacht des fünften Monats.*

Was konnte das nur bedeuten? Sie schüttelte den Kopf. Ob ihren Vater wohl in den letzten Tagen seines Lebens der klare Verstand verlassen hatte? Sie konnte es nicht glauben.

Sie saß auf dem Hügel, wo auch ihr Vater immer gesessen hatte, und schaute über seine geliebten Lavendelfelder. Aber darin lagen keine Hinweise. Silver sah nur drei Reihen mit neuen Setzlingen, die braun und welk geworden waren. Selbst in den älteren Lavendelbeeten sah sie hier und da ein paar vertrocknete Pflanzen. Sie würde Bram morgen bitten, einmal danach zu sehen. Falls es die Wurzelkrankheit war, mußten sie sie alle herausreißen, sonst würden sie riskieren, alle Felder zu verlieren, denn diese Krankheit breitete sich schnell aus.

Mit gerunzelter Stirn pflückte Silver ein Blatt von einer Duftgeranie, wickelte es um einen Lavendelzweig und steckte es in das Knopfloch am Oberteil ihres Kleides.

Dann stand sie auf. Heute abend würde sie hier keine weiteren Antworten finden.

Tinker erwartete sie, als sie zum Haus zurückkam. »Habt Ihr ihn gesehen?«

»Ihn?«

»Na, den Straßenräuber. Er sitzt schon seit über einer Stunde oben unter dem Eichbaum. Ich dachte erst, es wären wieder welche von den Kerlen. Als ich hinaufging, um nachzusehen, saß da nur Luc, der in den Himmel hinaufstarrte.«

Silver spürte eine plötzliche Enge in der Brust. »Ihm wird wohl der Lavendelduft gefallen. Oder der Nachthimmel.«

Tinker schnaubte. »Hinter dem Hügel in Waldon Hall hat er denselben Nachthimmel. Nein, ich schätze, den Mann hat's genauso erwischt wie jemand anderen, den ich nicht nennen möchte.« Er hob die Schultern. »Ihr braucht gar nicht so streng zu schauen, Silver St. Clair. Es geht mich schließlich nicht das geringste an, wenn Ihr beide so mondsüchtig seid.«

Mit diesen Worten ging der alte Mann zum Lager hinunter, während er hörbar vor sich hin murmelte.

Bram begegnete ihr fünf Minuten später direkt vor der Veranda. »Hast du ihn gesehen?« fragte er eifrig.

Silver seufzte. »Nein, aber es scheint alle paar Minuten jemand aufzutauchen, der mir davon berichtet.«

»Aber was macht Luc denn dort oben? Er sitzt jetzt schon seit über einer Stunde da.«

»Ich denke, er mag den Ausblick.«

Bram schob seine Brille höher. »Wenn du mich fragst: Der

Mann spinnt! Ihr alle beide spinnt. Wenn das typisch für das Verhalten von Erwachsenen ist, frage ich mich, ob ich überhaupt erwachsen werden will.« Dann wandte auch er sich ab und verschwand in seinem Zimmer, und Silver war mit ihrer Neugier allein.

Schließlich war die Neugier stärker.

Sie stieg langsam zu der großen Eiche auf die Hügelkuppe hinauf. Und dort sah sie ihn, genau wie Tinker es gesagt hatte.

Verdammt, was machte der Mann da oben? Was gab ihm das Recht, sie hier zu belästigen, besonders, nachdem er sie praktisch aus Waldon Hall vertrieben hatte?

Ihre Schultern wurden fester. Sie würde ihn von ihrem Land verweisen, genau! Und dann würde sie ihn vergessen! Ein für allemal. Ja, genau das würde sie tun!

Aber Silvers Herz klopfte heftig, als sie die Hügelkuppe erreichte. Es gab so vieles, was sie sagen und fragen wollte. Sie biß sich auf die Unterlippe, als sie ihn so schweigend unter einer Geißblattranke sitzen sah, den Rücken an die alte Eiche gelehnt.

Doch bevor sie auch nur ein Wort sagen konnte, hob er die Hand. »Nein, sag nichts«, sagte er mit leiser, rauher Stimme. »Die Herrin des Besitzes ist gekommen, um mich zu vertreiben. Doch woher kann ich wissen, daß sie es ist?«

Silver hörte ihn tief Atem holen.

»Weil mich ein leiser Lavendelduft streift wie ein Frühlingswind. Und Rosenaroma, das Süße hinzufügt. Sie trägt ein Kaschmirtuch. Woher ich das weiß? Von dem staubigen Duft des Patchouli, in das die indischen Tücher immer verpackt sind.«

Er hatte die Knie hochgezogen, starrte zum Himmel hinauf und sah sie nicht an. »Willst du nichts zu meinem Geschick sagen?«

Silver starrte auf ihn herunter, die Hände auf die Hüften gestemmt. »Du hast *getrunken*!«

»Nicht viel, Sonnenstrahl. Wenigstens nicht genug, um mir beim Vergessen zu helfen. Aber kann ein Mann sich nicht einmal in Frieden in den Ruin trinken? Erst kommt dein übellauniger Diener, dann rückt mir dein dürrer Bruder auf den Leib. Wen schickst du als nächstes? Cromwell?«

»Vielleicht. Ihr zwei Hunde könnt Euch prima unterhalten!«

Aber als Silver die Anspannung in seinen Schultern sah, schmolz ihr Ärger dahin. »Natürlich sind sie gekommen«, sagte sie leise. »Sie machen sich Sorgen um dich.«

»Das will ich nicht«, sagte Luc heiser. »Keine Spur. Leute, die sich um mich Gedanken machen... werden verletzt.«

Tränen standen in Silvers Augen. Sie ließ sich neben ihm nieder. »Wo ist sie?«

»Wo ist wer?«

»Die verfluchte Flasche, aus der du trinkst?«

»Weiß nicht, wovon du redest.«

Sie suchte im Dunkeln den Boden neben ihm ab, ihr Arm berührte seine Schulter. Ihre Hüfte streifte seinen Schenkel.

Luc erstarrte. »Schlechte Idee, Sonnenstrahl. Verdammt schlecht.«

»Ach ja? Warum?«

»Bin nicht aus Stein. Natürlich ziemlich voll. Und kein guter Gesellschafter. Heute abend nicht.«

»Weil du undeutlich sprichst? Du hast mir doch gesagt, daß du immer undeutlich sprichst.«

»Gelogen«, sagte er finster. »Und jetzt geh besser.«

Silver kümmerte sich nicht um ihn. Sie fand die Flasche und nahm sie ihm weg. Erst betrachtete sie sie einen Augenblick, dann setzte sie sie an die eigenen Lippen.

»Was machst du denn *jetzt*?«

»Ich versuche, herauszufinden, wie es sich anfühlt, sich in den Ruin zu trinken«, sagte sie ruhig. Der Weinbrand brannte angenehm durch ihre Kehle. »Ganz wohltuend.«

»Nur über meine Leiche!«

Sie trank noch einen Schluck.

»Gib das her!«

Silver wandte sich ab und hielt die Flasche fest. »Gleich. Du brauchst sie sowieso gerade nicht. Du hast schon genug getrunken für die nächsten drei Wochen.« Entschlossen nahm sie noch einen Schluck und legte sich dann ins Gras zurück, eine Hand unter den Nacken geschoben.

Luc sah sie streng an. »Das gefällt mir nicht. Warum gehst du nicht einfach?«

»Kann sich eine Frau denn nicht in aller Ruhe betrinken?«

»Das brauchst du nicht. Du hast Freunde, Familie, ein aufregendes Leben vor dir.«

»Vielleicht... ist mir das nicht genug.« Silver war erstaunt über ihren eigenen Mut. Vielleicht hatte das etwas mit dem Weinbrand zu tun. Vielleicht war es auch nur der brennende Schmerz in ihrem Innern, den sie nicht länger verleugnen konnte.

Sie setzte sich auf und nahm noch einmal einen kräftigen Schluck. Luc schaffte es, ihr die Flasche abzunehmen.

»Genug davon, du Teufelsweib. Du bist das nicht gewöhnt. Davon wird dir schwindlig.«

»Tut's auch. Ich finde das Gefühl aber recht angenehm.« Mit einem Seufzer legte Silver sich wieder zurück und öffnete einen Knopf an ihrem Mieder. »Mir war nur gar nicht aufgefallen, wie warm es hier ist.« Sie sah zum Himmel hinauf. »Und warum bewegen sich die Sterne so seltsam?«

»Tun sie nicht.« Luc blinzelte nach oben. »Wenigstens glaube ich es nicht.« Er sah Silver an und schüttelte den Kopf. »Das kommt von zu viel Weinbrand.«

Silver zuckte die Schultern. »Sieht doch ganz nett aus so.« Sie sah Luc an und hob die Hand zu seiner Wange. »Du übrigens auch, Straßenräuber«, sagte sie leise.

»Du solltest nicht hier sein, Sonnenstrahl. Tinker zieht mir das Fell über die Ohren.«

»Tinker hat mir gesagt, daß du hier bist. Und Bram. Sie fanden es sogar alle beide herzlos, daß ich nicht schon früher zu dir gegangen bin.«

»Besser herzlos als mit gebrochenem Herzen«, sagte Luc rauh. »Ich bin nicht gut für dich. Nicht mal für mich selbst.« Er sah über die Felder hinaus. »Ich bin heute abend dem Mann, der mich nach Algier geschickt hat, über die Marschen gefolgt bis zu der alten Mühle bei Kingsdon Cross. Fast hatte ich ihn schon, doch ich war eine Sekunde zu langsam und er entkam mir. Und weißt du, warum?« Luc wartete nicht auf ihre Antwort. »Ich war zu langsam, weil mich der Duft von Geißblatt an dich erinnert hat, verdammt, genau, wie du vorausgesagt hattest. Und das kann ich mir nicht erlauben, Silver. Ich muß jetzt stark und kalt und grausam sein. Sonst breche ich einen Schwur, den ich vor fünf Jahren geleistet habe.«

Er erhob sich auf ein Knie. »Darum gehe ich jetzt. Meinetwegen, nicht deinetwegen. Ich möchte, daß du das verstehst.«

»Aber nach all dem Weinbrand, den du getrunken hast – wie schaffst du es zurück?«

Luc lachte grimmig. »Ach, das war nur Theater. Ich habe gedacht, ich könnte dich so verscheuchen. Aber ich hätte wissen müssen, daß du nicht so leicht abzuschrecken bist.«

»Wie seltsam«, sagte Silver leise. »Denn ich bin auch nicht betrunken.« Ihr Hand öffnete den zweiten Knopf des Mieders. »Nicht im geringsten.«

Lucs Blick legte sich auf ihre Hand, die weiße Spitze und das schmale Stück Haut, die darunter zum Vorschein kamen. »Nicht, Sonnenstrahl.«

Der dritte Knopf wurde geöffnet.

Lucs Atem klang wie ein unterdrücktes Stöhnen. »Verdammt, Silver, laß das. Ich bin schließlich nicht aus Stein.«

»Das hoffe ich. Und was ich von dir gespürt habe, erinnert mich mehr an Feuer und Samt«, sagte sie rauh.

Bei diesen Worten wurde Luc von einem Strom von Hitze

überrollt. Er mußte fort. Er mußte hart bleiben und sie vergessen – zu ihrem eigenen Besten.

Aber er konnte sich nicht bewegen. Wie erstarrt sah er ihre Finger zum vierten Knopf wandern. »Ist es möglich«, sagte Luc heiser, »daß du versuchst, mich zu verführen, Susanna St. Clair?«

»Das hoffe ich doch.« Silvers Augen schimmerten im Mondlicht. »Habe ich... damit Erfolg, Straßenräuber?«

*Allerdings*, dachte Luc verzweifelt, während seine Männlichkeit sich unter einer weiteren Hitzewelle straffte.

»Keine Spur«, knurrte er und hoffte, daß sie die Lüge nicht bemerkte. »Blackwood ist ein viel zu abgebrühter Sünder, um noch auf derart einfache Tricks hereinzufallen.«

Luc sah ihre bebende Hand, was sein Herz zum Bluten brachte, aber er konnte sich nicht leisten, nett zu ihr zu sein. Später, wenn sie einen reichen, adligen Ehemann und eine Schar rotblonder Kinder hatte, würde sie ihm dafür danken.

Der Gedanke ließ Luc die Fäuste ballen.

»Aber vielleicht will ich gar nicht Blackwood verführen«, flüsterte Silver, »sondern den stillen Mann, der tief in seinem Innern seinen Schmerz verbirgt und dessen Ehrgefühl ihn zwingt, unehrenhaft erscheinen zu wollen.« Ihre Stimme brach. »Ich will *dich*, Luc, kein Zerrbild. Keinen Traum. Nur dich. Warum verstehst du das nicht?«

Hinter sich hörte Luc den Wind durch die Lavendelbüsche streifen. Silvers leises Seufzen klang ähnlich.

Und er wußte, daß er verloren hatte. Frau, Wind und die Schönheit der Nacht hatten sich gegen ihn verbündet, als Silver sich hinsetzte.

Weiße Spitze flatterte, als die elfenbeinfarbene Rundung ihrer Brust sich seinem Blick darbot.

Er kämpfte noch dagegen an, doch verlor schnell gegen all die Weichheit und seidige Offenheit.

Er beschloß, daß es nur eine Möglichkeit gab, sie aufzuhalten.

Er löste sein Hemd, seinen Blick hart auf ihr Gesicht gerichtet. Ihr angst zu machen war seine einzige Hoffnung. »Es wird dir weh tun, Silver. Vielleicht sogar sehr. Es tut immer weh beim ersten Mal.«

»Oh, dies ist nicht mein erstes Mal«, sagte sie rauh. »Ich habe schon Dutzende von Männern gehabt.«

Seine Lippen zuckten leicht. »Ach ja, Dutzende?«

»Bestimmt. Ich bin schon völlig, wie soll ich sagen, erschlossen. Keine Angst, daß du mir weh tun könntest.«

»Verstehe.« Lucs Blick war undurchschaubar, als er seine Hand über die verlockende Rundung zwischen den Spitzen gleiten ließ. »Und sie haben dich auch hier berührt, so?«

Silver hielt den Atem an, als er die Spitze fand, die ihn schon fest und hungrig erwartete. »Natürlich.«

»Und... das hat dir gefallen? Wenn sie dich so angefaßt haben?»

»Oh, ich denke, es war ganz angenehm.«

Seine Finger öffneten sich, und seine Lippen schlossen sich um sie und saugten feucht.

»Luc!«

»Ja?« Er betrachtete sie unter halbgeschlossenen Lidern hervor. »Vermute ich richtig, daß das auch angenehm war?«

Silver schluckte hörbar. »Ja. Recht angenehm...«

Luc spielte mit den hungrigen Wölbungen und streifte die Spitzen immer wieder mit der Zunge, bis sie sich unter ihm zu winden begann. »Und all diese vielen Männer, haben die auch so etwas gemacht, Sonnenstrahl?«

»Äh, natürlich.« Silver schnappte nach Luft. »Ständig.«

»Ich verstehe«, sagte Luc dunkel. Mit einer einzigen trägen Bewegung griff er sich die Fülle ihrer Röcke und zog sie hoch.

»Was tust du da?«

»Was jeder Mann tut, wenn er einer Frau Lust bereiten will. Angesichts deiner großen Erfahrung müßtest du das doch genau wissen.«

Silver biß sich auf die Lippe. »Nun – äh, natürlich wußte ich das. Aber du hast mich überrascht. Ich meine, deine Hände. Sie sind so – groß.«

»Nicht nur meine Hände sind groß, Sonnenstrahl«, sagte Luc dunkel. »Doch da du ja mit all den ›unbeherrschbaren männlichen Leidenschaften‹ vertraut bist, wirst du das auch wissen.«

Er wollte ihr nichts ersparen, keinen Augenblick lang. Sonst würde sein Plan mißlingen. Er ließ seine Hände über ihre weichen Schenkel wandern und suchte nach der Hitze in ihrem Schoß.

Sie unterdrückte einen Aufschrei, als er sie berührte.

Er kümmerte sich nicht um ihre Seufzer, ihre ruhelosen Bewegungen, sondern teilte nur die glatte, feuchte Haut, die seine Berührung willkommen hieß.

»Sieh mich an«, sagte Luc rauh. »Ich bin ein Verräter, Sonnenstrahl. An meinem Land, meinem Namen und meinem eigenen Herzen. Sieh mich an und sage mir, wie es sich anfühlt, von einem Verräter geliebt zu werden. Vielleicht überlegst du dir es dann noch anders.«

## 29. Kapitel

Silver antwortete nicht. Sie konnte nicht antworten mit diesem Feuer in ihrem Innern, dieser Lust, die sie in großen Wellen überspülte.

Verräter?

Sie glaubte es nicht. Nicht bei einem Mann, dessen Ehrgefühl ihm gebot, seine Ehre zu verstecken.

»Ich – ich glaube das nicht.«

Luc lachte grimmig. »Wirst du schon noch.« Er schob die Spitze von ihrer anderen Brust und knabberte daran.

Silver wölbte sich ihm engegen. Ihre Rippe schmerzte etwas, doch der Genuß war zu groß, als daß sie das noch gekümmert hätte. Sie weigerte sich zu glauben, daß er ein Verräter war!

Aber sie konnte ihm auch nicht die Wahrheit sagen, daß er wirklich der erste Mann war, der sie berührte, denn sonst würde er bestimmt sofort aufhören. Und dann würde sie nie erfahren, wie schön es war, von ihm berührt zu werden.

Doch sie verriet sich beinahe, als Lucs Daumen durch ihre seidigen Löckchen strich.

»Hast du Angst, meine Süße? Gut, denn ich will dir angst machen.«

Angst? Nein. Aber sie fühlte sich seltsam. Die Hitze. Der Weinbrand. Das Trommeln in ihrem Blut.

Und der Mann. Ja, vor allem der Mann.

Er hatte ihr Herz jetzt völlig erobert. Und auch dieses Geheimnis mußte sie wahren. Er würde ihre Liebe sicher nicht wollen.

So fragte sie nur: »Sollte ich denn Angst haben?«

»Allerdings«, sagte Luc düster. »Heute abend hast du den

Straßenräuber vor dir. Nicht den Gentleman, den kühlen Kavalier, sondern den Schuft, der niemandem Rechenschaft schuldet. Also: Hast du Angst?«

»Nein.« Silver schob ihre Hand unter Lucs Hemd und strich über die Narben auf seinem Rücken. »Nicht vor dir. Und nicht vor den Narben. Sie sind die Symbole eines Kriegers, Zeichen seiner Ehre. Warum sollte ich sie fürchten?«

Luc schloß die Augen. Nein, nichts würde ihr angst machen. Er hätte es wissen müssen.

»Wird der Schmerz bald kommen?«

*Nur für mich*, dachte Luc. Er wußte, daß er dieses Spiel nicht bis zum Schluß durchhalten würde.

So nah. Ein kurzer Stoß, und sie würde ihm gehören, eng und feucht und fest. Sie würde ihn willkommen heißen, das wußte er. Er hatte schon einmal ihre Lust gespürt und wußte, daß sie ihn fest umhüllen würde, wenn er in sie drang.

Er unterdrückte einen Fluch, spürte Schweißtropfen auf seiner Stirn.

Nicht sie. Nicht jetzt. Er konnte es einfach dieser Frau nicht antun.

Aber er konnte sich auch nicht zurückziehen. Nicht, bis er noch einmal ihr süßes Feuer gespürt hatte. Er drang in sie, fühlte sie um seine Finger erbeben.

»Nein. Oh, Luc, wie kann ich –«

Sie hob sich unter ihm, den Blick verschleiert, das Gesicht gerötet, den ganzen Körper der Lust hingegeben, die er pulsierend in ihr wachgerufen hatte.

So schön, dachte Luc. Er könnte sie immer so halten, ihre kleinen, heiseren Schreie hören. Bei ihrer Ehrlichkeit und Hingabe fühlte er sich frei, die Jahre fielen von ihm ab, und für einen Augenblick fühlte er sich beinahe, als hätte es Algier nie gegeben.

Als er sie so sah, empfand, wie sie sich heiß und fest um seine Finger zusammenzog, spürte er, wie seine Beherrschung schwand. Noch nie hatte ihn ein solches Verlangen erfüllt – und ein solches Bedauern.

Denn es hatte Algier gegeben. Er hatte Menschen getötet und sein Gewissen mißachtet, um zu überleben. Und dann waren die Frauen gekommen. Sie waren zu jung gewesen, viel zu eng. Als der Dey Lucs großen Schaft gesehen hatte, hatte er gelacht, und seinen *ferenghi*-Gefangenen zum Beischlaf gezwungen, um die Frauen wegen Ungehorsams zu bestrafen.

Nachdem sie ihn ausgepeitscht hatten, hatte Luc schließlich gehorcht.

Um zu überleben, hatte er es getan, was der Dey ihm befahl. So war er zum Verräter an seinem Land und an sich selbst geworden. Das war nicht zu ändern.

»Nicht Luc«, sagte er grimmig. »Heute nacht ist nur der Straßenräuber bei dir. Und mit Blackwood scherzt man nicht. Ich mußte Menschen töten, Silver. Ich mußte Frauen nehmen, selbst wenn es ihnen Schmerzen bereitete. Zu viel – zu viel, was du lieber nicht wissen solltest.« Plötzlich stand er auf.

»Luc? Wo gehst du hin?«

»Nach Hause. Wo ich hätte bleiben sollen. Weit weg von dir, Sonnenstrahl.«

Silver blinzelte. »Das kannst du nicht tun.«

»Versuche nicht, mich aufzuhalten.«

Und dann hörte er hinter sich ein Klicken. Luc drehte sich um und sah eine Pistole im Mondlicht schimmern. »Verdammt, was hast du vor?«

»Ich drehe den Spieß um, Schuft.« Silver schloß halb die Augen. »Zuerst die Stiefel. Zieh sie aus«, befahl sie knapp.

An Lucs Schläfe pulsierte eine Ader. »Auf keinen Fall.«

»Wie du möchtest.« Silver richtete die Pistole zwischen seine Füße. »Ich warne dich, im Augenblick kann ich vielleicht nicht so genau zielen. Du bist ein sehr fähiger Liebhaber, das lenkt ab.«

Luc fluchte und versuchte, das Mondlicht auf ihren Rundungen nicht zur Kenntnis zu nehmen. Und wie heiß und eng sie sich anfühlte. »Nicht, Silver. Wenn ich bleibe und das tue, was ich tun möchte, werde ich dir nur Schmerzen zufügen.«

Die Pistole wanderte höher. »Zwing mich nicht, zu zählen, dann ziele ich womöglich noch schlechter.»

Luc drehte sich plötzlich, zog mit wirbelnder Schnelligkeit seinen Degen, und schon lag die Spitze an ihrer Kehle. »Du kleine Närrin! Glaubst du, ich gehe unbewaffnet los?«

Silver lag vor ihm, die Lippen halb geöffnet, die Augen in smaragdenem Feuer glühend. An ihrer Brust flatterte leise weiße Spitze und umschmeichelte ihre nackte Haut.

»Vielleicht ist es genau das, was ich suche, Straßenräuber, deine... *Klinge*.«

Begehren durchströmte Luc bei diesen Worten. Sie war ein Teufelsweib. Unverbesserlich. Sie war –

Schön. Herzzerreißend in ihrer Unschuld. Eine Frau, die einen Heiligen hätte in Versuchung führen können.

Und das war Luc sicher nicht.

Er ließ sich neben sie auf ein Knie sinken, die Degenspitze immer noch an ihrer Kehle. Sein Mund wurde hart, als er die Pistole aus ihrer Hand nahm und ins Gras warf. »Und jetzt, meine Dame? Was tust du jetzt ohne Waffe?«

»Ich habe nur noch eine Waffe.« Silver stand langsam auf, den Blick auf Lucs Gesicht geheftet. Ihre Hände legten sich auf den letzten Knopf an ihrem Mieder. »Soll ich sie dir zeigen?«

»Nicht, Silver.« Lucs Stimme klang rauh vor Verlangen. »Es gibt Dinge, die du nicht weißt, große Gefahren, die du riskierst...«

Aber sie kam trotzdem näher, und Lucs Degen wich vor ihr zurück. Dicht vor Lucs Brust blieb sie stehen. Und öffnete auch den letzten Knopf.

Ihre Hand glitt über seine nackte Brust, ihre Finger strichen durch die warmen Härchen, und Luc stöhnte, als sie ihre Brüste an ihn drückte.

»Ich spüre dein Herz, Straßenräuber. Und es schlägt genauso wild wie meines. Ist der Rest von dir auch so heiß und hart?«

Luc ächzte, erfaßt von einer Welle von Lust durch ihre Berührung. Seine Skrupel verschwanden mit seinem Ehrgefühl.

Es war Nacht. Sie war wie der Himmel für ihn. Und er war viel zu sehr ein Mann.

Er senkte den Kopf, spürte ihre Rundungen bis tief in sein Inneres. »Du weißt nicht, was du tust«, knurrte er und vergrub seine Hände in ihrem Haar. Das konnte kein gutes Ende nehmen, aber plötzlich war es Luc egal. Er hatte keine Kraft mehr für etwas anderes als die Freude, die sie ihm bereitete.

»Oh doch, das weiß ich.« Mit schimmerndem Blick griff Silver nach seinem Kopf und verteilte kleine Küsse auf seinem Schlüsselbein.

Und als er ihre glänzenden Augen sah, wußte er plötzlich, was ihm all die Jahre gefehlt hatte.

*Herz.*

Irgendwo in den dunklen, schwülen Stunden in Algerien hatte er es verloren. Und ohne Herz war jede Farbe blaß und die Zeit hatte keinen Sinn.

Er sog Silvers Anblick in sich auf und wußte, daß sie seine einzige Überlebenschance war, denn ihr Herz war groß genug für zwei, voll der Träume und Gefühle, die Luc vergessen hatte.

Herz. Etwas so Einfaches. Etwas so Sinnloses in der Welt der Geschäftemacher.

Doch Luc Delamere wußte, daß sie alle irrten.

Herz war alles. Ende und Anfang. Ohne es hatte das Leben keinen Geschmack, keinen Duft, keinen Sinn.

Er dachte daran, wie er sie zum ersten Mal gesehen hatte, auf der nächtlichen Heide, voller Angst und doch mutig. Er dachte an das Licht in ihren Augen und ihre kehlige Art zu lachen.

Und er wußte, wenn ihm diese Frau nicht helfen konnte, sein Herz zu finden, dann würde es niemand können.

Es war falsch, doch er konnte nicht anders. Mein Gott, sie nur einmal unter sich zu spüren. Das süße Zucken ihrer Leidenschaft zu spüren...

Mit seinem Degen durchschnitt er die Bänder an ihrem Rock. Die ganze Weite des Stoffes rutschte raschelnd zu Boden.

Luc hielt den Atem an. »Sonnenstrahl, du besitzt Waffen, von denen du nichts ahnst. Sie bringen meinen Atem zum Stocken und reißen mir das Herz aus der Brust.« Er sah zu, wie ihre Zungenspitze über ihre Lippen strich. »Und ich glaube, du hast dein ganzes Leben lang ihren Umgang geübt.«

Dann verschwand jeder Gedanke aus seinem Gehirn, als sie seinen Kopf zu sich herunterzog.

Sie öffnete weit die Lippen, und neue Wellen der Qual überströmten Lucs Lenden. »Herr im Himmel, es kommt noch soweit, daß du mir Unterricht gibst.«

Aber es war zu spät. Sie hatten diesen Punkt schon erreicht. Sie hatte den Spieß umgedreht und ließ ihre Zunge jetzt sacht über seine Lippen wandern.

Mit einem Stöhnen zog er sie an sich. Ihre Zungen trafen sich, seine letzte Beherrschung war dahin. Er schien unterzugehen, zu ertrinken, wollte nichts lieber als das, diesen Augenblick, diese Frau.

Es war von Anfang an zu spät gewesen. Er hatte sie vom ersten Augenblick an geliebt, als sie mit vor Furcht weiten Augen vor ihm stand und doch ihre Furcht zu verbergen versuchte.

Er spürte, wie sie ihm den Degen aus der Hand nahm, ihm im nächsten Augenblick die Spitze auf die Brust setzte.

»Und jetzt bist du in *meiner* Gewalt, Gauner.« Den Degen in sicherem Griff, streckte sie die Hand nach den Knöpfen an seiner Hose aus, die darunter straff gespannt war.

Die Berührung ihrer Finger war qualvoll. Luc unterdrückte einen Fluch. »Du bist viel zu dreist für so viel Unschuld. Vielleicht sollte ich dich Demut lehren.«

Silvers Lippen hoben sich. »Das kannst du gern versuchen.« Ihre Finger glitten über die Knöpfe.

»Nicht weiter«, knurrte er. »Du forderst dein Schicksal heraus.«

»Manchmal ist das sehr... angenehm. Besonders, wenn das Schicksal so groß ist. Und so warm. Ich kann beinahe unter meinen Fingern spüren, wie es pulsiert.«

Bei ihren Worten hob sich Lucs Männlichkeit und drängte ihr heiß entgegen. »Heute nacht wirst du nicht nur das Schicksal kennenlernen, du Teufelsweib.«

Silver senkte langsam die Lider. »Das hoffe ich sehr.« Und dann fand sie ihn mit einer einzigen schamlosen Bewegung. Langsam folgte sie seiner heißen Länge, sah ihn mit wachsendem Staunen an. »Du bist... so groß. Eigentlich kann ich mir nicht vorstellen, wie –«

Luc gab ihr keine Zeit, wirklich Angst zu bekommen. Mit einem Fluch griff er nach dem Degen und warf ihn fort. »*Diese* Klinge wirst du heute nacht nicht brauchen. Ich habe eine viel bessere.« Er zog sie unter sich ins weiche Gras. »Zu spät für Angst, meine Schöne. Du hast den Straßenräuber geweckt, und er läßt sich nicht abweisen.« Er senkte den Kopf, berührte mit der Zungenspitze die rosenroten Knospen, die nach seiner Berührung verlangten.

Sie bog den Rücken durch. »Oh, Luc, das ist himmlisch.« Sie schauderte. »Das Gefühl ist viel zu drängend, um bequem zu sein.« Sie öffnete die Augen voller Verwirrung. »Kommt so etwas häufiger vor?«

Luc lächelte. »So häufig wie möglich, Sonnenstrahl. Wenn man sich liebt, natürlich.«

Ein ernstes Nicken. »Liebe. Ach... so, verstehe.«

Er wußte, daß sie es nicht verstand. Er wußte, daß sie sich fragte, wie oft er wohl schon verliebt gewesen war, wie viele andere Frauen es in seinem Leben gegeben hatte.

»Die Antwort lautet: Niemals, Sonnenstrahl. Ich habe mich noch nie so gefühlt wie jetzt, nicht einmal so ähnlich.« Sein Daumen wanderte mit quälender Langsamkeit an den Rand einer dunkelrosa Brustwarze. »Du scheinst überrascht. Ich nehme an, deine vielen Liebhaber haben dich noch nie so berührt?«

Silvers Wangen röteten sich, und sie schob heftig seine Hand zur Seite.

»Ärger? Aber du sagtest doch, du seiest so erfahren.«

Silver wand sich mit glühenden Wangen. »Haben sie auch! Jeder einzelne! Du hast mich nur – überrascht, das ist alles.«

»Das freut mich zu hören, Sonnenstrahl. Aber jetzt habe ich dich genau da, wo ich dich haben will. Und ein Straßenräuber nutzt immer seine Gelegenheiten.«

Er ergriff eine Handvoll Lavendelzweige. Seine Augen brannten. Lila Blüten regneten auf ihre erhitzte Haut. »Und jetzt habe ich ein dringendes Verlangen, deinen Lavendel zu kosten.«

Silvers Atem stockte, als er sich zu ihr herunterbeugte. Sein Gesicht hatte einen tiefen Goldton. Sein Mund war hart, seine Nase stolz, ein kleines bißchen zu arrogant.

Das Gesicht eines Kriegers. Eines Räubers.

Das Gesicht eines Mannes, der genau wußte, was er wollte, und es sich auch nahm.

Und im Augenblick hatte Silver das schwindelerregende Gefühl, daß gerade sie das einzige auf der Welt war, was dieser Straßenräuber wollte. Und sie hatte keine Kraft, ihm etwas zu verweigern.

»Weich und fein, Sonnenstrahl. Dein Geschmack ist so süß wie der deines Lavendels.«

Silver gab einen kleinen, atemlosen Laut von sich, als seine Lippen sich auf die Rundung ihrer Schulter, ihre Seite, dann die untere Wölbung ihrer Brust legten.

Er bewegte sich vorsichtig, ließ seine Zunge jedes bißchen Haut genießen.

Ihr Verlangen wurde immer heftiger. Sie war schon nach wenigen Augenblicken atemlos, dann wild, und schon nach zehn Sekunden klammerte sie sich an ihn.

Er hatte es nicht eilig. Mit einem dunklen Lächeln eroberte er das schattige Dreieck in ihrem Schoß. Er kümmerte sich nicht um ihren kehligen Schrei und ließ die duftenden Blüten über ihre hungrige Haut hin und her gleiten.

»Nein, Luc! Doch nicht dort –«

Und dann stöhnte sie laut. Er fand sie, umkreiste sie, streichelte sie feucht. Und dann wagte er sich immer tiefer, verstand ihren Körper besser als sie, brachte das Feuer immer tiefer in ihr Inneres.

Sie stieß einen rauhen Schrei aus. Über ihr schien der sternenglänzende Himmel zu schwanken. »Luc, nicht. Ich kann nicht –«

»Doch, du kannst, meine Liebste. Und du wirst auch. Der Straßenräuber befiehlt es dir.» Er lachte dunkel und zeigte ihr, daß sie konnte, wieder und wieder, während seine harten Arme sie sicher hielten im Sturm der Sinne.

Die Welt wurde dunkel. Licht und Form wurden ins Nichts gesogen wie Sand unter eine großen Woge. Und dann traf sie eine riesige Flutwelle.

Ihr Rücken wölbte sich. Ihr Körper spannte sich an. Lust durchströmte sie, voll und satt und schwer. Sie stieß erstaunt einen atemlosen Schrei aus, wurde in glitzernde Strömungen geworfen, klammerte sich an Lucs Schulter fest. Und in diesem Augenblick setzte Luc ein Zeichen und sog an der kleinen Wölbung der Haut zwischen seinen Zähnen und seiner Zunge.

Und dadurch erklomm sie einen zweiten Höhepunkt der Lust.

Luc lachte kehlig, streichelte sie langsam und sanft, während er sie erneut zu ihm herab treiben ließ.

Als sie schließlich wieder sprechen konnte, ihr Körper sich wieder beruhigte, öffnete Silver die Augen, smaragdgrün und rauchig im Nachhall der Lust. Sie stützte sich auf einen Ellenbogen und sah ihn an. »Hast du mir womöglich damit das Brandzeichen eines Schurken aufgedrückt, Räuber?«

Seine Augen blitzten schelmisch. »Eher das Brandzeichen eines Liebhabers. Ist dir das unangenehm?«

Sie konnte den verfluchten Mann nicht in dem Glauben lassen, daß er *alles* wußte.

Ihre Lippen suchten die seinen. Gleitend und zupfend wandte sie die Tricks des Straßenräubers gegen ihn an.

Und als sie fertig war, wirkte sein Gesicht weiß, und der Drang in seinen Lenden war beinahe unerträglich. »Ich glaube, du hast gut gelernt.«

»Das war noch nicht alles...« Sie beugte den Kopf, so daß ihr Haar herabfiel wie ein rotgoldener Schleier, knabberte an seinem Hals und hinterließ einen dunklen Fleck auf seiner gebräunten Haut. »Nun, wie ist es, *mein* Brandzeichen zu tragen?«

Das Pochen in Lucs Blut wurde zu wildem Brausen. »Sehr erregend, meine Dame.« Seine Hände glitten tiefer und legten sich um ihre Hüften. Er zog sie näher zu sich heran, seine hungrige Lanze drängte sich in ihre seidigen Löckchen. »Und ich werde auch alles andere tragen, was du mir anbietest.«

Silver lächelte liebreizend. »Ja, wirklich?« Sie wand sich, drückte sich enger an seine beeindruckende Länge. »Selbst dies?«

Ihr Duft war aus Rosen und Lavendel, und sie paßte vollendet – näher hatte Luc dem Himmel bisher nie kommen wollen.

Doch er stellte fest, daß er sich getäuscht hatte, als Silver ihn noch ein Stückchen weiter in sich zog.

»Langsam, meine Liebste«, sagte Luc rauh, und sein Gesicht war angespannt in dem Bemühen, sich nicht zu bewegen. »Du bist sehr eng, und ich will dir beim ersten Mal nicht weh tun.«

Silvers Augen weiteten sich. »Du wußtest das? Aber –«

»Natürlich wußte ich das, mein Sonnenstrahl. Schon die erste Berührung deiner Enge strafte all deine Prahlereien Lügen.«

Ihre Wangen röteten sich. »Warum hast du dann –«

Luc konnte nicht weitersprechen. Nicht, wenn sie so heiß und feucht um ihn war. »Still, meine Schönste. Sage nichts mehr, nicht mit Worten. Hör mir zu – mit deinem Körper. Antworte mir in derselben Weise. Ruf mir zu. Knurre mich an. Flüstere heiß und weich. Laß mich hören, was all deine süßen Rundungen zu sagen haben.« Seine Stimme brach, heiser in dem Bemühen, sich zu beherrschen. Jeder seiner Muskeln pulsierte, schrie ihn an, jede Empfindsamkeit zu vergessen. Sie unter sich zu nageln, sie zu durchbohren, schnell und tief und wild, und sie dann zu reiten bis zu seiner völligen Befriedigung.

Aber er tat es nicht.

Luc hatte viel zu lange auf diesen Augenblick gewartet, um ihn zu überstürzen. Wenn er konnte, würde er es ewig dauern lassen. Luc spürte, wie seine Hände zitterten. Nein, das Warten würde sicher nicht leichter werden.

Besonders, weil diese Frau so schamlose, sinnliche Ideen hatte. Sie drückte sich an ihn, nahm ihn noch tiefer in sich auf.

»Verdammt, Silver, das kannst du nicht. Das solltest du nicht.« Luc biß die Zähne zusammen, als sie noch ein Stückchen weiter um ihn glitt. »Oh, Herr im Himmel, ich glaube, ich kann es nicht ertragen…«

Aber er konnte es natürlich doch. Auch wenn sein Atem schwer ging und sein Körper von einer feinen Schweißschicht bedeckt war, liebte er jeden Augenblick ihrer seidigen Annäherung. Sie drückte sich an ihn, nichts als Wärme, Licht und Leben, ein zauberhaftes Wesen, das aus seinen tiefsten Träumen entstanden schien.

Und als Luc spürte, wie sie von einem feinen Beben erfaßt wurde, lächelte er leicht. Selbst wenn er warten konnte, war er doch nicht sicher, ob *sie* es auch schaffen würde.

Aber er konnte ihr nicht näher kommen. Noch nicht. Zwischen ihnen lag noch eine zerbrechliche, dünne Grenze.

Luc legte seine großen Hände um Silvers Hüften und hielt sie fest. »Hör mir zu, Sonnenstrahl. Ich bin schon tief, so tief es nur geht, ohne dir weh zu tun, Liebste.«

Luc war nicht sicher, ob sie ihn gehört hatte. »Silver?«

Ihre Hände gruben sich in seine Schultern. Sie wand sich ruhelos unter ihm.

»Silver, hör mir zu, es wird nicht so sein, wie du es dir vorstellst.«

Sie öffnete die Augen. »Ist das ein Versprechen – oder eine Warnung?«

»Von beidem etwas, denke ich. Es tut mir leid. Ich wünschte, es wäre anders.«

Sie bebte. Ihr Körper rieb sich unruhig an ihm.

»Sag es mir jetzt, Sonnenstrahl. Es wird nicht leicht sein, aber ich werde aufhören. Jetzt gleich, wenn du möchtest. Aber nicht später. Mein Gott, später nicht mehr.«

Sie schauderte. »Jetzt, Luc«, flüsterte ihr Körper, lockte ihn, flehte ihn an. Luc stöhnte, als er verstand, was sie nicht mehr in Worte zu fassen vermochte.

Er zog sich von ihr zurück, wünschte, er könnte es anders machen für sie, und wußte doch, daß er es nicht konnte.

Schnell. Es mußte schnell sein.

Mit einer heftigen Bewegung öffnete er sie. Er drang tief und fest in sie vor, durchbohrte dabei ihre Jungfräulichkeit. Er fluchte, als er spürte, wie sie zusammenzuckte, doch obwohl sie sich ihm entziehen wollte, hielt er sie fest, weil er wußte, daß jede Bewegung ihr Unbehagen vergrößern mußte.

Er breitete seine Finger aus, schloß die Augen und kämpfte gegen den Drang an, sich zu bewegen, einzudringen, sie zu erfüllen bis in die Tiefe, so daß ihn ihr heißer Samt mit Lust erfüllte.

Aber er wartete, hielt sie nur fest, ließ sie seine Größe und Glut in ihrem Innern erfassen.

Sie öffnete die Augen, schluckte. »Schuft«, sagte sie rauh. »Wenn sich das *so* anfühlt, warum nennt man es Vergnügen? Und warum haben alle diese Frauen im Freudenhaus gelächelt wie wohlgenährte Katzen?«

Er konnte sein Lächeln nicht verbergen. »Das wirst du schon sehen, Süße.«

»Nein, werde ich nicht!« Sie wand sich und versuchte, ihn von sich zu schieben. »Das hat weh getan!«

Luc ließ träge lächelnd seine Finger durch ihre seidigen Löckchen zu der darunter verborgenen empfindsamen Knospe gleiten.

Sie schnappte nach Luft.

»Hier fängt es an, meine Liebste. Damit. Und damit!« Als er spürte, wie sie sich öffnete, begann Luc sich zu bewegen, streichelte sie langsam. Seine Schenkel spannten sich, und er drang tiefer vor, als er wahrnahm, wie ihre zarte Haut sich weitete, um ihn aufzunehmen.

Und diesmal war nichts mehr zwischen ihnen. Nur Hitze. Nur Haut wie feuchte Seide. Nur endlose, schreiende Lust.

Er dachte, er würde sterben. Jeden Augenblick würde sein Herz aufgeben und er seinen letzten Atemzug tun.

Doch er hatte sein Herz zurück. Er spürte, wie es schlug, erkannte seine Wärme und sein Verlangen. Sie hatte das bewirkt, und es gab wirklich nur einen Weg, ihr dafür zu danken.

Er bewegte sich wieder, drang tiefer ein. »Keine Proteste mehr, Teufelsfrau?«

Silvers Wangen waren sanft gerötet. »Das war… ziemlich angenehm.«

»Ziemlich? Ist das alles? Ich wette, *das* hier wird dir noch besser gefallen.« Er stützte sich auf seine Arme und gab ihr seine ganze Länge, einen langen, vollendeten Stoß aus Samt.

Ihre Augen weiteten sich, hielten die seinen fest. »Äußerst… vielversprechend«, gelang es ihr zu sagen.

»Ich bin dir überaus dankbar.« Er zog sich zurück und lächelte, als sie sich wehrte, stöhnte, als ihre inneren Muskeln sich anspannten, um ihn zurückzuhalten. »Und es ist mir ein außerordentliches Vergnügen, dir zu beweisen, wie… dankbar ich sein kann.«

Und das tat er.

Sie drängte ihn weiter.

Er fühlte sich wie im Himmel.

Sie griffen nacheinander, hielten sich fest, drängten sich auseinander, fest ins Gras gedrückt. Mit wildem Atem nahmen und gaben sie abwechselnd, und ihre Körper glänzten vor Hitze im leisen Nachtwind.

Eine Eule strich durch die Rosen. Der Mond schwamm über wogenden Lavendelfeldern.

Doch sie bemerkten es nicht, Herz an Herz gedrückt, blind vor Leidenschaft, in Liebe verloren.

Silver vergrub ihre Finger tief in Lucs Haar. »Nimm mich, Luc«, flüsterte sie. »Nimm mich jetzt. Nimm mich schnell und tief.«

Und dann öffnete sie ihm die schimmernden Tiefen ihrer Seele.

Und er bot ihr die Geheimnisse der seinen an, unruhige Träume, dunkle Taten, alles.

Sie lächelte und nahm, was er ihr geben konnte.

Ihr Gesicht war unschuldig; ihre Schenkel bewegten sich mit lustvoller, hingegebener Schamlosigkeit. Diese Verbindung brachte ihn beinah um.

»Das werde ich tun, mein Herz«, knurrte Luc und drückte sie auf die feuchte Erde, drang hart und tief und schnell in sie ein.

Und sie hob sich ihm entgegen, klammerte sich heftig an ihn, so daß ihre Körper sich im seidigen Kontrapunkt der Leidenschaft streckten.

Seine Stirn sank auf ihre. Er schauderte, als er sie seinen Namen rufen hörte und sie um ihn herum zu pulsieren begann. In diesem Augenblick drang er ganz tief in sie ein, ergriff Besitz von ihr, brauchte sie, erfüllte sie mit seinem heißen, strömenden Samen.

Und sie legte ihre Beine um ihn, nahm ihn ganz auf, hielt ihn fest, und ihr Körper schauderte in neuer Lust.

Luc hätte schwören können, daß ihre Augen auf dem Höhepunk ihrer Lust von einem silbernen Strahl erleuchtet wurden.

Unten am Hügel legte Tinker seinen Arm um Brams Schultern. »Ich habe doch gesagt, daß sie zu ihm hinaufgehen würde.«

»Und ich habe dir gesagt, daß sie dann nicht mehr runterkommt.« Plötzlich runzelte Bram die Stirn. Cromwell neben ihm bellte erwartungsvoll. »Aber was *machen* sie denn da oben, Tinker?«

Die Augen des alten Mannes schienen schmaler zu werden, als er über die Felder hinaussah. Er lächelte, drehte Bram um, und sie machten sich auf den Weg zum Haus. »Ich glaube, das sind genug Fragen für heute, Junge. Ab ins Bett mit dir. Und nimm dieses große, flohstrotzende Ungeheuer mit.«

Cromwell wedelte vergnügt mit dem Schwanz, als er seinen Namen hörte.

»Komm, Cromwell. Keiner scheint uns heute zu wollen.«

Es war wirklich seltsam, wie sich die Erwachsenen benahmen. Erst giftig, im nächsten Moment strahlend. Vielleicht war das mit dem Erwachsenwerden doch schwieriger, als er dachte.

## 30. KAPITEL

»Warum hast du dich nicht verabschiedet?«

Sie lagen ineinander verschlungen da, Silvers Haar wie eine rotblonde Wolke auf Lucs Brust, ihre Hände in den seinen.

»Weil meine Wunde nicht mehr so schlimm war und weil du ganz deutlich zum Ausdruck gebracht hattest, daß du es vorziehen würdest, wenn ich fort bin.«

»Das war das *Letzte*, was ich wollte, aber es schien keine andere Möglichkeit zu geben. Und ich frage mich immer noch, ob das nicht stimmt«, sagte Luc grimmig. »Du weißt, daß ich dir nichts zu geben habe, Sonnenstrahl.«

»Ich brauche nicht mehr als das hier.« Silver strich über die blasse Narbe an Lucs voller, sinnlicher Lippe. »Du hast mir geholfen, Lavender Close zu retten. Was könnte ich sonst noch wollen?«

Der Duft des Spätfrühlings umgab sie, eine Mischung aus Blumen und frischgepflügter Erde, und Silver drückte Luc ins weiche Gras hinunter.

Er revanchierte sich, indem er kleine, heiße Küsse über ihre Schultern und ihren Hals verteilte, bis sie am liebsten vor Genuß geschrien hätte. Aber sie tat es nicht. Es gab Fragen, die einfach zu wichtig waren. »Erzähl mir von dem Mann, dem du gefolgt bist, Luc.« Sie spielte mit nachdenklicher Miene mit seinem Haar.

Luc runzelte die Stirn. »Später.«

»Jetzt.«

»Erst Pistolen, dann Degen und nun das. Also gut.« Er sah mit hartem Blick auf sie hinab. »Ich muß diesen Mann finden. Er hat mir das Leben zur Hölle gemacht, mich und zahllose andere herzlos nach Algier geschickt. Und als ich ihm entkommen war, habe ich geschworen, daß er das keinem anderen mehr antun wird. Wenn ich den Schwur nicht einhalte, wird mich das immer verfolgen.«

»Ich würde von dir niemals verlangen, einen Schwur zu brechen. Wenigstens kann ich jetzt verstehen, warum du immer wieder solche Risiken eingehst. Aber wo wirst du anfangen?«

»Bei der alten Mühle. Ich glaube, daß sie eine Art Treffpunkt ist. Ich weiß allerdings noch nicht, wer alles dazugehört.« Er legte seine Hand an ihre Wange. »Jetzt habe ich noch mehr Grund, meine Aufgabe zu vollenden. Wenn ich sie hinter mich gebracht habe, kann ich endlich wieder zu leben beginnen, Sonnenstrahl. Atmen. An meine Zukunft denken.«

Silver schloß die Augen und dachte an die schreckliche Gefahr, die ihm bevorstand. Wenn man ihn faßte, würde er hängen. Und das würde sie zu verhindern versuchen. Natürlich sagte sie das Luc nicht. Sie drückte sich nur enger an ihn und strich mit der Hand über die schwachen Narben an seinem Rücken, lächelte, als er erschauerte.

Jetzt war die Zeit für schweigende Schwüre, die Zeit für Liebende, die dem Schicksal einen Augenblick der Freude abgetrotzt hatten.

»Und was ist mit dir, Susanna St. Clair? Wirst du mir sagen, wie es *dazu* gekommen ist?« Er strich über die weiße Strähne an ihrer Stirn.

»Das war, als mein Vater starb.« Sie schluckte, denn sie mußte ihm etwas von der Wahrheit erzählen. »Er wurde ermordet. Vor seinem Tod schrieb er in sein Tagebuch, daß jemand ihn verfolgte, Leute, die ihm nach dem Leben trachteten, weil er sich geweigert hatte, ihnen zu helfen. Und ich fürchte, sie waren schließlich erfolgreich.«

»Meine süße Liebste«, flüsterte Luç und drückte seine Lippen auf die helle Strähne. »Keine Tränen mehr«, sagte er kehlig. »Nur Freude, mein Herz.« Silver stockte der Atem, als er wieder Besitz von ihr ergriff, und ihr Verlangen war ebenso groß wie seines, als ihre Körper zusammenkamen. Schenkel an Schenkel rollten sie über das weiche Gras bis zu einem atemlosen, erhebenden Höhepunkt.

Noch als sie einschliefen, hielt Luc sie eng an sich gedrückt, die eine Hand um die Rundung ihrer Hüfte gelegt.

»Wo wirst du anfangen?«

Die Morgenröte zeichnete Streifen auf den östlichen Himmel. Silver hatte den Kopf in Lucs Schoß gelegt, als er sich an die alte Eiche lehnte.

Er verstand ihre Frage absichtlich falsch. »Ich glaube, als erstes werde ich die Sommersprossen auf deiner Schulter zählen.«

»Unerträglicher Kerl! *Sag's* mir! Ich werde mir nur noch mehr Sorgen machen, wenn du es nicht tust.«

Luc spürte, wie ihn die jetzt schon vertraute Glut wieder zu durchströmen begann. Sein Körper verlangte schon wieder verzweifelt nach ihr, trotz der langen Stunden, die er in ihren Armen verbracht hatte. »Also gut«, sagte er und betrachtete ihr besorgtes Gesicht. »Ich will dich nicht anlügen. Es wird gefährlich werden, und ich werde Beweise für meinen Verdacht brauchen.«

»Aber die Gefahren.«

»Du bist meine größte Gefahr. Zuerst Pistolen, dann Degen. Was ist nur aus der englischen Weiblichkeit geworden?«

»Ich meine es ernst, Luc. Laß mich dir helfen. Ich kann zu Stellen gehen, zu denen du nicht gehen kannst. Ich kann –«

»Kommt nicht in Frage«, knurrte er. »Aber keine Sorge, ich komme zurück.« Luc strich über ihre Hüfte. »Und inzwischen habe ich da etwas, das deine Gedanken mit Angenehmerem beschäftigen wird.«

»Ach wirklich, Straßenräuber? Oder ist das nur Prahlerei?«

»Für diese Bemerkung wirst du büßen, meine Schöne.« Er drückte sie auf den Boden. Mit einem goldenen Glitzern in den Augen ließ er seine Zunge über ihren Bauch streichen. »Keine Prahlerei, meine Süße, nur eine Warnung. Ich will heute abend einen Schatz finden. Und das werde ich um jeden Preis tun, was immer für Hindernisse vor mir liegen mögen«, fügte er dunkel hinzu.

»Deine Augen sind wirklich faszinierend. In ihrer veränderlichen Farbe scheinen sie sich immer deiner jeweiligen Stimmung anzupassen. Im Moment der höchsten Leidenschaft scheinen sie fast silbern zu werden. Und das«, sagte er kehlig, »habe ich jetzt schon mehrmals Gelegenheit gehabt zu beobachten.«

Silver errötete. Ihr fielen die Worte aus dem Tagebuch ihres Vaters wieder ein. Also das hatte er gemeint. »Du brauchst mich nicht an mein schamloses Benehmen zu erinnern.«

»Nicht schamlos, sondern bezaubernd. Eine unglaubliche Herausforderung. Ich beginne von all den Arten zu träumen, auf denen ich dieses silberne Leuchten in deinen Augen hervorbringen kann.«

Und dann tat er genau das.

Silver schrie auf, als er ihre Mitte fand und das süße, wilde Feuer in ihrem Innern entzündete. Ihre Finger klammerten sich in das kühle, dunkle Gras, und ihre Zehen bohrten sich in die weiche, duftende Erde.

Und noch während das Feuer loderte und ihr Herz in ungeahnten Höhen schwebte, kam er zu ihr mit all seinem stählernen Verlangen.

Sie vergaß jeden Gedanken.

Sie schaute nicht zurück.

Sie drückte ihn nur fest an sich und kam ihm in seiner wilden Lust entgegen.

Als im Osten die Sonne über die Hügel stieg, löste Luc sich endlich von ihr und half ihr beim Anziehen. Seine Finger wanderten zögernd über ihr Kleid, ihr Tuch, legten sich auf ihre glühenden Wangen und ihr Haar. Er konnte einfach nicht genug von ihr bekommen, drückte sie nochmals fest an sich, als fürchte er, sie zu verlieren.

Aber die Nacht war vorüber. Es war nicht mehr sicher für den Straßenräuber, sich draußen aufzuhalten.

Verfolgt von dem Gedanken an die Gefahr, in die er sich begab, kam Silver zu einem finsteren Entschluß, als sie ihn über den Hügel verschwinden sah.

»Bram! Bram, wach auf!« Silver schüttelte die halb unter den Decken vergrabene Gestalt.

Sie würde Luc nicht allein diesen Gefahren überlassen. Sie mußte ihn retten. Denn was nützte ihm all seine Ehre, wenn er tot war?

Und was nützte sie der Frau, die ihn liebte?

Nein, sollten die Männer nur von Ehre reden, die Frauen würden dafür sorgen, daß der Lauf der Welt möglichst undramatisch vonstatten ging.

Sie schüttelte Bram. »Los, wir haben was zu tun. Kann schon sein, daß es noch sehr früh ist, aber du selbst hast doch gesagt, ich sei deinem verehrten Straßenräuber gegenüber immer zu kaltherzig.«

»Du meinst Blackwood?«

»Genau den.«

Brandon setzte sich auf. »Sie haben ihn doch nicht etwa erwischt, oder?«

»Nein, nein, das nicht.« Silver warf ihrem Bruder seine Stiefel zu. »Doch dazu wird es kommen, wenn wir ihm nicht helfen. Der Mann ist einfach zu furchtlos.« Zärtlichkeit klang aus ihrer Stimme.

»Aber ich verstehe nicht.« Brams Stimme klang gedämpft, als er sich anzog. »Wie sollen wir ihm helfen? Nachts mit ihm über die Heide reiten und Kutschen anhalten? Das wäre ein Spaß!«

Silver schüttelte den Kopf und lachte. »Was bist du blutrünstig geworden, Brandon St. Clair! Du hast einfach zu viel Zeit mit diesem Straßenräuber verbracht. Nein, wir haben etwas viel

Wichtigeres zu tun.« Sie dachte an Lucs Erklärung. »Er war auf der Suche nach Informationen über den Mann, der ihn vor fünf Jahren entführt hat. Und wir beide werden diese Informationen für ihn finden«, schloß Silver ernst.

Brams Lächeln wirkte unsicher. »Weiß Luc davon?«

»Natürlich nicht. Doch wenn der Kerl quer durch Norfolk unterwegs ist, müssen sie ihn ja irgendwann kriegen.« Silver verschränkte die Arme. »Also müssen wir den Mann finden und Luc die Informationen bringen, die er so dringend braucht.«

Bram wirkte allerdings nicht ganz so selbstsicher wie Silver, als er nach seiner Jacke griff und ihr aus dem Haus folgte.

Die alte Mühle war genau da, wo Luc gesagt hatte, an der Biegung des Baches Richtung Süden und Kingsdon Cross. Das Gebäude war halb von den Weiden bedeckt, die am Rand des kleinen Flusses wuchsen. Um diese Zeit war kein Mensch zu bemerken.

»Ist es das?« fragte Bram mürrisch. »Sieht einfach nur wie eine alte Mühle aus.« Er schob seine Brille hoch und betrachtete den Pfad, der zwischen hohen Hecken zum Haus hinaufführte. Alles sah viel zu normal aus für das, was er sich vorgestellt hatte. »Vielleicht hast du dich getäuscht?«

»Nein, das ist es. Da ist die vom Blitz gespaltene Ulme, von der Luc gesprochen hat.« Sie biß sich auf die Lippe. »Luc glaubt, daß ein Verräter das Haus als Versteck benutzt. Er hätte ihn auch fast erwischt.«

»Was ist passiert?«

Silver wurde rot und hatte keine Lust, darüber zu reden, daß Luc durch Erinnerungen an sie abgelenkt worden war. »Der Mann war zu schlau. Er muß einen geheimen Ausgang haben.«

»Wie gehen wir vor?« fragte ihr Bruder eifrig. »Vielleicht sollten wir die Tür aufbrechen und ihn herauszerren. Oder das Haus anzünden und ihn ausräuchern?«

Silver schüttelte grinsend den Kopf. »Du bist ein echter Grobian geworden! Nichts davon tun wir. Wir warten und beobachten beide Eingänge. Wir wollen nur herausfinden, wer der Mann ist und ob er Papiere bei sich hat. Und wenn er weggeht, nehmen wir sie ihm einfach ab.«

»Ach, so einfach ist das?« Bram sah sie prüfend an. »Und wie wollen wir das anstellen?«

Silver hob den Saum ihres Reitkleides. Bram sah mit einem Grinsen die kleine Pistole in ihrem Stiefel stecken. »Gute Idee, Syl. Welche Seite soll ich übernehmen?«

»Die Vorderseite. Ich beobachte die Rückseite. Vielleicht hat er ja einen geheimen Eingang zum Fluß und bewegt sich mit dem Boot.« Silver wünschte, sie hätten Tinker als Hilfe mitgenommen, aber er hätte sicher niemals zugelassen, daß sich die St. Clairs in eine solche Gefahr begaben.

Also mußte sie für Brams Sicherheit sorgen.

Der Morgen verging, aber außer ein paar Booten auf dem Flüßchen und Reitern auf der Straße war kein weiteres Lebenszeichen bei der Mühle zu sehen.

Gegen Mittag kam Bram zu Silvers Versteck im Gebüsch auf der Rückseite des Hauses. »Bist du sicher, daß dies der richtige Ort ist?«

»Ja. Luc hat das Haus genau beschrieben. Wahrscheinlich ist der Verräter schon drin. Aber irgendwann muß er ja rauskommen.«

»Kein Problem«, sagte Bram fröhlich. »Jetzt brauche ich schon nicht mit Tinker den Lavendel zu destillieren. Ich wünschte nur, wir hätten uns etwas zu essen mitgebracht.«

Silver wollte ihm gerade von den Taubenpasteten in ihren Satteltaschen erzählen, als sich eine kleine Tür hinten an der Mühle öffnete. Ein Mann erschien an der Treppe, die zum Wasser hinabführte. Schnell zog Silver Bram in den Schutz der Weidenblätter zurück. »Siehst du ihn?«

»Ja«, sagte ihr Bruder leise.

Jetzt ging die Gestalt in dem verschlissenen Umhang die Stufen hinunter, einen schweren Sack unter einen Arm geklemmt. Die Treppe war halb hinter einer bröckelnden Ziegelmauer verborgen. Nachts oder bei Nebel wäre der Mann völlig unsichtbar gewesen. Es war also kein Wunder, daß Luc ihn verfehlt hatte.

Einen Augenblick später löste sich ein Boot aus dem Schilf am gegenüberliegenden Ufer des Flusses. Ein Mann saß darin und ruderte.

Silver hielt den Atem an. Wenn sie sich nicht sehr täuschte, war er der Anführer der Gruppe, die sie in Lavender Close heimgesucht hatte.

Als das Boot die Stufen erreicht hatte, warf der andere Mann den Sack hinein und stieg ungeschickt an Bord. Bram fragte heiser vor Aufregung: »Was tun wir jetzt, Syl?«

»Ich denke, wir folgen ihnen«, sagte Silver knapp.

Zum gleichen Zeitpunkt stand Luc Delamere fast zehn Meilen entfernt vor einem verschlafenen Tinker. »Was soll das heißen, sie ist nicht hier?« dröhnte er.

»Genau das. Ich schätze, sie ist vor Tagesanbruch aufgebrochen. Und es erscheint mir verwunderlich, daß sie dazu noch Kräfte hatte, angesichts der eifrigen Beschäftigung, der sie in der vergangenen Nacht mit noch jemandem in den Lavendelfeldern nachgegangen ist!«

Luc unterdrückte einen Fluch und errötete leicht. Der alte Diener wußte also davon. Natürlich, was konnte man auch in Lavender Close verheimlichen.

Luc überlegte hastig, wo er Silver wohl würde finden können. Was um Himmels willen hatte sie jetzt schon wieder vor? Die Spielhölle? Das Bordell? Oder gar der »Grüne Mann«?

Nur eines stand fest: wenn er sie fand, würde er ihr ihr zartes kleines Hinterteil versohlen, damit sie endlich lernte, nicht so leicht ihre Sicherheit aufs Spiel zu setzen.

Als er gerade diesen Entschluß gefaßt hatte, brachte ein Husten an seiner Schulter ihn in die Wirklichkeit zurück. »James

Tinker und Connor MacKinnon, darf ich euch einander vorstellen?« sagte er knapp.

»Ein Freund aus der Straßenräuberzunft?« fragte der alte Diener. »So sieht er mir auch aus.«

Der blonde MacKinnon legte den Kopf in den Nacken und lachte, es tönte wie ein tiefes Grollen aus seiner breiten Brust.

»Einige seiner Geschäftspartner würden ihn zweifellos so nennen«, sagte Luc trocken. »Aber da mir der Kerl schon ein paarmal das Leben gerettet hat, darf ich da nicht so kritisch sein.« Doch bei diesen Worten sah er mit ernstem Blick über die im Dunst liegenden Lavendelfelder hinaus. »Ich werde das Weib wohl irgendwie zurückholen müssen.«

»Ihr oder ich«, sagte der alte Diener grimmig. »Und ich habe in letzter Zeit nicht besonders gut auf sie aufgepaßt.«

»Ihr habt Euer Bestes getan, Tinker. Ich gehe. Und diesmal werde ich dafür sorgen, daß sie sich benimmt«, sagte Luc finster.

Tinker grinste. »Lieber Ihr als ich, Eure Lordschaft«, sagte er. »Seit zehn Jahren gebe ich mir Mühe, ohne bei ihr besonders weit gekommen zu sein. Aber vielleicht habt Ihr angesichts Eurer besonderen Begabung im Umgang mit Damen ja auch mehr Glück als ich.«

»Bei *dieser* Dame sicher, auch wenn sie es noch nicht weiß«, brummte Luc.

MacKinnon neben ihm lächelte nachdenklich. Eine Frau steckte also hinter der Sache, wie? Kein Wunder, wenn man Lucs Erfahrungen auf dem Gebiet bedachte. Und doch hörte es sich so an, als wäre es bei dieser Frau anders, vor allem weil Luc die Sache sehr ernst zu nehmen schien, was ihm sonst gar nicht ähnlich sah.

Diese Frau mußte wirklich ein seltenes Juwel sein! Connor stellte fest, daß er kaum erwarten konnte, sie kennenzulernen.

## 31. Kapitel

Die Sonne stieg höher. Silver und Bram folgten dem Fluß meilenweit, während die Männer im Boot ruderten und der Fahrgast zusammengesunken im Heck saß. Die beiden Reiter gaben sich die größte Mühe, außer Sicht zu bleiben, wobei ihnen das Boot einmal beinahe entkommen wäre, als es in östlicher Richtung in einen anderen Wasserlauf abbog.

Brams Magen knurrte inzwischen laut. Die Taubenpastete war schon längst verdaut. »Weit kann es nicht mehr sein«, sagte der Junge und betrachtete die kräftige Strömung. »Dieser Bach mündet bald in die Ouse, und dann kommt schon King's Lynn.«

«Ich glaube, daß der Kerl da auch hin will, Bram.«

»Glaubst du nicht, wir sollten Luc sagen, wo wir sind?«

»Nein. Der bringt es fertig und riskiert Leib und Leben auf unsere Verfolgung. Wir kommen auch allein zurecht.«

»Ich wünschte nur, wir könnten zwischendurch was essen«, sagte Bram, etwas aufgeheitert von Silvers Selbstvertrauen.

Es war schon Nachmittag, als sie über die kleine Steinbrücke nach King's Lynn hineintrabten, hoch überragt von den Türmen der St.-Nikolas-Kirche.

Sie durchritten mehrere dichtbevölkerte Straßen und kamen an einer Reihe von Lagerhäusern vorbei, die eng beieinanderstehend das Flußufer säumten, wobei die beiden Mühe hatten, das Boot auf dem Fluß nicht aus den Augen zu verlieren. Schließlich landete es neben einem großen Lagerhaus, das über das Wasser hinausragte. Mit angehaltenem Atem beobachteten Silver und Bram den unbekannten Mann, der aus dem Boot die wackligen Stufen hinaufstieg und in einer kleinen Passage verschwand, die zum Eingang des Lagerhauses führte.

»Hast du gesehen? Er ist direkt ins Lagerhaus gegangen«, meinte Bram eifrig. »Jetzt haben wir ihn. Aber was tun wir als nächstes?«

Silver schaute flußabwärts, wo ein paar Kohlenboote vor Anker lagen, bis sie fertig beladen waren, um auf den Fluß hinauszufahren. In der Nähe tummelte sich eine Horde von Kindern mit fröhlichem Lärm im Wasser. Silvers Augen begannen zu glänzen. »Ich habe eine Idee, Bram. Warte hier.«

Fünfzehn Minuten später hatten sie die Pferde in einer Seitenstraße untergebracht, und Bram und Silver machten sich auf in den Ort, um sich ein Lokal zum Essen zu suchen.

Es war leichter gewesen, als Silver erwartet hatte. Sie hatte ein kurzes Gespräch mit dem Anführer der Bande von Strolchen geführt, die im Fluß spielten und den Jungen zwei Kronen geboten, wenn sie das Lagerhaus beobachteten und Silver sofort holten, sobald der Fremde herauskam.

Wie sich herausstellte, kannten die Jungen dieses Lagerhaus gut. Dort war alles mögliche im Gange, vertraute ihr der Bandenchef an, denn zu allen Tages- und Nachtzeiten gingen dort Männer aus und ein, die nicht redeten und ihre Gesichter immer gut verhüllt hielten.

Und was ihren Fremden betraf, hatten die Jungen herausgefunden, so würde er frühestens in einer Stunde weiterfahren können. »Und das bedeutet, Madam, daß Ihr und Euer Bruder eine Stunde Zeit habt. Ihr seht ziemlich hungrig aus. Drüben in der King's Street gibt's gutes Essen, und in den Läden hinter der Guildhall findet Ihr den besten Kuchen im Ort«, fügte er stolz auf seine Heimatstadt hinzu. »Wir achten inzwischen schon auf Euren Freund und das Lagerhaus.«

Nachdem die Jungen ihnen versichert hatten, daß sie sie beim ersten Aufbruchanzeichen sofort holen würden, machten sich Silver und Bram auf den Weg. Bram hatte allerdings immer noch Zweifel. »Und wenn uns der Kerl doch entwischt?«

»Wir müssen etwas essen«, sagte Silver nüchtern. »Und ich denke, der junge Mann und seine Freunde können viel besser auf den Fluß aufpassen als wir. Sie sind dort sozusagen zu Hause und kennen jeden Winkel und jeden Steg, während wir auffallen würden wie Kavallerie in einem Kirchhof.«

»Wahrscheinlich hast du recht«, stimmte ihr Bram schließlich zu. Eigentlich tat es ihm ja auch nur leid, nicht etwas mehr Zeit für ein ausführliches Gespräch mit den Straßenjungen zu haben. Aber er war eben doch hungrig. Und Silver brauchte einen Begleiter.

Sie entdeckten ein anständiges Lokal und fühlten sich nach Kuchen und Tee schon wieder viel eher dem üblen Fremden aus dem Lagerhaus gewachsen.

Silver ließ die Kirchturmuhr dabei nicht aus den Augen. Doch nach dem Essen hatten sie immer noch eine Dreiviertelstunde Zeit und beschlossen, sich noch eine Weile in den Straßen um den Marktplatz herum umzusehen.

Die Jungen vom Fluß hatten ihnen erzählt, daß heute in den Straßen der Stadt besonders viel los war, weil der Prinzregent mit seinen Begleitern auf dem Weg zur Jagd bei einem nahegelegenen Herrenhaus durch King's Lynn kommen würde.

Mit einer Spur von Bedauern betrachtete Silver die Frauen in ihren bunten, feinen Kleidern mit Bändern und Federn daran, die ihnen begegneten. Bei ihrem Anblick wurde Silver klar, wie sehr ihr Reitkleid aus der Mode gekommen war. Doch sie wollte sich davon nicht niederdrücken lassen. Mit erhobenem Kinn ging sie durch die Straßen und kümmerte sich nicht um diejenigen, die auf sie herabsahen, als wäre sie eine kleine Landpomeranze.

Die Jungen vom Fluß hatten ihnen versprochen, sie zu suchen, sobald der Fremde früher aufbrach, und eigentlich hätte es keinen Grund für das Unbehagen geben dürfen, das Silver jetzt empfand. Aber es kam immer wieder, während sie mit Bram über die kopfsteingepflasterten Straßen wanderte.

Da sah sie ihr Bruder mit gerunzelter Stirn an. »Hast du auch das Gefühl, daß uns jemand folgt?«

Silver hatte genau dasselbe Gefühl gehabt, wollte aber ihren Bruder nicht beunruhigen. »Einer? Hunderte.«

»Nein, Syl.« Bram blieb ernst. »Ich habe das Gefühl, seit wir in die King Street gekommen sind.«

»Ich denke, das ist nur, weil wir nicht daran gewöhnt sind, unter so vielen Menschen zu sein.« Aber gleichzeitig spürte Silver wieder das Prickeln im Nacken. Sie drehte sich um und musterte die Straße hinter ihnen.

Doch dort schien niemand zu sein, der sich für Silver und ihren Bruder interessierte.

Glücklicherweise war ihr Bruder in diesem Augenblick abgelenkt von der glitzernden Auswahl an Kristallflaschen im Fenster eines Geschäfts, das ausgewählte Parfüms aus allen Teilen der Welt anbot.

»Sollen wir nicht hineinschauen?« drängte sie Bram. »Nur um zu sehen, was sie anbieten und wie die Essenzen im Vergleich zu unseren sind.«

Froh über die Ablenkung nickte Silver, und kurz darauf standen sie in einem eleganten Geschäft inmitten einer Gruppe von vornehmen Damen und Herren.

Bram hatte jedoch nur Augen für die zerbrechlichen Kristallgefäße und machte sich sofort daran, langsam von Flasche zu Flasche zu wandern und vorsichtig daran zu schnuppern, verglich den auf den Etiketten angegebenen Inhalt mit seinem Prüfungsergebnis. Seine Meinung war daraufhin dem wechselnden Gesichtsausdruck zu entnehmen.

Silver wurde angesichts ihrer offensichtlichen Kennermiene von zwei jungen Damen bei verschiedenen Düften um Rat gefragt. Mit einem heimlichen Lächeln versicherte sie ihnen, daß »Eichenmoos, Sandelholz und Vetiver zu schwer für den Sommer« waren und die Verbindung von Moschus und Tuberose für eine Dame ihrer Jugend und Zartheit unpassend sei.

Kurz darauf erschien neben ihr ein untersetzter Herr in elegantem, schwarzen Rock und makelloser, grauer Damastweste und fragte sie um Rat.

Seine Augen schienen zu funkeln, als sie fragte, für wen er einzukaufen gedenke. »Für meine, äh, Schwester, ja. Was würdet Ihr empfehlen?«

»Dieses hier wäre entschieden zu stark, glaube ich. Eine Dame von Geschmack würde immer einen leichten Duft vorziehen«, erklärte Silver, womit sie den gleichen Feinsinn zum Ausdruck brachte, durch den ihr Vater schon vor zwanzig Jahren zum Meisterparfümeur geworden war. Als der elegante Fremde sich kurz darauf mit immer noch funkelnden Augen entfernte, hatte er drei Düfte in der Hand, von denen Silver ihm versichert hatte, daß sie genau das richtige für seine Schwester wären.

Um Brandon versammelte sich inzwischen eine ganze Schar von Neugierigen, während er Flasche um Flasche prüfend unter die Nase hielt. »Bergamotte, Tuberose und grauer Ambra? Nein, das ist nichts als Zitrone und Rosenwasser – und nicht einmal von besonderer Qualität.« Er runzelte die Stirn und ging weiter zu einer satingefütterten Schachtel mit Lavendelzweigen darin. »Herrlicher Lavendel, Qualität für eine Königin«, las er und schnupperte dann an der danebenstehenden Flasche. »Lavendel nennen sie das? Das ist nichts als billigstes Speiköl aus französischer Wildsammlung! Und nicht einmal sorgfältig destilliert. Das hält nicht einmal für eine Stunde, ohne den Hauptteil seines Aromas einzubüßen. Vater hat immer gesagt, daß –«

»Kein Lavendel?« ertönte eine ruhige, kultivierte Stimme an Silvers Schulter. »Bitte entschuldigt, daß ich mich so einfach einmische, doch ich habe mit angehört, was der Junge dort – Euer Bruder, glaube ich? – zu diesem Parfüm gesagt hat. Er scheint ja wirklich eine unglaubliche Fähigkeit bei der Beurteilung von Düften zu besitzen.«

Silver drehte sich um und stand einer herrschaftlichen alten

Dame gegenüber, die sie scharf ansah. »Es tut mir leid, ich fürchte, wir sind sehr unhöflich. Es ist nur so, daß Parfüm eine Leidenschaft von uns ist. Mein Bruder ärgert sich immer sehr, wenn er feststellt, daß Leute, wie soll ich sagen, in die Irre geführt werden.«

»In die Irre geführt?« Die alte Dame kicherte. »Übers Ohr gehauen, würde ich das nennen. Ich habe immer schon gedacht, daß Holcombe seine Kunden schamlos hereinlegt, und es freut mich, daß ich recht hatte.«

»Oh, ich bin sicher, daß das nicht die Absicht des Geschäftsbesitzers ist«, sagte Silver hastig. »Aber die Bestandteile sind veränderlich. Was man im August kauft, kann schon im November eher enttäuschend sein, versteht Ihr?«

Die alte Dame lachte und schüttelte den Kopf. »Nein, das verstehe ich nicht. Ich glaube beinah, dazu fehlen mir einfach die Kenntnisse. Also werde ich Euch um Rat bitten.«

»Oh, das kann ich doch nicht –« Plötzlich sah Silver, daß fast alle Augen im Geschäft auf sie gerichtet waren. »Ich kenne ja nicht einmal –«

»Die Herzogin von Cranford«, kam sofort die Erwiderung.

Silver antwortete mit einem anmutigen Knicks und errötete, da sie sich ihres staubigen Kleids und der zerzausten Haare bewußt war. »Susanna St. Clair«, sagte sie leise.

Die alte Dame gab ihr die Hand. »Bitte seid nicht so formell. Ich brauche einen Duft für meine Enkelin, für einen ganz besonderen Abend, wo ich gern etwas Außergewöhnliches hätte.«

Wie konnte Silver einer solchen Bitte widerstehen, bei der ihre Fähigkeit wirklich gefordert wurde? »Würdet Ihr sie bitte beschreiben? Es ist immer besser, ein möglichst genaues Bild zu haben.«

Die Herzogin lächelte. »Sie ist größer als ich, hat tizianfarbenes Haar und blaue Augen.«

»Ist sie aktiv? Verbringt sie viel Zeit im Freien? So etwas kann nämlich den Duft beeinflussen«, erklärte Silver schlicht.

»Sehr aktiv. Manchmal habe ich Schwierigkeiten, sie auch nur für einen Moment am gleichen Ort zu halten.«

Plötzlich stand eine junge Frau in einem zarten Musselinkleid mit blauen Bändern neben der Herzogin. »Da bist du ja, Großmutter. Ich dachte schon, du wärest müde geworden und wieder zur Kutsche hinausgegangen.«

»Ich müde? So alt bin ich doch noch nicht, meine Liebe. Darf ich dir Miss St. Clair vorstellen? Sie wollte mir gerade einen guten Duft für dich empfehlen.«

Die junge Frau betrachtete Silver mit lachendem Blick. Doch es lag noch etwas anderes darin, eine Traurigkeit oder enttäuschte Hoffnung, die Silvers empfindsames Herz traf. »Ich fürchte, Ihr müßt mich für schrecklich impertinent halten.«

»Nicht im geringsten. Ich habe keine gute Nase für Düfte. Mein Bruder hat sogar immer gesagt –« Plötzlich verstummte sie, und Silver sah wieder den Schmerz in ihren Augen.

Aber dann lachte sie schnell wieder und zuckte die Schultern. »Bitte, sagt mir doch, was ihr empfehlen würdet, Miss St. Clair. Wenn Euer Geruchssinn nur halb so ausgeprägt ist wie der des jungen Mannes dort drüben, werde ich sicherlich begeistert sein, denn es ist ihm schon gelungen, den Prinzregenten und die halbe Stadt zu faszinieren.«

Silver schlucke. »Der P-Prinz?«

»Gewiß«, antwortete die junge Frau. »Er schien auch recht zufrieden mit dem Rat, den er von *Euch* bekommen hat.«

Silver spürte, wie ihr die Knie weich wurden. Sie hatte in aller Ruhe dem Prinzregenten einen Rat gegeben, was er seiner Schwester schenken sollte? *Hatte* er überhaupt eine Schwester? Und wenn nicht, dann für wen –

Ihr Gesicht glühte. Die Herzogin von Cranford lachte vergnügt und tätschelte Silvers Hand. »Er hat etwas für eine Dame gekauft, wie? Und Euch vermutlich gesagt, es sei für seine Schwester? Macht Euch nichts daraus, meine Liebe. Ich bin sicher, daß Eure Auswahl das Eleganteste ist, was der gegenwärtige Gegenstand seiner Begeisterung je bekommen wird. Aber fahrt doch fort. Ich bin wirklich gespannt, was Ihr mir für meine India empfehlen werdet.«

Silvers Augen weiteten sich. »India?«

»Ein interessanter Name, nicht wahr? Aber er paßt wirklich zu seiner ungewöhnlichen Trägerin.«

In diesem Augenblick kam der Besitzer des Geschäfts, den Arm mit Bündeln beladen, herein und erkannte sofort, daß die Atmosphäre im Raum voller gespannter Erwartung war.

Sofort stürzte er auf Bram zu, der ein unschuldiges Schwätzchen mit Englands führendem Herrn der Mode hielt. Der Prinzregent wehrte den Ladenbesitzer mit einer befehlenden Handbewegung ab. Der Mann eilte zur Herzogin und ihrer Enkelin.

Die alte Dame sah durch ihre Lorgnette auf ihn herab. »Wir kommen hervorragend zurecht, Holcombe. Ihr könnt wieder gehen. Wir werden Euch rufen, wenn wir gewählt haben.«

»Natürlich, Euer Gnaden, aber –«

»Nicht jetzt, Holcombe.« Die Herzogin sah Silver erwartungsvoll an. »Nun, ich glaube, Ihr wolltet etwas sagen?«

Silver war beeindruckt von der scharfäugigen alten Dame und ihrer Enkelin. Es schien ihr beinahe, als käme ihr an den Gesichtern der beiden etwas bekannt vor, obwohl das natürlich unmöglich war. Seit dem Tod ihres Vaters hatte Silver Kingsdon Cross nur selten verlassen.

Plötzlich wußte sie, welche Mischung die richtige sein würde. »Ich glaube, eine Spur von Moos wie ein kühler Sommermorgen. Ein wenig Damaszenerrose für die Süße. Etwas Nelke für Kraft und Klarheit. Und ein Hauch Zedernholz wäre genau das richtige für die Reinheit. Das ergibt eine süße, aber doch feine Mischung. Ich denke, dies hier kommt dem nahe.« Sie hielt einen kleinen Flakon vor sich und wartete gespannt.

India klatschte begeistert in die Hände. »Ihr seid wirklich eine Zauberin, Miss St. Clair! Die perfekte Mischung. Wie könnt Ihr mich nach so kurzer Zeit schon so gut kennen?«

Silver errötete. »Ihr seid sehr nett, aber das ist doch nur eine Begabung von mir, weiter nichts.«

»Ach was«, sagte die Herzogin entschieden. »Ihr habt eine vollendete Duftmischung für meine Enkelin gefunden. Ihr seid wirklich ein Schatz.« Ihre scharfen Augen blinzelten prüfend. »Gehe ich recht in der Annahme, daß Ihr nicht verheiratet seid, meine Liebe?«

India, die sich schon an die Angewohnheit ihrer Großmutter, Heiratsvermittlerin zu spielen, gewöhnt hatte, lächelte nur. Doch Silver wußte nicht, was sie sagen sollte. »Euer Gnaden, ich – weiß nicht recht, was ich sagen soll.«

»Nun, ja oder nein, meine Liebe?«

»Äh, nein, bin ich nicht, aber –«

»Wunderbar! Dann muß ich darauf bestehen, daß Ihr uns zum Tee begleitet, damit wir Eure Zukunft genauer besprechen können.» Die Herzogin betrachtete nachdenklich Silvers altmodisches Reitkostüm. »Ihr seid wohl vom Land, Mädchen, oder? Kein Grund, sich dessen zu schämen.«

Silver hob ärgerlich das Kinn. Ihr ganzer St.-Clair-Stolz kam in ihr hoch. »Ihr seid sehr freundlich, Euer Gnaden, aber ich glaube kaum, daß meine Situation für Euch von Interesse sein kann.«

Aber die Herzogin lachte nur. »Wenn das eine Zurückweisung sein sollte, habt Ihr Pech, meine Liebe. Ich bin dickhäutig wie ein ägyptisches Krokodil und nicht so leicht loszuwerden.«

Silver blinzelte, weil ihr nichts einfiel, womit sie auf so viel Humor reagieren sollte. Also beschloß sie, ebenfalls direkt zu sein. »Ihr habt recht, Euer Gnaden, es war als Zurückweisung gemeint. Auch wenn ich ›vom Land‹ komme, wie Ihr Euch auszudrücken beliebt, betrachte ich mich doch keineswegs als graue Provinzmaus. Mein Bruder und ich fühlen uns hier sehr wohl, ich bin eine unabhängige Frau, und ich sehe keinen Grund, warum ich an meinem Leben etwas ändern sollte.«

»Hervorragend!« rief die Herzogin aus und klopfte begeistert mit ihrem Stock auf den Boden. »Das wird wirklich immer besser. Eine schöne, intelligente Frau, die nicht daran denkt, zu heiraten! Das ist wirklich eine Herausforderung. Nun, also da wäre zum Beispiel Augustus Warburton. Er ist zwar nur ein Baronet, besitzt jedoch einiges an Ländereien, habe ich gehört.«

»Euer Gnaden, Ihr mißversteht mich, wenn Ihr glaubt –«

»Nein? Na gut, ich gebe Euch recht. Warburton blinzelt immer so seltsam, wenn ich mich recht erinnere. Wie ist es mit Lord Townshende? Ein Graf, wißt Ihr, er soll sehr gutaussehend sein.« Die Herzogin betrachtete ihre Enkelin, die das Lachen kaum unterdrücken konnte. »Was meinst du, India?«

Die rothaarige Schönheit schüttelte den Kopf. »Ich glaube, Großmutter, du bist absolut schamlos. Du treibst Miss St. Clair ja regelrecht in die Enge mit deiner heftigen Art. Sie wird uns für übergeschnappt halten, wenn du nicht aufhörst.«

Tatsächlich fand Silver die alte Dame ziemlich aufdringlich. Aber sie spürte, daß sie es nur gut meinte, und so unterdrückte sie eine beißende Antwort.

Die Herzogin betrachtete sie eingehend. »Ist das wahr, Mädchen? Findet Ihr mich zu direkt?«

Silver mußte lächeln. »Direkt? Allerdings.« Ein Grübchen spielte an ihrem Kinn. »Aber es ist noch zu ertragen.«

Die Herzogin klopfte triumphierend auf den Boden. »Na, siehst du, India? Ein kluges Mädchen, habe ich es nicht gesagt? Ihr müßt mit uns kommen zu einer Tasse Tee.«

Doch da fiel Silver plötzlich ihre Mission wieder ein und sie fürchtete, die Stunde schon überschritten zu haben.

India sah ihre Eile und legte ihr die Hand auf den Ärmel. »Vielleicht hat Miss St. Clair schon etwas vor, Großmutter. Wir dürfen uns ihr nicht aufdrängen, glaube ich.«

»Oh, es ist wirklich freundlich, daß Ihr uns einladen wollt, aber wir haben um zwei Uhr eine Verabredung.« Silver schaute zu ihrem Bruder hinüber, der immer noch in einem ernsten Gespräch mit dem Prinzregenten versunken war und ihm gerade sein etwas mitgenommenes Heft mit den getrockneten Kräutern und den Adlerfedern zeigte. Wie zum Zeichen der Bestätigung begann in diesem Augenblick eine kleine Uhr auf der Ladentheke zu schlagen. »Oh, es ist wirklich schon zwei Uhr? Wir müssen gehen! Nochmals herzlichen Dank, aber – ja, vielleicht ein anderes Mal.« Silver machte einen Knicks und eilte zu Bram hinüber, der gerade dem Prinzregenten seine getrocknete dreibeinige Kröte vorführen wollte.

»Es tut mir furchtbar leid, Eure Majestät. Mein Bruder ist ein fanatischer Liebhaber der Natur. Doch wenn Ihr uns jetzt bitte entschuldigen wollt, wir müssen gehen.«

Der untersetzte Prinz war so bezaubert von der direkten Art der jungen Frau, daß er ganz Kavalier blieb. »Aschenputtel um Mitternacht, wie? Nun, es tut mir wirklich leid, daß Ihr schon geht. Euer Bruder hat mir gerade noch ein paar sehr interessante Vorschläge für meine, äh, Schwester, gemacht.«

Silver spürte, wie sie errötete. »Ihr seid wirklich sehr freundlich.« Sie griff nach Brams Hand und zerrte ihn zur Tür. »Es ist gleich zwei!« zischte sie. »Wir müssen uns beeilen!«

## 32. Kapitel

Brams Gesicht war gerötet durch das ungewohnte Lob, als er und Silver aus dem Laden liefen. »Entschuldige, Syl, ihm war schwer zu entkommen.«

»Kein Wunder«, sagte Silver matt. »Es war der Prinzregent.«

»O verdammt!« Brams Augen weiteten sich. »Ein Glück, daß ich das nicht wußte. Sonst hätte ich kein Wort herausgekriegt.«

Sie eilten über die Straße, als es gerade vom Kirchturm zwei Uhr schlug. Einen Augenblick später kam auch schon der Anführer der Jungen um die Ecke gerannt, die Haare noch naß und mit feuchtem Dreck an den Stiefeln. »Da seid Ihr ja«, rief er schwer atmend. »Die Männer haben ihren Plan geändert, Ma'am. Der Kerl aus dem Lagerhaus hat sich mit einem Wagen voller Bierfässer auf den Weg gemacht. Vermutlich kommt er jeden Augenblick da drüben um die Kurve.«

Silver biß sich auf die Lippen. Was sollte sie jetzt tun, mitten im Getümmel von King's Lynn und während der Prinzregent und seine Begleitung nur ein paar schnelle Schritte entfernt waren? Vorsichtig zog sie die Pistole aus dem Stiefel und steckte sie in ihr Handtäschchen, wo sie sie schneller zur Hand haben würde. »Bist du sicher?«

Ihr junger Freund nickte eifrig.

»Also gut«, sagte Silver leise, da gerade jemand an ihnen vorüberging. »Hast du ihn dir genau angesehen?«

»Ja, sicher, Miss. Sein Mantel hing ganz seltsam, weil seine Taschen so voll waren.«

Silver nickte nachdenklich. Wenn die Dokumente, nach denen Luc suchte, so wichtig waren, würde der Mann sie natürlich bei sich tragen. Also hatte er sie wohl im Mantel. »Wir brauchen die Sachen, die der Mann im Mantel trägt. Wollt ihr Jungen uns noch einmal helfen? Ihr könnt dabei zwei Guineen extra verdienen.« Sie gab dem Jungen zwei Münzen.

Seine Augen glitzerten aufgeregt. »Dafür würden wir sogar gegen die Franzosen marschieren, Miss. Wir sind dabei. Ihr seid wirklich in Ordnung!«

Silver streckte die Hand aus. »Also abgemacht.« Dann sah sie sich prüfend um. »Wenn er da drüben um die Ecke kommt, müssen wir ihn irgendwie ablenken.«

»Überlaßt das ruhig uns, Miss.«

Silver lächelte hintergründig. »Das wird ziemliches Aufsehen erregen, fürchte ich.«

»Das sicher«, stimmte der Junge vergnügt zu. »Da wird dem Prinz und seinen Leuten mal was Neues geboten.«

Kurz darauf lungerten ein halbes Dutzend kleine Jungen in der Hauptstraße von King's Lynn herum, als ein hochbeladener Bauernwagen um die Ecke rumpelte in Richtung Stadtmitte. Auf ein Nicken des Bandenführers hin sprangen die Jungen von ihren Posten und rannten auf ihr Ziel zu.

Silver machte Bram ein Zeichen. »Los geht's. Wünsch mir Glück.«

Ihr Bruder griff nach ihrer Hand. »Warum kann ich nicht mitgehen, Syl? Es ist zu gefährlich. Was passiert, wenn er nicht anhält?«

Aber Silver war schon auf der Straße.

Der Wagen wurde schneller. Zwei Straßenjungen hingen bereits hintendran, und Silver sah, wie ein dritter von der Seite her aufsprang.

Ganz wie geplant rief ihr Bruder eine Warnung über die Straße. Dann winkte er dem Mann auf dem Kutschbock wild zu. »Haltet an, Mann! Seht Ihr nicht die Frau da auf der Straße?«

Doch die Pferde donnerten weiter, und Staub und Kies wurden aufgewirbelt.

Aus dem Augenwinkel sah Silver die Herzogin von Cranford und ihre Enkelin aus dem Parfümgeschäft kommen. Neben ihnen stand lächelnd der Prinzregent mit einer eleganten Dame an jedem Arm.

Wenn sie jetzt sterben würde, hätte die Sache zumindest Stil, dachte Silver ironisch, denn der Prinz und die halbe Londoner Gesellschaft würden dabei zugegen sein. Sie hörte den Kutscher fluchen und zu ihr herüberrufen, doch den Wagen bremste er immer noch nicht. Silver konnte sein Gesicht, das unter einem weiten Hut verborgen war, nicht erkennen, und auch den Kragen seines Mantels hatte er hochgeschlagen bis zu den Wangen.

Ihr Herz begann zu rasen. Die Pferde donnerten immer näher, und Silver hoffte, daß die Jungen sich an ihre Abmachung halten würden.

Mit einem lauten Knacken öffnete sich die hintere Klappe des Wagens, und die ersten der sechs Bierfässer rollten krachend auf die Straße. Die Jungen hielten sich an ihr Wort, dachte Silver. Der Rest war jetzt ihre und Brams Angelegenheit.

Ihr Blick richtete sich auf den einzigen Passagier des Wagens. Sie sah, wie er mit einer hastigen Bewegung die Hand in die Manteltasche schob. Ja, die Dokumente waren sicher darin.

Und dann geschah alles gleichzeitig. Silver hörte die Herzogin schreien, und undeutlich sah sie, wie India Delamere warnend die Hand hob, als der Prinzregent auf die galoppierenden Pferde zeigte.

Doch das war für Silver alles nicht wichtig. Sie hatte sich ganz auf den Mann im grauen Mantel konzentriert. Sie spürte, wie er sie anstarrte, mit kaltem, verärgertem Blick. Sie drehte sich langsam dem polternden Wagen zu und hob dabei eine Hand dramatisch an die Brust.

»Aus dem Weg!« schrie der Fahrer laut.

Der Mann neben ihm beugte sich vor und gestikulierte mit den Händen. Eine Peitsche knallte über den Köpfen der Pferde. Voller Schrecken hörte Silver den Fahrer rufen: »Ich kann nicht bremsen! Ihr werdet überfahren, wenn Ihr nicht aus dem Weg geht!«

*Verdammter Kerl*, dachte Silver wütend. Sie riß die Pistole aus ihrem Täschchen und richtete sie auf die Brust des Fahrers.

In diesem Augenblick warf sich der Anführer der Straßenjungen auf den Mann im grauen Mantel. Wie besprochen riß er ihm den Hut vom Kopf und zog ihm dann den Mantel von den Schultern. Wütend schlug der Mann nach ihm, doch ohne Erfolg. Der Junge lachte nur und hing wie ein Affe an ihm.

Silver sah das alles undeutlich wie in Trance. Der Wagen war jetzt nur noch zehn Meter entfernt und kam schnell näher.

Der Fahrer fluchte und versuchte, einem Haufen Schutt auf der Straße auszuweichen. Silver machte einen Schritt rückwärts. Der Mann im grauen Mantel würde ganz dicht neben ihr vorüberkommen. Sie hoffte, daß sie seine Tasche noch rechtzeitig würde erreichen können.

Inzwischen tanzte der Junge neben dem Sitz herum und griff nach der Brust des Mannes. Dann holte er etwas aus seiner Tasche und warf es zu Bram hinüber.

Die eine Tasche ist schon leer, dachte Silver. Jetzt noch die zweite. Der Mann im Mantel wehrte sich, das Kinn tief auf die Brust gesenkt. Silver konnte ihn immer noch nicht erkennen.

Und dann war es zu spät.

Der Wagen donnerte vorüber und sie sprang schnell zur Seite.

Doch ihre heftige Bewegung kam sie teuer zu stehen, als sie gegen einen Stapel von Holzkisten stieß. Sie spürte einen heftigen Schmerz in der Seite und schnappte nach Luft. Die Straße vor ihr begann zu schwanken.

Völliges Chaos brach aus.

Schreie und Rufe erfüllten die Luft, zusammen mit dem Knirschen zerbrechender Fässer. Doch Silver hörte das kaum. Schwer atmend griff sie sich an die Seite und fiel, von einer Welle von Schmerz überrollt, ohnmächtig zu Boden.

Inzwischen schaute Luc Delamere von seinem Pferd herunter auf die sandige Erde. »Sie sind nach Süden geritten. Nur zwei. Was machen sie denn in *dieser* Richtung? Da ist doch nur Heide weit und breit.«

Connor MacKinnon neben ihm versteckte ein Lächeln. »Tut mir schrecklich leid, dir widersprechen zu müssen, mein Freund, aber sie sind nach Norden unterwegs. Die Spuren da sind mindestens drei Tage alt. Das da drüben sieht eher nach frischen Spuren aus.«

Luc folgte dem Blick seines Freundes zu einer Reihe von frischen Spuren im Sand. Er hatte natürlich recht.

Und das steigerte Lucs üble Laune nur noch. »Du könntest recht haben. Aber laß dir das nicht zu Kopf steigen, ja?«

»Oh, auf keinen Fall«, sagte Connor ruhig. »Du kannst schließlich nichts dafür, wenn deine Augen nicht recht funktionieren, du armer verliebter Narr.«

»Wer ist ein verliebter Narr?« knurrte Luc und sah seinen Freund finster an.

»Ich will nichts gesagt haben«, meinte MacKinnon und wandte sein Pferd nach Norden. »Kein Wort. Geht mich nicht das geringste an.«

## 33. Kapitel

Langsam kam Silver wieder zu sich.

Als sie die Augen öffnete, stellte sie fest, daß sie am Straßenrand gegen ein aufgerichtetes Bierfaß gelehnt war. Bram kniete neben ihr und sah sie besorgt an.

Silver versuchte, ihn anzulächeln, was ihr aber nicht so recht gelang. »Hast du ihn gesehen? Weißt du – wie er aussieht?«

Bram lächelte ebenfalls unsicher. »In allen Einzelheiten, Syl. Dünnes Gesicht, hochmütige Nase, sturer Mund. Ich glaube, ich kann gut porträtieren.« Bram hielt sein Notizbuch hoch. Zwei Adlerfedern, ein Stück Moos und ein Mauseschwanz fielen Silver in den Schoß. Doch das Porträt des Mannes war deutlich in knappen Linien auf das knittrige Papier gezeichnet.

Silver drückte zufrieden die Hand ihres Bruders, auch wenn ihr immer noch der Kopf schwirrte. »Gute Arbeit! Haben die Straßenjungen auch ihr Wort gehalten?«

Bram senkte angesichts der umstehenden Menge die Stimme und sagte: »Ja. Aber sei jetzt still, Syl. Du hast ziemlich was abbekommen. Dieser Schuft hätte dich glatt überfahren. Der Prinzregent war ganz schön ärgerlich und hat geschimpft, er würde die Polizei holen lassen.«

»Und – der Mann? Was ist mit ihm?«

»In dem ganzen Chaos hat er es geschafft, zu entkommen, der Hundesohn.«

Silver hatte angesichts der Schmerzen in ihrer Seite Schwierigkeiten, ihm zuzuhören. »Und die – die Dokumente, Bram? Was ist damit?«

»Habe ich in der Tasche«, flüsterte ihr Bruder. »Aber wir können jetzt nicht reden. Die Herzogin kommt zurück. Mein Gott, der Prinzregent ist auch noch bei ihr. Die Jungen vom Fluß scheinen sie wirklich fasziniert zu haben.«

Mit einem Seufzer lehnte sich Silver nach hinten. »Gib – jedem – noch eine Krone extra«, murmelte sie. Dann schloß sie die Augen und sank in die Ohnmacht zurück.

Als sie das nächste Mal erwachte, war sie an ein weiches Kissen gelehnt und hörte Hufgetrappel. Sie öffnete die Augen und eine warme Hand drückte die ihre.

»Seid Ihr endlich wieder wach, meine Liebe?« Das war die Stimme der Herzogin. »Ihr habt uns einen ganz schönen Schrecken eingejagt. Ich habe den Prinzen noch nie so besorgt gesehen. Aber jetzt braucht Ihr Ruhe, Mädchen, und nicht mein Geschwätz. Also lehnt Euch brav zurück.«

»Aber –« Silver versuchte, sich aufzurichten. »Bram! Wo ist mein Bruder?«

»In Sicherheit bei India und ihrem Bruder Ian. Ich habe Euch beide entführt. Wir sind auf dem Weg zu unserem Landsitz, wo Ihr Euch ausruhen werdet, bis ich sicher bin, daß Ihr Euch erholt habt.«

Silver wußte nicht recht, ob sie wütend oder gerührt sein sollte, daß die alte Dame sich derart in ihr Leben einmischte, dann lächelte sie unsicher. »Das ist wirklich etwas anmaßend, Euer Gnaden, auch wenn ich zugeben muß, daß es nicht sehr angenehm war, auf der Straße zu liegen, während sich hundert Gesichter über mich beugten.«

Die Augen der Herzogin wurden schmal. »Und was ist mit den Geschäften, die Ihr noch zu erledigen hattet?«

Silver dachte an die Dokumente, die sie in ihrer Tasche versteckt hatte. »Habe ich zu meiner vollen Zufriedenheit abgeschlossen. Aber wir dürfen wirklich nicht –«

»Das ist alles schon beschlossene Sache.«

»Ich *kann* nicht bleiben. Wir – haben noch etwas Dringendes zu erledigen. Und Bram –«

Die Herzogin drückte Silver sanft in die Kissen zurück. »– reitet voraus und erfreut in diesem Augenblick ganz sicher Ian und India mit spannenden Geschichten aus der Wildnis von Norfolk und den Freßgewohnheiten grauer Ratten.«

Silver lächelte schwach. »Ein furchtbares Kind, scheint mir. Er sammelt ständig Schneckenhäuser oder Gras. Doch er ist dabei ein sehr guter Naturbeobachter geworden.«

»Er hat uns auch gut unterhalten, vor allem India, wofür ich sehr dankbar bin. Sie war in letzter Zeit nicht sie selbst, nicht mehr, seit –« Die Stimme der Herzogin verstummte. Sie sah auf die vorbeiziehende Landschaft hinaus. »Ich rede schon wieder zu viel, meine Liebe. Legt Euch zurück. Wir werden bald in Swallow Hill sein.«

Wie die Herzogin vermutet hatte, saß Bram zu diesem Zeitpunkt auf einem Pferd und unterhielt seine beiden Gefährten mit einer Erzählung der Geschehnisse in King's Lynn. »Das waren wirklich Kerle, die Jungen. Nur halb so alt wie ich, aber jeder von ihnen ein echter Kämpfer.«

»Gott sei Dank«, sagte India besorgt. »Wenn es dem einen nicht gelungen wäre, den Kutscher abzulenken, hätte er deine Schwester umbringen können. Ich will mich nicht einmischen, aber was hat sie nur dazu gebracht, so vor der Kutsche stehenzubleiben? Sie scheint eine sehr unabhängige und durchsetzungsfähige Frau zu sein, aber das verstehe ich nicht.«

Bram hüstelte. »Ich äh – kann darüber nicht sprechen.«

Der Reiter links neben Bram lachte leise. Ian Delamere, der Viscount von Dunwood, war vor kurzem aus Spanien zurückgekehrt, wo er als einer von Wellingtons Adjutanten gedient hatte. Er sah seine Schwester an. »Laß es gut sein, India. Der Junge möchte nicht darüber sprechen, und wir dürfen nicht so neugierig sein.«

Bram errötete. »Nein, es ist nicht – mein Gott, wie unhöflich von mir, nachdem Ihr so freundlich zu uns wart.«

»Das ist es nicht«, sagte der hochgewachsene Soldat lässig. »Nur – Großmutter hat eine unverbesserliche Neigung, die Heiratsvermittlerin zu spielen, und deine Schwester ist die ideale Kandidatin. Es ist nichts als ihr persönliches Hobby, dem sie dabei nachgeht.«

India schüttelte den Kopf und lachte. »Nicht doch, Ian! Was soll der junge Brandon von uns denken?«

Der Junge sah bewundernd die schöne Frau neben sich an und errötete verwirrt. India schaute taktvoll zur Seite, damit er sich wieder fassen konnte, und Ian begann schnell, davon zu erzählen, wie das Maskottchen seines Regiments, ein großer, übellauniger Bär, sich einmal nachts in Wellingtons Zelt geschlichen hatte.

So waren sie die besten Freunde, als Ian den Höhepunkt der Geschichte erreichte, in der er selbst keine unwichtige Rolle gespielt hatte.

»Was um Himmels willen ist denn *hier* passiert?«

Luc stand in der King Street und starrte die zerbrochenen Bierfässer an, die um den jetzt leeren Bauernwagen herumlagen. Mit Connors kundiger Hilfe war er den Spuren bis ins Zentrum von King's Lynn gefolgt.

Connor machte ein nachdenkliches Gesicht. »Sie erzählen die seltsamsten Dinge, bis hin zu einem Attentat auf den Prinzregenten. Ich werde einfach nicht schlau daraus, Luc. Das einzig Glaubwürdige ist die Sache mit der jungen Frau vom Lande, die mit einer Pistole mitten auf der Straße stand und den Angriff abgewehrt hat.«

Bei diesen Worten bekam Luc ein eigentümlich mattes Gefühl in der Brust. Eine junge Frau mit einer Pistole? Da kannte Luc nur eine, die dafür in Frage kam. Doch das konnte nicht sein. Nein, er würde sie sicher noch finden, wie sie irgendwo vor einem Schaufenster stand.

Das hoffte Luc wenigstens.

Irgend etwas stimmte nicht, dachte Bram.

Es hatte ihn schon den ganzen Nachmittag beschäftigt. Irgend etwas war mit dem breitschultrigen, grauäugigen Mann neben ihm. Bram runzelte die Stirn und sah wieder zu ihm hinüber.

Doch dem hochgewachsenen Soldaten entging kaum etwas. »Du wirkst besorgt, Brandon. Habe ich etwas gesagt, was dich erschreckt hat?«

»Nein, gar nicht. Es ist nur – Ihr seht jemandem ähnlich, den ich kenne. Das glaube ich wenigstens. Ich weiß nur nicht, wem.«

Ian Delamere zuckte mit den Schultern. »Das muß an meinem Gesicht liegen. In Spanien ist mir das öfter passiert. Kann ziemlich unangenehm sein.«

»Oh, Ian«, rief India. »Sag bloß nicht, sie haben dich für einen Pferdedieb oder so etwas gehalten!«

»Nein, das nicht direkt, India. Ihr Frauen könnt manchmal wirklich unmöglich sein!«

»Oh, du hast mich tödlich verletzt!« Indias Hände legten sich dramatisch an ihre Brust, obwohl ihre Augen bewiesen, daß sie in keiner Weise verletzt war. »Ich fürchte, ich werde ohnmächtig.«

Ihr Bruder sah sie zärtlich an. »Wildfang.«

»Schuft«, erwiderte sie prompt.

Bram, der zwischen ihnen ritt, unterdrückte ein Lächeln und wunderte sich, in was für eine ungewöhnliche Familie er da geraten war.

Silver öffnete die Augen und bewegte vorsichtig den Kopf. Erleichtert stellte sie fest, daß das Hämmern darin nachgelassen hatte. Als sie sich aufzusetzen versuchte, kam ihr die Herzogin zu Hilfe.

»Fühlt ihr Euch schon besser, meine Liebe? Genau im richtigen Augenblick, würde ich sagen, denn Swallow Hill ist gleich hinter dem nächsten Hügel.«

»Ihr seid wirklich sehr freundlich, Euer Gnaden. Und doch

finde ich es irgendwie nicht richtig, wo wir doch Fremde für Euch sind.«

»Unsinn«, sagte die Herzogin knapp. »So gut habe ich mich schon lange nicht mehr amüsiert. Und jetzt kommt und schaut, dort drüben ist schon das Haus.«

Silver sah hinaus auf ein leuchtend grün bewachsenes Tal, durch das in dunkleren Flecken und Linien Eichen und Hecken verstreut schienen.

Und dann hielt sie den Atem an.

Swallow Hall war kein Haus, das man so leicht vergessen konnte. Es erhob sich aus dem Grün am Rande eines Hügels, ein kompliziertes Gebilde aus Türmchen und Dächern mit Kaminen aus warmem, rosa Granit. Nach Süden hatte es große Fenster, an der Westseite erstreckte sich ein Garten. Das Haus besaß keinerlei Symmetrie noch Ordnung in seinen verschiedenen Flügeln, und doch besaß es eine unvergleichliche Schönheit, war der klare Ausdruck einer schwungvollen Familie, die seit Generationen darin gelebt hatte.

»Na, was sagt Ihr dazu? Findet Ihr es häßlich?«

»Häßlich?« sagte Silver atemlos. »Es ist das schönste Haus, das ich je gesehen habe. Natürlich nicht symmetrisch, aber doch paßt irgendwie alles zusammen. Es strahlt eine unglaubliche Kraft aus.«

Die Herzogin nickte und sah über das üppige Tal hinaus. »Sehr gut ausgedrückt, Miss St. Clair. Mir scheint, Ihr habt ein Verständnis, das weit über Euer Alter hinausgeht.« Ihre Augen schienen feucht zu glitzern, während sie Silvers Hand tätschelte. Dann richtete sie sich auf. »Ich denke, wir werden als erstes den alten Quacksalber Sir Reginald holen lassen, damit er nach Euch schaut.«

»O nein«, schüttelte Silver den Kopf. »Kommt nicht in Frage.«

»Unsinn, Mädchen. Wenn mich nicht alles täuscht, habt ihr außer dem Stoß auf den Kopf auch noch eine Wunde an der Seite davongetragen, selbst wenn Ihr nicht darüber sprecht. Ihr könnt auf keinen Fall einfach so herumlaufen. Heute nicht. Morgen vielleicht auch nicht. Falls Ihr Euch Gedanken um jemanden in der Familie macht, werde ich gern einen Boten losschicken, der ihm eine Nachricht bringt.«

Silver betrachtete das Gesicht der Herzogin mit einer Mischung aus Verwirrung und Wärme. »Ihr seid wirklich die organisationsfreudigste Frau, die ich kenne, Euer Gnaden.«

»Das hat man mir schon öfter gesagt«, meinte die Herzogin, ohne beleidigt zu sein. »Das ist ein Prinzip von mir, wißt Ihr.«

Silver schüttelte den Kopf und lachte, während die Kutsche vor den Toren von Swallow Hill zum Stehen kam.

Die Herzogin ging voraus in den herrlichen gelben Salon, dessen große französische Fenster auf eine scheinbar endlose Rasenfläche hinaus zu öffnen waren. Nachdem sie dafür gesorgt hatte, daß Silver bequem saß, entschuldigte sie sich. Doch kaum war sie weg, schob Silver die Decke zur Seite, mit der die Herzogin sie zugedeckt hatte. »Bram, wo ist das Notizbuch?«

Der Junge lächelte und klopfte sich auf seine Tasche.

»Und die Dokumente? Ich kann meinen Umhang nicht finden!«

»Alles in Sicherheit, Syl, keine Sorge. Es war nur eine Rolle mit zwei Reihen von Zahlen, die ich nicht verstehe. Ich habe sie herausgeholt, als alle mit dir beschäftigt waren.«

Silver runzelte die Stirn. »Zahlen? Sonst nichts?«

In diesem Augenblick öffnete sich die Tür, und India und Ian sahen herein. »Stören wir?«

»– überhaupt nicht.«

»– natürlich!« sagten die beiden gleichzeitig, und alle begannen zu lachen.

»Wir dachten, wir sehen nach Euch, solange Großmutter die Dienerschaft in Bewegung bringt, die uns erst in zwei Tagen erwartet hatte. Die Armen hätten noch etwas mehr Ruhe verdient, denn Großmutter kann wirklich ein Drachen sein, wie Ihr wahrscheinlich schon bemerkt habt«, fügte India hinzu.

»Im Gegenteil. Ich finde Eure Großmutter sehr großzügig.«

»Also diplomatisch seid Ihr auch.« Ian nickte wohlwollend. »Wir hätten Euch in Spanien gebrauchen können. Wellington hatte für so etwas keine Geduld und hat ständig unsere Verbündeten vor den Kopf gestoßen.«

»Ihr habt in Spanien gekämpft?« Silver konnte den Blick nicht von Ians Gesicht abwenden. Er hatte etwas an sich, das ihr bekannt vorkam, sie wußte nur nicht, was.

Ian Delameres Gesicht wurde hart. »Zwei Jahre lang.«

»Ich hoffe, Ihr seid nicht verwundet worden.«

»Nichts Ernstes.«

»So spricht Ian immer«, meinte India vertraulich. »Nie etwas Ernstes. Das kommt sicher daher, daß all die Arbeit als Kundschafter ihm in den Kopf gestiegen ist.«

Und dann lächelte Ian. Aber Silver war sicher, daß sie sich den harten Zug um seine Augen nicht eingebildet hatte und fragte sich, was wohl so bittere Erinnerungen in ihm hinterlassen hatte.

Eine Minute später kam die Herzogin zurück und brachte einen Butler mit einem Silbertablett mit, das sie ihn auf einen hübschen Tisch zu Silvers Füßen stellen ließ. Bald hatte jeder eine Tasse duftenden Tee und ein Stück Walnußkuchen vor sich.

»Es wäre schön, wenn Ihr auch meine Eltern kennenlernen könntet«, sagte India zu Silver, »aber sie sind gerade auf einer Reise nach Italien. Vater liebt Altertümer. Großmutter hatte inzwischen die mutige Aufgabe übernommen, mich in London zu begleiten. Dabei sage ich ihr immer wieder, daß ich auf dem Heiratsmarkt keinen Anklang finden werde und kein Gentleman mich will.«

»Vor allem, wenn sie herausfinden, daß du boxen, schießen und einen Degen besser gebrauchen kannst als die meisten Männer«, sagte ihr Bruder hilfreich.

»Tja, ich habe eben zu viel mit meinen Brüdern zu tun.«

Plötzlich senkte sich eine eigentümliche Stille über den Raum. Ians Lippen wurden schmaler, und India selbst wurde nach ihren Worten blaß.

Silver spürte die plötzliche Spannung, doch Bram, der immer noch mit seinem Kuchen beschäftigt war, bemerkte nichts. »Brüder?« fragte er direkt. »Habt Ihr denn noch einen Bruder außer Ian?«

India holte tief Atem. Ihre Teetasse fiel ihr aus den Händen und zersprang auf dem Boden in tausend Stücke.

Nach einem Augenblick der Beklemmung schienen sich plötzlich alle gleichzeitig zu bewegen. Ian nahm eine Serviette, um den Tee vom Rock seiner Schwester zu wischen. Die Herzogin tätschelte India die Hand. Bram bückte sich mit gerötetem Gesicht und begann, die Scherben aufzusammeln.

»Bitte nicht, Brandon, das ist doch nicht nötig.« India berührte ihn sanft an der Schulter.

Als Bram aufsah, entdeckte er, daß Tränen in ihren Augen standen. »Es – es tut mir leid, wenn ich Euch verletzt habe.«

»Du kannst wirklich nichts dafür.« India stand langsam auf. Sie sah plötzlich sehr müde aus. »Ich glaube nur, die Fahrt war doch anstrengender, als ich dachte. Ich denke, ich werde in mein Zimmer gehen.« Mit diesen Worten ging sie aus dem Zimmer, und die Herzogin folgte ihr.

»Ich habe etwas Falsches gesagt, oder?« fragte Bram.

Ian legte Bram die Hand auf die Schulter. »Unsinn. Setz dich, ich werde es wohl besser erklären.«

Der hochgewachsene Soldat ging einen Augenblick mit hinter dem Rücken verschränkten Händen im Zimmer auf und ab. Dann wandte er sich ihnen mit ernster Miene wieder zu. »Wißt ihr, wir haben tatsächlich noch einen Bruder. Das heißt, wir hatten einen. Er war sieben Jahre älter als India und fünf Jahre älter als ich. Er war – sehr beliebt.« Er verstummte, als könne er nicht weitersprechen.

»Ihr habt gesagt *war*. Ist ihm etwas passiert?« fragte Silver leise.

Auf diese Frage hin schien sich Ian von seinen bösen Erinnerungen loszureißen. »Ja, wahrscheinlich. Er ist vor ein paar Jahren verschwunden. Unsere Eltern haben ihn überall suchen lassen, selbst auf dem Festland, doch man fand keine Spur von ihm.« Er seufzte und legte die Hände auf die Rückenlehne eines eleganten Sofas. »Wir nahmen an, daß er überfallen worden ist, und –« Seine Augen wurden für einen Augenblick leer. »Es war für uns alle hart, aber für India am meisten. Die beiden haben sich sehr gut verstanden, wißt ihr. Es war beinahe, als gäbe es so etwas wie ein spirituelles Band zwischen ihnen.«

Bei diesen Worten spürte Silver eine Enge in der Brust. Plötzlich schien es ihr zusehends schwerer zu fallen, sich auf Ians Worte zu konzentrieren.

*Er ist vor ein paar Jahren verschwunden.*

*Keine Spur von ihm... keine Spur...*

Die Worte hallten in ihrem Kopf wider.

Bram machte ein betretenes Gesicht. »Ich hätte nicht so unbedacht fragen dürfen.« Er schob finster die Hände in die Taschen, stieß jedoch dabei sein Notizbuch auf den Boden, das neben ihm auf dem Sitz gelegen hatte.

Mit einer gewandten Bewegung bückte sich Ian, um es aufzuheben. Das Notizbuch öffnete sich, und zum Vorschein kam die flüchtige Zeichnung von einem Gesicht, die Bram vor ein paar Tagen angefertigt hatte.

Von einem Mann mit glitzernden Augen, einer schwachen Narbe über den sinnlichen Lippen und hohen Wangenknochen.

Ian erstarrte, den Blick auf das Bild gerichtet. Silver sah ihn erschaudern. Dann schaute er auf, und ein Gewirr der verschiedensten Gefühle stand auf seinem Gesicht – Unglaube, Verwirrung, Ärger. Er starrte Bram an. »Mein Gott, ist es möglich, daß du ihn *gesehen* hast? Lebt er noch?«

Silvers Verwirrung steigerte sich, in ihrem Kopf entstand ein betäubendes Schwirren. Sie versuchte aufzustehen, doch ihre Beine gaben nach. »Dieser Mann ist – Euer Bruder?«

Ian nickte grimmig.

»Luc«, flüsterte sie entsetzt. »Warum hast du mir das nicht gesagt?«

Ian ballte die Hände zu Fäusten, als kämpfe er gegen die wunderbaren Neuigkeiten an. »Mein Bruder. Lucien Reede Tiberius Fitzgerald Delamere, Marquis von Dunwood und Hartingdale.« Er starrte die Zeichnung an. »Er verschwand ohne jede Spur auf dem Weg zu seinem Club, und wir haben ihn nicht wiedergesehen.« Seine Finger strichen über das Notizbuch. »Bis zu diesem Augenblick.«

Er sah Bram und Silver mit harten Augen an. »Und jetzt werdet ihr zwei mir ganz genau erklären, wie das Bild in dieses Notizbuch kommt.«

Silver hörte nichts mehr. Das Zimmer begann sich um sie zu drehen.

*Luc, du Narr! Was hast du alles für die Ehre aufgegeben! Und das, wo sie dich alle so sehr lieben.*

Das änderte natürlich alles. Der älteste Sohn des Herzogs von Devonham war unerreichbar für sie, selbst wenn er den Straßenräuber spielte. Auf keinen Fall konnte das Band zwischen ihnen nun fester werden.

Mit diesen Gedanken fiel Silver bewußtlos zu Boden.

## 34. Kapitel

Ihr erster Eindruck, als ihr Bewußtsein zurückkehrte, war verwirrend.

Stimmen klangen durcheinander, Stühle wurden gerückt, und Schritte hallten durch den Flur.

Silver drückte die Hände an die Schläfen, um den Schmerz zu unterdrücken, mit dem die Erinnerung zurückkehrte. *Luc...*

*Lucien Delamere.*

*Marquis von Dunwood und Hartingdale.*

Mein Gott, er war der Erbe des Herzogs von Devonham!

Sie öffnete die Augen und sah Ians besorgtes Gesicht über sich gebeugt. Er tätschelte ihr die Hand und lächelte schuldbewußt. »Ich hoffe, Ihr vergebt mir, Miss St. Clair. Das hätte ich nicht sagen dürfen. Aber ich konnte es nicht glauben, konnte es nicht verstehen. Fünf Jahre lang hatten wir keine Hoffnung mehr, und jetzt dies...«

Er sah aus dem Fenster. »Ich glaube, wir alle außer India hatten ihn aufgegeben. Und ihn dann so plötzlich auf dem Papier zu sehen, hat mich ziemlich erschreckt.«

Silver schluckte die Tränen herunter, als ihr klar wurde, warum er ihr so bekannt vorgekommen war. Es war der Stolz in seinen hohen Wangenknochen, die sinnliche volle Unterlippe. Jetzt, wo sie wußte, daß es Lucs Bruder war, konnte sie nicht verstehen, wie sie die Ähnlichkeit vorher hatte übersehen können.

»Ihr braucht nichts zu erklären«, sagte sie leise. »Es muß ein furchtbarer Schock für Euch gewesen sein.«

»Das ist keine Entschuldigung für meine Unhöflichkeit. Ich hoffe, ihr zwei werdet mir vergeben.«

»Das würde ich nicht tun.« Silver sah auf und erkannte die Herzogin hinter Ian. In ihren Augen standen Tränen. »Und jetzt hinaus mit euch zwei Männern. Ich möchte für einen Augenblick mit Miss St. Clair allein sein.«

Ian betrachtete Silver ernst und stand dann langsam auf. »Also gut. Vielleicht hat Master Brandon ja Lust, sich das Gewächshaus anzusehen. Wir haben hier nämlich eine recht eindrucksvolle Orangerie.« Er lächelte Bram ermutigend an, der sofort begeistert zustimmte.

Als die beiden fort waren, setzte sich die Herzogin neben Silver. Ihr Rücken war sehr gerade und ihre Hände bewegten ihren Stock, bis sie schließlich zur Ruhe kam. »Ihr liebt ihn also?«

Die direkte Frage nahm Silver den Atem. Sie errötete heftig. War das wirklich so offensichtlich? Sie schlug die Augen nieder und betrachtete den rauchblauen Teppich. »Das ist ein wenig kompliziert, Euer Gnaden.«

»Das ist die Liebe immer, meine Liebe«, sagte die alte Frau leise. »Und wie steht es mit meinem schrecklichen Enkel? Liebt er Euch auch?«

Ein leises Lächeln spielte um Silvers Lippen. »Er hat sich die größte Mühe gegeben, mir zu versichern, daß es so ist, Euer Gnaden.«

»Dann hat der Junge wenigstens einmal in seinem Leben so etwas wie gesunden Menschenverstand bewiesen.« Sie strich sanft über Silvers Hand. »Vom ersten Augenblick an, als ich Euch dort in dem Geschäft stehen sah, wußte ich, daß ihr zwei etwas Besonderes seid. Ja, es war fast, als rief mir Luc aus Euch entgegen.«

Sie wischte sich über die Augen und räusperte sich dann schnell. »Also er lebt wirklich? Wie sieht er aus? Geht es ihm gut? Hat er je von uns erzählt? Und warum hat er nie von sich hören lassen?«

Silver wußte nicht, was sie sagen sollte. Luc hatte sich entschlossen, seiner Familie nichts von seinem Schicksal zu erzählen. Er hatte seine persönlichen Gründe dafür, und ihr stand es nicht zu, darüber zu sprechen.

»Er lebt, Euer Gnaden. Und es geht ihm gut.«

»Und?« Die Finger der Herzogin schlossen sich um ihren Stock. »Wo *ist* er, verflucht? Warum kommt er nicht hierher?«

»Ich – ich fürchte, daß ich Euch nicht mehr sagen kann. Luc hat bestimmt seine Gründe, warum er nicht hierherkommt, und von seinen… seinen Erfahrungen muß er selbst berichten.«

Nach einem kurzen Anflug von Ärger seufzte die alte Frau. »Ihr seid keine einfache Persönlichkeit, aber ich verstehe, warum er Euch liebt. Ihr seid erstaunlich stur und habt ein Ehrgefühl, das ebenso stark ist wie Lucs. Ja, Ihr paßt hervorragend zu ihm. Und ich habe keinen Zweifel, daß Ihr es meinem Enkel nicht leichtgemacht habt, stimmt das nicht?« Die Herzogin berührte Silvers Gesicht, in dem sie die Liebe und die Sehnsucht erkannte. Und auch die Besorgnis. »Er ist also in Gefahr?«

Silver nickte.

»Schon längere Zeit?«

Wieder nickte Silver.

»Mein Gott, wenn wir das nur *gewußt* hätten!« Sie schüttelte den Kopf. »Aber ich will nicht weiterfragen, wenn Ihr mir nicht mehr erzählen könnt. Sagt mir nur, wie ich Euch und ihm helfen kann.«

»Ich muß zurück nach Kingsdon Cross. Mein Bruder und ich müssen Luc so bald wie möglich eine Nachricht überbringen. Vielleicht könntet Ihr mir eine schnelle Kutsche leihen, die mich hinbringt?«

»Ich erteile sofort die Anweisung«, sagte die Herzogin, ohne zu zögern. »Aber Ihr könnt jetzt noch nicht fort.« Sie gab Silver eine Tasse Tee. »Trinkt das. Und dann lasse ich Euch etwas zu essen bringen, bevor Ihr wieder geht.«

Silver lächelte. »Ihr seid wirklich sehr freundlich.«

»Unsinn«, meinte die Herzogin und klopfte einmal mit dem Stock auf den Boden. »Was ist das doch für ein erfreulicher Tag geworden! Und nur wegen Euch und Eurem Bruder, Miss St. Clair. Wir sollten Euch danken, denn ich kann mich wirklich nicht erinnern, je auch nur einen halb so aufregenden Tag erlebt zu haben.«

»*Was* hat sie?«

Luc stand in einer düsteren Gasse in der Nähe der Hauptstraße von King's Lynn. Er hatte die Hände in die Hüften gestemmt und sah zornig Connor MacKinnon und den neben ihm stehenden Straßenjungen an.

Der Junge schien keine Angst zu haben. »Ja, und sie hat sich nicht von der Stelle gerührt. Stand einfach mitten auf der Straße und zielte mit der Pistole auf den Kerl in dem Wagen, der auf sie zuraste. Er hätte sie beinahe überfahren, konnte aber nicht, weil *ich* ihm im Nacken saß«, schloß der Junge stolz.

»Aber warum?« Luc strich sich verwirrt durchs Haar. »Wie konnte sie nur so etwas Verrücktes tun?«

Die Augen des Jungen wurden schmal. »Sie sagte, der Mann sei ein Verräter und habe Papiere, die sie brauchte.«

Luc begann zu verstehen. »Sie hat nicht gewartet. Sie hat sich sofort auf ihn gestürzt«, sagte er verwundert.

»Auf wen?« wollte Connor wissen.

»Egal.« Luc betrachtete den Straßenjungen. »Und die Edelleute, von denen du geredet hast, die haben sie in der Kutsche mitgenommen? Zu einem Ort der – Swallow Hill heißt?«

»Ja. So haben sie gesagt. Und der Prinz stand auch dabei. Hat mir direkt leid getan, daß sie sie mitgenommen haben. Das war nämlich eine tolle Frau.«

Luc legte dem Jungen fest die Hand auf die Schulter. »Du bist ein erstklassiger Kerl. Hast ihr bestimmt das Leben gerettet.«

Der Junge errötete angesichts von Lucs Lob, und seine Augen weiteten sich, als er ihm drei Goldstücke in die Hand drückte – so viel Geld auf einmal hatte er noch nie gesehen.

»Einen Gefallen könnt ihr mir vielleicht noch tun«, meinte

Luc nachdenklich. »Dieses Lagerhaus – ich möchte, daß ihr die Augen aufhaltet, bis ich jemanden herschicke, der das übernimmt. Ich will genau wissen, wer dort ein und aus geht und was sie bei sich haben. Kriegt ihr das hin?«

»Hinkriegen?« schnaubte der Junge. »Ist schon so gut wie gemacht, Herr.«

Der Junge verschwand voller Aufregung, während Luc unentschlossen auf die Straße starrte.

»Was tun wir jetzt?« fragte Connor leise.

»Sieht so aus, als wenn Silver und Bram schon mit meiner Arbeit angefangen hätten. Also muß ich hinter ihr her. Nach Swallow Hill.« Luc fluchte leise. »Ich wollte, daß das alles ein Ende hat, Connor, ein für allemal, damit ich meiner Familie nicht noch mehr Schmerz zufügen muß.« Er ballte die Hände zu Fäusten.

Der Erbe einer der ältesten Titel in England, zu dem drei Schlösser, fünf kleinere Ländereien, eine halbe Million Morgen Land in England und Schottland und eine der schönsten Kunstsammlungen der Welt gehörten, sah seinen Freund ratlos an. »Mein Gott, wie soll ich zu ihnen zurückgehen? Du weißt, was ich in Algier tun mußte, um mich und Jonas am Leben zu erhalten, Connor. Wie soll ich ihnen danach wieder in die Augen sehen können?«

MacKinnon lächelte. »Ganz einfach. Du setzt einen Fuß vor den anderen und trittst dem Schmerz entgegen, selbst wenn du irgendwann denkst, daß er dich umbringt. Und Schritt für Schritt kommst du weiter und erreichst endlich dein Ziel.«

Luc sah ihn erstaunt an. »Sprichst du aus persönlicher Erfahrung, Connor MacKinnon?«

»Tja«, sagte der große, breitschultrige Mann. »Wir haben alle unsere Geheimnisse, Luc Delamere. Sie machen uns überhaupt erst zu dem, was wir sind. Nur *manche* von uns brauchen einfach etwas länger, um das zu akzeptieren.«

Trotz der Proteste der Herzogin ließ Silver sich nicht davon abhalten, nach Kingsdon Cross zu fahren. Die Dokumente aus King's Lynn waren einfach zu wichtig, um sie Luc nicht möglichst bald zugänglich zu machen.

Silver drehte sich am Fuß der Treppe noch einmal um und betrachtete die Schönheit von Swallow Hill. Sie war sicher, daß sie sich immer an dieses Haus erinnern würde. Als sie gerade in die Kutsche steigen wollte, hörte sie Schritte hinter sich.

»Wann fahren wir ab?« fragte ihr Bruder eifrig.

»Nicht *wir*. Du bleibst hier und ruhst dich aus.«

»Und du amüsierst dich ganz allein?«

Vielleicht hatte er recht. Außer, daß er etwas bleich war, schien Bram ihr Abenteuer gut bekommen zu sein. Und bevor sie es sich noch anders überlegen konnte, schob ihr Bruder sie in die Kutsche, stieg hinter ihr ein und zog die Tür zu.

Draußen stand bewegungslos die alte Herzogin. »Kommt zu uns zurück«, sagte sie leise. »Und bitte – bringt Luc mit.«

Silver nickte und spürte, wie ihr Tränen in die Augen stiegen.

Dann rief Bram dem Kutscher etwas zu, und gleich darauf waren sie schon wieder unterwegs nach Hause.

Während grüne Hügel neben ihnen vorüberflogen, dachte Silver an den letzten Tagebucheintrag ihres Vaters, den er am Tag vor seinem Tod geschrieben hatte, seine Schrift hastig und unordentlich, gar nicht so elegant, wie ihr Vater sonst immer schrieb.

Seine Verfolger kamen ihm immer näher, und er hatte es gewußt...

*Ich habe keine Zeit mehr.*

*Sie haben meine Tricks jetzt durchschaut. Die letzte Lieferung ist gerade angekommen, und ich habe sie hingehalten, solange es ging. Aber diesmal bestehen sie darauf, alles selbst zu überprüfen.*

*Denk an mich, meine liebe Susanna. Denk an die Sommer-*

*sonne auf den Lavendelfeldern und all das Gute, was wir hatten.*

*Sie werden bald hier sein, doch ich kann dieses bittere Spiel nicht mehr weiterspielen. Ich bin es müde geworden. Heute abend dachte ich, ich hätte meine liebe Sarah wiedergesehen. Sie stand neben dem Geißblatt und winkte mir mit einem Lächeln zu.*

*Da wußte ich, daß meine Zeit gekommen ist.*

*Also werde ich nicht kämpfen, wenn sie kommen. Du und Bram seid bei Archibald und Tinker in Sicherheit. Hoffentlich werden sie über Euch wachen, bis Du diese Worte findest.*

*Ein Geräusch.*

*Sie kommen.*

*Die Zeit ist vorüber.*

*Mein liebes Mädchen, küsse Bram von mir. Vergiß nie, daß ich Euch liebe...*

Silver starrte auf die Landschaft hinaus und wischte sich die Tränen aus den Augen.

Bram sah sie besorgt an. »Was ist, Syl? Ist es wegen Luc?«

»Nein, nichts. Wir werden bald wieder zu Hause sein. Und dann ist alles gut.« *Und ich werde sie finden, Vater. Und ich werde herausfinden, was geschehen ist. Und diesmal werden sie nicht gewinnen!*

Ian Delamere schaute ernst hinter der Kutsche her.

»Was ist los, Ian?« fragte seine Schwester. »Du siehst aus wie ein Hund mit einem Floh.«

Die Herzogin sah India ärgerlich an. »Es geht einfach nicht, daß meine Enkelin in diesem Stil spricht.«

Aber India widersprach ihr. »Ach, Großmutter, es stimmt aber doch. Ian macht dieses finstere Gesicht, seit er von Luc gehört hat. Und das kann ich nicht verstehen, denn mir scheint es die beste aller möglichen Neuigkeiten zu sein. Und es ist mir egal, was er getan hat und wo er gewesen ist. Ich ärgere mich nicht einmal, daß er nicht schon eher gekommen ist. Ich bin nur froh, wenn ich ihn endlich wiedersehen kann.«

»Nun, Junge?« Die Herzogin sah Ian an. »Vielleicht solltest du erklären, was los ist.«

Der hochgewachsene Offizier blieb ernst. »Habt ihr auch die andere Zeichnung in Brandons Notizbuch gesehen?« Die Herzogin schüttelte den Kopf. Er fuhr fort: »Ich schon. Diesen arroganten Mund würde ich immer wiedererkennen. Es war Damian Renwick. Und ich würde gern wissen, was Luc mit einem Schuft wie Renwick zu tun hat.«

India schüttelte den Kopf. »Das ist alles sehr seltsam und verwirrend. Doch ich glaube, ich werde mir jetzt etwas Praktischeres anziehen.«

Die Herzogin fürchtete, daß sie damit wieder ihre Reithosen meinte, sagte aber nichts, bis India hinausgegangen war. »Was weißt du über diesen Mann, Ian?«

»Er ist aus guter Familie, aber trotzdem stimmt irgend etwas nicht mit ihm. Ich habe in Spanien verschiedene Dinge über ihn gehört, die nicht nur übler Klatsch zu sein scheinen. Der Mann ist eine wirklich zweifelhafte Figur.«

»Und du glaubst, daß Luc etwas mit ihm zu tun hat?«

»Das kann ich nicht sagen, Großmutter. Ich habe nur einfach ein schlechtes Gefühl dabei.«

Was Ian seiner Großmutter nicht sagte, war, daß er beim letzten Mal, als er dieses Gefühl hatte, kurz darauf beinahe durch einen Hinterhalt ums Leben gekommen wäre. Und auch damals, kurz bevor er erfahren hatte, daß Luc entführt worden war, hatte er sich so gefühlt. Und er war ein viel zu erfahrener Soldat, um solchen Vorahnungen keine Beachtung zu schenken. Also beschloß er, eine Nachricht an einen alten Freund in London zu schicken, um in Erfahrung zu bringen, was es über Lord Renwick zu wissen gab.

Es wäre natürlich alles einfacher gewesen, wenn Silver und

Brandon verraten hätten, wo Luc sich aufhielt. »Soll ich ihnen folgen, Großmutter? Ich brauche bestimmt nur ein paar Stunden, um herauszufinden, wo Luc ist.«

Die Herzogin seufzte. »Nein, Miss St. Clair betrachtete es als eine Ehrensache, seinen Aufenthaltsort nicht zu verraten. Und wenn er nicht einmal seiner Familie vertraut, was kann man da noch hoffen?« Sie nahm Ians Arm. »Laß uns ein, zwei Tage warten. Ich glaube, Miss St. Clair wird zu uns kommen, wenn sie kann. Oder sie wird uns Luc selbst schicken.«

*Wenn er* kommen *kann*, dachte Ian, während er sich fragte, in was für Schwierigkeiten sein Bruder wohl geraten sein mochte.

Sie setzten sich gerade zu einem frühen Abendessen nieder, als in der Auffahrt Unruhe entstand. Ein paar Minuten später sah die Herzogin erstaunt auf, als ihr alter Butler voller Aufregung hereingestürzt kam.

»Er ist es!« rief Jeffers erregt. »Draußen ist er. Gerade angekommen.« Der Arme schien völlig verwirrt.

»Jeffers, habt Ihr wieder getrunken?« fragte die Herzogin kalt.

»Bestimmt nicht, Euer Gnaden. Aber bald werde ich es tun, so wie wir alle, jawohl!« Mit dieser seltsamen Bemerkung öffnete der Butler weit die Türen zum Eßzimmer.

Eine hochgewachsene Gestalt in einem Umhang trat durch die Tür, von der Müdigkeit des Ritts mitgenommen, die Stiefel schmutzig. Doch es gab keinen Zweifel, wem diese hohen Wangenknochen und vollen Lippen gehörten.

India fand als erste Worte. »Du bist gekommen!« rief sie. »Oh, Luc, du großer, dummer Kerl, endlich bist du nach Hause gekommen!«

Hinter einer Reihe hoher Weiden versteckt sah er die Kutsche die Auffahrt hinuntereilen und eine Stunde später einen einzelnen Reiter zum Haus hinaufgaloppieren.

Einen Augenblick lang starrte er mit geballten Fäusten und brennendem, dunklem Blick hinter dem Reiter her. Er dachte an die endlosen, demütigenden Stunden des Auspeitschens, die er hatte ertragen müssen, nachdem ihm sein *ferenghi*-Gefangener entflohen war.

Jetzt nicht mehr. »Bald wirst du mir gehören, *ferenghi.* Und dann wird es nur noch Glück für mich geben, meine Ehre ist wiederhergestellt und ich bekomme meine Ländereien zurück. Doch für dich wird es dann kein Glück mehr geben, sondern nur noch die reine Hölle.«

Ja, die Falle war gestellt.

Die Schlinge war gespannt.

Bald würde der Hauptmann von Deys persönlicher Elitetruppe in den süßen Genuß der Rache kommen.

# 35. Kapitel

Er stand in der Tür und überblickte das Zimmer. Dort waren die Geister früheren Glücks und lange vergessenen Lachens. Nichts hatte sich geändert.

Swallow Hill.

Dies war sein Erbe, und er hatte es verweigert. Dies war seine Familie, und er hatte ihr den Rücken gekehrt.

Und jetzt war er wieder hier, trotz all seiner Eide. Er wußte, daß seine Rückkehr für sie alle gefährlich war, denn es gab Männer, die nicht aufgeben würden, bis sie ihn zurück in die Gefangenschaft gezwungen hatten.

Aber daran dachte er jetzt nicht. Nur an den Schmerz im Gesicht seiner Schwester und den Schreck seines Bruders.

»India«, sagte er leise. »Mein Gott, du bist eine atemberaubende Schönheit geworden.«

Seine Schwester stürmte durchs Zimmer und warf sich in seine Arme. Er drückte sie fest an sich. Sie war ihm in all den Jahren der Verzweiflung oft nahe gewesen. Luc fragte sich, wieviel sie während dieser Zeit wohl von seinem Schmerz gespürt haben mochte.

Als wolle sie darauf antworten, hob sie den Kopf und sah ihn mit tränenvollem Blick an. »Ich wußte, daß du lebst, aber die ganze Zeit in Gefahr warst – in großer Gefahr. Sie haben gesagt, ich brauche nicht zu hoffen, doch ich wußte, daß sie unrecht hatten.«

Luc küßte sie auf ihr tizianrotes Haar. »Du hattest recht, Liebes. Aber vielleicht wäre es doch besser gewesen, du hättest aufgegeben wie alle anderen.«

»Niemals«, sagte sie entschlossen und drückte seine Hand.

Und dann war Ian neben ihnen, erschreckt, glücklich und verwirrt. »Du sturer Herumtreiber«, knurrte er. »Wo warst du nur in den letzten fünf Jahren? Selbst bei einem Kerl wie dir ist das zu lange für ein Kartenspiel.«

Luc legte seinem Bruder die Hand auf die Schulter. »Das ist eine lange Geschichte, Ian, und ich bin müde von der Reise. Aber du bist noch größer geworden. Und die Breite deiner Schultern zeigt, wie du dich gehalten hast.« Seine Augen wurden schmal. »Spanien?«

Ian nickte. »Fünfundneunzigstes Regiment. Zwei Jahre.«

Sie sahen sich an. »Dann haben wir bestimmt genug Gesprächsstoff, kleiner Bruder.« In Lucs Stimme klang Ironie mit, denn Ian war nur noch ein paar Zentimeter kleiner als er.

»Und was ist mit mir?« Die Herzogin von Cranford eilte zu ihnen. »Hast du deiner Großmutter nichts zu sagen?«

Luc ließ seine Geschwister los und ging zu der zerbrechlichen alten Frau, deren Augen ihn anblitzten. »Du siehst umwerfend aus, Großmutter. Und keinen Tag älter als bei unserer letzten Begegnung.«

»Diesmal kommst du mir nicht mit süßen Worten davon, du Strolch. Ich will Antworten! Wie kannst du nur so lange fortbleiben und uns damit zur Verzweiflung treiben?«

Ian kam herüber und legte Luc den Arm um die Schultern. »Er wird es uns sicher sagen, wenn er soweit ist, Großmutter.«

Luc sah seinen Bruder an. »Und… Vater? Die Herzogin? Sag mir, wie es ihnen geht.«

»Wunderbar, Vater ist wieder auf der Suche nach Altertümern und Mama begleitet ihn, um auf ihn aufzupassen.«

Luc atmete erleichtert auf. »Ich kann alles kaum glauben.« Er strich sich mit einer Hand über die Stirn. Als er seine Großmutter in die Arme schloß, spürte er, wie sehr sie sich verändert hatte. Um ihre Augen lagen noch mehr Falten, und sie war unglaublich zerbrechlich.

Die letzten fünf Jahre hatten sie *alle* verändert, begriff Luc plötzlich. Nicht nur er hatte gelitten, der Schmerz der anderen war wahrscheinlich so groß gewesen wie der seine. Doch jetzt war alles vorüber. Er war wieder zu Hause, hatte die schwierigste der Brücken überquert.

Ob er bleiben würde, wußte er jedoch nicht. Er sah auf seine Großmutter hinab, die sich bemühte, ihre Rührung nicht zu zeigen, und dachte an eine andere schmale Frau, die er in den Armen gehalten hatte. »Nun, wo ist sie?«

Die Augen der Herzogin bekamen einen schelmischen Ausdruck. »Wer?«

»Spiele nicht mit mir, Großmutter. Ich will wissen, wo Silver St. Clair ist.«

»Ach ja, ich erinnere mich an den Namen. Ein charmantes Mädchen – etwas dickköpfig, doch das habe ich noch nie jemandem übelgenommen. Sie war hier mit ihrem genialen kleinen Bruder. Er hat mich an deinen Vater erinnert, als er im gleichen Alter war.«

*»Großmutter!«*

»Brumm mich nicht so an, du großer Bär! Ich habe keine Angst vor dir. Und deine nette junge Frau ist nicht hier. Sie ist schon wieder fort.«

»Sie ist *was*?«

India legte mit einem breiten Lächeln einen Arm um ihren Bruder. »Sie ist wirklich unheimlich nett, Luc. Nun sag mir doch: hast du den Traum gehabt?«

Lucs Gesicht rötete sich leicht. »Den Traum? Ich weiß nicht, wovon du sprichst, India.«

»Natürlich weißt du es! Der Traum der Delameres, den sie alle haben in der Nacht, nachdem sie ihrer großen Liebe begegnet sind. Mutter hat uns erzählt, daß der erste Vorfahre der Delameres auf englischem Boden mit einer unglücklichen Liebe im Herzen starb. Weißt du das nicht mehr? Deswegen erscheint er immer im Traum seinen Nachfahren, um sie darauf aufmerksam zu machen, daß sie gerade der Liebe ihres Lebens begegnet sind, damit sie nicht den gleichen Fehler machen wie er.«

Lucs Röte war deutlich geworden. »Ich weiß nichts von so einem Unsinn.«

»Natürlich weißt du es. Du wirst rot wie ein Schuljunge. Siehst du, Ian?«

Der Soldat hatte Mitleid mit seinem Bruder und zupfte India am Haar. »Ich sehe nichts. Das bildest du dir nur ein.«

Luc wollte nicht warten. »Verdammt, Großmutter, wo ist sie hin?«

»Miss St. Clair ist nach Kingsdon Cross zurückgefahren.«

»*Was* hat sie getan?«

»Wirklich, Lieber, du fängst an, dich zu wiederholen. Miss St. Clair wollte möglichst bald aufbrechen. Sie sagte, sie hätte eine wichtige Nachricht für dich.«

»Wie lange ist sie schon weg?«

»Zwei Stunden, denke ich.«

»Die kleine Närrin hat vor gar nichts Angst.« Luc runzelte die Stirn. «Ich muß sofort gehen.«

Die Herzogin wollte widersprechen, doch Ian trat für seinen Bruder ein. »Luc weiß sicher am besten, was er zu tun hat. Vielleicht sagst du der Köchin, sie soll ihm etwas zu essen einpacken.«

Die Herzogin sah Luc finster an. »Mir bleibt wohl nichts anderes übrig. Aber wehe, du bleibst wieder fünf Jahre weg, du Schuft!«

»Auf keinen Fall.« Doch Lucs Gedanken eilten ihm schon voraus nach Kingsdon Cross.

»Da ist noch etwas, was du wissen solltest.« Ians Stimme klang leise. »Brandon hatte ein Notizbuch bei sich, in dem eine Zeichnung von dir war, durch die wir die Verbindung zu dir erkannt haben. Aber da war noch eine zweite Zeichnung.« Ians Stimme wurde hart. »Von Damian Renwick.«

Luc fluchte.

»Ich vermute, es hatte etwas mit dem Ereignis in King's Lynn zu tun, wo der Bauernwagen sie fast überfahren hätte.«

»Renwick auf einem Bauernwagen? Kaum wahrscheinlich.«

»Ich fürchte, ich kann nicht mehr sagen. Als wir sie fanden, war der Mann schon geflüchtet. Vielleicht hätte ich die beiden mehr bedrängen sollen, damit sie mir sagen, um was es geht. Aber ich war etwas verwirrt, weil ich gerade erst erfahren hatte, daß mein totgeglaubter Bruder lebt.«

Lucs Lippen wurden schmal. »Es... tut mir furchtbar leid. Aber ich würde es wahrscheinlich wieder so machen. Ich hatte meine Gründe, Ian.«

»Du brauchst uns nichts zu erklären. Du hattest sicher gute Gründe für dein Handeln. Aber versuche doch, beim nächsten Mal nicht wieder deine Familie außer acht zu lassen.«

»Ich hoffe, daß es kein nächstes Mal geben wird.« Lucs Stimme klang ernst. »Aber ich muß euch warnen, denn seit ich Miss Silver St. Clair begegnet bin, scheint mein Leben nicht mehr meinen Regeln unterworfen zu sein.«

Auf dem langen, staubigen Weg nach Kingsdon Cross dachte Luc noch mehrmals über diese Worte nach. Natürlich hatte er sein Leben noch im Griff. Aber Silver hatte so viele von seinen alten Regeln umgestürzt, daß er sich schon irgendwie aus der Bahn geworfen fühlte.

Doch auf dieses Gefühl wollte er auch nicht mehr verzichten. Und er würde tun, was er konnte, um diese unverbesserliche Frau vor jeder weiteren Gefahr zu bewahren.

Ob es ihr gefiel oder nicht.

Lucs Gesicht ließ seine Erschöpfung deutlich erkennen, als er drei Stunden später den Hügel nach Lavender Close hinaufgaloppierte. Er stieg aus dem Sattel und ging direkt zu den Arbeitsräumen im Gewächshaus. Als er auf der Schwelle stand, spürte er plötzlich Kälte durch seinen Rücken strömen.

Regale waren umgekippt und Tische umgeworfen und Pflanzen quer im Raum verstreut. Schmutz bedeckte den Boden und Wasser stand in Pfützen an der einen Wand.

Angst ergriff ihn. »Silver?«

Ein Stöhnen ertönte hinter einer großen Topfpflanze.

Tinker!

Luc ging zur gegenüberliegenden Wand, wo Bram saß und dem alten Diener den Arm um die Schultern gelegt hatte. Tinker war bleich und blutete aus einer Wunde an der Stirn. »Mein Gott, was ist geschehen? Sagt mir, was los war, Tinker.«

»Es waren – drei«, krächzte der alte Mann. »Sie kamen von hinten, als ich den Destillierkessel gereinigt habe. Irgend etwas haben sie gesucht, aber Blumen waren es nicht, das steht fest. Haben mich niedergeschlagen, als sie hier alles zerstört hatten. Sonst erinnere ich mich an nichts.«

»Aber Silver? Wo ist Silver?« Lucs Stimme klang hart vor Ungeduld.

Bram antwortete und deutete dabei auf Silvers Schreibtisch. »Dort lag eine Nachricht, als wir hereinkamen. Sie nahm sie in die Hand und las sie voller Schreck. Dann rannte sie hinaus. Ich konnte sie nicht aufhalten. Und dann hörte ich Tinker ächzen, der voller Blut war und...«

»Keine Sorge«, sagte Luc beruhigend, als er das Schuldgefühl in den Augen des Jungen sah. »Niemand kann Silver aufhalten, wenn sie sich etwas in den Kopf gesetzt hat. Aber vielleicht lese ich mir diese Nachricht einmal durch.« Luc hob ein zerknülltes Stück Papier auf und las, was daraufstand.

*Meine liebe Silver,*

*ich brauche Deine Hilfe.*

*Ich habe etwas gefunden – etwas Unglaubliches. Es hat mit dem Tod Deines Vaters zu tun.*

*Komm vor Sonnenuntergang zu mir zur alten Mühle.*

*Luc.*

Luc ballte die Hand zur Faust.

Sein Name, aber nicht seine Schrift. Aber wie sollte Silver das wissen?

Er spürte die Angst in seinem Innern wachsen wie ein dunkles, häßliches Unkraut. Als er einen Moment später hinausging, war sein Gesicht so hart wie Granit.

## 36. Kapitel

Wasser klatschte leise.

Irgendwo in der Ferne ertönten die Schreie von Seevögeln, das leise Plätschern von Rudern, die ins Wasser tauchten.

Benommen öffnete Silver die Augen in der Dunkelheit. Sie hatten sie gepackt, als sie vor der alten Mühle an einer Hecke entlanglief. Natürlich war Luc nicht dort gewesen. Sie hatte sich eine naive Närrin geschimpft, als sie die Männer sah, denn Luc hätte sie natürlich nie zu einem gefährlichen Ort wie der Mühle gelockt, um sich mit ihr zu treffen. Warum hatte sie daran nicht gleich gedacht? Warum war ihr nicht klar gewesen, daß sie keinem so trauen konnte wie Luc?

Doch jetzt, wo sie zusammengeschnürt im Heck eines Ruderbootes lag, war es zu spät für solche Überlegungen, dachte Silver. Dann wurde sie plötzlich hochgerissen und in einen großen Müllersack gesteckt.

Ihr wurde übel. Sie schwankte hin und her, weil der Mann sie über die Schulter gelegt hatte. Dann hörte sie eine Tür knirschen und wurde unsanft auf den Boden geworfen. Eine Klinge durchschnitt den Sack, und Silver sah in den Schein einer Kerze.

»Hallo, meine Liebe.«

Silver stand blinzelnd auf und betrachtete finster den Mann mit dem goldenen Ohrring und der dunklen Haut, der vor ihr stand. »Wer zum Teufel seid Ihr?« fuhr sie ihn an.

Der Mann warf den Kopf zurück und lachte. »Was, keine Angst? Hervorragend. Solche Frauen mag ich.«

»*Mich* werdet Ihr bestimmt nicht mögen«, zischte Silver und trat mit dem Fuß nach ihm. Daraufhin band er ihr die Hände mit einem Seidenband zusammen.

»So ist es besser. Das nimmt Euch etwas die Kampflust.«

»Wohl kaum«, schnauzte Silver. »Wer seid Ihr?«

Der Mann kreuzte die Arme und sah sie an. »Ja, darf ich mich vorstellen: Ich bin Hamid Ben Salim, das Oberhaupt der persönlichen Wache des Dey von Algier. Und angesichts meiner Ehrlichkeit könntet Ihr mir jetzt auch ein paar Fragen beantworten, Engländerin.«

»Da könnt Ihr lange warten!«

»Wirklich eine Tigerin«, sagte ihr Entführer leise. »Aber in ein paar Minuten werdet Ihr nicht mehr so wild sein.«

Silvers Herz begann zu hämmern. Ob sie Bram hatten? Doch diesem Schuft würde sie ihre Angst nicht zeigen. »Das bezweifle ich«, sagte sie beißend. »Was wollt Ihr von mir?«

»Das ist eigentlich recht einfach. Zuerst will ich die Aufzeichnungen Eures Vaters, Miss St. Clair, einschließlich seines Notizbuches. Und dann will ich die Ladung Gold, die am Tag vor seinem Tod noch zwischen seinen Lavendelpflanzen auf dem Schiff versteckt war, auf dem sie geliefert wurden.«

Silver ballte die Hände zu Fäusten. Das war also einer der Männer, die ihren Vater gejagt hatten und von ihm verlangten, daß er an irgendeiner unsauberen Sache teilnahm.

Aber sie gab vor, davon nichts zu wissen. »Ich weiß nichts von dem Gold. Und die Papiere meines Vaters habe ich nach seinem Tod sehr gründlich durchgesehen und nichts gefunden. Das müßtet Ihr auch wissen, denn Ihr habt ja die Arbeitsräume durchsucht.«

»Das schon, aber natürlich würde auch nur ein Narr derart wertvolle Dinge einfach herumliegen lassen. Und mir scheint, daß Ihr keine Närrin seid.« Hamids Augen blieben kalt, als er einen schmalen Golddolch hervorzog und Silver an die Kehle setzte. »Und jetzt ist es Zeit für Antworten, *ferenghi.* Wo hat Euer Vater das Gold versteckt? Fast tausend Pfund in Gold waren in den letzten beiden Lieferungen von Pflanzen an Euren Vater versteckt.«

»Davon weiß ich nichts.«

»Wie dumm, daß Ihr so stur seid wie Euer Vater.« Er betrachtete sie gleichmütig. »Und wie dumm, daß ich solche Narren geschickt habe, um sich um Euren Vater zu kümmern.«

»Was meint Ihr damit?«

»Eure Lügen werden dünn, *ferenghi.* Ich werde Euer Gedächtnis etwas auffrischen. Als Euer Vater bei seiner unkooperativen Art blieb, schickte ich Leute, die ihn entführen sollten. Seine Geschäftsreisen und Transporte waren für uns als Tarnung zu gut. Wir durften nicht zulassen, daß er sich weigerte, uns zu helfen«, sagte Hamid kalt.

»Aber er *hat* sich doch geweigert«, erwiderte Silver fest. »Und mit einem Kerl wie Euch hätte er nie Geschäfte gemacht!«

»Oh, mit der Zeit schon. Nach ein paar Wochen unter unserer Folter hätte er jeder meiner Forderungen zugestimmt«, lachte Hamid leise. »Unglücklicherweise haben jene Männer, die ich damals schickte, den falschen Mann entführt. Sie waren Wüstenbewohner, und haben sich von eurem verfluchten englischen Nebel verwirren lassen, so daß sie einen jüngeren Mann mit einer roten Nelke entführten statt Eures Vaters, der eine rote Rose trug.«

»Luc«, sagte Silver, als sie plötzlich das Rätsel verstand.

»Ja, sie griffen sich den faszinierenden Herzog von Dunwood. Als der Fehler entdeckt wurde, war es zu spät. Auf den ausdrücklichen Wunsch unserer Freunde aus London hatten wir den Gefangenen ein Jahr lang von jedem Kontakt ferngehalten. Sie wollten natürlich nicht, daß die ganze Welt von ihm erfuhr, was sie trieben. Wir schickten noch einmal jemanden nach Eurem Vater. Und als er immer noch nicht bereit war, mitzumachen, war unsere Reaktion knapp und wirkungsvoll.«

»Ihr habt ihn umgebracht!« zischte Silver.

»Natürlich, meine Liebe. Das ist die Strafe für alle, die sich dem Dey widersetzen.«

Plötzlich kam die Frage von ihren Lippen, die Silver fünf

Jahre lang beschäftigt hatte. »Warum gerade mein Vater? Er hatte doch mit all dem nichts zu tun!«

»Weil er die vollendete Transportmöglichkeit für unser Gold hatte. Zwischen den Setzlingen seiner Pflanzen würde niemand je danach suchen. Und jedes Jahr wurden unsere Goldtransporte größer. Und unsere Freunde in London machten sich immer mehr Sorgen, daß man ihre Machenschaften entdecken würde. Sie machten uns den Vorschlag, die Transporte Eures Vaters als Tarnung zu benutzen.«

»Wer?« fauchte Silver. »Wer hat das geplant?«

»Lord Renwick natürlich. Der Mann, den Ihr beide in King's Lynn beinahe erwischt hättet. Ja, Ihr wart sehr einfallsreich, Miss St. Clair. Selbst als wir jemanden schickten, um Euch von Lavender Close zu vertreiben, habt Ihr Euch nicht von der Stelle bewegt.« Er starrte sie einen Augenblick eindringlich an. »Ich bin direkt versucht, Euch zu meinem eigenen Vergnügen mitzunehmen. Es wäre wirklich eine Versuchung, einmal eine Engländerin zu zähmen.« Einen Augenblick lang ließ er seine Klinge an ihrem Hals abwärts bis über ihr Herz wandern.

»Ich werde Euch genausowenig zu Willen sein wie mein Vater. Da müßt Ihr mich schon töten.«

»Das wäre allerdings bedauerlich. So wärt Ihr wohl kaum eine angenehme Ergänzung zu meinem Harem. Also werden wir die Sache einfach lösen. Ihr gebt mir die Aufzeichnungen Eures Vaters und mein Gold, und dafür lasse ich Euch das Leben.«

Silver starrte ihn ärgerlich an. »Ich habe nicht die leiseste Ahnung, wo dieses Gold versteckt sein soll, ich wußte nicht einmal, daß es existiert.«

Die Klinge des Korsaren drückte sich fester gegen sie, und plötzlich spürte sie einen heftigen Schmerz. »Du glaubst nicht, daß ich es ernst meine, *ferenghi*? Vielleicht wird dich dies überzeugen.« Er drehte sich heftig um und klatschte in die Hände. Zwei Männer erschienen, den einen kannte Silver aus dem Ruderboot, das sie mit Bram verfolgt hatte.

Und dann erstarrte sie. Zwischen sich schleppten die beiden einen dritten Mann, der bewußtlos war. »O nein«, sagte Silver tonlos. »Nicht Luc...«

»Aber natürlich meine Liebe. Als mir dieser Engländer entkam, mußte ich sehr teuer dafür bezahlen. Und dafür werde ich mich jetzt rächen.«

Silver wandte sich ihm heftig zu. »Hund! Ihr habt ihn grausam ausgepeitscht!«

Die kalten Augen des Piraten betrachteten sie. »Aber natürlich. Und das werde ich jetzt wieder tun. Ihr werdet sicher Spaß daran haben.« Er nickte. Einer der Männer kippte Luc einen Eimer Wasser über den Kopf. Verwirrt schnappte Luc nach Luft und begann, sich gegen ihren Griff zu wehren.

»Fesselt ihn«, sagte Hamid knapp. Dann stieß er Silver in die Ecke und ging zu Luc hinüber. Er nahm eine Peitsche mit Lederbändern und Stahlscheiben daran. Er hielt sie seinem grinsenden Landsmann hin. »Abdul, du kannst anfangen.«

Luc wand sich in seinen Fesseln. »Was willst du, Hamid?«

»Ich will dich leiden sehen, *ferenghi*, du sollst mich um Gnade bitten, auch wenn du sie natürlich nicht gewährt bekommen wirst.« Hamid setzte sich auf einen Stuhl und biß in eine Waffel. »Und während du leidest, hoffe ich, daß das die Zunge von deinem Weib hier lösen wird, Allah sei gepriesen.« Er nickte Abdul zu.

Die Peitsche landete mit einem Zischen auf Lucs Rücken und zeichnete blutige Streifen darauf. Silver holte tief Atem und stürzte sich auf den Korsaren. Seine Faust traf ihren Unterkiefer, so daß sie zu Boden ging. Hamid sah nicht einmal auf, als er sie schlug, denn sein Blick war fest auf Luc gerichtet.

Zum zweiten Mal zischte die Peitsche herab. Verzweifelt sah sich Silver um und entdeckte Lucs Tasche in einer Ecke. Sie konnte sie gerade so greifen und machte sich leise daran, die Verschlüsse zu öffnen, während sie versuchte, das grausame Klatschen auf Lucs Rücken zu überhören.

Die Tasche öffnete sich, und zwei schmale Tiere erschienen mit glänzenden Augen an der Klappe, kletterten vorsichtig schnuppernd heraus.

Wieder zischte die Peitsche durch die Luft. Silver schauderte und durchsuchte die Tasche nach Pistolen, fand jedoch nur ein Stück Hanfseil. Das nahm sie fest in die Hand und sah sich dann im Zimmer um. Im Licht einer einzelnen Kerze saß Hamid vor Luc und sah zu, wie das Blut vom Rücken seines verhaßten, englischen Feindes rann.

Silver sah, daß die beiden Frettchen unterwegs waren, also hatte sie nur wenige Augenblicke Zeit, sich eine Ablenkung auszudenken.

Leise bewegte sie sich von hinten auf Hamid zu, und als die Frettchen sich Lucs Wächtern näherten, schlang sie das Seil um Hamids Hals.

Er war sofort auf den Beinen, und sie staunte, wie kräftig er mit einem Fluch nach dem Seil griff und sich umdrehte, so daß er Silver dabei fast die Schulter ausgerenkt hätte. Tränen brannten in ihren Augen. Sie konnte das Seil nicht lange halten. Er riß es ihr aus der Hand und schlang es um Silvers Hals.

Plötzlich sah sie helle tanzende Lichter, ihre Kehle wurde zugedrückt, und es rauschte in ihren Ohren. Undeutlich hörte sie Lucs Ausruf und dann den dumpfen Aufprall von Körpern auf dem Boden.

Doch für sie schien das alles aus weiter Ferne zu kommen. Schwärze umgab sie. Sie sah noch die Kerze auf dem Tisch flackern, biß die Zähne zusammen und stieß sie mit letzter Kraft mit einem Fuß zu Boden.

Sofort war der Raum in Dunkelheit gehüllt

Irgendwie schaffte Silver es, auf den Beinen zu bleiben, während sie sich mit Händen und Füßen gegen den tödlichen Griff wehrte, der sie unsichtbar festhielt. Hinter ihr ertönten Rufe und wildes Gerangel, und sie wußte, daß die Frettchen angegriffen hatten.

Dann plötzlich war Silver frei. Sie fiel zu Boden, stand aber sofort wieder auf und hastete zur Wand.

Hamids Stimme dröhnte durch die Dunkelheit. »Du hast keine Chance, zu entkommen, Engländer. Ergib dich. Dann lasse ich vielleicht bei deinem Weib Gnade walten und schenke ihr einen schnellen Tod.«

Silver biß die Zähne zusammen, weil ihr die Kehle so weh tat, und ging weiter, bis sie die rauhe Holzwand erreichte. Befehle ertönten in einer rauhen, fremden Sprache und Stiefel donnerten über den Holzboden. Irgendwo rechts ertönte ein schrilles Quietschen und dann ein Schrei, als eines der Frettchen zubiß. Silver wartete angespannt und hoffte, daß Luc sich irgendwie befreit hatte.

Einen Augenblick später spürte sie warmes Fell an ihrer Wange und das Gewicht eines kleinen Körpers. Silver lächelte und streichelte das siegreiche Frettchen, während sie mit Herzklopfen auf ein Lebenszeichen von Luc wartete.

Aber nichts geschah.

Mit jedem Herzschlag wurde das Warten unerträglicher. Sie war schon beinahe soweit, sich auf die Suche nach Luc zu machen, als sich schwielige Finger um ihre Handgelenke legten. Sie wollte schreien, aber eine Hand verschloß ihr den Mund. Und dann roch Silver den vertrauten Geruch nach Zitrone und Leder mit einer Spur Weinbrand.

Lucs Geruch.

Ihr Körper wurde schwach vor Erleichterung. Warme Lippen streiften ihr Ohr. »Beweg dich nicht«, flüsterte er, »und kein Geräusch.«

Plötzlich krachte im Dunkeln eine Pistole, und eine Kugel zischte an Silvers linker Schulter vorüber. Er zog sie zu Boden, und schon ertönte der nächste Schuß.

Luc fluchte. Wieder pfiff eine Kugel an ihnen vorüber.

»Komm mit nach draußen«, flüsterte er.

Doch schon im nächsten Augenblick knackte ein Feuerstein,

und es wurde hell im Zimmer. Silver blinzelte in die Helligkeit und sah zu spät den goldenen Ohrring blitzen.

Dann wurde sie zurückgerissen, und Hamids Lachen hallte ihr in den Ohren.

»Du hast verloren, Engländer. Und jetzt nehme ich dein Weib mit auf mein Schiff und erteile ihr die Strafe für ihren Ungehorsam. Ich denke, du wirst ihre Schreie von hier aus hören können.« Er rief einem Untergebenen etwas zu, der daraufhin seine Pistole auf Lucs Kopf richtete.

Silver wand und wehrte sich vergeblich. Sie wurde hinaus auf die Treppe und hinunter in ein wartendes Boot gezerrt. Und diesmal würde sie nicht entkommen können, denn zwei von Hamids Seeleuten saßen grinsend im Bug.

# 37. Kapitel

»Das dürfte reichen.« Ian Delamere verschränkte die Arme und sah auf den Matrosen hinab, der vor ihm auf dem Deck des Korsarenschiffes lag. Neben ihm wischte sich India den Staub von den Händen, nachdem sie gerade einen weiteren Matrosen abgefertigt hatte.

Damit waren es jetzt dreißig Gefangene.

Ian lächelte angespannt im tanzenden Mondlicht, als er seine zusammengewürfelte Armee überblickte. Gleich hinter ihm stand Jonas mit triumphierendem Blick, während Connor MacKinnon sich auf den Weg machte, um Stricke zu holen. Bram und Tinker stiegen gerade aus der Ladeluke, wo sie zwei weitere Männer gefesselt und geknebelt hingelegt hatten.

Alles in allem hatten sie sehr erfolgreiche zwanzig Minuten hinter sich. Das fremde Schiff, das in einer Flußbiegung vor Anker lag, war jetzt ganz in ihrer Hand, die gesamte Mannschaft gefangengenommen.

Ian war nicht allzu überrascht gewesen, als schon eine Stunde nach Lucs Aufbruch wieder ein Reiter in Swallow Hill angekommen war. Jonas hatte auf Lucs Rückkehr gewartet und Connor MacKinnon gerufen, als er nicht erschien. Zusammen waren sie zur Suche nach dem sturen Delamere aufgebrochen.

Connor hatte Lucs Spuren nicht weit von Waldon Hall gefunden, umgeben von einem halben Dutzend weiterer Spuren. Als sie ihnen folgten, waren sie auf das Korsarenschiff gestoßen, das im Fluß vor Anker lag.

Connor war nach Swallow Hill geritten, um Hilfe zu holen, hatte jedoch nicht so viel Beistand erwartet. Selbst India und die Herzogin bestanden darauf, mitzukommen.

Sie hatten alle bei dem Angriff auf das Schiff geholfen, selbst die alte Herzogin hatte mit zwei Pistolen in einer Kutsche am Ufer gesessen, falls jemand versuchen sollte, an Land zu entkommen.

»Was machen wir jetzt?« fragte Bram besorgt. »Sie müßten bald herauskommen.«

Doch noch während sich Ian mit prüfendem Blick dem Lagerhaus zuwandte, erschienen zwei Gestalten auf der brüchigen Treppe und stiegen in das wartende Ruderboot.

»Das ist Silver!« sagte Bram knapp.

Plötzlich stürmte noch jemand auf die Treppe hinaus. Er war nur noch zwei Schritte von dem Boot entfernt, da krachte ein Schuß.

Ian fluchte, als er seinen Bruder stürzen sah.

Doch es blieb keine Zeit. Das Boot kam immer näher.

Indias Finger umschlossen die Flinte fester. »Das sind keine zweihundert Meter, Ian. Ich könnte den Mann von hier aus treffen.«

»Das können wir nicht riskieren, India, so gut du auch schießen kannst. Wenn ich mich nicht täusche, hält der Kerl eine Pistole in Miss St. Clairs Rücken.«

»Aber was ist mit Luc?«

»Sobald Miss St. Clair in Sicherheit ist, holen wir ihn. Du weißt, daß er das von uns erwarten würde.«

»Aber wir können den Mann doch nicht einfach entkommen lassen«, murmelte India ärgerlich.

»Das stimmt, Liebes. Das habe ich auch gar nicht vor. Nein, ich glaube, wir bereiten ihm eine kleine Überraschung, wenn er an Bord kommt.« Er drehte sich um. »Helft mir, die Männer hier unter Deck zu schaffen.«

Silver starrte ihren Entführer mit zornigem Funkeln in den Augen an. »Irgendwann müßt Ihr mir den Rücken zukehren, und dann werdet Ihr für das bezahlen, was Ihr Luc angetan habt.«

»Laß deine leeren Drohungen, Engländerin«. Hamid zog heftig an Silvers Haar. »Ich bin dich jetzt schon leid. Wenn du erst in meiner Kabine bist, werde ich dich Respekt vor Männern lehren.«

Silver sah ihn finster an. Jemand würde hier Respekt lernen, aber das würde nicht sie sein!

Sie versuchte, nicht an den Schuß und Lucs Fall zu denken. Er würde schon irgendwie zu ihr kommen. Und bis dahin mußte sie diesen Bastard irgendwie hinhalten.

»Und was ist, wenn ich mich vielleicht erinnere, wo mein Vater das Gold vergraben hat?«

»Ihr werdet mir in jedem Fall bald verraten, was ich wissen will, Miss St. Clair. So klug Ihr auch zu sein versucht.«

Das Boot erreichte das Schiff, und Hamid stieß Silver vor sich den schmalen Laufsteg hinauf, die sich so langsam wie möglich bewegte und nur zusammenzuckte, wenn sie Hamids Dolch im Rücken verspürte.

Es war still auf dem Deck. Sie schaute sich um und sah nur Schatten. Keine Mannschaft.

Hamid hinter ihr rief eine Reihe von Befehlen, aber niemand antwortete. Mit finsteren Flüchen ging der Pirat zum Bug hinüber und zerrte Silver hinter sich her. Aus dem Augenwinkel dachte sie, eine flüchtige Bewegung und tizianrotes Haar gesehen zu haben. Ihr Herz machte einen hoffnungsvollen Satz.

Beim zweiten Mal war Silver sicher, India Delamere hinter einem Stapel von Kisten gesehen zu haben. Ihre Gedanken arbeiteten wie wild. Wenn sie nur ihre Pistole hätte!

Silver überlegte gerade, wie sie ihren Entführer am besten dazu bringen konnte, unvorsichtig zu sein, als ein zweites Boot am Schiff anlegte. Einen Augenblick später kam Sir Charles Millbank schwer atmend den Laufsteg herauf.

»Ich bin gekommen, um mein Geld und das Mädchen zu holen. Schließlich habt Ihr ja jetzt Euren verdammten Straßenräuber.«

*Das Mädchen?* Silvers Lippen wurden schmal vor Wut. Der arrogante Hund glaubte also, ein Anrecht auf sie zu haben?

Hamid lachte nur. »Habt Ihr wirklich geglaubt, es würde so einfach sein, Engländer? Wie naiv! Ihr bekommt kein Geld mehr und auch nicht das Mädchen. Wir laufen in einer Stunde mit der Flut aus.«

Millbank fluchte. »Und was ist mit Eurem Versprechen?«

»Was bedeutet schon ein Versprechen an einen Ungläubigen? Ihr wart nur als Mittel zum Zweck gedacht. Falls mein Vorhaben mißlungen wäre, hätte ich Euch die Schuld für alles gegeben. Aber wie Ihr seht, hatte ich Glück. Ich habe die Frau und werde den Marquis von Dunwood auch bald haben.«

»Dunwood? Ihr meint Luc Delamere? Was hat er denn damit zu tun? Ich dachte, der ist vor fünf Jahren verschwunden.«

»Er ist wiedergekommen und hat die Rolle des Straßenräubers Blackwood angenommen.«

»Unmöglich! Das glaube ich nicht!«

»Ihr müßt es auch nicht glauben. Ihr müßt nur noch sterben, damit Ihr zu keinem mehr reden könnt.»

Sir Charles griff mit verzweifeltem Blick in die Tasche. »Das bezweifle ich, und die Frau gehört mir, ist das klar?« Er zog eine Pistole aus seiner Weste und hielt sie fest zwischen den Händen. »Sie kommt mit mir, oder ich erschieße Euch, verstanden?«

»Wie lästig Ihr doch seid«, meinte Silvers Entführer leise.

Millbank ging langsam um den Hauptmast herum, duckte sich unter einer schwankenden Laterne hindurch. »Ich habe ein Recht auf das Mädchen, verdammt, und auf das Geld.«

»Der Mann hat recht, Hamid.« Ein weiterer Mann erschien auf dem Laufsteg , der in seinen schlanken Fingern ein Gewehr hielt. »Und das Gold in Lavender Close gehört eigentlich *mir*, als Bezahlung für geleistete Dienste. Mit dem Mädchen könnt Ihr machen, was Ihr wollt – nachdem sie mir gesagt hat, wo das Gold versteckt ist, natürlich.«

Hamid lächelte dünn. »Ihr und die anderen seid einfach zu

gierig geworden. Das macht dem Dey schon seit einiger Zeit Schwierigkeiten, denn dadurch werdet Ihr unzuverlässig – selbst für uns, Eure Partner. Ich fürchte, das bedeutet, daß wir auf Eure Dienste verzichten müssen.«

»Was immer Ihr auch sagen mögt, Hamid, Ihr und das andere Diebesgesindel *braucht* mich. Und Ihr werdet auch bezahlen, solange Ihr weiter die Namen Eurer elenden Opfer bekommt. Ihr müßt verstehen, Millbank«, sagte der Mann mit dem dünnen Gesicht kühl, »daß die Frau mir gehört, weil ich zuerst da war. Schon seit sieben Jahren habe ich wegen ihr und ihrem Vater keine Mühen gescheut. Beide waren erstaunlich widerspenstig. Selbst von sechs Männern wollte sie sich nicht von ihren Feldern verscheuchen lassen.«

Silver holte tief Luft. Das war also der Mann, der hinter den Angriffen auf Lavender Close steckte!

Aber Millbank ging schon mit zitternder Pistole auf ihn zu. »Zurück! Sie gehört mir, nur mir. Ich habe schon so lange gewartet, jetzt werde ich sie nicht mehr verlieren!«

»Zweifellos eine interessante Angelegenheit«, sagte der Mann und hielt das Gewehr weiter auf Hamids Kopf gerichtet. »Millbank will den hübschen Körper der Frau wohl in seinem schmutzigen kleinen Club versteigern und erhebt auch Anspruch auf das Rezept ihres Vater für Millefleurs. Hamid hingegen ist darauf aus, sie die Freuden in einem Harem zu lehren. Und ich? Ich will nur ein paar Antworten. Ja, wirklich ein salomonisches Problem.« Der Engländer lächelte leicht. »Aber ich habe auch schon die Lösung. Wir werden sie unter uns aufteilen, wie Salomo es bei dem Kind vorgeschlagen hat. Ich nehme ihren Kopf, und Ihr, Millbank, ihren hübschen Körper. Unglücklicherweise bleibt da nur wenig für Euch übrig, Hamid.«

Hamids Augen funkelten vor Wut. »Ihr werdet sterben für Eure Unverschämtheit, Renwick! Eigenlich hättet Ihr schon vor fünf Jahren sterben sollen, als Ihr die Entführung von William

St. Clair verpatzt und statt dessen den Marquis von Dunwood entführt habt!«

*Renwick.*

Silvers Augen weiteten sich, als sie endlich das schmale Gesicht und die hochmütigen Lippen erkannte, die sie zuletzt auf Brams Zeichnung gesehen hatte. Lord Damian Renwick, hatte Ian gesagt.

Doch wie immer er hieß: Er war der Mann, der Silvers Vater und Mutter ermordet hatte. Er hatte ihren Vater monatelang gehetzt und schließlich kaltblütig umgebracht. Silver schwor sich voller Zorn, daß er dafür bezahlen würde.

Finster entschlossen stieß sie ihrem Entführer den Arm in die Seite und riß sich mit ungeheurer Kraft von Hamid los. Dann packte sie eine Laterne und schleuderte sie in Renwicks grinsendes Gesicht.

Und plötzlich schien das Deck voller Leben zu sein. Flammen breiteten sich neben der zerbrochenen Laterne aus. India Delamere schoß Millbank eine Kugel durch den Arm, und der Kerl fiel schreiend auf die Planken. Inzwischen stürzten sich Ian und Connor auf den schwankenden Renwick.

Silver wich währenddessen langsam zur Backbordreling zurück, gefolgt von Hamid. Da der Pirat eine Pistole in den Fingern hielt, waren sie alle machtlos, weil sie Silver nicht gefährden wollten.

»Du hast viele Freunde, Engländerin. Das hat meine Pläne von Anfang an durchkreuzt. Was für ein Glück, daß das bei Eurem Vater anders war.« Er ging langsam um eine dicke Rolle Seil herum auf Silver zu, ohne sie aus den Augen zu lassen. »Renwick war ein Narr. Und Millbank auch. Aber mir scheint, Ihr seid anders. Euer Mut ist erstaunlich. Und das bedeutet natürlich, daß es nötig ist, Euch zu unterwerfen, denn keine Frau darf sich mir widersetzen.«

Neben ihnen flatterte ein Stück Segeltuch. In Silvers Nase stieg der Geruch von Teer und Salz und verrottendem Holz.

Und dann erreichte sie noch ein anderer Geruch.

Ganz schwach, aber unverwechselbar. Ein Hauch von Zitrus mit etwas Tabak, Weinbrand und feinem, altem Leder.

Da sah sie ihn, wie er mit wild entschlossenem Blick die Ankerkette heraufgeklettert kam. Ohne Hemd, sein Rücken überzogen von schlimmen roten Streifen.

Doch sein Lächeln war so frech wie immer – und sein Straßenräubergesicht genauso gefährlich gutaussehend.

Silver schluckte und mußte sich bemühen, sich ihre Freude nicht anmerken zu lassen. Sie wandte sich Hamid wieder zu und ging langsam rückwärts zum Heck, so daß Luc für ihn nicht zu sehen war. »Glaubt Ihr wirklich, daß ich so leicht aufgebe? Ihr werdet meine Geheimnisse niemals bekommen, genausowenig wie die meines Vaters. Sie werden für immer in Lavender Close begraben bleiben.«

Luc hatte jetzt die Reling erreicht und näherte sich dem Deck, während Silver langsam weiter rückwärts ging. »Warum allerdings die Aufzeichnungen meines Vaters so wichtig für Euch sein sollten, kann ich nicht verstehen.«

»Närrin! Euer Vater hatte eine Liste von all den Leuten in London, die für uns arbeiteten und gut bezahlt wurden, um uns die Namen von Schiffen und Zielhäfen zu übermitteln. Männer wie Renwick, die alles taten, was wir verlangten. Es sind wenigstens zwei Herzöge und ein Marinesekretär auf unserer Lohnliste. Und die darf auf keinen Fall zum Vorschein kommen – besonders jetzt nicht, wo viele Menschen in Eurem Land meinen, man sollte eine Strafexpedition gegen unser Land aussenden.«

»Aber mir habt Ihr es doch auch erzählt«, meinte Silver giftig.

Hamids Lippen hoben sich zusammen mit seiner Pistole. »Natürlich, denn Ihr, meine liebe Miss St. Clair, werdet jetzt sterben.«

Ein Schatten huschte über das Deck. Hamid stolperte. Ian und India rannten auf Luc zu.

Doch der brauchte ihre Hilfe nicht. Nach Jahren der Qual war die Rache süß für ihn, und es bereitete ihm ein hämisches Vergnügen, zu spüren, wie Hamids Kieferknochen unter seiner Faust knackte. Zwei linke Haken und ein Faustschlag in den Magen brachten die Sache zu Ende.

Der Pirat schnappte nach Luft und fiel auf das Deck, während Blut von seinem Kinn tropfte.

Luc schwankte, als er den Mann, den er so haßte, endlich vor dem Lauf seiner Pistole hatte und auf Hamids Kehle zielte.

»Schieß doch, *ferenghi*«, höhnte der Pirat. »Tu mir die Ehre. Auf daß wir uns bald in der Hölle begegnen werden.«

Langsam ließ Luc die Pistole sinken. Es war *vorbei*. Der Haß würde ihn nur weiterhin an die alten Alpträume ketten.

»Bevor du in die Hölle fährst, Hamid, hast du noch eine unangenehme Situation vor dir. Und die englischen Gefangenen werden sicher nicht besonders nett zu dir sein.«

Luc lächelte, als sein Bruder ihm den Arm um die Schultern legte, und sah dankbar zu seiner Schwester.

»Danke, ihr zwei. Ihr wart unentbehrlich.«

India warf einen nachdenklichen Blick auf Silver, die mit verkrampften Händen an der Reling lehnte. »Ich glaube, wir haben noch zu tun. Laß uns diesen Hundesohn hinunterbringen zu den anderen, Ian.«

Silver hörte sie kaum. Ihre Augen waren nur auf Luc gerichtet, auf sein blasses Gesicht und das Blut an seinen Schultern.

Auf den Mann, den sie mehr als ihr Leben liebte.

»Du bist – in Sicherheit«, sagte sie rauh.

»Ja, Sonnenstrahl. Doch ohne dein Herz und deinen Verstand und deinen Mut wäre ich umgekommen.« Langsam kam er auf sie zu. »Heirate mich, Silver. Teile meine Tage. Erfülle meine Nächte. Bring mich zum Lachen, zum Fluchen, zum Schimpfen. Ich will sehen, wie deine Augen vor Leidenschaft silbern werden. Ich will dein Lachen trinken und zusehen, wie unsere Kinder in dir wachsen.«

Der Schmerz schien Silvers Herz zu zerreißen. Er war alles, was sie je gewollt hatte, und doch wußte sie, daß es nicht sein durfte.

Der erstgeborene Sohn eines Herzogs und die beinahe mittellose Tochter eines einfachen Parfümherstellers – das war eine unüberbrückbare Distanz. »Ich... kann nicht.«

Lucs Augen wurden schmal. »Nein? Und warum nicht?« fragte er gefährlich leise.

Silver zog sich langsam zurück. »Weil – du mich angelogen hast. Du hast mich glauben lassen, du wärst ein einfacher Gesetzloser!« sagte sie verzweifelt.

»Vielleicht hätte ich mehr sagen können, wenn du nicht alle fünf Minuten versucht hättest, mich zu *retten*!«

»Du hast nicht einmal versucht, es mir zu sagen!«

»So sind wir jetzt quitt, du Teufelsweib. Denn *du* hast mir auch nichts von Waldon Hall gesagt.« Mit durchdringendem Blick kam er näher.

»Bleib stehen. Ich werde dich nicht heiraten, hörst du? Geh und such dir eine andere von den Dutzenden von Frauen, die dir überall nachrennen.«

»Oh, Tausende, ganz sicher.« Lucs Lippen hoben sich zu einem seidenglatten Lächeln. »Aber keine ist auch nur halb so interessant wie du. Und jetzt hör auf zu schimpfen und sag, daß du mich heiraten wirst.«

*»Nein.«*

»Nun, du läßt mir keine andere Wahl.» Mit einer schnellen Bewegung packte Luc sie an den Schultern und zog sie an sich. Sein Mund legte sich heiß und hart und hungrig auf ihren.

Sie wand sich und versuchte verzweifelt, sich seiner Umarmung zu entwinden, auch wenn sie nicht umhin konnte zu spüren, wie warm seine Lippen sich anfühlten.

Dabei wollte sie eigentlich nichts anderes, als ihn nah bei sich zu spüren und langsam jeden Zentimeter seines prächtigen Körpers zu küssen.

Sie knurrte ärgerlich. Es war wirklich erniedrigend, wie es dieser Mann schaffte, so unbeherrschbare Leidenschaften in ihr hervorzurufen. »Ich kann retten, wen immer ich möchte, Straßenräuber!«

Luc sah sie verwirrt an. Und plötzlich sah er klar. »Es ist wegen meines Titels, stimmt's? Weil du dich nicht gut genug fühlst für mich, verdammt!«

Silver zuckte die Schultern. »Wir sind einfach zu verschieden. Unser Lebensstil paßt nicht zusammen.«

»Ach ja?« lächelte Luc mit einem gefährlichen Glitzern in den Augen. »Dann werde ich wohl mein Räuberleben weiterführen müssen, nicht wahr? Und endlich einmal *alle* Risiken eingehen.«

»Nein, das kannst du nicht! Ich wollte nicht –«

Diesmal unterbrach er sie endgültig und preßte seine Lippen auf die ihren, bis die Planken unter ihr zu schwanken schienen. Vom anderen Ende des Decks erhob sich ein Ausruf von Lucs staubiger, kleiner Armee. Die Frettchen quietschten. Cromwell bellte fröhlich.

»Willkommen in der Familie, Miss St. Clair!« Ian Delamere drückte einen Kuß auf Silvers gerötete Wange. »Versucht, ihn für uns unter Kontrolle zu behalten, ja?«

Luc sah finster seinen Bruder an. Als Connor sich Silver näherte, wurde sein finsterer Blick noch ernster. »Daran solltest du nicht einmal im Traum denken, MacKinnon«, sagte er warnend.

Sein Freund lachte nur und schüttelte Silver herzlich die Hand.

Etwas abseits an der Reling stand die Herzogin von Cranford und machte ein zufriedenes Gesicht. Ja, endlich war alles für Luc so ausgegangen, wie sie es sich für ihn gewünscht hatte.

Und jetzt wurde es Zeit, daß sie sich ernsthaft Gedanken um diese wilde India machte!

## Epilog

»Nun, was meinst du?«

Die Marquise von Dunwood und Hartingdale sah mit gerunzelter Stirn auf ihr halbfertiges Bild, das auf einer Staffelei stand, hoch über der Isola di San Giorgio Maggiore. Venedig lag unter ihr ausgebreitet wie ein schimmerndes Juwel, eingebettet in sommerlichen Dunst aus Azurblau und Gold.

Silver legte den Kopf schräg und spielte abwesend mit der smaragdgrünen Schärpe an ihrem cremefarbenen Spitzenkleid. »Was meinst du?«

Luc hinter ihr lächelte träge und stand auf, um ihr über die Schulter zu sehen, wobei er die Begierde genoß, die durch seinen Körper strömte. »Hmm.« Das würde sie herausfordern wie immer.

»Hmm? Ist das alles, was du dazu zu sagen hast?« Silver biß sich auf die Lippe.

Luc spürte, wie sich bei dieser unbewußt sinnlichen Geste ein Dutzend Muskeln in ihm spannten. Sie hatte einen Fleck roter Farbe auf der Wange.

»Oh, es ist nicht gut. Aber wie soll es auch. Ich bin ganz nervös wegen des Festes, das deine Eltern unbedingt zu unserer Hochzeit geben wollen.«

»Mach dir keine Sorgen, Süße«, sagte Luc lächelnd. »Es kommt doch nur meine Familie – und sechshundert ihrer besten Freunde.«

»Das kann ich nicht, Luc«, sagte Silver verzweifelt und betrachtete die fein vergoldete Einladungskarte. »Ich weiß gar nicht, wie man sich da benimmt und was ich anziehen soll.«

»Zieh das hier an.« Mit leuchtendem Blick zog Luc eine

schmale Schachtel aus seiner Tasche. Darin glänzte ein prachtvoller Smaragd von vierzig Karat an einer Kette aus rosa Perlen.

Silver hielt den Atem an. »Oh Luc! Aber das geht doch nicht!«

»Doch, das mußt du tragen, meine Liebe. Es gehört dir, weil du meine Frau bist. Der Stern von Ceylon geht immer in den Besitz der Frau des ältesten Sohnes über. Es heißt, einst hätte es auch einen makellosen Rubin von sechsundvierzig Karat dazu gegeben, der aus den Augen einer alten Statue gestohlen worden war. Aber ein Fluch lag auf dem Stein, und so schickte der Vater meines Vaters einen Mann los, der den Stein in das Dorf zurückbringen sollte, aus dem er stammte. Leider hörte man nie wieder was von ihm. Wir haben uns oft gefragt, was aus dem Auge Shivas geworden ist. Aber ich will dich nicht länger mit meiner Familiengeschichte langweilen. Ich möchte dich nur um einen Gefallen bitten: Trage heute abend Millefleurs für mich, meine Liebste.«

Silver lächelte, als sie an die Flasche mit Millefleurs auf ihrem Ankleidetisch im Palazzo dachte. Bald würde es noch weitere Flaschen davon geben, hergestellt aus den Lavendelpflanzen, deren Samen Luc Silver zurückgebracht hatte. Und diese Pflanzen würden ein Vermächtnis an ihre Nachkommen sein, ein unsterbliches Zeichen ihrer Liebe über Generationen hinweg.

»Aber natürlich«, flüsterte sie.

»Und wenn das Fest vorüber ist«, sagte Luc leise, »sollst du nichts als Millefleurs tragen.«

Silver stockte der Atem wie immer, wenn er seine Liebe so deutlich zeigte. Sie schwor, daß sie ihn glücklich machen würde – wenn nur die vielen Leute auf dem Fest nicht wären! »Aber Luc, ich weiß gar nicht, worüber ich mit den Leuten reden soll.«

»Sprich mit ihnen über dein Parfüm, dann wirst du sie bezaubern wie den Prinzregenten. Er wird übrigens auch dort sein.«

Silver seufzte. »Ach, ich werde schon irgendwie zurechtkommen.« Sie betrachtete wieder das Bild. »Findest du, daß zuviel Rot darauf ist?«

Keine Antwort.

»Nun?«

»Hmm«, sagte Luc, trat näher zu ihr und legte einen Arm um ihre Taille. Sie duftete heute nach Bergamotte und Eichenmoos und Hyazinthen.

Er atmete tief ihren lebendigen Duft und dankte Gott noch einmal für die unerwartete Wendung, die sein Schicksal genommen und sie beide vor drei Monaten zusammengebracht hatte. Sie duftete wie Norfolk im Frühling. Wie der Bois de Boulogne im Juni. Wie die Toskana im Herbst.

Und genau dort würde er sie hinbringen.

Um ihr beim Malen zuzusehen und zu sehen, wie sie leuchtete, wenn sie von Schönheit umgeben war.

Alles zu seiner Zeit natürlich.

Jetzt jedoch hatte Luc etwas anderes vor.

Seine Hände strichen langsam über das Satinband an ihrer Taille. »Zu viel Farbe, denke ich. Zu heiß. Zu... rot.« Seine Finger glitten höher hinauf und streiften die volle Rundung über ihren Rippen.

»Zu... rot?« Silvers Stimme wurde atemlos.

Das gefiel Luc. Er hatte es gern, wenn sie genauso empfand wie er. »Ich glaube ja.« Seine Finger glitten federleicht über ihre Brustwarzen, die schon zu harten Knospen geworden waren. »Sehr hübsch. Aber ich fürchte zu voll.«

Silver drehte sich hastig um, Zorn in den grüngoldenen Augen. »Zu voll! Aber gestern nacht hast du gesagt –«

Lucs Grinsen war voller Unschuld. »Die Dächer, Liebste. Sie passen in der Größe nicht recht zur Piazza.«

Silver runzelte die Stirn und wandte sich wieder ihrem Bild zu. »Die Perspektive war schwierig.» Sie betrachtete etwas abwesend die ferne Ansicht des Piazza San Marco in der Nachmittagssonne. »Was war eigentlich mit Millbank? Mir fällt auf, daß du bisher noch nicht darüber sprechen wolltest, was aus ihm geworden ist.«

»So ist es.« Luc lächelte grimmig und dachte daran, wie er mit Silvers Angreifern verfahren war. Sir Charles Millbank war nach Indien geschickt worden, wo er bis ans Ende seiner Tage bleiben würde. Und Hamid würde den Rest *seiner* Tage damit verbringen, die feuchten Wände eines englischen Gefängnisses zu verfluchen. Auch Lord Renwick hatte ein äußerst passendes Los ereilt. Man hatte ihn als Gefangenen dem Dey von Algier geschickt, wo er auf immer unfrei genau das winzige Zimmerchen bewohnen durfte, in dem auch Luc gelebt hatte.

Der Lord von Blackwood war ebenfalls verschwunden. So einfach wie Luc die Rolle angenommen hatte, konnte er sie auch wieder fallenlassen.

Ja, alles in allem war die ganze Angelegenheit äußerst gerecht zu Ende gegangen. Doch Luc wollte Silver nichts Genaueres darüber erzählen, damit sie nicht womöglich noch um Gnade für ihre alten Feinde bat.

»Deine Familie ist wirklich sehr nett zu mir. Ian will mir zeigen, wie man im Wald Spuren sucht, und India hat versprochen, mir eines ihrer Lieblingsgewehre zu schenken.«

»Blutrünstiges Weib.« Luc lächelte. »Aber du hast mir noch nicht gesagt, was du von meiner Großmutter bekommen hast.«

»Von der Herzogin?« Silver verstummte und errötete leicht.

»Was hat die unverbesserliche alte Frau jetzt wieder vor, mein Herz?«

»Das ist, äh... eher eine private Sache.« Silver biß sich auf die Lippe. »Etwas, das sie mir geben will, um – um darin zu schlafen.«

Luc spürt die Wärme in seinem Unterleib wachsen, zu Härte und Drängen werden. Mein Gott, sie war unmöglich! Wie sehr er sie liebte! Er ließ seine Hände weiter aufwärts wandern bis zur bloßen Haut ihrer Brüste in ihrem Ausschnitt und berührte sie. Unbewußt legte Silver den Kopf nach hinten an seine Schulter.

»Sind sie so, wie du sie erwartet hattest?« Ihre Stimme klang kehlig. »Die – Dächer, meine ich.«

Lucs Lächeln wurde dunkel. Seine Handfläche strich über rubinrotes Verlangen, elfenbeinerne Wahrheit. Ein kleiner Knopf an ihrem Mieder öffnete sich. »Ich weiß nicht genau, was ich erwartet habe, Sonnenstrahl.« Seine Hand umfaßte noch mehr von ihr. »Ich habe schon so viele gesehen, weißt du.«

Silver drehte sich heftig um, die Wangen gerötet, mit funkelnden Augen. »Lucien Tiberius Delamere, *laß mich sofort los!*«

»Dächer, meine ich«, sagte ihr Mann heiser. Seine Augen glühten vor Leidenschaft.

Erfüllt von einem riesigen Universum der Liebe. Für eine Frau, die er nie zu finden geglaubt hatte.

»D-du Schuft! Du – du –«

»Verliebter Narr? Liebeskranker Hund?«

»Bist du das?« Ihre Stimme war ein Flüstern. »Wirklich, Luc? Ich dachte, ich wäre die einzige.«

»Unrettbar verloren.«

Der nächste Knopf öffnete sich. Silver schauderte, als Lucs Hand tiefer wanderte und sie ganz umfaßte.

»Du hast Sommersprossen, wußtest du das?«

»Wie unhöflich von dir, darauf hinzuweisen!«

»Unsinn, meine Liebste. Sie sind reizend. Vierundsiebzig, als ich das letzte Mal gezählt habe, wenn man den kleinen Halbkreis um deine Nase nicht mitzählt. Und das wäre schade, denn er ist bezaubernd. Und dann ist da der karottenfarbene Fleck auf deiner Oberlippe.«

Mein Gott, Luc wurde hart, wenn er nur daran dachte.

Aber er würde sie alle beschützen, jeden einzelnen.

»Das kommt wahrscheinlich von der Sonne. Ach, Luc, es ist so schön hier.« Silver seufzte und sah einer Gondel zu, die einen Kanal entlangglitt. »Und vergiß nicht, daß wir morgen eine Verabredung wegen der neuen Lavendelpflanzen haben.«

Luc murmelte tonlos etwas.

»Was, mein Liebster? Ich habe dich nicht verstanden.«

Das war auch nicht seine Absicht gewesen. »Ich sagte, ich hoffe, daß wir damit nicht so viel Schwierigkeiten haben werden wie mit der letzten Lieferung.«

»Unsinn. Was sind schon ein paar Mäuse?«

»Ein *paar*! Wenigstens zweihundert. Cromwell hätte beinah der Schlag getroffen, als sie aus den Kisten sprangen, und die Frettchen haben eine Woche lang oben auf der Eiche gesessen.«

Silver lachte leise. »Morgen werde ich viel strenger sein. Wir werden genau aufpassen, daß keine Mäuse in der Nähe sind.«

Luc schnaubte.

»Außerdem darfst du den Mäusen nicht böse sein, schließlich habe ich ihretwegen endlich die Nachricht meines Vaters verstanden, wo ich nach dem Gold suchen mußte. Wenn Cromwell die Mäuse nicht durch die Büsche gejagt hätte, wäre mir das Muster in den Lavendelpflanzen nicht aufgefallen.«

»Das war aber auch wirklich eine geniale Idee. Und alles im Umkreis um den zwölften Busch in der fünften Reihe, genau wie die Zahlen von deinem Geburtstag.«

Silver drehte sich um und knabberte an Lucs Hals. »Im Tagebuch stand, daß ich an meinen Geburtstag denken sollte, aber das habe ich nicht verstanden – erst als ich den Kreis vertrockneter Pflanzen sah. Er muß absichtlich ein Dutzend kranke Pflanzen gesetzt haben und davon ausgegangen sein, daß sie nach einiger Zeit braun werden würden. Mir war das Muster nie aufgefallen bis zu dem Tag, als ich Cromwell und die Mäuse beobachtet habe. Was für ein Glück, daß wirklich alles da war: das Gold, die Wachstuchbeutel mit seinen Aufzeichnungen. Selbst das Rezept für Millefleurs. Es war beinahe als könnte ich – ach, das klingt so seltsam, aber…«

»Was denn, Liebes?«

»Als könnte ich seine Stimme hören und seine Hand auf meiner Schulter liegen spüren.«

Irgendwo jenseits des Wassers erklangen Kirchenglocken. Silver schauderte. Sie drehte sich um und drückte sich fester an Luc.

Er zuckte zusammen.

»Dein Rücken?«

»Es ist nichts. Meine Eltern haben uns übrigens für heute nachmittag eingeladen.«

Silvers Augen schimmerten.

»Sollen wir... zu spät kommen?«

»Eigentlich sollten wir das nicht tun.» Aber ihre Hände lagen an seiner Taille. »Sie werden mich für ungezogen halten, wenn ich dich von ihnen fernhalte.«

»Sie werden nur glauben, daß du ihren Sohn sehr, sehr glücklich gemacht hast, Sonnenstrahl.«

»Und dein Rücken, Luc?«

»Hat nichts, das nicht viel besser werden wird, wenn du es berührst, meine Liebste.«

Zärtlich streifte Silver die Narbe über seinen Lippen. »Im Berühren bin ich sehr gut, Straßenräuber. Soll ich... dich jetzt berühren?«

Luc stöhnte, als sie sein Hemd zur Seite schob. Er hielt sie eng an sich gedrückt und ließ sich mit ihr auf die warme, duftende Erde mit ihrem Geruch nach Fichtennadeln und Rosmarin herunter. »Berühre mich, Sonnenstrahl. Höre nie wieder auf, mich zu berühren.«

»Ja, mein Straßenräuber.«

Und dann kam sie zu ihm, ganz Seide und Duft und heiße Haut. Und Luc brachte sie dazu, zu lachen, zu stöhnen, zu seufzen.

In diesem Augenblick wußte er, daß sein Herz endlich geheilt war.

Die Sonne schmolz wie auf einer Landschaft von Tintoretto über dem Kanal von San Marco und tauchte ihn in rotes, pfirsichfarbenes und violettes Feuer. Goldenes Licht leuchtete auf den Dächern des Dogenpalastes und den Türmen von San Marco. Der Rest der Welt schien in weiter Ferne zu liegen, als das Licht verglomm zu Silber und Azurblau und sich schließlich über den leise lachenden Liebenden in sattes Indigo verwandelte.

Und als die Nacht Venedig bedeckte, stand ein voller Mond am Himmel.

Eine vollendete Nacht für die Liebe.